EL LLAMADO DEL CAMPEÓN

EL CREDO DEL CAMPEÓN
LIBRO 2

A.R. KNIGHT

CAPÍTULO 1
LA CUEVA

EL ROCE LO DESPERTÓ. Obligó a Thane a abrir los ojos para ver la cueva, plateada bajo la luz lunar del Pacífico. Thane contuvo la respiración, un acto que por sí solo ya suponía demasiado esfuerzo, y esperó a que el sonido se repitiera. El arañar sobre las piedras de la cueva tenía los signos reveladores de un animal, los movimientos espasmódicos de una criatura; buscando. La ligereza del rasguño, además, indicaba que el animal no sería una amenaza, sino que, muy posiblemente, sería comida. Y Thane necesitaba comida.

Lo había vuelto a hacer.

Thane sabía por qué yacía en el suelo de la caverna, por qué su garganta ardía de sed y sus músculos endebles dolían por el desuso. La razón por la que, cuando los Paragones lo habían dejado en una fría prisión del norte durante décadas, el personal lo mantenía en una rutina rígida. Lo mantenían estimulado, aunque solo fuera un poco. Mantenían a Thane abastecido de drogas pacificadoras que nublaban su mente y le impedían adentrarse demasiado en sí mismo.

Ahí es donde Thane estaba ahora, repasando las decisiones que lo habían llevado a este momento y persiguiendo sus infinitas ramificaciones en busca de un presente mejor que el que actualmente lo estaba matando.

Los arañazos se repitieron. Una sombra se movió, luego se disparó a través del suelo de la cueva hacia... sí. Thane movió los ojos, raspó su mejilla inerte contra las rocas para ver la fuente del ruido dirigiéndose directamente hacia los huesos de su predecesor, apilados donde Thane los había dejado. Pequeños trozos de carne aún se aferraban a los diminutos palillos blancos, bocados que la lengua de Thane no había podido raspar.

Lo que podría ser demasiado pequeño para él, sin embargo, podría servir de cebo para algo más grande.

La sombra se acercó al montón y captó la luz plena de la luna, revelando una rata achaparrada que roía los restos. La criatura servía como un salvavidas, un foco que Thane podía agarrar, podía usar para sacarse de los oscuros pozos donde su mente se había ido. Algo aquí, ahora, en lo que enfocarse.

Real. Físico.

La posibilidad de la rata le hizo bien a Thane. Respiró de nuevo, esta vez con facilidad. La sensación volvió a sus dedos de manos y pies con el hormigueo característico de las extremidades que han estado inactivas durante demasiado tiempo. Una persona ordinaria, normal, podría haberlas perdido por completo. Tal como estaba, Thane tuvo que apretar su propia garganta para evitar gemir de placer-dolor mientras su cuerpo volvía a la vida real. Habían pasado décadas desde que había llegado tan lejos, y su cuerpo dolía con el desafío.

Crujidos y chasquidos sacudieron sus huesos, enviando temblores a lo largo de nervios renovados, y durante todo ese tiempo Thane mantuvo su enfoque. En la rata, y en todo lo que la rata tenía que Thane no.

El roedor tenía libertad, para empezar. Podía ir donde quisiera, al menos dentro de las limitaciones de sus habilidades. Sin necesidad de preocuparse por drones, o leyes, solo depredadores. La rata, además, podía comer lo que quisiera.

Nada de cocinar aquí, ni estándares a los que aferrarse para ser civilizado. Su pelaje podía estar sucio, sus pequeños dientes cubiertos de placa, y aun así la rata seguiría siendo una rata y aceptada como tal. Thane, sin embargo, había sido expulsado de su sociedad por... razones que no importaban aquí.

Céntrate en la rata. Úsala.

Retuércela.

Qué feliz se veía, tirando de un cartílago que podría haber sido de su propio hermano. Qué criatura tan inmunda. La rata pervertía la vida. Merecía morir, más de lo que Thane jamás merecería. Pero ¿quién podría impartir este justo castigo a la rata? ¿Quién estaba aquí, en esta cueva, y era capaz de hacer tal cosa?

Él podía. Y lo haría.

Thane se incorporó de golpe. Se arrastró hacia la rata, con brazos y piernas fuertes impulsándolo hacia adelante. Thane extendió la mano mientras la rata intentaba escapar, la diminuta criatura no era rival para la velocidad, los reflejos y los músculos potenciados por la anomalía. No logró emitir ni un solo chillido antes de su fin, antes de que Thane la devorara de un solo y enorme bocado, escupiendo los huesos mientras se zampaba el aperitivo.

Thane dio vueltas por la cueva, cazando, olfateando. La rata había estado sola, sí, pero había otros olores en el aire. Cerca.

Doblando su cuerpo de tres metros, Thane se lanzó hacia la entrada de la cueva en la ladera, lejos de los acantilados del océano. Sus hombros rozaron y rompieron la roca, los bordes afilados dejando las más mínimas raspaduras en la piel erizada de venas.

Los pies de Thane aplastaron piedras sueltas, trituraron hojas y otros desechos hasta convertirlos en polvo. A través de todo esto, Thane seguía escupiendo huesos de rata como pequeños cohetes, la saliva volando por todas partes. La rata había hecho poco por su hambre, y por primera vez en días, Thane exigía comida.

Fuera de la entrada de la cueva, un portal de roca negra estriada revelaba su origen como una erupción de lava enfriada hace mucho tiempo, el suelo descendía bajo un espeso bosque de helechos. Sus frondas en escala de grises se mecían con la brisa nocturna a un ritmo más allá de la comprensión o el interés de Thane mientras salía disparado a la luz de la luna, siguiendo su nariz, sus ojos y todos los demás sentidos que lo enviaban hacia un humano que retrocedía.

Un hombre pequeño y joven, el humano sostenía un palo afilado con manos esqueléticas sobre un cuerpo demacrado, una barba desaliñada que conducía a unos ojos que, a pesar de su aspecto completamente salvaje y desaliñado, mostraban cierta inteligencia.

No es que a Thane le importara. La comida era comida, y se comería a este como se había comido a la rata. El hombre empujó un palo puntiagudo hacia Thane, quien agarró el arma, la arrancó y la partió. Desechó los pedazos y le dio al hombre un rugido lleno de saliva para rematar.

La comida, con el rostro congelado en una máscara de terror, extendió una mano hacia Thane, y la cabeza del monstruo se sacudió hacia un lado, empujada por un viento fuerte y repentino. El hombre golpeó la nada de nuevo y los tobillos de Thane se deslizaron, el brazo que se estiraba hacia su objetivo se abrió de par en par cuando ráfagas surgidas de la nada lanzaron al monstruo a un lado.

Pero el monstruo, si algo era, era adaptable. Gruñendo todo el tiempo, Thane se volvió hacia su presa, clavó sus grandes pies, y cuando el furioso bombeo del hombre lanzó viento contra el cuerpo de Thane, la bestia no se movió.

Gritando, el hombre intentó correr, agitando ráfagas detrás de él mientras Thane lo perseguía y, con un salto a través de las hojas, atrapó la pierna rezagada del hombre.

Thane tiró de su presa hacia atrás, lo levantó y lo colgó boca abajo.

¿Por dónde morder primero?

—¡Puedo ayudarte! —gritó el hombre con los ojos desorbitados—. ¡No me mates!

¿Ayudar? Thane se inclinó y olfateó al hombre. El agudo olor del miedo llenó su nariz, mezclado con el hedor de la suciedad y la falta de higiene. El hombre parecía asqueroso y famélico. Como una presa, nada más.

—Vi cuando ella te soltó —continuó el hombre, con la voz encontrando un tono más estable, aunque cercano a un chillido—. ¡Que sigas vivo significa que eres fuerte! ¡Quizás lo suficiente para escapar!

¿Escapar? Escapar significaba el océano y los drones asesinos. La comida estaba aquí mismo. Thane acercó más al hombre. Abrió su boca de par en par.

—¡No eres el único que quiere ver muerta a Mynx!

Ese nombre. Thane se detuvo, con los dientes presionando el brazo del hombre. Mynx. Ese nombre lo conocía, y lo conocía bien. Ella era su verdadera presa, no este. Porque Mynx había sido la primera en traicionarlo, la primera en llamar a Thane monstruo en lugar de Parangón. Ella había construido su prisión. Ella le había causado tanto dolor...

Thane soltó al hombre sin darse cuenta, sus brazos demasiado débiles para sostenerlo más. Volviendo a la cordura, a la fuerza de un hombre normal. Los dolores regresaron con la reversión, y Thane rastreó esos dolores y los comprendió, captó dónde estaba, y se volvió hacia el cuerpo que sollozaba a sus pies.

—Levántate —dijo Thane, formando palabras en lugar de escupirlas—. No voy a matarte.

El hombre se quedó paralizado, cortando otro sollozo de pánico. De rodillas, con las manos agarrando la fina tierra sobre la roca negra, el hombre miró hacia arriba a un Thane mucho más bajo y delgado.

—La bestia ha vuelto a su armario —continuó Thane—. Se quedará allí hasta que lo necesite.

El hombre esperó una mano ofrecida que nunca llegó. Sin la neblina de su ira, Thane analizó la anomalía con ojo analítico.

Demacrado, sí, y cubierto de suciedad y, sin duda, enfermedad, pero Thane también podía ver una fuerza fibrosa allí. Alguien que había estado en el fondo durante mucho tiempo y había aprendido a vivir con ello, a sobrevivir con lo que pudiera conseguir. Que comerciaba con la dignidad como cualquier otro recurso, y sabía cuándo abrazar el suelo contaba más que estar de pie sobre él.

—Sook —dijo el hombre, finalmente levantándose por sí mismo. Ahora era un poco más alto que Thane, pero eso no borró el miedo persistente en sus ojos—. Ese es mi nombre.

—Ya me di cuenta.

—¿Cuál es el tuyo?

—¿No lo sabes?

El historial de Thane había sido ampliamente establecido. El tipo de leyenda que llega a todas partes, en todos los idiomas. La bestia imparable que, cuando no estaba en un alboroto, se convertía en la fuente de conocimiento del Parangón. Aunque, había estado en esa prisión durante mucho tiempo. Tal vez al mundo ya no le importaba aprender sobre él.

—Por si no te has dado cuenta —dijo Sook—, estamos bastante aislados aquí. No leemos las noticias.

—¿Nosotros?

—Sí. Todas las otras anomalías en la isla. La mayoría son un montón de imbéciles, por eso estoy aquí fuera, buscándote. Pero hay muchos de nosotros.

Thane había visto humo, pero rastrear una pequeña columna en el cielo hasta una horda de anomalías era un salto que no había pensado hacer. Había asumido que esta isla sería el hogar de unas pocas anomalías como él, pero los Parangones podrían haberse ablandado desde que lo encarcelaron. Lo que una vez habría merecido una ejecución sumaria del puño de Aegis ahora podría significar una sentencia de cadena perpetua aquí.

Reunir anomalías en un solo lugar sería peligroso, sin embargo. Nunca se sabía cómo funcionarían juntas sus habilidades.

Tal vez Mynx pensaba que las anomalías se encargarían de sus ejecuciones por sí mismas.

—¿Estás bien? —dijo Sook—. Te estás, eh, encogiendo.

No encogiendo, exactamente. Marchitando sería la palabra más adecuada. Basta. Lo estaba haciendo de nuevo, persiguiendo ideas y llevándolas a conclusiones.

Thane vaciló, su pierna derecha de repente no quería mantenerlo erguido en la pendiente. Sook se acercó, agarró el brazo de Thane y lo estabilizó.

—Es un problema —dijo Thane, e intentó concentrarse de nuevo. Si encontraba la razón por la que lo habían arrojado aquí, una traición de los Parangones, su negativa a verlo por quien era, podría recuperar suficiente fuerza—. Lo arreglaré.

El pensamiento funcionó, inyectando energía en sus piernas, su cuerpo, y Thane creció de nuevo, pero esta vez lo mantuvo bajo control. Niveló el odio a un burbujeo suave mientras mantenía su mente clara.

—¿Qué eres? —preguntó Sook.

—Thane es quién soy —respondió la anomalía—. En cuanto a qué soy —Thane miró alrededor, al cielo despejado, iluminado por estrellas y luna, las plantas ondulantes y el interminable océano negro en el horizonte—, supongo que soy el nuevo amo de esta isla.

Sook se rio.

—¿Nuevo amo? Amigo, ya hay demasiados amos en esta isla. Llegas un poco tarde para conseguir un puesto.

Thane extendió la mano y la puso en la garganta de Sook. El hombre detuvo su risa, se congeló.

—Pasé demasiados años bajo el dominio de líderes inferiores —dijo Thane lenta y uniformemente—. No más. ¿Dices que hay otros en esta isla? Entonces me llevarás hasta ellos. Se unirán a nosotros, y juntos encontraremos la manera de salir de esta prisión, y daremos a los Parangones el final que merecen.

Sook tragó saliva.

—¿Estás de acuerdo? —dijo Thane, aflojando ligeramente su agarre.

Sook asintió.

—Bien. Entonces empezaremos cuando salga el sol. No haremos esperar al nuevo mundo.

CAPÍTULO 2

TOC TOC

HIZO las pruebas sin abrir los ojos. Flexionó las piernas, los brazos, giró el cuello de un lado a otro, y no sintió nada. Por primera vez en la semana desde que había peleado contra Calvin en el depósito de chatarra, Kat no estaba adolorida, ni magullada, ni enferma por el fuerte resfriado que había pillado mientras se batía en duelo en una noche gélida. Combinar un cuerpo sano con una cama en la que había gastado demasiados créditos hacía que Kat sintiera que podría quedarse allí todo el día. Se sentiría un poco perezosa, porque Kat no había hecho prácticamente nada en toda la semana, pero ¿por qué no? ¿Acaso no se lo había ganado?

Casi morir merecía algo de tiempo libre.

Una lengua gruesa y babosa golpeó la cara de Kat, dejando un rastro húmedo en su mejilla. Un aliento caliente la bañó, y unas patas presionaron sus hombros contra el colchón mientras Seeker, el husky de Kat, atacaba. Había cometido un error, había dado una señal de que estaba despierta. Un error crítico.

—Seeker, para —dijo Kat sin entusiasmo y con menos fuerza—. Estoy intentando dormir.

Se ganó otro lametón por sus problemas. Kat se retorció,

intentó hacer un esfuerzo mínimo para quitarse a Seeker de encima sin abrir los ojos y rendirse al día, pero el perro no se movió.

—Tap, dile a Seeker que me deje en paz —dijo Kat.

—Seeker, perro malo. No mola. Déjala dormir. No está guay despertar a alguien en fin de semana, colega.

El tema de surfista. La actitud lacónica le recordaba a playas doradas y sol abrasador, todo lo que Chicago no tenía en un fin de semana de febrero. Seeker, sin embargo, obedecía a Tap tan bien como a Kat, y continuó babeando. En cierto punto, el perro cruzó el umbral de lamidas y, sintiendo que su tiempo en la cama había llegado a su fin, Kat se apartó de Seeker, se sentó y se apartó el pelo castaño de los ojos.

Otro día gris en el invierno del medio oeste, a juzgar por la ventana a su izquierda. Qué sorpresa.

—Tap, lo de siempre —dijo Kat, levantando un dedo hacia Seeker, que ahora estaba en el suelo pero parecía que podría reanudar su asalto en cualquier momento—. Si saltas aquí, Seeker, no te traeré nada.

Lo "de siempre", un desayuno de un local nocturno cercano, venía con huevos fritos, tostadas de centeno y frutas aleatorias que el lugar tuviera disponibles. Un dron de reparto lo dejó en la ranura de paquetes fuera de la ventana de Kat poco después de que Tap hiciera el pedido. Justo el tiempo suficiente para que Kat se pusiera algo de ropa, se echara agua en la cara y empezara a preparar el café. Con una cocina no mucho más grande que su armario y una estufa que prefería cortocircuitarse a calentarse, Kat optaba por la salida fácil y se subía al tren de la comida para llevar.

Ayudaba que el local siempre incluyera tocino extra para Seeker, quien masticaba el cerdo chamuscado con felicidad jubilosa y chasquidos de dientes. Kat envidiaba la alegría infinita del perro mientras picoteaba su propia comida sobre la mesa de café desde su sofá. Un trasto de cuero hace tiempo condenado al destino perruno, los cojines del sofá seguían siendo reconfortantes y ofrecían una vista privilegiada del enorme monitor que servía como centro de trabajo y entretenimiento de Kat. Ahora mismo, mientras el reloj se arrastraba pasada la media mañana, tenía a Tap desplazándose por sus mensajes, leyendo los interesantes y borrando el resto.

Aunque no había muchos estos días. Los Paragons seguían siendo un gran lío. Desde que salió ese video, el que parecía mostrar a Aegis muriendo —un horror que Kat se negaba a creer realmente—, los Paragons en Chicago parecían estar sin liderazgo. Nadie publicaba nuevos contratos de anomalías en la región, y los propios Paragons respondían a sus llamadas con mensajes preprogramados diciendo que las cosas se estaban solucionando, que no se preocupara. Aunque Kat podía permitirse esperar, dados todos los rastreadores de anomalías que ya había trazado y que seguían generándole créditos, otros rastreadores no eran tan afortunados. Respondían llenando los foros de mensajes con llamadas cada vez más desesperadas en busca de trabajo. Solo había pasado una semana, pero al parecer la gente en su profesión no guardaba mucho.

Aunque, dada la probabilidad de morir en este negocio, quizás tenía más sentido gastar en el momento que ahorrar para el futuro.

—Oye, Kat —dijo Tap después de concluir otro aburrido mensaje que exhortaba a la rastreadora a actualizar sus beneficiarios en caso de una muerte prematura. Como si los tuviera—. Solo digo, que quizás quieras prestar atención a este siguiente. Es de alguien que te podría importar.

El tono soleado de Tap ocultaba bastante bien los cálculos bajo el capó —Kat no tenía duda de que la línea "alguien que te podría importar" venía de conocer a todos los que Kat se molestaba en contactar a través de su computadora—, pero se animó ante los restos menguantes de su desayuno y miró la pantalla mientras Tap mostraba las palabras.

—Hola Kat —leyó Tap, su voz de surfista poco adecuada

para la jerga del medio oeste de Gordon Holyoak—. Sé que quizás no te importe, pero hoy me dan el alta del hospital. Supongo que creen que ya no me voy a morir, lo cual es agradable. Pero, eh, no conozco a nadie más en la ciudad que se molestaría en venir y ayudarme a llegar a donde me voy a quedar hasta que esté listo para volver a la acción. ¿Crees que podrías? Incluso te invitaré a cenar. No es que sea suficiente para cubrir lo que te debo, pero, si estás por aquí a las cuatro, ¿crees que podrías? Y gracias, Kat. Gracias por todo.

Gordon. Capaz de empacar tanta sinceridad en un párrafo, y tanta ignorancia insensible en cada otra parte de su vida. Kat se quedó mirando las palabras, luego le dijo a Tap que enviara una respuesta.

—Hola Gordon. Me alegro de que no seas un cadáver. Sí, llegaré a las cuatro. Si estás listo para cenar, puedes creer que iremos al lugar más caro que acepte a un hombre en bata de hospital. Nos vemos pronto, Kat.

Tap zapeó el mensaje.

¿Demasiado duro? Nah. Kat terminó su desayuno, inventando excusas para su respuesta cortante y por qué estaba tan justificada. Gordon había aparecido en Chicago hace poco más de una semana, enredando a los rastreadores en la persecución de una anomalía peligrosa sin decirles nada sobre Calvin. Que la anomalía podía tomar cualquier cosa que tocara y transmutarla a través de su cuerpo en otra cosa. Un muro de concreto podía convertirse en lanzas de piedra voladoras. El aire podía ser empujado al vidrio, haciéndolo estallar en fragmentos. El alcohol podía ser succionado —el estómago de Kat se revolvió ante el recuerdo— de una cerveza y enviado directamente a la sangre de alguien, instantáneamente tóxico.

Nadie murió, pero Gordon se encontró perforado por hielo dentro de su propio cuerpo, un daño que Kat ni siquiera notó —el médico que recogió a Gordon se lo dijo después de que ella se hubiera puesto en contacto, tratando de averiguar si Gordon seguía vivo. En cuanto a Calvin, había sido rastreado, recogido por un dron Paragon y llevado a donde sea que van las anomalías peligrosas antes de ser liberadas como sirvientes leales o, en su defecto, encarceladas en algún lugar. Esos eran detalles que Kat no quería conocer.

¿Por qué aplacar el entusiasmo por una carrera que ya sufría de más problemas que soluciones?

En fin, ahora Kat tenía un plan para el día. Revisar sus cuentas de reputación. Llevar a Seeker a un largo paseo. Encontrar algo para almorzar después. Llegar al centro a las cuatro. O bien Gordon estaría listo para cenar, o ella lo dejaría en el lugar que usaría para recuperarse, y a partir de ahí quién sabe. Las probabilidades apuntaban a una noche en casa, con algo caliente para beber y algo alegre en la pantalla mientras Kat esperaba que apareciera en el tablero otra anomalía que necesitara ser capturada.

Dado el caos que envolvía a Atlántida tras la muerte de Aegis, Kat se sentía un poco extraña de tener un horario tan despejado. Como si debiera estar en las calles luchando por... algo. Pero, aparte de los drones que enjambraban los cielos en grandes cantidades, la ciudad a su alrededor no había cambiado. En la última semana, las calles tenían las mismas multitudes, los restaurantes servían la misma comida, y si captaba algunos susurros nerviosos, notaba que los habituales de *Carver's* bebían más que antes, eso no era demasiado aterrador.

Los Paragones tenían las anomalías más fuertes e inteligentes del planeta. Ellos descubrirían cómo seguir adelante.

—¿Qué tal ese paseo? —dijo Kat a Seeker, tirando la basura del desayuno por el conducto hacia el incinerador de desechos a energía del edificio. En cierto modo, al comer en envases desechables, Kat alimentaba el edificio. Qué noble—. Necesito estirar las piernas, y tú necesitas quemar tu locura.

Seeker estuvo de acuerdo, agarrando su correa del perchero cerca de la puerta. Kat se puso las botas, enganchó la correa al perro, y estaba en medio de su mirada de ¿olvidé-algo? cuando alguien golpeó la puerta. El sonido pesado de puños golpeando hizo que Kat se lanzara hacia su escritorio y la pistola aturdidora secundaria que mantenía enfundada en la parte inferior del escritorio en una concesión a la paranoia.

—¿Tap? ¿Quién está ahí? —preguntó Kat, manteniendo el arma apuntada hacia la puerta.

—No he visto a este tipo antes —respondió Tap—. ¿Puedo escanear tus registros y encontrar una coincidencia? Aunque debo decir que parece estar pasando por un mal momento.

—¿Algún arma?

—Nop.

—Seeker, quédate —dijo Kat, luego abrió la puerta.

Allí de pie, con sangre goteando de una gran mancha ovalada alrededor de su estómago, estaba la misma anomalía que había puesto a Gordon en el hospital hace una semana, que casi mata a Kat al mismo tiempo. El sudor brillaba en su piel de medianoche, y aunque Calvin había mejorado su ropa desde sus viejos harapos, la nueva ya mostraba rasgaduras, manchas y cicatrices. Si los últimos siete días habían sido un montón de nada para Kat, Calvin había estado pasando por algo mucho peor.

—Por favor —dijo Calvin—. Van a matarme.

Kat dio un paso atrás. Seeker gruñó.

—¿Quiénes?

—Los Elementales.

Oh. Mierda.

CAPÍTULO 3

REINICIO

EL RELOJ más ruidoso latía en su mente.

Zhan-Yo escuchaba cada segundo mientras levantaba un dedo y abría una rendija en el plástico de construcción que cubría la ventana sin cristal en la torre inacabada. El plástico empañaba la luz de la mañana tardía, y si Zhan-Yo tuviera que pasar un minuto más de su día en la oscuridad, probablemente perdería la cabeza. Acampar entre cables expuestos y vigas de acero estaba lejos de la gloriosa revolución que Zhan-Yo esperaba, y el supuesto líder del nuevo mundo pasaba las horas viendo cómo su aliento se convertía en vapor mientras tecleaba mensajes encriptados en su Tama.

El ordenador de muñeca emitió un pitido con el pensamiento, dirigiendo los ojos de Zhan-Yo al contenido parpadeante de una nueva nota. Otra actualización de estado de Wexley, sin duda tan decepcionante como las últimas docenas. Se habían hecho promesas, se habían catalizado cuando Zhan-Yo clavó su espada en Aegis y acabó con el invencible líder de los Parangones. Sin embargo, las empresas y ciudadanos agradecidos no aparecieron.

En las horas inmediatas después de publicar el video del asesinato, las calles de Chicago permanecieron en calma, con cápsulas transportando compradores, comensales y parejas a sus diversos destinos. Quizás con más tensión, quizás con un poco de miedo y confusión, pero ¿una revolución? ¿El fin de los días?

Se habían hecho promesas, y no se habían cumplido. Ziran, la empresa de Zhan-Yo y el mayor proveedor de comunicaciones del mundo, se encontró asediada sin aliados. Cuando otras empresas no declararon su lealtad, cuando los grupos de ciudadanos que habían participado en las reuniones de Zhan-Yo y aceptado sus condiciones permanecieron en silencio, Zhan-Yo tuvo que cambiar de rumbo. En lo que ahora parecía un episodio psicótico, Zhan-Yo repartió sus responsabilidades, fortuna y poder entre quienes lo rodeaban con una negación plausible.

Un Ziran solitario sería destruido, y si Ziran moría, cualquier esperanza moriría con él. Por lo tanto, Ziran debía ser preservado.

Así que ahora, escondido y a merced total de las personas que solía comandar, Zhan-Yo subsistía con una dieta miserable de noticias y lo que Rhimes, su nuevo guardaespaldas y supervisor, lograba subir por el único ascensor que funcionaba. Su cama había pasado de ser un cómodo colchón de plumas de ganso a un duro saco de dormir extendido sobre el suelo de concreto liso. Un hermoso apartamento donde Zhan-Yo podía ver el amanecer había sido reemplazado por una nueva torre en construcción en el centro de Chicago, con andamios y yeso como compañía. Zhan-Yo a menudo había dicho, había pensado a menudo que podría sobrevivir sin los lujos que su vida le había dado, y sin embargo, esto era condenadamente difícil.

Un timbre proveniente del ascensor, demasiado alegre para este lugar, le hizo saber a Zhan-Yo que Rhimes había regresado. Con comida, esperaba. Zhan-Yo se acomodó en su silla, las patas de plástico raspando contra el suelo de cemento, mientras Rhimes emergía con una gran bolsa que olía a grasa y ajo. El propio Rhimes tenía un cuerpo pequeño, cubierto por una pesada chaqueta de invierno, con piel sintética sobresaliendo de las mangas y el cuello. Guantes marrones a juego con la chaqueta, jeans oscuros, y debajo de todo, Zhan-Yo lo sabía, fundas de hombro con armas letales tan lejos de ser legales que Rhimes pasaría su vida pudriéndose en una prisión de los Parangones si alguna vez lo atrapaban.

—¿Encontraste algo bueno? —dijo Zhan-Yo.

—La misma basura de siempre —Rhimes sonrió, dejó la bolsa y comenzó a sacar los sándwiches, largos submarinos cargados de ingredientes aún humeantes.

Sus décadas ganadas significaban que Zhan-Yo probablemente no debería estar comiendo cosas como esta, llenas de grasas y otra basura, día tras día, pero estar siendo buscado tenía una forma de poner los problemas en el contexto adecuado. Zhan-Yo había dejado los cigarrillos, sin embargo, por recomendación de Rhimes. Si los Parangones registraban el apartamento de Zhan-Yo, encontrarían los ceniceros, las quemaduras en las paredes, y le dirían a los drones que buscaran el olor. Los fumadores eran lo suficientemente raros en la ciudad como para que una bocanada ociosa pudiera atraer la atención equivocada. Los sándwiches grasientos, sin embargo, no delatarían a Zhan-Yo, así que se lanzó a la comida con voracidad.

—¿Cómo está ahí fuera? —dijo Zhan-Yo, una pregunta que podría ser sobre el clima, pero Rhimes sabía mejor.

—Mejorando —dijo Rhimes—. Nadie está tan nervioso ya. Hay demasiados drones para que algo salga mal, incluso si los Parangones siguen confundidos. —Rhimes notó el suspiro de Zhan-Yo y se encogió de hombros—. Lo siento, amigo. Tu revolución no vendrá de las calles.

Sin duda. Aegis debía ser la chispa, pero aparentemente su muerte no había sido suficiente. El antiguo Zhan-Yo habría esperado, habría decidido que el sentimiento popular significaba acurrucarse de nuevo en su torre de oficinas y dirigir Ziran como cualquier otro negocio, esperando hasta que apareciera algo más. El nuevo, sin embargo, el que se inclinaba sobre un calentador de espacio en una construcción fría, no tenía ese tiempo.

Sylvie, una vieja amiga y la daga que había llevado esta revolución al borde, habría seguido adelante. Avivado las llamas, por así decirlo. Estaría buscando qué podrían hacer ahora mismo, esta noche o en los próximos días, para capitalizar el caos y forzar a una población reacia a levantarse. Querría que Zhan-Yo hiciera un plan y actuara en consecuencia.

Y Zhan-Yo había encontrado uno.

El Tama en su muñeca, un microordenador del tamaño de un guantelete, conectado a Internet, podía proporcionar a Zhan-Yo toda la información que deseara. Sin embargo, abrir esa conexión más allá de los mensajes seguros que enviaba y recibía con unos pocos aliados de confianza también ponía a Zhan-Yo en riesgo. Cada Tama tenía una firma —un requisito de los Paragones para su interminable estado de seguridad— y era posible que los Paragones pudieran rastrear cualquier cosa que hiciera. Aun así, no arriesgar nada significaría no obtener recompensa.

—Rhimes, ¿tenemos listo el siguiente lugar? —dijo Zhan-Yo.

—Siempre operando un paso adelante —respondió Rhimes—. Wexley lo dejó claro en el contrato. ¿Por qué? ¿Quieres moverte?

—Estamos perdiendo el tiempo. Estoy desperdiciando nuestra oportunidad —Zhan-Yo se puso de pie y volvió hacia la ventana cubierta de plástico donde la recepción sería mejor —. Gracias por el sándwich.

—¿Qué estás haciendo?

—Iniciando algo.

—Espera, déjame hacerlo a mí —Rhimes se levantó, sacudiéndose las migas del sándwich de las manos—. Estás comprometido.

—Ese es el punto. El mundo sabrá que esto vino de mí.

Zhan-Yo levantó su Tama, bañando su rostro con la luz azul de la pantalla. Para que Ziran impulsara la revolución, la compañía necesitaba aliados. Aquellos que se escondían en las sombras tenían que dar un paso adelante. Para lograr eso, el riesgo de no hacer nada tenía que ser menor que el riesgo de actuar. Todo tenía que estar en juego para que estas instituciones movilizaran sus recursos contra los Paragones.

Así que Zhan-Yo los puso en juego. Envió un breve mensaje al mundo, etiquetado desde su Tama personal, y señaló a cada líder con quien Zhan-Yo se había reunido en las sombras. Esas conversaciones en sótanos donde los labios hablaban de servicio a la libertad, a los derechos, a una vida vivida sin la opresión de los Paragones. Ahora eran públicas, y ahora cada uno de ellos tendría que tomar una decisión, rechazar y llamar mentiroso a Zhan-Yo y a sí mismos, en su interior, cobardes. O hacer públicas las opiniones privadas y dar fuerza a la posición de Zhan-Yo. Con las compañías más antiguas y fuertes del mundo trabajando juntas, incluso los Paragones tendrían que darse cuenta. Tendrían que conceder que los normales tenían razón, que merecían sus derechos.

El Tama de Rhimes sonó detrás de él, y el guardaespaldas soltó una maldición. Bien. Las revoluciones deberían despertar emociones.

—Tenemos que irnos —dijo Rhimes, agarrando el brazo de Zhan-Yo y alejándolo de la ventana—. Deberías haberme avisado que ibas a perder la cabeza.

—Lo siento, Rhimes —dijo Zhan-Yo, aprovechando el impulso para agarrar la mochila que ya contenía sus cosas esenciales. Recogió las espadas de medio metro, sus tachi, se deslizó las vainas de hombro que les permitían descansar contra su espalda, sobre su abrigo. Una nueva después de que

Aegis rompiera su predecesora. Hacía difícil esconderse, pero Zhan-Yo no las dejaría—. Esto tenía que suceder.

—¿De verdad? —dijo Rhimes, agarrando su propia mochila—. Deja el resto. Es reemplazable.

—Por supuesto.

Rhimes tomó la delantera, dirigiéndose hacia el ascensor. Zhan-Yo pasó por encima de los envoltorios de sus sándwiches, el calentador de espacio y el saco de dormir que habían servido como hogar durante las últimas tres noches. No miró atrás.

Mientras el ascensor bajaba, Zhan-Yo se dio cuenta de que su corazón se había acelerado, sus nervios hormigueaban y, a pesar de haber pasado un día caminando por el piso vacío, se sentía completamente despierto. Emoción, excitación, cosas que no había sentido en mucho tiempo, chisporroteaban. Antes, Rhimes había cambiado sus ubicaciones en la noche profunda, con rutas preplanificadas y tráfico civil mínimo. Ahora, Chicago se acercaba al mediodía. No había forma de ocultar las cosas aquí.

¿Quería ser atrapado?

Tal vez, concedió Zhan-Yo, sí lo quería. Sylvie había dado su vida por la causa y, hasta ahora, la principal jugada de Zhan-Yo lo había reducido a esconderse en las sombras. Salir frente a las cámaras, tener la oportunidad de ponerse de pie y probablemente morir por su mensaje sería un final apropiado. O, quizás, verlo jugando al mártir inspiraría a todos los normales nerviosos a finalmente tomar acción por sí mismos y presionar contra los Paragones.

—Quédate detrás de mí —dijo Rhimes cuando el ascensor se abrió—. No mires a los ojos de nadie. No digas una palabra.

Zhan-Yo siguió a Rhimes hasta la planta baja desnuda, que esperaba un mejor clima para completar su transformación en otra resplandeciente oficina. La gente aquí funcionaría con reps en lugar de dólares, dependiendo de una economía controlada no por las fuerzas del mercado sino por seres divinos. Un cambio de humor y las vidas que se harían aquí podrían arruinarse sin culpa propia.

¿Por qué no podían todos los normales ver esto?

Rhimes no se molestó con la entrada principal, en su lugar pasó por una puerta lateral cubierta con letreros de mantenimiento y prohibido el paso. El callejón subsiguiente albergaba contenedores cubiertos de nieve y respiraderos humeantes del edificio vecino, una estructura más antigua de hormigón blanco. Ningún alma salvo ellos dos dejaba huellas en el suelo mientras Rhimes guiaba el camino hacia la calle.

Aquí afuera, el sol daba suficiente luz gris para hacer un frío día de invierno, facilitando ver el par de drones que se lanzaban hacia la parte trasera y delantera del callejón. Los óvalos negros aparecieron en el campo de visión, flotando en su lugar y brillando sus rayos intensos hacia Zhan-Yo y Rhimes, quienes, con rápidos giros de un lado a otro, confirmaron la trampa. Mientras los drones ladraban una advertencia robótica para rendirse, Rhimes tomó a Zhan-Yo y lo empujó hacia adelante.

—No dejes de moverte hasta que yo lo diga —dijo Rhimes por encima de las advertencias de los drones.

Zhan-Yo obedeció, logrando mantener sus pies en movimiento sin resbalar en el suelo de asfalto del callejón. Los drones elevaron sus tonos, las consecuencias, mientras Zhan-Yo y Rhimes se negaban a cumplir. Antes de matar a Aegis, escuchar estas exigencias de los drones habría provocado miedo en todo Zhan-Yo, sin duda llenando su mente con todas las consecuencias criminales. Ahora todo se sentía, si no bien, al menos aceptable. El costo de la vida que había elegido.

—Aquí —dijo Rhimes, deteniendo a Zhan-Yo junto a una puerta gruesa del edificio de hormigón. Dado el contenedor de basura adyacente, Zhan-Yo supuso que habían encontrado la entrada de la basura—. Observa.

Con Zhan-Yo haciéndose a un lado, Rhimes se echó hacia atrás y dio una patada fuerte al mango de la puerta. Una barra de metal unida a lo que parecía una puerta de metal, pintada de un rojo apagado, Zhan-Yo no habría pensado que una sola patada podría romperla, pero aparentemente Rhimes tenía algo de fuerza, porque la barrera se abrió de golpe, y los pedazos rotos del perno se esparcieron por el suelo interior.

Los drones no se quedaron inmóviles ante el movimiento y, mientras Zhan-Yo se lanzaba hacia adelante, dos rayos aturdidores surcaron el aire y quemaron el suelo donde había estado. Rhimes gruñó detrás de él, y Zhan-Yo pensó que le habían dado, pero Rhimes siguió moviéndose, uniéndose a él en una carrera surrealista a través de una cocina abarrotada. Varios chefs abandonaron sus utensilios cuando Zhan-Yo y Rhimes irrumpieron. Un drone lavaplatos dejó caer una pila de platos cuando Zhan-Yo lo empujó a un lado, despejando el camino. Los camareros junto a la salida, que se demoraban en los breves momentos antes de que aparecieran los platos principales de sus mesas, al menos reconocieron la amenaza y abrieron las puertas para el dúo.

—Sigue corriendo —jadeó Rhimes detrás de Zhan-Yo—. He enviado la dirección del refugio a tu Tama. Sigue las indicaciones.

Se encontraban en el vestíbulo del edificio, con gente mirando, pero también muchos otros que seguían entrando y saliendo para almuerzos tardíos, reuniones de media tarde y más. La gente de aspecto extraño huyendo no merecía atención, no valía la pena alterar una agenda apretada.

Rhimes, sin embargo, parecía que su día había sido bastante alterado. Se apoyó contra la pared fuera de la cocina, con las manos sobre las rodillas y los ojos en el suelo. Zhan-Yo siempre había pensado que Rhimes era un hombre fornido, con músculos anchos en un cuerpo construido para sostenerlos, justificando las abundantes comidas del hombre. Sin embargo, inclinado y respirando con dificultad, Rhimes parecía menos un guardia intimidante y más alguien que necesitaba un hospital.

—¿Qué pasa? —preguntó Zhan-Yo.

—Me dieron —dijo Rhimes—. No puedo correr. Vete. Estaré bien.

Dirigir una empresa tan grande como Ziran significaba que Zhan-Yo tenía que confiar en los empleados, tenía que creer en ellos y actuar según sus palabras sin dudar. Así que cuando Rhimes le dijo que corriera, Zhan-Yo corrió. La entrada principal y sus hordas de tráfico peatonal eran buenas para mezclarse, y Zhan-Yo redujo la velocidad a un paso normal mientras volvía a salir, deslizando la capucha sobre su rostro. El par de tachi no facilitaba el disfraz, pero Zhan-Yo no presumía de altura como un éxito personal, así que incluso con las empuñaduras de las espadas, no destacaba demasiado entre el tráfico de la ciudad lleno de modas extravagantes y enormes atuendos de invierno. Incluso las espadas no estaban fuera de lugar en un mundo de Parangones, donde las anomalías y lo normal habían redefinido lo que podía ser posible.

Los drones atestaban el aire arriba, oscuros y ominosos. El reconocimiento facial atraparía a Zhan-Yo en poco tiempo, pero la multitud le compró el tiempo suficiente para alejarse media manzana del edificio y su callejón adyacente. Zhan-Yo se deslizó en otro gran rascacielos, este con un restaurante importante en la planta baja. Zhan-Yo fue directamente a los baños, logró entrar en un cubículo sin atraer más que algunas miradas. Se encerró, se subió la manga y miró su Tama mientras su corazón mantenía su carrera acelerada.

Sin duda, los drones estaban trazando sus rutas probables y los Parangones vendrían pronto a buscarlo aquí. Lo atraparían, cumpliría su destino. Un mártir para su causa.

Eso fue un movimiento audaz. Podrías haberme avisado.

El mensaje apareció en su Tama, de Wexley, el nuevo líder de Ziran que intentaba mantener a flote la empresa con su antiguo jefe convertido en el hombre más buscado del mundo. Wexley quería la revolución tanto como Zhan-Yo, pero Zhan-Yo había mantenido al hombre alejado de la fatídica noche con Aegis precisamente por esta razón: Zhan-Yo aún necesitaba a alguien con poder real.

Inspiración repentina. Necesito ayuda. Rhimes caído. ¿Distracción?

Zhan-Yo escuchó a alguien más entrar al baño, cerró los ojos mientras usaban los inodoros para su propósito previsto.

¿Dónde?

Bucle sur.

Hecho.

Zhan-Yo no estaba en el bucle sur, pero había suficiente posibilidad de que pudiera haber corrido allí para engañar a los drones. Ziran aún controlaba las redes de comunicación de Chicago, del mundo, y con un poco de siembra, algunos pings falsos de los Tamas de la gente afirmando haber visto a Zhan-Yo, Zhan-Yo podía aparecer en cualquier lugar. No era una herramienta para usar con demasiada frecuencia, no fuera que los Parangones se dieran cuenta y le quitaran el control a Ziran, pero esto contaba como una emergencia.

Después de diez minutos más en el baño, Zhan-Yo salió y, encontrando las calles libres de drones, se mezcló de nuevo entre la multitud, siguiendo el mapa hacia el siguiente escondite. Arriba y alrededor, en pantallas gigantes dispersas que mostraban las noticias del día, vio sus propios titulares. Su mensaje, con sus muchos destinatarios entre las empresas más poderosas del mundo, se difundía a una población que caminaba y ya comenzaba a hablar, a mirar a su alrededor con caras fruncidas y ojos abiertos a un mundo que cambiaba frente a ellos.

En el verdadero comienzo de una revolución.

CAPÍTULO 4
LLÁMAME CAMPEONA

MIRÓ los rostros de sus amigos y suspiró. Mynx apartó con un gesto los retratos de los Campeones que flotaban sobre la mesa de mármol, una que no estaba en su terraza con vista al Pacífico, sino dentro de una mole amenazante en el centro de Los Ángeles que representaba a los Paragones y su control absoluto. Un control que ya no tenían.

Reeves, su IA y, Mynx no dudaría en decir, su mejor amigo, tenía una presencia mínima aquí. No había drones que se acercaran para ayudarla a ponerse de pie, ni que le trajeran té caliente. En su lugar, Mynx tenía que pedírselo a la secretaria, quien seguía estupefacta de que la líder de Pacífica y una de los ocho —ahora siete— Campeones, realmente existiera. La conmoción era molesta: Mynx podría haber pasado la mayor parte de su tiempo trabajando en las minas digitales de su Fábrica, construyendo los drones más grandes que ahora surcaban los cielos en busca del asesino de Aegis, pero no era un mito.

Enfrentarse a su liderazgo Paragon fue más o menos igual. Los corredores regionales, tan acostumbrados a la autonomía, no habían recibido el regreso de Mynx durante los últimos siete días con la deferencia y la felicidad que ella esperaba. El ambiente aún no había llegado a la rebelión abierta, pero si Mynx pensaba que Pacífica era su reino, entonces Pacífica no estaba de acuerdo.

—Reeves —Mynx habló a su Tama, en su muñeca y conectado a través de satélites y torres de señal a su IA en el exterior, el sol del mediodía se deslizaba por un cielo despejado de invierno, aunque realmente no se podía notar por aquí—. ¿Por qué no es como en los viejos tiempos?

—Esa es una pregunta muy ambigua.

—Solíamos confiar los unos en los otros —dijo Mynx, plenamente consciente de que se quejaba a un programa de computadora, aunque uno muy inteligente—. Todos los Campeones trabajábamos juntos. Salvamos el mundo tantas veces. Ahora parece que todos trabajan para sí mismos. ¿Escuchaste cómo hablaron en la llamada? Todo sobre sus propias regiones, sus propios objetivos. Ni una palabra sobre nuestro futuro colectivo.

—Quizás esperan que tú te encargues de eso.

Mynx miró por la ventana, incómoda en el uniforme azul Paragon que llevaba puesto. Reeves lo había sugerido, respaldado por estudios que mostraban que la gente, tanto normales como anomalías, respetaba más el uniforme que la ropa de negocios estándar. En otras palabras, si parecía una Campeona, la tratarían como tal.

Pero parecer una Campeona podría no ser suficiente ya.

—¿Cuántos Campeones respondieron? —preguntó Mynx.

—Todos hicieron declaraciones públicas de apoyo y duelo por Aegis —respondió Reeves—. Ninguno reconoció tu llamado a una cumbre.

Mynx asintió. No era sorprendente. Probablemente ella habría hecho lo mismo si uno de los otros hubiera convocado una reunión. Los Campeones no se habían separado precisamente en los mejores términos. O en términos en absoluto, una vez que habían dividido el mundo tan bien que nunca necesitarían volver a hablarse.

Sin embargo, si había una cosa que ella podía hacer que los otros Paragones de Pacífica, dispersos por la mitad occidental de Norteamérica en distritos mapeados por población, no podían, sería hacer que el mundo se enfrentara a la crisis de la que nadie quería hablar: los Campeones probablemente morirían o, como Mynx quería, desaparecerían en sus verdaderas pasiones dentro de una o dos décadas. Otros tendrían que dar un paso al frente, o todo se vendría abajo.

El mundo apenas había sobrevivido a una lucha entre los Paragones y las naciones normales que se negaron a ceder. El mundo no sobreviviría a las anomalías luchando por las sobras de Aegis.

—Aegis siempre solía ser quien hacía estas cosas. —Mynx golpeó con un dedo el cristal, el clic de su uña resonando por la habitación. Un sonido constante, continuo. Ella tendría que ser lo mismo—. Reeves, si tengo que hacer lo que odio, bien puedo acabar con ello de una vez.

—¿Qué quieres decir?

—Empecemos con Naija. Siempre fuimos amables la una con la otra, y no debería ser demasiado tarde allí.

—¿Quieres que llame a una Campeona?

—Hazlo.

—¿Y eres consciente de que no tienes tiempo programado con ella?

—Reeves.

—Llamando.

Mynx no escuchó un timbre. Observó el reflejo de su Tama en el cristal, pero por lo demás mantuvo su atención en el paisaje urbano. Millones de personas iban y venían por sus días aquí, y sobre ellos los drones revoloteaban por docenas. Solía olvidar cuántos humanos, normales y anomalías, existían bajo su vigilancia. Era más fácil actuar, en realidad, cuando no sentía el peso de una Campeona presionando cada momento. Mynx no podía volver a la Fábrica lo suficientemente pronto.

Naija respondió con un clic, su rostro aureolado en el Tama, iluminado por lo que parecía luz de fuego. Siempre la guerrera majestuosa, la mirada brillante de Naija se mantuvo nivelada en la vista del Tama. Pintura dorada —o real, Mynx no lo sabía— bordeaba sus ojos, mientras que el resto parecía sin barniz. Posiblemente cubierto por una máscara ahora retirada. El atisbo más leve de un vestido ascendía por Naija con una línea recta plateada en su garganta. Si Mynx se sentía de su edad y, si era honesta, lo aparentaba, Naija había capturado el tiempo y lo había doblegado a su voluntad.

—Diez años —dijo Mynx primero a esos ojos esmeralda—. Demasiado tiempo.

—Demasiado tiempo para que llames sin avisar —dijo Naija—. Hay una razón para esos años. Envié mis condolencias, Mynx. ¿Qué más quieres?

Hostilidad, sospecha. Rasgos que todos los Campeones adquirieron cuando su guerra contra el mundo de los normales se inclinó a su favor y las inevitables consecuencias se hicieron evidentes. ¿Cómo divides un planeta, una población con un millón de diferencias entre ocho personas? Con compromisos catastróficos. Interminables discusiones, acuerdos y desviaciones que corroyeron los lazos que habían durado durante la fundación de los Paragones, durante la transformación de la sociedad. Ninguno se había ido realmente feliz, pero tampoco se habían matado entre ellos.

—A ti, Naija. A ti y a los demás —respondió Mynx, invocando su propia voluntad de acero—. Pedí una cumbre, y no respondiste.

—¿Alguien más lo hizo?

Mynx no respondió. Naija lo sabría por su mirada, y la Campeona de África asintió una sola vez, de manera cortante.

—Dividimos el mundo, Mynx. Lo rompimos porque no soportábamos estar juntos más. E incluso después, seguimos intentándolo. Durante años nos reunimos, y cada vez nos fragmentábamos en nuestras pequeñas facciones. Jugábamos nuestros jueguecitos en nombre de la unidad de los Paragones, y siempre dejábamos a alguien atrás. Tú, yo, Aegis, Apinya. Uno de nosotros siempre tenía que sacrificarse por los todopoderosos Paragones de Aegis.

—Funcionó, sin embargo. La Tierra sigue girando.

—Entonces deja que siga funcionando. Atlantis se las arreglará sola —Naija ladeó la cabeza—. O puedes tomarla para ti. No creo que a nadie le importe.

—No la quiero —Mynx tampoco había querido Pacifica, pero había aceptado la región para mantener las cosas más o menos equitativas entre los Campeones. Había jugado un juego del que quería quedar fuera, uno que ahora dirigía—. Lo que sí quiero es encontrar quién mató a Aegis y detenerlos antes de que lo hagan de nuevo.

—¿Crees que van a intentar matarnos a todos? —dijo Naija—. Audaz.

—Tal vez. ¿Viste el mensaje que publicaron hoy? Está causando estragos aquí. Estamos tomando el control de empresas, enviando más drones a las calles para desalentar cualquier cosa abierta.

—Una mano débil necesita herramientas fuertes.

Mynx frunció el ceño, apartando la mirada de la pantalla. Siempre directa, como ella misma. No podía tomarse el comentario cortante de Naija de manera personal. No ahora, no cuando había cosas más importantes que el orgullo.

—Entonces ustedes son mis herramientas más fuertes —dijo Mynx—. Tú y los otros Campeones. Necesitamos una cumbre. Necesitamos presentar un plan claro para todos que explique qué va a pasar cuando hayamos terminado. Quién va a tomar el control, cómo seguirán las cosas. Es el momento, y tenemos que hacer esto juntos.

Naija se suavizó, negando con la cabeza. —Mynx, me dices que alguien planea matarnos a todos, ¿y luego nos pides que nos reunamos? ¿Por qué no organizar esto a través de los Tamas?

Mynx no habría deseado nada más.

—Los Paragones necesitan vernos unidos de nuevo. En persona —respondió Mynx—. Un comunicado de prensa no tendrá el mismo impacto que todos nosotros juntos. Traemos a los Campeones para una cumbre, y nadie hablará de otra cosa. Tendremos tiempo para encontrar un futuro para Atlantis, y cuando hagamos nuestra jugada sobre cómo funcionará el mundo, todos escucharán porque estaremos juntos para decirlo. Aegis me enseñó al menos eso.

Naija negó con la cabeza lentamente, cerró los ojos y se llevó una mano a la garganta. Cuando abrió sus esmeraldas, Naija se suavizó con ellas.

—Aegis tenía demasiada bravuconería en él —dijo Naija—. Sin embargo, estoy de acuerdo en que puede tener razón en esto —Apartó la mirada de la cámara por un segundo, y Mynx se preguntó si la Campeona de corazón duro se habría hecho una familia allí—. Está bien. Mynx. Si puedes organizar tu cumbre, entonces me presentaré.

—Lo haré —respondió Mynx—. Y Naija, fue agradable hablar contigo.

Una sonrisa delgada. —Lo fue, ¿verdad? Cuídate, Mynx. Ahora solo quedamos siete.

La pantalla se apagó y Mynx dejó caer su muñeca a un lado. Una menos, faltaban seis. Arrastraría a todos los Campeones aquí, a Los Ángeles. En su casa, Mynx tendría la más mínima ventaja en las negociaciones, y cuando reunías a los Campeones, necesitabas cada ventaja que pudieras tener.

—Mynx, quiero informarte —dijo Reeves—. Aún no hemos encontrado a Celice. Atlantis está luchando por mantenerse organizada, y Pixie está pidiendo tu ayuda.

—¿Ayuda cómo?

—Eres una Campeona. Ellos no tienen ninguno. Pixie

quiere que elijas un líder interino. Cree que los demás respetarán tu elección.

—¿Así que voy a Nueva York?

—Eso es lo que Atlantis quiere.

—Entonces eso es lo que Atlantis obtendrá —respondió Mynx—. Sigues llamándome Campeona, Reeves, y puede que empiece a actuar como una.

CAPÍTULO 5

RECORRIDO POR LA ISLA

HABÍAN PASADO treinta años desde la última vez que Thane despertó en el mismo espacio que otro ser humano. Confiar en que Sook no lo mataría durante el resto de la noche fue un salto fácil: Sook moriría de una manera horrible si estropeaba el asesinato, y todo lo que decía la escuálida anomalía indicaba un deseo desesperado de cambiar su sombría vida. Aunque Thane no podía prometer mucho desde su cueva en el borde de la isla, *sí* podía prometer un cambio.

Al venir a la cueva de Thane, Sook había abierto una puerta que ya estaba entreabierta, y ahora que el sol había salido y los caminos estaban despejados, Thane no esperaría más.

Encontraron el desayuno en las frutas y bayas que colgaban de arbustos y árboles cercanos; Sook trepó las palmeras de madera con agilidad, derribando cocos al suelo con una rama o disparándoles con sus ráfagas de viento. Thane primero golpeó las frutas contra las paredes de la cueva, usando la frustración por su aparente invencibilidad para fortalecerse hasta que pudo partirlas con las manos. Sook mantuvo la distancia durante ese arrebato, observando desde detrás de helechos cubiertos de rocío. Thane podía oler el miedo de la anomalía y, mientras devoraba el contenido de cada coco, luchaba contra el deseo de despedazar a Sook. Aun así, saboreó el gusto natural. Comida real, en lugar de ingestas de vitaminas e inyecciones calóricas.

En la prisión de Paragon, las alimentaciones llegaban a intervalos regulares. Tiempos precisos, dosis precisas destinadas a mantener a Thane vivo pero débil. Mezcladas con sedantes que solo se relajarían si los Campeones necesitaban hacer una pregunta a la mente más brillante y más inestable del mundo. Dejado para deambular en una cámara aislada, alimentado con libros e impresiones de revistas científicas y periódicos, Thane había sido bendecido con conocimiento y tiempo, y maldecido por la incapacidad de hacer algo con lo que aprendía. Como un buey criado para arar un campo, Thane sería llamado cuando lo necesitaran y, cuando no, dejado en su jaula para pudrirse.

—Eso podría ser lo más aterrador que he visto jamás —dijo Sook cuando Thane se calmó hasta adquirir el tamaño y la estatura de un hombre mayor.

Los dos se sentaron a raspar el interior blanco y carnoso de los cocos con piedras.

—Entonces has vivido una vida encantada.

Sook se rio.

—¿Encantada? ¿Yo?

—Estás vivo. No tienes exigencias inmediatas. Estás en una isla hermosa con abundante comida —Thane masticó—. Comparado con toda la historia humana, tus circunstancias son bastante maravillosas.

Sook se detuvo. Miró el coco en sus manos.

—No sé si todo eso, pero quédate en esta isla por un tiempo y verás cómo te gusta.

—Comparado con donde estaba —dijo Thane—, esto es un paraíso. Cuando me encontraste, estaba tan relajado que casi muero.

—¿Tan relajado? ¡Casi me matas!

—Antes de eso.

—Ah, claro —Sook arrojó las cáscaras hacia los helechos
—. Entonces, sabes que vine aquí a buscarte, ¿verdad?

—Mencionaste que esta isla tiene amos. Supongo que uno
te envió.

—Digamos que sí —Sook miró hacia arriba y a lo lejos,
hacia un par de gaviotas que volaban por el cielo—. La cosa
es que no son realmente amos. Solo anomalías que reunieron
a un grupo de amigos y decidieron que parte de la isla era
suya. Ahora pelean entre ellos todo el tiempo.

—Por supuesto que lo hacen. Porque carecen de un verdadero líder.

—Y ese eres tú, ¿verdad?

—Lo soy —Thane nunca pudo entender cómo tanta gente
tan mala para liderar a otros encontraba su camino hacia posiciones de poder. La codicia y la fuerza podían llevarte a la
cima, quizás, pero no podían mantenerte allí por mucho
tiempo. La sabiduría, la paciencia y la despiadad tenían que
jugar un papel para que un reinado se mantuviera—. Integra-
remos a estos otros en nuestro grupo, Sook, y juntos nos libe-
raremos de esta prisión.

—¿No dijiste hace un minuto que esta prisión era mejor
que la mayor parte de la historia humana?

—Sook, un buen sirviente sabe cuándo mantener la boca
cerrada.

—Claro.

Sook lideró cuando partieron, caminando lentamente a
través de la maleza. Una brisa racheada proporcionaba frescas
pausas del calor tropical del sol, aunque ofrecía poco alivio de
las moscas nativas de la isla y otros insectos revoloteadores.
El sudor resultó más sabroso que las flores blancas y moradas
que salpicaban los extremos de las frondas, y pronto Thane y
Sook se encontraron asediados por plagas. Buscaron protección arrancando helechos frondosos y usándolos como gigan-

tescos abanicos mientras marchaban colina abajo, a través de una jungla que se volvía progresivamente más densa a medida que avanzaban. Los helechos se espesaban, los árboles desarrollaban troncos más gruesos, y encontraron numerosos arroyos que corrían junto a ellos en su marcha hacia la costa.

El humo negro se elevaba desde varios fuegos, marcadores que señalaban su camino.

—Mencionaste varios amos —dijo Thane—. ¿Hacia cuál nos dirigimos ahora?

—Ella se hace llamar el Vacío —respondió Sook, esquivando un tronco cubierto de musgo—. Creo que ese título es un poco grandioso, pero nadie se lo va a discutir. Al menos si lo hacen, tienden a morir.

—Así que gobierna por miedo.

—Todos lo hacen —respondió Sook—. ¿Qué más van a usar? ¿Dinero?

Una promesa de seguridad. Sociedad comunal. Thane podía encontrar muchas razones para que la gente trabajara junta, pero quizás una isla de rechazados y criminales de Paragon no era el lugar ideal para esperar tales cosas.

—¿Le tienes miedo, Sook?

La anomalía miró hacia atrás a Thane, tropezando con un palo mientras lo hacía y trastabillando hacia adelante, apoyándose contra una palmera. Sook compuso en su rostro delgado esa falsa pose de confianza tan favorecida entre los débiles de carácter. Valentía fingida para poder vivir con el resto de tus decisiones cobardes. Si Thane no sabía cómo tantos incompetentes acababan liderando a otros, sí conocía bien cómo los pusilánimes terminaban atrapados siguiendo sus pasos.

—No tengo miedo —dijo Sook, manteniendo la espalda contra el tronco de la palmera—. Pero no puedo vencerlos yo solo. Por eso fui a buscarte. Según lo veo, todos en esta isla necesitan unirse o van a morir.

—¿Acaso no vamos a morir aquí de todos modos? —Thane señaló hacia la pared de drones—. Mynx nunca nos dejará salir.

—Sí, prefiero morir a mi manera en lugar de por una puñalada por la espalda o que me revienten las entrañas.

—¿Eso pasa aquí?

—He visto anomalías morir de más formas de las que creía posibles —Sook se estremeció—. Necesitas amigos para sobrevivir aquí. De lo contrario, alguien que no conoces se te acercará y te hará pedazos con los ojos o algo así.

Una imagen interesante y, aquí, muy posible.

Tantas armas volviéndose unas contra otras ahora mismo. Si Thane pudiera apuntarlas en la dirección correcta, unirlas bajo un objetivo específico —digamos, salir de esta isla—, entonces bien podrían atravesar la pared de drones. Volver al mundo. Luego, con todo el poder de fuego a su disposición, Thane podría dirigirlos contra los Paragones y desatar el caos. Proponer una forma diferente de gobernar el mundo, una respaldada por la fuerza. No la autocracia artificial impuesta por los Paragones, sino una sociedad de libre flujo, impulsada por la iniciativa, con Thane y sus anomalías sirviendo como límites.

La gente podría llegar tan lejos como sus habilidades se lo permitieran. ¿No era ese el ideal bajo el que Thane había crecido, en los viejos tiempos? Un regreso, pero esta vez con barandillas de seguridad potenciadas por anomalías.

—¿Estás bien? —preguntó Sook mientras se agachaban para pasar por debajo de una cascada que caía desde un saliente. A Thane no le importaba el fresco empapón, que reducía su ropa ya sucia y estirada a harapos—. Estás muy callado ahí atrás.

—Reflexionando —respondió Thane, pero intentó apagar el ejercicio mental. Ya sentía sus huesos más débiles, sus músculos más delgados, y respiraba con más dificultad que antes mientras daba pasos más cortos—. Cuando lleguemos a esta Void, ¿qué hará ella?

—Depende de su humor, supongo —dijo Sook—. Si está contenta, tal vez nos agregue a su grupo ahora que te he traído. Si no lo está, entonces estamos muertos.

—Tú, tal vez.

—No creo que tú tampoco puedas con ella —replicó Sook—. Por más grande que te hagas, eso no evitará que te haga un agujero en la cabeza.

Esa amenaza bastaría. Thane podría alimentar la chispa de ira para mantenerse fuerte, para seguir adelante mientras el día avanzaba y se acercaban cada vez más al nivel del mar. Ya podía oír las olas lamiendo la playa, y las aves revoloteantes más arriba en la isla habían sido reemplazadas por otras más propensas a corretear por el suelo. Los arroyos dispersos se habían convertido en riachuelos más imponentes, que se apresuraban hacia su madre salada. Un lugar hermoso para comenzar el fin del mundo.

CAPÍTULO 6
UNIDOS

UNA BALA. Eso era lo que había causado la herida de Calvin, un feo impacto que había logrado rozar el costado de la anomalía sin perforar ningún órgano. Kat agotó su botiquín de primeros auxilios, extendiendo ungüentos sobre el corte sangriento y considerando si podría coserlo antes de recordar que iban a un hospital. Le había prometido a Gordon que estaría allí para recogerlo, y aunque las necesidades inmediatas de Calvin parecían más importantes que ser una buena amiga para un rastreador por lo demás capaz, ¿por qué no resolver dos problemas a la vez?

—No voy a ir a un hospital —dijo Calvin, haciendo un trabajo admirable para mantener el dolor fuera de su voz.

—No seas tonto —dijo Kat—. Estás registrado. Ahora estás en las listas de Paragon. Ellos lo pagarán.

Calvin se quedó en silencio ante eso, mientras Kat deslizaba una gasa sobre la herida y la aseguraba con cinta adhesiva. No era exactamente el tratamiento médico preferido, pero la solución debería mantener la sangre bajo control hasta que pudieran llegar al centro de la ciudad. Ya había hecho que Tap llamara a un pod usando su designación de rastreadora de emergencia, una herramienta útil cuando necesitaba llegar a algún lugar rápidamente. Abúsala y la perderás, pero hasta ahora, Kat había logrado mantenerse en el lado bueno de Mynx. Tantas reglas y regulaciones que los rastreadores tenían que seguir, pero Kat llevaba el tiempo suficiente en esto como para que la mayoría se sintiera como un hábito.

Calvin, mientras tanto, no hablaba. Solo se sentó en la cama mirando a la nada. ¿Perdido en sus pensamientos tal vez?

—¿Estás bien? —preguntó Kat, alejándose de él y comenzando a ponerse sus abrigos de nuevo.

—Sí, estoy bien —dijo Calvin, volviendo sus ojos hacia ella—. Es solo que... tienes razón. Puedo ver a un médico. Yo, eh, nunca lo he hecho antes realmente.

Kat torció la boca.

—Por lo que puedo ver, todavía tienes tus dientes y no pareces estar muriendo de alguna enfermedad.

—Las familias de acogida me ayudaron al principio. No fue muy difícil mantenerme limpio.

—Definitivamente no estabas limpio —dijo Kat, y luego se dobló cuando Seeker golpeó su cabeza contra sus rodillas. El perro quería salir a dar otra vuelta por la manzana, un paseo que no iba a suceder ahora—. Vamos, vámonos. Gordon ya te odia lo suficiente, y no va a mejorar si llegamos tarde.

—¿Gordon? ¿Es ese el otro rastreador con el que estabas?

—¿El que casi matas? Sí. Estará encantado de verte de nuevo.

Gordon, de hecho, no parecía encantado de ver a Calvin de nuevo. Kat y la anomalía herida —Seeker, decepcionado, se había quedado atrás— tomaron un pod hacia el extenso complejo médico que había crecido alrededor del Centro Médico de la Universidad de Chicago. Impulsados por las infusiones de representantes de Paragon y anomalías con diversos poderes regenerativos, nuevos edificios surgían como maleza, cada uno prometiendo a los pacientes una cura total para males específicos, todo garantizado por los fondos de Paragon. Las habilidades de las anomalías para erradicar cánceres con un toque o reestructurar piel y hueso como si moldearan arcilla, hicieron que las dificultades de la atención médica desaparecieran. Ahora el bombo se centraba en la esperanza de vida y en si la verdadera inmortalidad estaba a solo una anomalía de distancia.

Nada de eso significaba que no pudieras destruirte si elegías la batalla equivocada.

Gordon no se veía tan devastado como Kat lo recordaba, pero el rastreador había perdido peso durante su semana de convalecencia y había cambiado un bronceado sutil por la palidez de aquellos cuyos cuerpos tenían prioridades distintas al cuidado de la piel. Sin embargo, Gordon se había arreglado el cabello y había logrado ponerse una camiseta y unos vaqueros de marca Paragon, dándole una apariencia aceptable como alguien que pertenecía a la sociedad en lugar de a una habitación de hospital.

Gordon estaba sentado en una silla en el vestíbulo principal, bajo una imponente escultura que representaba a Hipócrates —no el antiguo griego, sino una anomalía con el mismo nombre que podía, como Jesús convirtiendo el agua en vino, transformar un tipo de sangre en otro con un toque—; la estatua tenía los brazos extendidos, una amplia sonrisa, toda benevolencia.

Kat nunca tenía que capturar a estas anomalías, las que tenían habilidades amables y gentiles. Todas sus misiones la enviaban tras los asesinos, los renegados y los vagabundos que se negaban a participar en un sistema que podía producir lugares como este. Aun así, dada la probable e inevitable insuficiencia hepática inducida por el alcohol de Kat, no podía quejarse demasiado de los milagros médicos. Era difícil quejarse cuando podías quedar medio congelada por dentro y aun así sobrevivir.

—¿No es cierto? —dijo Kat, acercándose por detrás a Gordon, que estaba absorto en algo en su Tama.

—¿Qué? —dijo Gordon, volviéndose para mirarla, esbozando esa sonrisa instantánea que solía hacerle dar un vuelco al corazón.

—Me debes una —dijo Kat.

—¿Ese es el saludo que recibo?

—Levántate y tal vez te dé un abrazo —Kat cruzó los brazos, las mangas de su chaqueta crujiendo una contra otra.

Gordon logró moverse sin demasiados crujidos, aunque usó la silla como apoyo. Dio un paso hacia Kat, extendiendo los brazos, y Kat retrocedió en consecuencia.

—Dije tal vez —Kat meneó un dedo, luego se rio de la cara dolida de Gordon y se lanzó a abrazarlo.

—Gracias, Kat —dijo Gordon, su barbilla rozando la sien de ella—. Lo digo en serio.

Se separaron, los brazos de Gordon cayendo como si ya no supiera qué hacer con ellos. Kat volvió a cruzar los suyos, inclinó la cabeza hacia un lado y se preparó para pedirle un favor.

Sin dejar que Gordon dijera una palabra, Kat le contó la historia de Calvin —el anomalía se había escabullido a la sala de emergencias para que lo cosieran adecuadamente, escapando de esta reunión— y terminó con una pregunta cargada de intención:

—Así que Calvin cree que los Elementales lo persiguen. ¿Tienes algún contacto aquí, en la ciudad, que pueda ayudar?

Gordon la miró fijamente, luego se rió y negó con la cabeza.

—Vaya, Kat, pensé que venías aquí porque eras amable. ¿Crees que voy a ayudar a Calvin? ¿Al tipo que me puso aquí?

—Para ser justos, lo estábamos persiguiendo.

—¡Porque rompió la ley!

—Porque obtendríamos reputación si lo atrapábamos —dijo Kat—. No te hagas el noble conmigo, Gordon. No somos santos.

—Tampoco somos demonios como ese.

Kat le lanzó una mirada fulminante, pero Gordon se la sacudió. Alcanzó su mochila, otro regalo del hospital de Paragon lleno de, Kat suponía, el equipo de rastreo que Gordon llevaba durante su confrontación con Calvin. Se la echó al hombro, le dirigió a Kat una mirada helada y comenzó a caminar lentamente hacia la salida. Sin abrigo, sin nada ni remotamente apropiado para el clima.

—Gordon, para ya —dijo Kat a su espalda—. Estás siendo estúpido.

—Al menos no te estoy apuñalando por la espalda.

—Y ahora estás siendo dramático.

Gordon no se dio la vuelta, siguió caminando hasta que llegó a la enorme puerta giratoria diseñada para hacer entrar y salir pacientes a un ritmo alarmante. El guardia de seguridad, que hacía doble función como protector y guía de pacientes, le lanzó a Gordon una mirada de "¿estás loco?", pero no logró interceptar al rastreador hasta que Gordon se había metido en el giro imparable de la puerta. Mientras la puerta se ajustaba al paso glacial de Gordon, este no se ajustó a la repentina bofetada de febrero, que lo empujó de vuelta a la puerta y lo hizo girar hasta que salió adentro, justo frente a la sonrisa burlona de Kat.

—¿Te divertiste? —dijo Kat.

—No. —Gordon intentó pasar junto a Kat hacia quién sabe dónde. Kat se interpuso en su camino una vez, dos veces, ganándose una mueca—. ¿Qué estás haciendo?

—¿Podrías madurar? —Kat señaló de vuelta hacia la silla de Gordon—. Hay más cosas en juego aquí que tu festival de autocompasión.

Esas palabras arrancaron un suspiro de Gordon, quien pareció aceptar su lamentable estado y ceder ante la demanda de Kat. Juntos, con Kat ofreciendo su hombro como apoyo, la pareja ocupó dos sillas.

—Todo se ha ido al infierno esta semana —dijo Gordon—. ¿Te has mantenido al día?

Solo había una cosa a la que Gordon podía referirse con ese comentario.

—¿Aegis? —dijo Kat—. Sí.

No había mucho más que pudiera añadir. ¿Qué se dice cuando muere una leyenda? Aegis nunca le había parecido del todo real a Kat, alguien que parecía existir pero que ella nunca conocería. Que aparecía en fotos y noticias, pero estaba tan lejos de su vida cotidiana que apenas pensaba en él. Y sin embargo, sin él, sin los Paragons funcionando en plena forma, se sentía como si una manta protectora hubiera desaparecido.

—Pensé que tenía la vida bastante bien resuelta —dijo Gordon mientras ambos observaban el ir y venir de pacientes, proveedores y drones médicos frente a ellos—. Me gusta mi trabajo, aunque casi me mate de vez en cuando. Me gusta la gente, como tú.

—Gracias.

—Pero nunca pensé que todo podría desaparecer. —Gordon dirigió los ojos a su Tama, revelando el editorial, en opinión de Kat, algo histérico que Gordon había estado leyendo, que declaraba que todos deberían acumular toda la comida y agua que pudieran para sobrevivir al fin de los tiempos—. Me pregunto si alguien ve venir cambios como este.

—Probablemente el tipo que mató a Aegis. Él probablemente lo vio venir.

Gordon le dirigió a Kat una mirada extraña

—¿Eres capaz de bromear sobre esto?

—¿Tú no? —Kat se encogió de hombros—. No es que no esté nerviosa, Gordon, pero si no puedo levantar un muro sarcástico, me voy a desmoronar. Además, no hay nada que pueda hacer sobre Aegis. Hay algo que puedo hacer sobre Calvin.

—Claro. Ayuda al anomalía mortal, ignora que el mundo se está desmoronando.

—Exacto.

Gordon resopló. ¿Se lanzaría a otra diatriba sobre cómo a Kat no le importaba lo suficiente el mundo en general? Eso había sido un clásico de sus días de noviazgo, las abrumadoras avalanchas de noticias de Gordon, declamando esta y aquella diatriba detallada a Kat con un desdén devastador. Kat a menudo había sobrellevado estas repasando, bueno, sus últimas cacerías en su cabeza, analizando sus errores y cómo mejoraría, o cantando, en silencio, el último himno de la estrella del pop más reciente. No es que a Kat no le importara el mundo en general, simplemente no giraba su vida en torno a él.

Esta vez, sin embargo, ya fuera debido a su debilidad persistente o a la comprensión de que Kat no cambiaría, Gordon se contuvo. Se quedó callado y luego preguntó:

—Entonces, ¿qué quieres?

—Los Elementales. Quiero saber cómo encontrarlos —dijo Kat, y luego le contó sobre sus encuentros con Beth, la Elemental que le había pedido que capturara a Calvin y se lo entregara—. Pero ella fue la que me encontró a mí. No puedo, ya sabes, silbar y hacer que aparezca de la nada.

Kat no había intentado eso, en realidad, pero parecía poco probable.

—Has estado en Chicago más que yo últimamente —respondió Gordon, pero su voz tenía ese tono escurridizo, como alguien tratando de escapar sin revelarlo todo—. ¿No conoces a nadie?

—Si lo conociera, no te estaría preguntando —dijo Kat—. No me gustan las grandes peleas de anomalías, así que los Elementales están muy fuera de mi zona de confort.

—Sin embargo, vas a buscarlos. Por este tipo.

—Oye, Calvin es mi objetivo. Se supone que me hará ganar reputación. Estoy protegiendo mi inversión.

—¿Eso es todo lo que es?

—Deja de cambiar de tema. Si conoces a alguien, dímelo. Si no, supongo que tendré que buscar algo por mi cuenta.

Gordon se frotó la frente, pasó la mano por su boca y bajó por su barbilla, un limpiado completo de cara con la mano, algo que Kat consideró una mala idea dados todos los gérmenes que rondaban por un hospital, pero bueno, no era su cuerpo.

—Hay un mercado de carne. Un tipo allí solía transmitir mensajes cuando los Paragons y los Elementales estaban hablando —dijo Gordon—. Te enviaré la información. Aunque esto fue hace tiempo. Cuando Mynx acordó no volcar a todos los Elementales en la base de datos para que los cazáramos. Yo era bastante nuevo entonces.

Con el dique roto y el objetivo alcanzado, Kat y Gordon se sumergieron en una conversación más casual, pasando la siguiente hora hasta que, luciendo incómodo y fuera de lugar, Calvin se acercó con el costado recién vendado. Al parecer, su herida no era lo suficientemente grave como para recibir el tratamiento especial de la anomalía.

—Calvin —dijo Kat, poniéndose de pie y colocándose, en parte, entre Gordon y la anomalía—. Este es Gordon. Sé que ya se han conocido antes, pero ¿qué tal si se dan la mano? ¿Intentan no matarse el uno al otro?

Ninguno de los dos extendió el brazo. Ninguno ofreció una sonrisa.

Genial. Esto iba a ser estupendo.

CAPÍTULO 7
REFLEXIONES

EL ÚLTIMO SUSPIRO del crepúsculo situó a Zhan-Yo frente a un reluciente edificio de apartamentos. Un oso verde de neón, erguido sobre sus patas traseras, servía como agresivo logotipo para el nombre de la torre, una elección apropiada. Aunque el edificio compartía las sutiles curvas y el diseño revestido de cristal con malla solar que había invadido todas las construcciones más nuevas de la ciudad, un borde de cobre arrugado creaba una sensación de pelaje de oso. Zhan-Yo no había estado antes en este edificio, lo que lo convertía en una buena opción para esconderse; si bien hacía tiempo que había desactivado el rastreo de ubicación de su Tama, no podía controlar que otras cámaras vieran y catalogaran cada uno de sus movimientos, y los Paragons podrían tener sus lugares frecuentados en una lista de vigilancia por drones.

Wexley había aprobado cada escondite, sin embargo, y este parecía encajar de manera única con su lugarteniente. Al subir los escalones, Zhan-Yo no vio ningún portero, y las puertas mismas proyectaban un saludo en sus oscuras superficies de cristal. La menor interferencia humana posible. Las letras verdes a juego desplegaban frases trilladas sobre el hogar y el calor del hogar mientras corrían por el cristal, como si las propias frases estuvieran huyendo del oso del edificio. Un contorno luminoso apareció en el centro, superpuesto a la línea que separaba las dos puertas de entrada. Según algún algoritmo de observación, el cuadrado se posicionó a la altura perfecta para los ojos de Zhan-Yo, y el líder de la revolución, campeón de los pueblos libres, esperó a que una cerradura elegante le diera acceso.

—Lo siento —dijo la puerta desde un altavoz incrustado en su base mientras el círculo verde se desvanecía en rojo—. No eres un residente, ni estás en la lista de invitados. Si ha habido un error, por favor, contacta con tu anfitrión o con el administrador del edificio.

¿Se habría equivocado de lugar? Zhan-Yo miró su Tama, comprobó la dirección que Wexley le había enviado con los números verdes brillantes incrustados en la pared a la derecha de la puerta. Coincidían. Este debería ser el siguiente escondite... a menos que los Paragons se le hubieran adelantado.

Zhan-Yo giró sobre sí mismo, manteniendo los pies nivelados en el escalón y llevó las manos hacia atrás, agarrando las empuñaduras de sus tachi. Las espadas podrían no servir de nada contra una fuerza de drones, pero Zhan-Yo preferiría morir luchando que indefenso. Las revoluciones podían usar mártires, y aunque no aprobaba exactamente esa ruta, Zhan-Yo la aceptaría.

Nada esperaba en la calle lateral salvo una pareja al otro lado que se giró, vio el gesto de Zhan-Yo hacia las armas y aceleró el paso. Su paranoia añadió picante a una noche de cita, y poco más. Zhan-Yo se quedó de pie, observando cómo su aliento se convertía en vaho, y se calmó. Ni drones, ni Paragons. Aún no lo habían encontrado.

—¿Te ha seguido alguien? —preguntó Wexley mientras el

suave sonido de succión anunciaba que las puertas cerradas se deslizaban para abrirse—. ¿Estás bien?

Zhan-Yo miró hacia atrás para ver la mano de Wexley bajo su gran abrigo negro, sin duda alcanzando un arma muy ilegal. Los ojos de Wexley escanearon la calle mientras Zhan-Yo reconocía que no, no lo estaban persiguiendo. Solo estaba demasiado tenso.

—Con lo que le pasó a Rhimes, deberías estarlo —dijo Wexley—. Vamos, entra.

Wexley se mantuvo en el camino de la puerta el tiempo suficiente para que Zhan-Yo pasara, el sistema de seguridad derrotado por la necesidad primordial de no aplastar a alguien entre las puertas. Más allá, el vestíbulo del edificio se abría a una elegancia pseudo-rústica, nuevamente exprimiendo el tema del oso hasta el límite. Luces amarillas cálidas parpadeaban, imitando velas, contra alfombras rojo sangre bordeadas con patrones dorados. Sillas de madera oscura, cubiertas con cojines color borgoña, se disponían en formaciones alrededor de mesas de café similares, cada una con una o dos ramitas de pino envueltas alrededor de un cuenco de popurrí que emanaba aromas de bosques del norte. Los bancos de ascensores en la parte trasera del vestíbulo arruinaban la imagen, sin embargo, quemando el efecto con sus paneles digitales y puertas de metal gris.

—Este es un lugar impresionante —dijo Zhan-Yo mientras Wexley lo guiaba—. No es lo que esperaba.

—Ese es el punto —respondió Wexley—. Es ridículo. Todos los que alquilan aquí están tan locos como nosotros.

—Puede que tengas razón —Zhan-Yo nunca había estado en una cabaña de cazadores, nunca había experimentado la verdad detrás de un escenario como este. Este vestíbulo no le hacía lamentar eso—. La puerta no me dejó entrar.

—Intencional —dijo Wexley—. Un sistema menos con tu información incrustada en su base de datos.

Cierto. Habiendo crecido y vivido durante una época en la

que cada acción que realizaba era catalogada y aprovechada para su supuesto beneficio, Zhan-Yo tenía malos hábitos que matar. Ser dueño de Ziran, una empresa con una gran pila de ingresos provenientes de la minería de datos, no lo hacía más fácil. Ahora cada bit de esos datos podría ser usado en su contra.

¿Irónico? Quizás.

¿Inconveniente? Definitivamente.

El apartamento de Wexley era un acto desafiante contra el tema declarado del edificio. Piezas plateadas y cromadas deslumbrantes esparcidas por todas partes, como si se hubieran comprado con el único propósito de que cada silla, electrodoméstico o marco de foto pudiera captar la luz blanca y reflejarla por toda la habitación. Zhan-Yo se cubrió los ojos al entrar detrás de Wexley, quien se puso las gafas de sol sin comentarios. Un aroma artificial a lila llenaba el aire, y una suave música house resonaba de fondo desde altavoces que Zhan-Yo no lograba ubicar. Una botella de vino tinto, con dos copas haciéndole compañía, ocupaba el centro del escenario en una mesa de cristal y metal sin adornos.

—Este lugar te va como anillo al dedo —logró decir Zhan-Yo.

—Tiene un propósito —respondió Wexley—. Todos los reflejos y la luz dificultan que ojos externos vean hacia adentro. Si quieres esconderte de los drones, vienes aquí.

—¿No podrían asumir que un lugar diseñado para bloquearlos debería ser el objetivo claro?

Wexley no dijo nada, luego se dirigió a la botella de vino, desenroscando la tapa y vertiendo el líquido. Zhan-Yo encontró una silla y la ocupó, dejando caer su pequeña mochila y sus espadas en la esquina junto a la puerta. Las movería al dormitorio más tarde, manteniéndolas al alcance de la mano, pero la carrera del día lo había agotado y quitarse el peso de la espalda parecía una prioridad mayor.

—Tu mensaje no hizo muy feliz a mucha gente —dijo

Wexley mientras tomaba asiento junto a Zhan-Yo, con el vino entre ellos—. Estás siendo agresivo.

—Ellos están siendo lentos.

—Los grandes barcos tardan mucho en girar, especialmente a esta distancia.

—Tuvieron suficiente advertencia —Zhan-Yo hizo girar el vino tinto, observando cómo se deslizaba desde los lados de la copa de vuelta a la base—. Si no les damos un empujón, nunca se moverán. Mi padre nunca lo hizo.

En cambio, el padre de Zhan-Yo había pasado el ascenso del Paragon primero negando las implicaciones y luego quejándose de ellas incluso mientras guiaba a Ziran para aprovechar el nuevo mundo. Años y años gastados en una rabia sin dientes, y ahora que Zhan-Yo había actuado, parecía que los normales restantes con algún poder no querían arriesgarse a perderlo. Cobardes sin fe.

—No te ganarás su lealtad haciéndoles perderlo todo —Wexley se había quedado con el abrigo y los guantes puestos, un indicador tan claro como cualquier otro de que Zhan-Yo se quedaría aquí—. Estaba trabajando en ellos, Z. Habrían cedido eventualmente.

—Sí, es fácil decirlo cuando no has perdido nada. Los drones me están cazando todo el tiempo, Wexley, y seguirán encontrándome.

—Rhimes lo había hecho bien, hasta hoy.

—Lo siento por eso, pero no hice esto para quedarme callado —dijo Zhan-Yo—. Sylvie no murió para que me escondiera en edificios abandonados y esperara a que la humanidad encontrara su coraje.

—Ella no tenía que morir en absoluto. Fue su propia culpa.

Arrojar el vino a la cara de Wexley habría sido tan, tan satisfactorio, pero Zhan-Yo se apoyó en el autocontrol que lo había llevado hasta aquí. Wexley era prácticamente todo lo que le quedaba, y si Zhan-Yo alejaba a su lugarteniente, entonces la revolución moriría antes de realmente comenzar. Así que en lugar de eso, se tragó la ira y dirigió la conversación hacia la idea que la reemplazó.

—Sylvie vivía apartada de todo —dijo Zhan-Yo—. De alguna manera, hacía lo que había que hacer y nunca temía a los drones, ni a los Paragons. ¿Cómo?

Wexley se bebió su copa de un trago y se puso de pie.

—No lo sé, Z. Ella tenía entrenamiento, ¿no? —Miró su Tama—. Pero tengo que limpiar tu desastre. Deberías estar a salvo aquí por un tiempo. Solo avísame antes de que decidas perder el control de nuevo, ¿de acuerdo?

—¿Vas a recuperar a Rhimes?

—Entre otras cosas —Wexley se dirigió a la puerta, sin abrirla del todo todavía—. Voy a ver si podemos sacar algo de tu arrebato. Si podemos forzar a alguien a hacer un movimiento, eso debería alejar algo de presión de ti. De Ziran. Cuando no estemos corriendo y escondiéndonos, podremos elaborar un plan real.

—Bien —Quedaba más de la mitad de la botella de vino, y toda la noche para que Zhan-Yo la bebiera—. Gracias, Wexley. Hazme saber qué puedo hacer.

—Para empezar, quédate callado —respondió Wexley—. Buenas noches, Z.

Después de su primera copa, Zhan-Yo bajó las luces. Encendió las noticias. Los presentadores parloteaban sobre esto y aquello mientras Zhan-Yo bebía más y más, hasta que vació la botella y su mente giraba más rápido que la habitación.

Sylvie lo había hecho tan bien. Había tirado de hilos que Zhan-Yo no podía ver, y luego lo había dejado antes de que pudiera aprender. Algunos dirían que Zhan-Yo, cerca de los sesenta, era demasiado viejo para convertirse en un agente letal, pero estaba en forma, sabía cómo matar a un hombre. Lo que Zhan-Yo necesitaba ahora eran los recursos que Sylvie tenía, las herramientas que le permitían moverse sin ser vista, los contactos en las sombras para completar los trabajos mortales que necesitaban hacerse.

Si Wexley había tomado el lugar de Zhan-Yo en la cima de la torre corporativa, entonces Zhan-Yo tenía que encontrar un nuevo papel. El lugar de Sylvie estaba vacante. Él lo ocuparía.

A ella le habría gustado eso.

CAPÍTULO 8

UN MUNDO CERRADO

EL PERFIL de Nueva York cambiaba más que cualquier otro que Mynx conociera. La ciudad se reinventaba continuamente, a menudo epicentro de un terremoto cultural, para luego reconstruirse de nuevo. Sin embargo, las nuevas luces que ahora peinaban los cielos no pertenecían a edificios: drones patrullaban a todas horas. Escrutaban en busca de insurrección, de revolución.

Hace décadas, esos mismos drones habrían sido el enemigo número uno. Un claro peso sobre las libertades e ideales que los Campeones adoptaron en sus primeras incursiones juntos, una vez que los gobiernos del mundo decidieron que tenía sentido contar con un equipo de anomalías listo para aniquilar cualquier amenaza. Los Campeones habían sido empapelados con tantas frases inspiradoras —cada uno de ellos tenía que defender, especialmente, un derecho elegido; el de Mynx había sido el conocimiento— que, como una droga adictiva, la postura constante había cambiado su percepción. Casi al unísono, los ocho Campeones se dieron cuenta de que la base misma de su poder estaba, al mismo tiempo, violando las libertades que los Campeones buscaban preservar.

—¿Recuerdas cuando los derribamos? —preguntó Mynx a Reeves, mientras su jet unipersonal se dirigía hacia la gran torre del Parangón, cerca de Central Park. El Bastión brillaba de un azul profundo esta noche, como lo había hecho cada noche desde la aparente muerte de Aegis —Mynx no le había dicho a nadie que tenía al antiguo líder de los Campeones congelado en lo profundo de su Fábrica— y aunque el Bastión no era el edificio más alto de esa hilera de relucientes dientes metálicos, no podía pasar por alto su icónica fachada curva.

—Perfectamente. Mis recuerdos no se degradan —dijo Reeves—. ¿Quieres que los reproduzca para ti?

Eso significaría cruzar el umbral, y Reeves lo sabía. Los Paragones no habían tomado el poder con buenos deseos pacíficos. Los ejércitos no se habían rendido, ni tampoco los líderes libres. Con solo ocho Campeones, conquistar miles de millones habría sido imposible. Apinya, aquella lectora de mentes, había ideado una estrategia mejor que la guerra abierta: el pueblo. Apinya había argumentado durante una de sus últimas discusiones, cuando los ocho mostraban una frustración creciente en sus rostros, que la lealtad del público era algo efímero. No les importaba quién estuviera al mando mientras la gente y sus familias tuvieran lo que necesitaban y un poco de lo que querían.

Dale estabilidad al pueblo y te elegirán.

—No, debería concentrarme en el aterrizaje.

—Hace mucho que no vuelves a esas grabaciones.

—No me gustan.

—Solías decir que te mantenían centrada.

—Reeves, eres una computadora, no mi terapeuta.

Los drones venían en todos los sabores, pero los que sobrevolaban la ciudad de Nueva York estaban entre los más complejos. Detener el crimen y ayudar a los necesitados requería un razonamiento complejo, numerosas herramientas y la flexibilidad para usarlas. Mynx no había perfeccionado sus drones modernos, pero funcionaban lo suficientemente bien como para mantener las bajas lo bastante bajas como para que los civiles aceptaran su protección constante, incluso con el costo ocasional.

Había sido mucho más fácil construir una flota específica con un solo propósito asesino. Pequeñas cosas, capaces de insertar algunas burbujas de oxígeno en la sangre. No había lógica profunda allí. Sin embargo, requerían sincronización. Y algo que se encargara de ellos si alguno se perdía en su viaje por el mundo.

—Me gusta pensar que soy mucho más que una computadora —Reeves tenía la capacidad de sonar ofendido, y Mynx a menudo tenía que recordarse a sí misma que Reeves realmente era solo una colección de código—. Después de todo, soy tu amigo.

—Una declaración audaz —Mynx sonrió mientras los motores del jet rotaban verticalmente, permitiendo que el avión descendiera sobre la plataforma de aterrizaje en la azotea del Bastión—. Pero creo que tienes razón.

Mynx había desactivado los pequeños robots asesinos después de la misión, después de que el primer trabajo de Reeves fuera un éxito rotundo. El mundo había sido sumido en el caos en una sola noche. Mynx y sus drones se encargaron de los líderes, Aegis y sus anomalías se ocuparon de las armas, y los Campeones, junto con las filas recién formadas del Parangón, prometieron paz. Hubo luchas, pero para una toma de control total, se había derramado muy poca sangre. Aegis lo había proclamado como evidencia de que estaban destinados a esto desde el principio.

Ahora los había dejado para que averiguaran qué venía después.

Mynx había entrado al Bastión varias docenas de veces por la puerta de la azotea, una entrada sinuosa que seguía girando más allá de la puerta hacia las grandes antenas que coronaban el edificio con su lenta luz azul parpadeante. La puerta en sí no tenía pomo, manija u otro mecanismo para forzarla a abrirse. En su lugar, la losa de acero no cedía ni daba pista alguna de sus secretos. Para alguien no familiarizado con su funcionamiento, parecería que esto no era más que una pared particularmente brillante. Dos luces amarillas parpadearon al acercarse Mynx, y ella miró la puerta con una mirada limpia y directa.

Pequeñas cámaras estarían enviando la imagen de Mynx al apartamento de Aegis, que ahora debía pertenecer a Celice. Mynx aparecería en uno de los monitores junto al mirador de cristal, o quizás en el Tama de Celice si no estaba en la sala principal. La hija de Aegis vería que Mynx había llegado, y aunque no había respondido al llamado anterior de Mynx, Celice no dejaría a su amiga en la fría azotea. Mynx llevaba uno de sus uniformes especiales del Parangón, diseñado para una acción flexible, con tela cinética configurada para quemar su energía manteniendo a Mynx caliente. La energía cinética, sin embargo, requería impulso para cargarse, y estar de pie frente a esa puerta no proporcionaba ninguno en absoluto.

—Celice —dijo Mynx; las cámaras también podían captar audio—. Abre.

Mynx contó diez segundos, cada número exhalando un aliento blanco en el aire. Sin respuesta.

—¿Polly? —Mynx probó con la IA del Bastión—. ¿Está Celice en casa?

Sin respuesta, ni siquiera para Mynx.

—Tu traje se está quedando sin energía —habló Reeves desde el Tama—. ¿Quieres volver al jet? Podemos redirigir a La Guardia y puedes entrar de la manera normal.

—Esta es *mi* manera normal —dijo Mynx—. Tráeme de vuelta si me enfro demasiado.

La Campeona de Pacifica se dirigió a la puerta, extendió la mano, tocó su superficie helada y se hundió en ella.

Espinas negras y erizadas se alzaban a su alrededor,

exceptuando solo el suave parche cubierto de musgo en el que Mynx se encontraba. Las puntas brillantes de las espinas parecían amenazantes, pero Mynx buscaba las pequeñas líneas rojas que se curvaban desde esos extremos afilados, cada una trazando su camino a través del nombre de un Parangón, pasado o presente. Una hermosa rutina, extrayendo información de la base de datos activa de Bastion. Arte para una audiencia de uno, porque hasta donde ella sabía, Mynx era la única humana, anomalía o no, que podía entrar en estos lugares.

El frío desapareció, y su aliento humeante, innecesario aquí, ya no salía de sus labios. Mynx no podía sentir los latidos de su corazón, y ya no saboreaba el persistente sabor a canela de la barra de proteínas que había comido en el vuelo. Si hubiera tenido un espejo, Mynx se habría visto cuarenta años más joven, con una piel, cabello y salud más perfectos de lo que jamás había logrado en realidad. En este Elíseo digital, tales cosas eran alcanzables.

Mynx avanzó directamente, con largas zancadas que la llevaron hacia las espinas, que se apartaron y se abrieron como jardines para una princesa de cuento de hadas. La luz plateada de una luna llena omnipresente se deslizaba a través del dosel espinoso y contrastaba con las sombreros de hongos de color púrpura y rosa que brotaban con cada uno de sus pasos, guiando su camino. Mynx tenía poco tiempo para la belleza en el mundo real, donde las concesiones cosméticas a menudo creaban costos y desafíos de construcción. Aquí su imaginación podía dar rienda suelta a sus ideas más descabelladas y dejarlas florecer.

Más allá, las espinas se replegaron en un amplio óvalo cubierto de musgo, que contenía la estrella de este dominio en particular: una piscina rodeada por una cascada interminable de pétalos de rosa. Mynx casi se rio ante la vista, tan absurda, y producto de su yo más joven. En aquellos tiempos, cuando Bastion era nuevo, había marcado el poder de los Paragones alcanzando su máxima altura, y con su apogeo vino el orgullo de Mynx. Podía crear cosas hermosas, sí, pero los pétalos de rosa ahora tomaban un giro feo, una indulgencia ostentosa. Todo lo que esta cerradura necesitaba era un simple interruptor para que Mynx lo activara, no este gran ejercicio de adornos inútiles.

Se sumergió bajo los pétalos —sin olores en este lugar, las flores eran aún menos agradables— y miró dentro de la piscina. Aquí estaba ese espejo, turquesa advirtiendo el rostro de Mynx, haciéndola lucir, de nuevo, como una de esas princesas de cuento de hadas. Ellas podían desear que sus problemas desaparecieran, o esperar a que algún príncipe, o un giro en el guión las salvara. Mynx no tenía ese lujo, así que metió ambos brazos en la piscina y buscó ese interruptor. Lo encontró, no muy por debajo de la superficie, pero en lugar de la delgada palanca para tirar, Mynx encontró un sello. Una carcasa que impedía que sus manos llegaran a la palanca.

Alguien había ajustado la seguridad de la puerta. La había reforzado, cambiado, había—

Mynx, tu temperatura está bajando.

La voz de Reeves irrumpió en el espacio, atravesando la barrera sensorial. Era irónico que las palabras no se escucharan afuera, ya que Reeves tenía que hablar a una frecuencia demasiado baja para el oído humano. Sin embargo, podían ser analizadas como datos, y significaban que a Mynx se le acababa el tiempo. Podía irse, intentar entrar por la puerta principal, aunque si Mynx encontraba resistencia aquí, la entrada principal probablemente no sería más fácil. Y quienquiera que hubiera cambiado esta cerradura sabría que ella había llegado.

No.

Aegis podía vencer a golpes a cualquiera. Apinya podía descomponer una mente y volver a armarla como le pareciera. Mynx gobernaba el reino de los unos y ceros.

Mynx sacó los brazos de la piscina. Inclinó la cabeza y se

concentró. Formas y funciones comenzaron a superponerse a través del agua, detallando el funcionamiento interno de la cerradura y el conjunto muy preciso que podía activar su liberación. Mynx apartó estas barreras externas, borrando rutinas destinadas a verificar voz, imagen, tacto, vaciando el agua hasta que solo quedó la única verdad y falsedad, una barrera booleana. Esto debería haber sido la palanca, pero ahora la caja la cubría.

Tus extremidades están entumecidas. Es posible que no puedas mantenerte en pie por mucho más tiempo.

La caja en sí era simplemente otro conjunto de funciones seguras, diseñadas para impedir la entrada a cualquiera que no poseyera un único elemento. Mynx se inclinó, leyó a través de las líneas verde lima quisquillosas. Código denso y descuidado. No era de extrañar que solo hubieran logrado una caja tosca. En cuanto a la clave del código, no fue difícil encontrarla, aunque leerla no era fácil.

El verdadero nombre de Aegis. El que le habían dado al nacer y que había intentado enterrar bajo la apariencia de una leyenda. Lo que significaba que solo una persona podría haber puesto todo esto en su lugar.

Mynx introdujo el nombre en la función y la caja se desvaneció como lo había hecho el agua, dejando la palanca. Mynx la alcanzó y la activó. No hubo ningún ruido, ni ninguna otra señal. Mynx tendría que confiar en que Celice no había desactivado realmente la puerta y dejado la caja como una tentadora trampa. Reeves llamó de nuevo, diciendo algo sobre perder los dedos. Era hora de irse.

Se apartó del pozo, cerró los ojos —un movimiento más para su propia comodidad que por necesidad— y abandonó su mundo encantado.

Y encontró dolor, un dolor helado y punzante y un malestar en su lado izquierdo, ahora tumbada en el suelo fuera de la puerta abierta. Mynx no podía sentir sus piernas, sus brazos, y cada respiración traía consigo temblores incontenibles. Su traje se había agotado y se estaba congelando. La entrada de acero de Bastion yacía abierta frente a ella, la pared desplegada a un lado y una simple puerta con manija esperando que ella la abriera y entrara. Podía hacerlo, tenía que hacerlo, debía hacerlo.

Extendió la mano—

CAPÍTULO 9

HACIENDO UNA ENTRADA

EL CREPÚSCULO NARANJA quemado se extendía sobre sus cabezas mientras Thane y Sook se acercaban al aparente... ¿puesto avanzado? ¿guarida? de la Vacío. Thane no sabía exactamente cómo llamar al lugar, pero términos más fuertes como fortaleza o cuartel general no encajaban con la amplia duna que se elevaba varios cientos de metros detrás de la playa. La pared de arena dorada, cosida con escombros y tierra más oscura, revelaba sus orígenes artificiales, ya que el duro viento tan cerca del océano no lograba mover ni un solo grano. El aroma de mariscos cocinándose llegaba hasta Thane, cuyo estómago gruñía por proteínas después de un día devorando cocos y bayas. También sonaba música, tambores ligeros y los tintineos metálicos de una guitarra improvisada. Alguien se rio y, detrás de todo, las olas continuaban su eterno romper.

Una existencia avanzada para una isla desierta en medio del océano. Las películas habían entrenado a Thane para esperar un grupo desaliñado acurrucado alrededor de unos palos de madera flotante, intentando asar un cadáver de pescado que hubiera llegado a la orilla. Una vez más, las anomalías estaban demostrando su superioridad. Colócalos en cualquier lugar y sus poderes les darían una vida mejor de la que cualquier persona normal podría esperar.

—Las dunas llegaron después —estaba diciendo Sook. Siempre estaba hablando, y Thane había desarrollado una habilidad para bloquear la voz necesitada del hombre—. Por lo que escuché, no empezó con todos intentando matarse entre sí. Eso solo sucedió cuando Arthur trató de tomar el control.

—Así es como suelen empezar las peleas —dijo Thane—. La gente a menudo es demasiado estúpida para aceptar a sus líderes legítimos.

Adelante, el sendero maltratado, que se había unido a otros caminos conectados que conducían más profundamente a la isla, terminaba su viaje en una división en la pared de la duna. La arena simplemente se cortaba, como si fuera piedra, con lados planos creando un hueco ocupado por un par de personas vestidas con hojas de palmera. Cada uno, un hombre y una mujer, llevaba un palo afilado no muy diferente al que Sook había traído consigo a la cueva de Thane. No reaccionaron cuando Thane y Sook se acercaron, al menos hasta que Sook se acercó lo suficiente para que el hombre inhalara y escupiera hacia el desafortunado guía de Thane. El salpicón cayó muy corto, pero Sook retrocedió de todos modos.

Como primeros segundos, eso fue menos que prometedor.

—¿Quién eres tú? —preguntó la mujer a Thane, ignorando a Sook, que estaba varios pasos atrás.

—Thane. Estoy aquí por la Vacío.

No perdería el tiempo con trivialidades.

—Entonces no deberías haber venido con Sook —dijo el hombre—. No te ayudará a llegar a ninguna parte.

—Él me trajo aquí. No soy un enemigo. Quiero hablar con su líder.

Los guardias se miraron entre sí, la mujer se rio.

—¿Acaso saliste de una película o algo así? ¿Marchar

hasta aquí y pedir entrar? Podrías estar trabajando para cualquiera, y aunque no sea así, tal vez solo intentarás matarla.

—Sook dijo que ella era más que capaz de defenderse sola.

—Puede que sí, pero no nos paga para dejar entrar a desconocidos —dijo el hombre.

—¿Con qué les paga? —preguntó Thane, honestamente curioso—. ¿Conchas marinas?

—Comida —respondió el hombre—. Lo único que vale la pena en esta isla. Trabaja un turno en las puertas y tienes garantizada parte de la pesca del día. —El hombre bajó su palo, con el extremo afilado apuntando hacia Thane—. Si quieres ver a la Vacío, convéncenos.

Sook, aún detrás de Thane, tosió y comenzó a hablar:

—No saben quién es él...

—Basta. —Thane levantó una mano, sin apartar los ojos de los guardias—. Soy un recién llegado. Me estrellé cerca de la cueva que está por allá. Sook me encontró allí y me contó sobre la Vacío, sobre cómo ella sería la persona con quien trabajar para encontrar una forma de salir de esta isla.

Los guardias se rieron de nuevo, pero esta vez fue una risa más débil, más triste y despectiva. Thane conocía bien esa risa, pues la había hecho él mismo muchas veces. Cuando luchaba contra los Campeones, había descartado sus propias posibilidades de supervivencia de la misma manera. Aun así, Thane seguía intentándolo. No importaba cuán pequeña fuera la posibilidad, Thane seguía intentándolo.

—Estás tratando de convencernos de que te dejemos entrar —dijo la mujer—. ¿Y dices algo así? ¿Qué te dijo Arthur que haría por ti? ¿O acaso la Duquesa te dio algo? Nadie va a salir de esta isla. Nunca lo han hecho, nunca lo harán.

Trivialidades. Esto se había acabado.

—Apártense, o los haré a un lado —dijo Thane.

—Lo hará —añadió Sook.

—Bien —respondió el hombre—. De todos modos me estaba aburriendo.

Tan pronto como el guardia terminó su frase, Thane sintió que el aire alrededor de sus tobillos se espesaba. Miró hacia abajo para ver una niebla espesa formándose alrededor de sus rodillas, con pequeños microdestellos chispeando en su interior mientras gotas de lluvia comenzaban a caer sobre sus pies. Esos destellos comenzaron a golpear su piel, cada uno quemándolo como un pequeño fósforo. Un poder extraño, pero bueno, la mayoría lo eran. Thane usó las chispas, el dolor, para alimentar su ira y impulsar lo que vendría a continuación.

—¡Cuidado! —gritó Sook, y Thane levantó la vista para ver a la mujer arrojarle su palo afilado, y cuando Thane intentó moverse, resbaló en el suelo fangoso creado por esas tormentas en miniatura. La lanza arrojada golpeó a Thane en el hombro, incrustándose en su piel y sobresaliendo como un asta de bandera mientras Thane caía de espaldas al suelo.

Más dolor desgarrándolo, encendiendo fuegos que Thane necesitaba.

La mujer, sin prestar atención, corrió hacia Thane y le arrancó la lanza. En sus manos, la madera se extendió, volviéndose como arcilla hasta que, con sus extremos cayendo para formar un arco tosco, la madera se endureció de nuevo. Clavó la lanza alterada, presionándola sobre el pecho de Thane y en la tierra. Lo suficientemente profunda como para inmovilizar a un hombre común contra el suelo. Al completar el movimiento, más mini nubes de tormenta se formaron sobre el rostro de Thane, su pecho, enviando de nuevo chispas de relámpagos a su piel, obligándolo a cerrar los ojos.

Sook continuaba gritando, ahora discutiendo con el guardia masculino.

No es que importara. Las cosas habían llegado demasiado lejos.

Como alguien deslizándose por una pendiente helada, Thane a la vez se entregó a la inevitable caída y trató de mantener el leve control que podía. Mientras su cuerpo crecía, su percepción de sí mismo se encogía hasta que el instinto superó el pensamiento coherente.

El monstruo dominaba al hombre.

Thane se abalanzó hacia arriba, arrancando el frágil palo del suelo solo con sus hombros y dejándolo caer. Los dos guardias se volvieron hacia Sook y Thane olió su repentino miedo cuando el hombre débil y mayor al que habían estado amenazando ahora se erguía casi al doble de su altura, con los ojos ardientes y las fauces dentadas abiertas.

Las pequeñas ráfagas de relámpagos crecieron y se arremolinaron por su cuerpo, y Thane vio esos mismos destellos reflejados en los ojos del hombre. Nubes en miniatura estallaron frente al rostro de Thane, intentando oscurecer su visión, pero Thane tenía más sentidos que la vista, y los usó. Un rápido salto hacia adelante atravesó la barrera y empujó a su objetivo contra la tierra.

Un crujido vino con un empujón sordo en su izquierda, y pisoteó al hombre, aplastándolo contra el suelo, mientras se giraba para ver a la otra guardia, sosteniendo otra lanza rota en ambas manos. Ella lo miró desafiante mientras ambos fragmentos se estiraban y afilaban convirtiéndose en dagas dobles de madera.

Armas inútiles.

Thane solo necesitaba sus manos para agarrar a la guardia, levantarla mientras ella rompía sus nuevos juguetes contra sus brazos, y arrojarla contra la pared de la duna. La arena endurecida no proporcionó mucho amortiguamiento, y ella rebotó al suelo, inmóvil.

—¿Thane? —dijo una voz lloriqueante detrás de él, y Thane se giró bruscamente.

El hombrecillo que lo había guiado hasta aquí se encogía, con las manos frente a su rostro, como si al ocultar sus ojos

Thane pudiera desaparecer. Una pesadilla desterrada. Thane, sin embargo, no era un sueño.

Pero este no era el enemigo. No podía ser una amenaza. Esa pregunta, esa pequeña incertidumbre, proporcionó el gancho que Thane necesitaba para comenzar su ascenso lejos de la rabia nebulosa. Hacia arriba y afuera, de vuelta a la cordura. Sus músculos se encogieron, su corazón ralentizó su coro atronador, y Thane una vez más disfrutó del pensamiento real fluyendo por su mente. La rabia podía ser, era, una embriagadora libertad de consecuencias. Una inmersión en el violento ello tan tentadora... si Thane casi se había matado de hambre bañándose en frío conocimiento, allá arriba en la cueva, caer tan totalmente en la ira resultaría en qué?

—¿Ya estás normal otra vez? —preguntó Sook, ahuyentando el pensamiento—. Porque vas a tener que decir algo.

Sook señaló hacia una multitud creciente que se agrupaba en la brecha de la duna. La luz de las antorchas reemplazaba los últimos vestigios de la luz del sol, aunque le tomó un momento a Thane notar que nadie sostenía antorchas reales. Pequeños globos ardientes aparecieron en el aire a su alrededor y alrededor de los recién llegados, como si un enjambre de luciérnagas gigantes los hubiera encontrado. La luz reveló un elenco sucio y miserable. Anomalías de todo tipo, sí, pero universales en sus marcos delgados y piel quemada por el sol. Los hombres llevaban barbas desaliñadas, las mujeres tenían el cabello encrespado por debajo de la cintura, o trenzado en manojos desordenados. Ninguno parecía especialmente hostil, a pesar de que Thane estaba de pie sobre los cuerpos inconscientes de sus guardias elegidos.

Sook había dicho que la isla tenía tres gobernantes, y los dos guardias habían mencionado a los otros antes de entablar la peor pelea de sus vidas. Quizás el Vacío era el menor de estos. Quizás Thane había elegido el curso equivocado.

—¿No eres un poco viejo para andar buscando peleas? —

dijo una voz desde dentro de la multitud, una que a la vez parecía venir del corazón del grupo y también de las dunas, de los helechos detrás de Thane, e incluso de Sook.

Las anomalías eran asombrosas y, Thane estaba empezando a descubrir, agotadoras.

—No demasiado viejo para ganarlas —respondió Thane. Sin tener otro lugar donde mirar, dirigió su comentario a la gente—. Pero no vine aquí para amenazar o lastimarlos. Sus centinelas se negaron a cualquier otro camino.

—Entonces, ¿por qué viniste aquí? —dijo esa misma voz, acero femenino. Ninguna de las personas que veía, y Thane contaba ahora más de dos docenas, movió la boca, sin embargo, las palabras llegaron de todos modos—. ¿Para unirte a nosotros?

—Para hacerles una oferta.

—Entonces hazla.

Una encrucijada. O Thane se rendía ante el Vacío —asumía que era con quien estaba hablando, ¿quién más podría ser?— O hacía una exigencia propia, que ella se revelara y hablaran como iguales. El orgullo dictaba lo segundo, pero el orgullo había creado muchos tontos. Thane había renunciado a lo que quedaba de su orgullo cuando dejó que los Parangones lo usaran, cuando se negó a morir durante todos esos años en esa mazmorra improvisada. No tenía uso para las locuras de hombres más jóvenes.

—Quiero salir de esta isla —dijo Thane, proyectando, recurriendo a suficiente de esa ira siempre ardiente para dar profundidad a sus palabras. Añadir algo de volumen a sus brazos, hombros—. Creo que es posible, pero no para uno solo. Juntos, sin embargo, podemos ser libres.

Ningún sonido. Thane había esperado algo. Tal vez risas. En cambio, solo las olas.

—¿Sabes qué te hace diferente de nosotros? —respondió finalmente la voz—. Fuiste enviado aquí por los Parangones, al igual que nosotros. Quieres escapar, al igual que nosotros.

Podrías tener familia, como algunos de nosotros, o podrías no tener nada más que odio empujándote lejos de aquí, como muchos de nosotros. Pero la diferencia? No has intentado irte. No sabes lo imposible que es.

—He visto a muchas anomalías hacer lo imposible, incluyéndome.

De repente, todos los globos ardientes se apagaron, dando a la luna el control total del cielo nocturno. Thane permaneció inmóvil. Esto parecía un espectáculo, mejor dejarlo desarrollarse.

Cuando los globos reaparecieron, esta vez más altos, como un halo alrededor de la brecha de la duna, revelaron no una multitud entre las dunas sino una que rodeaba a Thane, Sook y los guardias caídos. Ya no demacrados, sino vestidos con diversas túnicas, vestidos y capas improvisados, los ojos lavados y algo civilizados del ejército del Vacío se mantenían mucho más fuertes que la chusma que había visto un momento antes. También significaba que el Vacío tenía una anomalía capaz de una ilusión, o al menos de torcer la visión de Thane.

Las anomalías realmente eran agotadoras.

De pie, sola en la brecha, vestida con un grueso traje hecho de hilos de lava fundida color naranja que recorrían la prenda escarpada pero de alguna manera fluida, y de estatura baja, estaba la persona que Thane presumía era la Void. Con el rostro contraído en una mueca y los brazos cruzados, la Void no parecía estar encantada.

—Tienes agallas —dijo la Void, sus palabras ahora saliendo de su boca real—. Te concedo eso.

—Y tú montas todo un espectáculo —respondió Thane—. ¿Han terminado los juegos?

—Esto no es un juego. Esta es la vida en esta isla, y ahora es la única vida que tienes. Pisa con cuidado, Thane, o no vivirás para ver otro amanecer.

Ella se dio la vuelta, hacia su pueblo.

—Espera —dijo Thane—. Sabes mi nombre. ¿Cómo?

—No todos somos Sook. Sabemos quién eres, y no te tenemos miedo.

La Void lideró el camino a través de las dunas, el resto de su fuerza formándose alrededor de Thane y marchándolo hacia adentro. Por lo que vio, la Void decía la verdad: el miedo no tenía cabida aquí, pero en su lugar flotaba la mirada muerta de los condenados. Estas anomalías podían tener poder, podían haber formado una comunidad, pero no tenían esperanza.

Thane había trabajado con Aegis, había visto al Campeón inspirar a miles de millones. Él podría manejar esto.

Tenía que hacerlo.

CAPÍTULO 10

CARNE FRESCA

KAT HIZO que la cápsula los dejara a ella y a Calvin en un restaurante de mala muerte ubicado en la esquina, a una cuadra del contacto de Gordon. Kat tenía algunas reglas antes de entrar en una situación peligrosa —cualquier contacto con los Elementales calificaba como peligroso— y un buen desayuno regado con café entraba en el top cinco de esa lista. Justo después de llevar el traje y antes de traer a Seeker, a quien había dejado en el apartamento. A pesar de extrañar su alegría babeante, el enorme husky era un blanco fácil en una pelea de corta distancia, y Kat prefería a su perro feliz en lugar de herido.

Otra regla prohibía traer gente extra, aunque Gordon no había insistido en venir. Todos habían pasado la noche en el centro, cenando, con Kat realizando una danza conversacional para suavizar las asperezas entre Calvin y Gordon. Cada vez que uno u otro lanzaba una mirada fulminante, Kat cambiaba bruscamente el tema, pedía otra ronda o señalaba una de esas estatuas de movimiento lento que orbitaban el parque. No era exactamente su papel preferido, pero habían salido vivos del restaurante. Dejaron a Gordon en su hotel, y luego Calvin se había quedado dormido en su sofá, con Tap, la IA surfista, vigilando por todas partes en busca de una emboscada de los Elementales.

Ahora Kat tenía un café con leche humeante en un platillo entre sus manos enguantadas. Su traje blanco como la nieve, que ya mostraba salpicaduras de nieve sucia aquí y allá, parecía excesivo en el recinto con aroma a tortilla del restaurante, pero Kat no podía quitárselo como si fuera un abrigo. Más parecido a una armadura que a ropa, el traje provenía de un mercado exclusivo para rastreadores que Mynx mantenía abastecido con herramientas útiles destinadas a poner a los normales a la par de las anomalías que perseguían.

Frente a ella se sentaba una de esas anomalías, mirando fijamente su café negro como si hubiera dejado el restaurante muy atrás en algún viaje mental. Habían hecho que Tap pidiera ropa nueva para Calvin la noche anterior y había aparecido, entregada por un dron, al amanecer. Una chaqueta ártica azul real ajustada, capucha de piel sintética y guantes diseñados para excavar en avalanchas. Un poco absurdo para la vida en la ciudad, pero Calvin insistía en que el frío no era su amigo, y como pagó todo con sus propios créditos de Paragon, a Kat no le importaba.

—¿Estás bien? —dijo Kat mientras la camarera, una humana de verdad que parecía haber estado trabajando allí desde antes de que los Paragones fueran algo, dejaba un lote variado de huevos y tostadas.

—Sí —respondió Calvin, parpadeando para salir de su estupor y dando un sorbo lento—. Solo pensaba que nunca me gustó el café hasta que empecé a huir.

Kat untó un poco de mermelada de fresa en la tostada, dándole a Calvin la oportunidad de continuar.

—Entonces aprendí que una taza de café negro costaba menos que casi cualquier otra cosa.

Kat levantó la mirada. —¿Eso es todo?

—Sí. —Calvin empezó con su propia tostada—. ¿Qué, pensaste que había tenido alguna profunda revelación proveniente de una taza de café?

Carnes Locales de Delano. El letrero parecía no haberse actualizado en un siglo, con grandes letras blancas en bloque sobre un fondo negro bordeado de rojo y cubierto de suciedad. Kat supuso que el lugar debía haber sobrevivido a la transición de la carne real proveniente de criaturas reales a la moderna carne cultivada. Un cartel colgante a la antigua usanza decía "Abierto" en el centro de la puerta de cristal, y las dos grandes ventanas a cada lado mostraban vitrinas frigoríficas con filetes, chuletas y más. Todos de ese rojo publicitario, veteados a la perfección.

Sin embargo, una mirada rápida a través del cristal no reveló mucho más. El lugar parecía tan vacío como la acera en la que estaban. Una mañana de día laborable, pero lo suficientemente tarde como para que cualquiera que fuera a trabajar ya estuviera allí, y lo suficientemente frío como para que cualquiera que no lo hiciera estuviera acurrucado en el interior. Kat captó todo esto en una sola pasada, girándose una vez que había despejado las líneas de visión de la ventana para hacerle señas a Calvin para que cruzara. La anomalía intentó seguir el método de Kat, pero la mirada del hombre se mantuvo demasiado tiempo. No era lo suficientemente casual.

—La próxima vez —dijo Kat cuando Calvin la alcanzó—, intenta no parecer que te importa un bledo el lugar.

—¿Qué?

—Si les prestas atención, ellos te prestan atención a ti.

—No había nadie allí.

—Hola, soy el mundo en el que vivimos —dijo Kat—. Hay cámaras en todas partes, y la mayoría de ellas tienen algoritmos que etiquetan el interés. Si miras con tanta intensidad este lugar, te catalogarán y se lo harán saber al dueño para que puedan enviarte anuncios.

—¿Y?

—Calvin, si los Elementales están tratando de matarte, probablemente todos los que trabajan para ellos conozcan tu cara. —Esta era la razón por la que Kat prefería con creces las cacerías en solitario, donde los aficionados no podían hacer que la mataran—. Si las cámaras le dicen que estás afuera, ahora estará preparado para ti.

—Entonces, ¿por qué estamos esperando aquí afuera?

Kat cerró los ojos por un segundo, tomó aire. —Bien, tú quédate. Te llamaré cuando esté despejado.

Calvin intentó protestar, pero Kat lo apartó. En el mismo movimiento, alcanzó y tocó un cierre ligero en el cuello de su traje. Desbloqueado, la máscara del traje se disparó desde debajo de su barbilla para envolver su rostro y conectarse con su capucha. Una pantalla oscura cubrió sus ojos, luego se desvaneció al ajustarse a su visión, dándole a Kat una mejor vista. Liberar la máscara también puso en movimiento otras partes del traje: los extremos de sus guantes se sellaron con las muñequeras de sus brazos, que rotaron hacia sus gadgets predeterminados, las fundas de su cinturón se abrieron para permitir un fácil acceso al par de pistolas aturdidoras a cada lado, y el traje cambió su temperatura objetivo de reposo a activa.

Kat había querido entrar suavemente, comportarse bien, pero esta gente había intentado dispararle a Calvin, habían intentado matarlo. Habían fallado, pero ni siquiera tendrían la oportunidad con Kat.

Empujó la puerta, haciendo sonar esa campanilla tan vieja de un juego de imitación dorada colgado sobre su cabeza. La máscara de Kat filtró los detalles, resaltando en rojo las dos puertas traseras, una de doble hoja para sacar las existencias de carne y la segunda, en el lado derecho, una simple que probablemente conducía a una oficina. Más vitrinas de carne llenaban el espacio, conteniendo una variedad ridícula que incluía alce, alce americano y canguro.

Cómo calificaban como «carnes locales» en Chicago, quién sabe.

Kat captó toda la habitación de un solo vistazo. No parecía probable que alguien se hubiera agachado detrás de las vitrinas de carne. El techo era bajo, las luces fluorescentes emitían ese pálido parpadeo blanco que indicaba que no se habían actualizado en décadas. Tampoco había nada escondido allí arriba. Las dos puertas, entonces.

Como si anticipara su próximo movimiento, la puerta pequeña se abrió de golpe, revelando exactamente al hombre que Kat habría imaginado dirigiendo un lugar como este: un cuerpo mayor y decaído que ocultaba mejores días bajo una larga vida de abrir temprano y cerrar tarde. Una barba gris a medias invadía el rostro alargado del hombre hasta su pelo moteado. Un delantal cubría una combinación de camiseta y vaqueros gastados. Y una escopeta totalmente ilegal descansaba en sus manos.

La máscara identificó la amenaza antes que Kat, enviando una vibración en el costado de Kat que ella utilizó para guiar su zambullida. La trayectoria calculada la sacó del rango potencial del disparo al poner la vitrina principal de carne del lugar entre ella y el arma, al menos por el momento.

—¿Por qué huyes? —dijo el hombre—. ¡No voy a matarte!

Sí, claro.

En su lugar, Kat sacó una pistola eléctrica con la mano derecha, mientras extendía la muñeca izquierda y apretaba ese puño. El gatillo disparó un cable fuerte con un gancho de acero en el extremo hacia arriba, donde se enrolló alrededor de una de esas luces fluorescentes. La cara del hombre apareció sobre la vitrina, mirándola y apuntando con esa escopeta.

Kat activó el gancho y salió disparada del suelo cuando el hombre disparó, los perdigones reventando un agujero donde Kat había estado un momento antes. El gancho la elevó un par de metros antes de que la luz, gimiendo, se rompiera. No es que importara: la altura la llevó por encima de la vitrina de carne, dándole un tiro claro con la pistola eléctrica. El dardo golpeó al hombre justo en el cuello y él trastabilló hacia atrás, chocando contra la pared, luego se desplomó hacia adelante y se golpeó la cara contra la parte trasera de su propia vitrina de carne.

La luz se soltó de sus bisagras y se balanceó hacia abajo, Kat tomó el aterrizaje y se agachó para evitar que la luz de un metro de largo se estrellara contra el frente de la vitrina de carne y enviara vidrios rotos por todas partes. Ignorando la destrucción, Kat dio un paso rápido alrededor del costado de la vitrina, deslizando otro dardo aturdidor en la cámara de la pistola mientras su gancho se retraía de vuelta a la ranura de su muñeca.

Con Calvin, había necesitado más de un dardo para derribarlo. No iba a correr riesgos.

—¿Qué harías tú si alguien entra en tu casa con ese aspecto? —dijo Delano una hora después, después de que Kat le quitara la escopeta, lo atara a una silla en su oficina y cambiara el cartel de la entrada a «cerrado»—. Te veo en las cámaras, ¿y qué se supone que debo pensar? ¿Que vienes a por un filete?

La oficina de Delano hacía las veces de vivienda, extendiéndose hacia atrás en una pequeña cocina y un dormitorio. Dos televisores divididos entre programación diurna y la transmisión de las cámaras del frente se asentaban sobre un enorme escritorio de metal verde cubierto de fotografías y un pequeño portátil anticuado que aún mostraba lo que parecía una hoja de cálculo de ventas en su diminuta pantalla. Estanterías llenaban el resto del espacio, que aparentemente ayudaban a la cocina funcionando como despensa y contenían infinidad de productos secos. Sin su máscara y su purificador de aire funcionando, el intenso olor a hierro de la carne cruda lo impregnaba todo.

Calvin se mantenía en la periferia, apoyado cerca de la

puerta de salida y mirando más al suelo que a cualquier otro lugar. No estaba acostumbrado a hacer de interrogador. Lo cual, bien. Kat podía, había y continuaría haciendo todas las malditas preguntas, y tenía suficiente vinagre para el trabajo esta vez: Delano había intentado dispararle. Con un arma de verdad.

—¿Así que porque crees que tengo un aspecto raro, decides disparar primero y preguntar después? —replicó Kat. Con Delano sentado, Kat se erguía más alta que el hombre, una posición que ocupaba tan raramente que, oye, iba a disfrutarla—. ¿Y si hubiera sido un Parangón? Ya estarías encerrado en alguna celda, o muerto.

Delano se encogió de hombros. —Mira a tu alrededor. ¿Crees que tengo mucho que perder?

—Basta ya. Parece que cada vez que atrapo a alguien, todo lo que dicen es que su vida es tan terrible que no puede empeorar. Entonces, ¿por qué sigues aquí? Eso es mucha carne esperando ser vendida, y parece fresca, lo que significa que te va bien. —Kat se sorprendió un poco a sí misma. Parecía mucho para decirle a un hombre que nunca antes había conocido, y no los acercaba ni un poco a lo que querían saber. Supongo que a veces se sentía bien desahogarse con alguien—. En fin, eso no importa. Tienes tus propios problemas. Estamos aquí para que nos ayudes con los nuestros.

—No sé si puedo hacer eso, señora —respondió Delano, soltando una breve carcajada al final—. Con un traje como el tuyo, no creo que yo forme parte de tu mundo.

—Estaría encantada si no lo fueras —dijo Kat—. Pero mi amigo aquí está en peligro, y estoy tratando de sacarlo de él. Responde a las preguntas y nos olvidaremos de que alguna vez exististe.

—Entonces pregunta —dijo Delano—. Ya has destrozado mi tienda y arruinado mi día. Me gustaría olvidarme de ti también.

En las películas, cortarían a un plano diferente. La música

oficial de interrogatorio empezaría a sonar y Kat se inclinaría hacia adelante, plantaría las palmas sobre la mesa y le lanzaría a Delano una mirada fulminante mientras lo acribillaba con preguntas incisivas. Aquí, ella simplemente habló y deseó tener un vaso de agua para compensar toda la charla.

—Estamos buscando a los Elementales —dijo Kat—. He oído que sabes dónde podemos encontrarlos.

En honor a Delano, no cambió su expresión ni un ápice. La sonrisa arrogante permaneció pegada, sus ojos arrugados siguieron brillantes. —¿Qué quieres decir con los Elementales? ¿Son una banda?

—No eres tan estúpido.

—No me conoces tan bien.

Kat se frotó la frente, retrasando lo que bien podría ser una inminente jaqueca.

—Me dispararon —dijo Calvin, sin moverse de su pared —. Los Elementales lo hicieron. Ayer, fuera del lugar que los Parangones me dieron.

Ahora Delano se giró, su sonrisa torciéndose un poco. —¿Eres un Parangón?

—Él es un Parangón, yo soy una rastreadora —dijo Kat—. Dijiste que no te gustaba tu vida, podemos arruinarla por ti, pero preferiría salvar la de él.

—Por primera vez —añadió Calvin—. Soy parte de la sociedad, y ahora alguien está tratando de matarme. Quiero saber por qué.

Delano negó con la cabeza. —No es así como lo hacen. Los Elementales no son asesinos. No digo que sean héroes, pero no se trata de asesinatos. Eso no les ayuda.

—Dijiste que no los conocías —dijo Kat—. Tal vez las cosas han cambiado.

—Muchas cosas están cambiando ahora mismo —concordó Delano, con un encogimiento de hombros que disipó su resistencia restante—. En fin, sí, quienquiera que sea tu tipo, tiene razón. Conocí a algunos de los Elementales que trabajaban en esta ciudad. También conocí a algunos de los viejos Parangones.

—¿Cómo?

—Carne, obvio. Si quieres los mejores ejemplares de la ciudad, vienes aquí. Atendía a ambos grupos, y un día se encuentran aquí y yo esperando que lloviera fuego del infierno, pero empezaron a hablar y pronto mi tienda se convirtió en el lugar de encuentro elegido para los poderosos de Chicago.

Había mucho que procesar ahí. ¿Paragones y Elementales trabajando juntos? ¿Estableciendo acuerdos? Kat no estaba lo suficientemente dentro de los círculos de los Paragones para saber cómo podría suceder eso, pero si querías mantener segura una ciudad tan grande, probablemente tenías que trabajar con aquellos a quienes odiabas. Especialmente cuando podían arrasar una manzana entera cuando quisieran.

Como si Kat hubiera abierto una válvula, Delano soltó más, hablando sin parar sobre las últimas dos décadas mientras los Paragones y los Elementales negociaban un acuerdo tras otro, antes de llegar finalmente a lo que Kat y Calvin realmente buscaban, el enclave Elemental más reciente. No muy lejos de aquí, además.

Cuando a Delano se le acabaron las cosas que decir, el reloj se acercaba a la hora del almuerzo y Kat necesitaba salir del olor a hierro y sudor. Liberó a Delano de la atadura de su agarre y reajustó el equipo. Le dijo a Delano que compraría algo de carne en unos días para ayudar a pagar las reparaciones de su tienda. Luego ella y Calvin se dirigieron a la salida, pisando el cristal roto en el piso principal.

—Oye —dijo Delano cuando Calvin alcanzaba la puerta—. He estado tratando de ubicarte, Kat. ¿A qué se dedicaban tus padres?

—Paragones. ¿Por qué?

—Sí, eso pensé. Tienes los ojos de tu padre, el pelo de tu

madre —dijo Delano, ahora con la escoba en la mano—. Lamento lo que pasó.

—¿Los conocías?

—¿De dónde crees que venían sus comidas? —respondió Delano—. Eran de los buenos. Siempre venían aquí con caras felices, listos para hablar de sus chicas. Decían que eras una luchadora. —Delano señaló los destrozos con la escoba—. Parece que tenían razón.

CAPÍTULO 11
EN BUSCA DE APARTAMENTO

DEJAR una botella de vino a medio beber al alcance de la mano en un lugar que Zhan-Yo describía como su infierno personal tenía consecuencias, y estas le estaban taladrando la cabeza. Después de que Wexley se marchara, había usado el Cabernet para hundirse a través de la adrenalina del día y luego se había resignado a mirar fijamente su Tama, buscando cualquier señal de que su súplica al mundo hubiera tenido algún efecto. Las negativas se extendían por todas partes, mientras que ejecutivos y juntas directivas que habían respaldado el plan de Zhan-Yo hacía una semana ahora lo repudiaban en grandilocuentes proclamaciones públicas. No hubo enfrentamientos en las calles, ni derrocamientos, ni invitaciones para que Zhan-Yo se presentara y liderara a los orgullosos normales del mundo hacia el lugar que les correspondía.

Completamente empapado, Zhan-Yo se reconcilió con el reloj y procedió a pasar su última hora consciente en una búsqueda fútil para apagar las luces del apartamento. Se dio cuenta, después de recorrer cada pared varias veces, estableciendo una red de puntos de apoyo para sostener sus pasos tambaleantes, que, en una concesión a las más modernas de las comodidades modernas, el lugar de Wexley no tenía interruptores en absoluto. Zhan-Yo confirmó este descubrimiento cuando la IA del apartamento finalmente habló, insistiendo en que estaba preocupada por la salud de Zhan-Yo. Con un balbuceo incoherente, Zhan-Yo dio una lista de exigencias, la mayoría de las cuales estaban muy por encima de la capacidad de la IA.

Zhan-Yo se conformó con la oscuridad y algo de agua.

La mañana avanzada resultó ser un despertar atronador, solo silenciado por procesos rutinarios, realizados lentamente, diseñados para amortiguar el poder de la resaca. Zhan-Yo mordisqueó galletas saladas, entrenó tan duro como se atrevió en el gimnasio del sótano del edificio y tomó una larga ducha. Las pastillas destructoras de dolores de cabeza hicieron su magia, y para cuando Zhan-Yo volvió a estar arropado, podía considerarse vivo de nuevo.

También tenía un plan.

El edificio de Wexley representaba un refugio seguro, pero, incluso después y quizás especialmente debido a lo de ayer, Zhan-Yo no quería saber nada de eso. La adrenalina, la sensación de estar haciendo algo, resultó ser una droga que ninguna cantidad de sentido común podía vencer. Después de todo, Zhan-Yo no había iniciado su revolución sentado en las oficinas de Ziran. ¡Había salido allí, arriesgándose a sí mismo y a todo lo demás por el bien de su causa! Detenerse ahora haría que todo eso fuera inútil.

Sylvie había operado desde las sombras. Zhan-Yo vivía ahora allí, en los márgenes. Necesitaba aprender lo que ella había sabido, entender cómo hacer cambios sin ser visto ni percibido. Sylvie tenía recursos, conexiones y métodos que Zhan-Yo nunca había pedido, pero Sylvie los habría guardado en algún lugar. Ciertamente no en un servidor público, donde Ziran podría haberlo encontrado: después de su muerte, Zhan-Yo había buscado. Wexley había buscado. No habían encontrado rastro alguno. Pero a menos que Sylvie guardara todo en su cabeza, y Zhan-Yo no podía descartar esa posibilidad, lo habría almacenado en algún lugar. Y de todos los lugares donde ese algún lugar podría estar, Zhan-Yo se había decidido por su apartamento.

Registrado bajo un nombre falso y en un vecindario de tan poca distinción, Zhan-Yo podría no haber encontrado el apartamento en absoluto de no ser por una cuidadosa búsqueda en los registros del pod de Sylvie. Ni siquiera la maestra espía podía burlar todos los rastreadores digitales en el mundo moderno y, con la paranoia de Wexley impulsando su elección, Zhan-Yo había dedicado una pequeña parte de la red de Ziran a rastrear sus movimientos. Entregados a su Tama en ráfagas diarias, los registros confirmaron la lealtad de Sylvie, y una vez confirmada, Zhan-Yo se había olvidado del programa hasta que Sylvie murió. Entonces sus movimientos, líneas de colores sobre la cuadrícula de Chicago que detallaban dónde la ubicaba la conexión constante de su Tama, se convirtieron en un juego de adivinanzas agridulce. ¿Por qué Sylvie había ido aquí o allá en este día, era esta su cafetería favorita o donde le gustaba comprar su ropa? ¿Un aparente amor por el Museo Field? Las piezas ocultas de su vida reveladas.

Ahora estaba frente a su complejo, con su tachi escondido bajo su abrigo largo y cálido que le llegaba hasta el cuello. Wexley había dejado la prenda en el armario con una nota sugiriendo que sería mejor mantener las espadas ocultas. Zhan-Yo sonrió en medio de un ligero escalofrío —otro día frío, a pesar del sol invernal—; Wexley no querría que saliera en absoluto, pero el hombre conocía bien a su jefe.

Si el apartamento de Wexley vivía en el corazón tecno palpitante de Chicago, entonces el de Sylvie clavaba sus estacas en los huesos de la ciudad. La gente se apresuraba por las calles aquí, entrando y saliendo de los pods, corriendo hacia las tiendas o dentro de sus casas. Por lo que Zhan-Yo podía ver, los ingresos abarcaban una amplia escala, pero no sentía una sociedad ajetreada bajo estrés. Se veían más sonrisas que ceños fruncidos, aunque Zhan-Yo atribuía el nerviosismo en muchos a su reciente proclamación, su invitación a destrozar un statu quo que, evidentemente, servía bien a esta comunidad.

Pero él pretendía salvar al mundo entero. Uno no podía mirar los buenos bolsillos y asumir que las cosas estaban bien en todas partes.

Contrario al edificio de Wexley, el de Sylvie tenía pocas características de seguridad. Una sola cerradura compatible con Tama vigilaba la puerta principal, y Zhan-Yo simplemente esperó, fumando un cigarrillo —Wexley, siempre considerado, le había dejado un paquete— y observando a los transeúntes hasta que alguien salió. Atrapó la puerta, aplastó el tabaco y se deslizó dentro. Cinco pisos arriba en un ascensor sombrío, una caminata de un minuto a través de un pasillo color crema picado y una alfombra que gritaba liquidación por cierre, y Zhan-Yo llegó a una puerta que nunca había logrado ver cuando realmente importaba.

Había culpado a todo el asunto de planear-un-asesinato-y-otras-acciones-oscuras por el hecho de que su relación nunca progresara más allá de cenas ocasionales. Una visión esperanzadora, y potencialmente ilusoria: puede que Sylvie no viera a Zhan-Yo bajo la misma luz que él la veía a ella, pero aun así, deseaba que Sylvie le hubiera abierto esta puerta.

Aunque fuera una sola vez.

Sin ella, sin embargo, Zhan-Yo necesitaba encontrar otra forma de entrar. Los transeúntes no abrirían la puerta de Sylvie, y si Zhan-Yo merodeaba fuera del apartamento el tiempo suficiente, atraería el tipo de atención equivocada. Una cerradura Tama, sin duda vinculada directamente a la firma de Sylvie, brillaba en el lado derecho como una pizarra negra. A Zhan-Yo le pareció fea contra el propio azul marino de la puerta, pero todo este lugar parecía haber existido mucho antes de que los Tamas se convirtieran en algo común. La modernidad imponiéndose sobre el pasado.

Zhan-Yo miró arriba y abajo del pasillo. El edificio tenía forma cuadrada, y el pasillo coincidía con el marco exterior, con Sylvie eligiendo naturalmente la unidad más alejada de los ascensores. Su apartamento estaba en una esquina y, por el momento, los pasillos a ambos lados estaban vacíos. Zhan-Yo abrió su abrigo, usó su mano derecha para sacar uno de los tachi. Moviendo el abrigo para ocultar la hoja, Zhan-Yo metió la espada entre la puerta y el marco, y luego deslizó el filo hacia abajo. Un edificio reformado como este, como el antiguo apartamento de Zhan-Yo, sustituiría las cerraduras por los Tamas, pero apostaba a que no cambiarían los cerrojos en sí. Metal sólido, sí, pero los tachi de Zhan-Yo estaban hechos para cortar cosas más duras. Con un par de presiones fuertes, sus agudos tintineos amortiguados por el abrigo de Zhan-Yo, el cerrojo se partió y la puerta de Sylvie quedó libre.

Envainando la espada, Zhan-Yo empujó la puerta y entró en un lugar que había imaginado visitar muchas veces. Esas versiones imaginadas, resultó, estaban equivocadas. Desde el momento en que entró en el recibidor, deslizando la puerta para cerrarla tras él, una palabra dominaba todo lo que veía:

Plantas.

Chicago tenía sus jardines, pero su ubicación no se prestaba a la exuberancia tropical o los bosques de pinos que se encontraban más al norte. Zhan-Yo consideraba las plantas como un adorno más que el punto destacado de un lugar, pero aquí algo cambiaba. Anidadas entre áloes y orquídeas, Zhan-Yo distinguió las escasas y dispersas evidencias de la vida normal: una mesa, una sola silla. Las ventanas dejaban entrar suficiente luz natural, aunque matizada a través de flores que se habían adherido a la mayor fuente de sol que pudieron encontrar. Enredaderas corrían por el suelo, trepando unas sobre otras y sobre casi todo lo demás.

Caos, pero de una manera natural. Como si Sylvie hubiera

querido que su apartamento mostrara lo que podría pasarle al mundo si los humanos desaparecieran.

El polen y los perfumes de las plantas espesaban el aire, que estaba demasiado cálido para esta época del año. Su Tama indicaba una temperatura de 27 grados, un ridículo derroche de energía, pero necesario para mantener vivo un invernadero como este.

Zhan-Yo se adentró en la cocina, viendo más allá, a través de una puerta cubierta por una brillante rosa trepadora amarilla, lo que parecía ser la sala de estar principal. Entre las hojas, Zhan-Yo intentó encontrar alguna evidencia de que la mujer que había admirado, incluso amado, había vivido aquí, pero no había fotos. Ni cartas dejadas sobre el mostrador. Cada producto que podía ver, desde la tostadora hasta el juego de cuchillos sujeto a la pared cerca de unas tablas de cortar, parecía básico y genérico.

Desconcertante. Zhan-Yo siempre había asumido que Sylvie vivía una vida rica más allá de sus interacciones, pero ahora se preguntaba si este era su refugio. Si, después de completar otro trabajo de chantaje o asesinato, Sylvie vendría aquí a este lugar lleno de verde y simplemente sería. Tantas plantas habrían requerido mucho cuidado, mucho tiempo, pero no juzgarían sus acciones. No le pedirían que considerara las implicaciones de derrocar al gobierno mundial.

Se rio mientras pasaba bajo la rosa trepadora. ¿Qué había esperado, realmente? ¿Fotos de Sylvie en su liga semanal de bolos? ¿Vastas estanterías detallando filósofos antiguos? ¿Una colección de ovillos de lana?

Sylvie siempre desafiaba sus expectativas. ¿Por qué iba a dejar de hacerlo ahora?

La sala de estar reforzaba el compromiso de Sylvie con las plantas, con dos limoneros enanos flanqueando una pantalla gigante. ¿Había encontrado su verdadera pasión? ¿Películas? Pero no. Una mirada a la mesa de café mostró una tableta Tama dedicada, y lo entendió. Ventanas vinculadas por video en la pantalla mostrarían operaciones en progreso. Al final, Sylvie no necesitaba ensuciarse las manos. Podía comandar desde lejos, ver cada puñal encontrar su garganta sin siquiera dejar su sofá.

—No deberías estar aquí —las pesadas palabras vinieron desde detrás de Zhan-Yo, y él se giró, tropezando con un zarcillo de hiedra y retrocediendo contra esa gran pantalla.

Observándolo, de pie frente a lo que Zhan-Yo sospechaba que era el dormitorio, había un hombre grande. Corpulento, pero nivelado, cómodo; Zhan-Yo apostó a que el hombre sabía cómo usar su peso. Jeans se fundían en un suéter. Sin abrigo, aunque afuera se acercaba a cero grados. Ojos huecos, con profundas bolsas debajo, siguieron la retirada azarosa de Zhan-Yo. Manos enguantadas, pero sin armas. Aun así, Zhan-Yo desenvainó sus tachi y los mantuvo listos.

—¿Quién eres? —preguntó Zhan-Yo.

—Su hermano —dijo el hombre—. Y tú eres el hombre que hizo que la mataran.

¿Un hermano? Zhan-Yo deseó poder sorprenderse de que Sylvie nunca lo hubiera mencionado, pero su familia se mantenía firme en la lista de cosas que ella nunca había comentado con Zhan-Yo. Una colección de conversaciones desviadas con facilidad cada vez que Zhan-Yo había intentado penetrar las defensas de Sylvie.

—Pero yo no la maté —respondió Zhan-Yo. El hermano de Sylvie no se había movido, y mantener el sofá entre ellos parecía un buen plan—. Fue Aegis, y yo le hice lo mismo a él.

—Ella me hablaba de ti. De cómo tenías grandes sueños. Nunca dijo si valían la pena morir por ellos.

—Yo habría muerto por ellos. Compartíamos eso.

—Pero tú sigues aquí.

Zhan-Yo siempre se había enorgullecido de su paciencia. Había mantenido Ziran creciendo a través de innumerables giros y vueltas no por ira intransigente o decisiones precipitadas, sino con análisis cuidadosos y movimientos deliberados.

Había visto a rivales desmoronarse persiguiendo tendencias o ignorando sus cuentas por inversiones arriesgadas y mal calculadas. Para Zhan-Yo, Ziran no era personal. Había sido un rompecabezas para resolver, y poco más.

Sylvie había sido un rompecabezas, y mucho más.

Zhan-Yo cruzó la habitación antes de darse cuenta de lo que había hecho, ambos tachi apuntando directamente al corazón del hermano. Se detuvo con las puntas presionando contra el suéter del hermano, creando pequeñas hendiduras en la tela negra.

—Cuestiona mis sentimientos por Sylvie otra vez —dijo Zhan-Yo—. Será lo último que digas.

El hermano recorrió con la mirada desde las puntas de las espadas hasta el rostro de Zhan-Yo.

—Si estás diciendo la verdad, entonces ¿por qué estás aquí?

—Nunca vi este lugar mientras ella respiraba —dijo Zhan-Yo, sin mover las espadas—. Quería saber cómo vivía, y necesito conocer sus secretos.

La tensión se rompió ahí. El hermano retrocedió de los tachi, asintiendo a las razones de Zhan-Yo y haciéndose eco de ellas. Él también había venido aquí para tratar de averiguar qué había hecho su hermana, cómo podría haber muerto. No había respuestas aquí que pudiera encontrar, salvo posiblemente en una pequeña unidad de almacenamiento digital en el armario que el hermano no había podido desbloquear, y ya no le importaba hacerlo. Sylvie había decidido mantener su vida en misterio incluso después de morir, y su hermano podía aceptar eso.

—¿Entonces qué vas a hacer ahora? —dijo Zhan-Yo mientras el hermano se dirigía a la salida del apartamento.

—Tú diriges el negocio de tu familia —respondió el hermano—. Sylvie dirigía el nuestro. Ahora recae sobre mis hombros.

—Entonces, buena suerte —dijo Zhan-Yo, haciendo una leve reverencia al hermano.

—A mi hermana le caías bien, quería que tu trabajo tuviera éxito —dijo el hermano, poniéndose los zapatos—. Después de que recoja los trozos, me pondré en contacto contigo.

Cuando la puerta se cerró tras el hermano, Zhan-Yo se dio cuenta de que el hombre nunca había dicho su nombre. Una vida en las sombras, igual que Sylvie.

CAPÍTULO 12
LA HIJA DEL HÉROE

CHOCOLATE CALIENTE. El aroma cálido y delicioso viajó a través de la lenta consciencia de Mynx, descongelando su mente con recuerdos más felices hasta que volvió al presente, uno en el que debería haber estado congelada en la azotea del Bastión. Un premio rígido que no sería encontrado hasta que el deshielo primaveral trajera pájaros hambrientos, ya que Mynx no creía que nadie más usara la entrada del piso superior de la torre.

En su lugar, superando una irritación similar a una quemadura solar, Mynx abrió los ojos en una habitación que conocía muy bien. El centro de control de Aegis, la sala de estar, la cocina, todo combinado en una enorme cámara semicircular con ventanales del suelo al techo en un lado, con vistas a la mitad sur de Manhattan como un dios contemplando sus obras. A juzgar por la suave luz de la habitación —sin sol directo aquí—, el tiempo ya se había deslizado hacia la tarde. Mynx no había venido a Nueva York para pasar el día tirada en el suelo —aunque su espalda se sentía bien, lo que sugería que alguien había puesto una manta debajo de ella—, pero volver de una muerte segura tenía una forma de poner en perspectiva las tareas del día.

Mynx giró la cabeza y siguió el vapor del chocolate caliente hasta la robusta taza azul a su lado, adornada con el logo inclinado de la P de los Paragones. Aunque sus músculos protestaron por el movimiento, dando clara evidencia de que este deshielo tardaría unos días en sanar, Mynx logró rodar hacia un lado y alcanzar la taza.

—Está caliente —dijo la única voz posible desde algún lugar detrás de Mynx.

—Podría usar algo caliente ahora mismo. —Pero Mynx no bebió de inmediato, en su lugar sostuvo la mezcla marrón y esponjosa cerca de su nariz e inhaló, absorbiendo algo de calor y deleitándose con el sabor. Pacifica rara vez se enfriaba lo suficiente como para justificar un chocolate caliente, pero ¿aquí? ¿En el Noreste? Podía darse el gusto—. Gracias.

—¿Por el chocolate caliente?

—Por salvar mi yo congelado. Supongo que fuiste tú, ¿no?

Celice, la hija de Aegis y una Paragón, a pesar de carecer de habilidades anómalas, no se acercó a la vista y Mynx tuvo que completar el giro sobre su pecho para ver a Celice de pie en el moderno mostrador metálico de la cocina. En la semana posterior a la aparente muerte de su padre —Mynx mantuvo en secreto el estado congelado de Aegis, tanto porque no sabía cómo, o si, sería capaz de traer a Aegis de vuelta, como porque Zhan-Yo podría intentar terminar el trabajo—, Mynx no había oído nada de Celice. Mynx había imaginado que eso significaba que Celice había estado haciendo una introspección, posiblemente buscando venganza, pero imaginar y presenciar eran dos cosas diferentes.

La practicidad había sido el código de vestimenta definitorio de Celice desde que Mynx podía recordar. De niña, Celice había desafiado los vestidos por los bolsillos, una actitud que se había convertido en una obsesión total por mantener múltiples Tamas a mano y convertirla en la principal coordinadora de los Paragones en el hemisferio occidental. Lo que Mynx veía ahora no era un giro contra esa ética, sino Celice redirigiendo su intención. Los bolsillos seguían existiendo en el conjunto azul-negro que Celice llevaba, pero eran largos y estrechos, ceñidos alrededor de sus muslos y a lo largo de su cintura. Una configuración para el campo, más que para la oficina.

—No me dijiste que venías —dijo Celice, girando una cuchara en lo que Mynx suponía que era su propia taza de chocolate caliente.

—No pensé que quisieras verme.

—No quiero.

—Pero me metiste adentro de todos modos.

—¿Qué se suponía que debía hacer? ¿Dejarte ahí fuera para que murieras? —Celice apartó las manos de la taza, agarró el borde del mostrador y lo miró fijamente como si fueran a salir láseres de sus ojos—. No pude levantarte hasta las habitaciones.

—Estoy viva, Celice. Está bien. —Mynx intentó ponerse de pie, pero sus piernas, aún en shock, no querían cooperar. Aunque se sentía un poco absurdo, tendría que continuar la conversación desde el suelo—. Vine aquí por ti, porque no has estado respondiendo mis llamadas.

—He estado ocupada.

—Aparentemente.

Mynx dejó caer la palabra, invitando a Celice a tomar el anzuelo.

Mientras Mynx se enfriaba de la emoción de seguir viva, el alivio de ver a Celice con vida la inundó. Las pesadillas la habían atormentado durante la semana, insinuando que Celice se había embarcado en una misión suicida para matar a alguien demasiado peligroso para una persona normal con poco entrenamiento de campo, sin importar cuánto entrenamiento Aegis pudiera haber hecho con su hija en esta torre. El ex Campeón había dejado claro que Celice no estaba siendo preparada para el trabajo sucio, que su destino estaba fuera de la violencia que los Paragones habían usado para dividir el mundo.

—Sabes quién lo mató —dijo Celice—. Pero no tienes a Zhan-Yo, ¿verdad?

—Lo estamos buscando.

—¿Cómo es que les está tomando tanto tiempo? Tienen todos esos drones. Su foto está en todas las pantallas del planeta. Cada vez que respira, deberían saberlo. —Las palabras sugerían que Celice debería estar estallando de rabia, pero en su lugar salieron débiles, aplanadas.

—Es inteligente, pero no puede esconderse para siempre.

—No tiene que hacerlo —dijo Celice—. Zhan-Yo está tratando de poner a todos en nuestra contra. Los normales. Si puede seguir enviando estos mensajes, podría convencer a más gente antes de que pase mucho tiempo.

—Estás asumiendo demasiado —respondió Mynx. Tomó un sorbo del chocolate, lo suficientemente frío ahora para disfrutarlo, y su líquido azucarado era, de hecho, increíble—. Los normales y los anómalos están demasiado bien como para arriesgarse a nada. El mundo es un buen lugar, Celice. Puede que encuentre a unos pocos, pero difícilmente una revolución.

—Creo que te equivocas —respondió Celice—. Creo que puede hacer más daño del que crees.

—Suena como si tuvieras un plan.

—Zhan-Yo tiene amigos. Tenía toda una empresa. Ellos sabrán dónde está. —Celice se apartó del mostrador—. Lamento haber sellado la puerta de arriba, Mynx. No quería que entraras sin avisar, porque no quería que me detuvieras.

—Parece que lo lograste.

Celice lo aceptó, luego se acercó y se paró sobre Mynx. En los ojos de Celice, Mynx pudo ver los pensamientos condenatorios: vieja, lisiada, inútil. Un suspiro ahogado confirmó el diagnóstico.

—Me voy, y no me encontrarás aquí de nuevo —dijo

Celice—. Este era el lugar de padre, no el mío. Si atrapas a Zhan-Yo antes que yo, tal vez vuelva. Si yo lo atrapo antes que tú...

—Haz lo que tengas que hacer. No voy a detenerte. Pero si te metes en problemas, sabes cómo contactarme.

Celice esbozó una pequeña sonrisa ante eso, extendió su mano izquierda y apretó el hombro de Mynx. —Mejórate.

Antes de que Mynx terminara otro trago del chocolate caliente, la hija de Aegis desapareció por el ascensor.

Mynx se incorporó y comenzó a masajear sus piernas. Decir que la visita a Nueva York había sido infructuosa sería elogiarla demasiado. Casi había muerto, y ahora el único objetivo de la visita, traer a Celice de vuelta al redil, se había esfumado sin un gemido. Mynx ni siquiera había protestado cuando Celice se escabulló.

Y sabía por qué. Porque, en su posición, Mynx habría querido que la dejaran sola. Cuando sus propios padres murieron, no por medios cataclísmicos sino por el curso ordinario de la vida, Mynx no buscó consuelo en los brazos de otros. Había comenzado el viaje que la llevó a Denise Jones y al potencial de una vida eterna.

Por supuesto, eso había sido un fracaso miserable, pero tal vez Celice encontraría lo que estaba buscando. Al menos parecía estable. Coherente.

—Reeves —dijo Mynx, continuando frotando para devolver la sensibilidad a su cuerpo—. Celice está saliendo del edificio. Rastréala y etiquétala, por favor.

—Por supuesto —respondió Reeves—. Ya tengo varios drones en el área. Debo decir que es bueno escuchar tu voz.

—Sabías que estaba viva.

—Los signos vitales de un humano cuentan solo una pequeña parte de la historia. No sabía cuánto de ti quedaría después del deshielo.

Mynx se estremeció ante eso. —¿Cuánto tiempo estuve allá arriba, Reeves?

—Más de una hora. Las propias defensas de Bastion bloquearon un rescate con drones, y para cuando los convencí de que realmente eras tú allá arriba...

Ni siquiera el chocolate caliente restante derritió ese miedo. Mynx no era de las que morían. Podía jugar a ser la heroína, pero había una razón por la que prefería los drones, le gustaba envolverse en metal grueso y resistente antes de entrar en combate. Debajo de todos sus talentos había un cuerpo humano simple y frágil que podía romperse como cualquier otro.

—La próxima vez, sácame como sea necesario —dijo Mynx—. Te lo autorizo. No más oportunidades.

—¿Lo recordarás?

—No, pero tú me lo recordarás, y entonces estaré agradecida.

Reeves no parecía tan seguro de eso, pero la IA aceptó los parámetros revisados. Mynx continuó charlando mientras se calentaba, se levantaba y cojeaba hacia el baño. Una ducha caliente restauró su humanidad perdida, y después de pedir una comida de la cafetería de los Paragons treinta pisos más abajo, Mynx se sintió bastante bien.

Hasta que su Tama vibró con una llamada entrante.

Ocho Campeones trabajaron juntos para fundar los Paragons, y después de que las naciones del mundo se negaran a aceptar el beneficio obvio de dejar que las anomalías más poderosas mantuvieran las cosas seguras, esos ocho Campeones crearon un movimiento que aplastó a cualquier fuerza insensata que intentara interponerse en su camino.

Mynx habría preferido terminar la historia allí, pero la vida continuó incluso después de que los últimos países renunciaran a su independencia. El sol volvió a salir al día siguiente, y pronto Lukas declaró que regresaría a casa, y que su hogar le pertenecería. De las mil pequeñas astillas que separaban a los Campeones, Lukas había decidido convertirse en la cuña, y había vertido implacablemente ácido sobre sus diferencias hasta que Aegis dividió el mundo para repararlas.

Ahora el rostro del hombre aparecía en su Tama, luciendo hinchado a pesar de la altura de Lukas. Manchas de color desfiguraban parte de su piel, y su cabello se había reducido a un conjunto ralo, pero esos malditos ojos seguían pareciendo los mismos. Un código de barras a color, así los había llamado Aegis y así los había visto Mynx desde entonces.

Aun así, era un Campeón, y Mynx necesitaba que se presentara.

—Lukas. Gracias por llamar. —Mynx trató de pararse más derecha, ajustó el ángulo del Tama para mostrar la ventana de Bastion en lugar de la cocina insulsa—. Supongo que recibiste mi mensaje.

—¡Por supuesto, por supuesto que lo recibí! —dijo Lukas, y parpadeó. Cuando lo hizo, las líneas de color a través de su iris se desplazaron, colocando el rojo en el centro—. Qué buena idea, tener una cumbre. Ha pasado tanto tiempo, e imagino que todos ustedes han cambiado muchísimo.

—Algunos más que otros —respondió Mynx. Lukas parpadeó de nuevo, y los colores se movieron. Mynx trató de recordar qué significaba cada uno, luego se rindió. No tenía nada que ocultar a Lukas—. Las cosas están cambiando. Nos estamos haciendo mayores, y necesitamos un plan.

—¿Y tales planes solo pueden hacerse en Los Ángeles? ¿No en Londres o Ámsterdam?

—Yo convoqué la cumbre, yo elijo.

Lukas pareció que podría disputar el punto por un momento, y Mynx contrarrestó con una respiración profunda y severa. Los dos se habían enfrentado bastante durante sus días de Campeones, y ambos tenían sus estrategias. La diferencia aquí, al parecer, era un pequeño pitido del lado de Lukas. Miró, todavía a la cámara pero obviamente lejos del rostro de Mynx, e hizo una mueca.

—Otro día, otro momento —dijo Lukas cuando volvió a

mirar hacia arriba—. En el espíritu de nuestro compañerismo, mi querida amiga, haré el viaje. Envía las fechas y los detalles, y estaré allí.

—Te lo agradezco.

—Y Mynx, tal vez quieras visitar a tu médico —dijo Lukas, llevándose la mano a su gran mentón cuadrado—. Parece que podrías tener algunas preocupaciones dentro de ese gran cerebro tuyo. Odiaría ver a un Campeón derribado por un derrame cerebral.

—Adiós, Lukas. —Mynx deslizó para terminar la llamada y se desplomó en una de las duras sillas metálicas de Aegis.

Los medios lo habían llamado Spectrum. A Lukas le gustaba porque la palabra era la misma en holandés e inglés, y encajaba. Esos ojos le permitían ver lo que cualquier frecuencia de luz podía mostrar, y mucho más allá. Mynx no estaba segura de cómo funcionaba, pero cada vez que Lukas realizaba una de sus lecturas improvisadas, se sentía violada.

Los Campeones tenían demasiados lectores de mentes, manipuladores emocionales. Apinya, Lukas y Burov volvían a los normales contra sí mismos. Para cuando sus víctimas se daban cuenta de que habían sido torcidas contra su voluntad, Mynx y Aegis ya habían reclamado infraestructura vital, diezmado cualquier resistencia confundida.

Excepto que, cuando cesaron los combates, esos mismos poderes que doblaban la mente se dirigieron hacia Mynx, hacia Aegis. La única forma de mantener algún secreto, de estar segura de que sus motivaciones eran verdaderamente suyas, había sido dividir el mundo y enviar a los Campeones peligrosos a sus hogares.

Ahora, Mynx los estaba trayendo de vuelta.

—¿Ves, Reeves? —dijo Mynx, terminando lo último de su chocolate caliente recalentado—. Esto es lo que significa ser un Campeón.

Y por qué, cuando la cumbre hubiera terminado, Mynx renunciaría a ese manto.

CAPÍTULO 13
DIPLOMACIA EN LA PLAYA

THANE DESPERTÓ con el eterno arrullo de las olas, esta vez mientras se acercaban a la franja de arena que había declarado como suya. Cerca de él, Sook roncaba, alternando entre fuertes retumbos y chillidos nasales agudos, como si improvisara un acompañamiento caótico a la canción del océano. Detrás de él, mientras amanecía, la aldea cobraba vida. Se encendían fogatas, y varios anomalías ya estaban de pie en la orilla del agua, con una mujer joven balanceando sus manos en amplios círculos, cada uno sacando un pez que aleteaba del agua y lanzándolo a las manos de su camarada que corría para atraparlo. Otros saqueaban el agua de los enormes barriles de lluvia que salpicaban la aldea, llenando delgados cubos de piedra hechos, como Thane descubrió, por la misma guardia que había estirado las lanzas de madera la noche anterior: moldear piedra, al parecer, figuraba entre sus talentos.

En todo el mundo que Thane conocía, no existía una sola sociedad que funcionara con el poder de las anomalías. Para cuando las anomalías habían aparecido, la humanidad había desarrollado formas de satisfacer todas sus necesidades sin medios "mágicos", aunque los Paragones parecían empeñados en encajar las anomalías donde pudieran aumentar la eficiencia. Aquí, sin embargo, las anomalías requerían de sus habilidades para sobrevivir. Una dinámica interesante, y Thane, después de la larga reunión de anoche donde conoció a las veintitantas personas que vivían aquí, vio tanto los beneficios como los costos.

Usar la propia habilidad para sobrevivir te acercaba más a ella. La chica que sacaba peces con las manos —Thane se preguntaba qué crimen la habría arrojado aquí— mostraba más control, más facilidad con su poder que la mayoría de las anomalías que conocía. Como si fuera otra extremidad, aprovechaba cada tirón fantasma como si lo hiciera con sus propios dedos.

En la conversación casual de anoche, Thane había escuchado a las anomalías alardear, una y otra vez, sobre cómo sus habilidades les permitían asar la cena con facilidad, o esculpir helechos en ropa útil, o añadir sabor al agua de lluvia de otro modo insípida. Todo útil, todo aburrido. Aunque todos aquí habían hecho algo terrible, parecían haber olvidado ese potencial y en su lugar se habían asentado en una existencia primitiva.

Thane rompería esa calma. Tenía que hacerlo, o nunca abandonarían este paraíso de prisioneros.

Después de sacudirse la arena de su nuevo vestido de palma, una camisa holgada de fronda y lo que equivalía a una falda tejida de hierba, Thane pisoteó más allá del dormido Sook y se dirigió hacia la estructura principal del pueblo, una choza de paja que servía como hogar del Vacío y el único lugar de reunión privado en el campamento. Mientras coronaba las dunas, Thane contó tres fogatas encendidas, más cerca del océano que de las puertas principales, cada una encargada de una comida diferente. Como el sol aún no había alcanzado su plena iluminación, esos globos de fuego danzantes proliferaban de nuevo, haciendo rebotar su brillantez parpadeante sobre las anomalías que cortaban verduras y huevos de aves para agregar a la pesca fresca.

La choza del Vacío se encontraba en el centro del campamento, y a su izquierda, la mayoría de la gente dormía bajo un gran saliente protegido por capas de frondas de palma. A la derecha, chozas más pequeñas proporcionaban espacios privados. Una anomalía, anoche, había explicado la necesidad de atender a cualquiera que estuviera enfermo, o a aquellos que requerían privacidad para completar su trabajo o para ordenarse a sí mismos. Un gesto benevolente, hasta que Thane recordó que todas estas personas habían hecho algo atroz en el pasado. Proporcionar espacio para descomprimirse podría ser menos un acto de bondad que un mecanismo de supervivencia.

Cajas tejidas se encontraban por todo el campamento, almacenando productos secos. Suficientes lanzas improvisadas para armar una falange se alineaban en las dunas dentro de la entrada principal, mientras tres juegos de arco y flecha descansaban en un estante cerca del centro de la aldea. Sería fácil cuestionar este armamento de la edad de piedra en una isla con tanto poder, pero un tiro bien colocado haría lo mismo a una anomalía que a una persona normal. No muchos podían soportar heridas mortales como Thane y Aegis.

El Vacío estaba sentado dentro de su choza, sorbiendo algo humeante de una taza de barro. El vestido de piedra de la noche anterior yacía a un lado, y llevaba un atuendo tejido similar al de Thane. No levantó la vista cuando Thane entró, aunque el leve asentimiento que había dado después de que Thane pidiera permiso para entrar demostraba que sabía que estaba allí. En su lugar, el Vacío mantuvo su atención en una caja de arena de un metro de ancho en el centro de la choza. Thane se acercó y miró lo que parecía ser la isla, inmaculadamente tallada en la tierra. Los instrumentos, palos estirados en finas puntas de pincel, estaban colocados a la derecha.

Pequeños círculos y líneas denotaban secciones, y Thane

supuso que marcaban los territorios y posiciones de los otros isleños. Desde esta vista, parecía que la Duquesa se había apoderado de la mayor parte de la isla, un dominio alrededor del pico central, con sus líneas casi llegando a la costa entre la aldea del Vacío y el campamento de Arthur en el lado opuesto de la isla.

—Eyre dibuja esto cada mañana —dijo el Vacío, con una voz más suave en privado—. Lanza su mirada tan lejos como puede ver y mira hacia abajo a nuestro hogar. Una suerte ridícula que haya terminado conmigo.

—¿Cuál es su historia? —preguntó Thane, sentándose frente al Vacío al otro lado de la caja de arena.

—¿Importa acaso? —respondió el Vacío—. Está aquí, igual que tú. Creo que espió a las personas equivocadas, y en lugar de matarla directamente, Mynx la dejó caer en esta isla.

—Tal vez los Paragones piensan que pueden usarla.

La Nada alzó la vista del mapa y frunció los labios hacia Thane. —¿Los Paragones? La estoy usando ahora, y ella me está usando a mí, aunque para diferentes propósitos.

—Por supuesto —dijo Thane. Necesitaba tantear esta dinámica de poder. Durante toda su vida, Thane había sido o bien el líder más fuerte en la sala, o un prisionero forzado a cumplir las órdenes de los Paragones—. Quieres saber dónde están tus enemigos.

La Nada negó con la cabeza. —No son enemigos. Son rivales. Arthur y la Duquesa no son tan tontos como para pelear entre sí por esta roca, y yo tampoco soy tan tonta como para enfrentarme a ellos. Tenemos un equilibrio, y eso funciona para todos.

—¿Pero pones guardias día y noche?

—Porque no soy estúpida. Porque el equilibrio solo funciona cuando creemos que los costos de actuar son demasiado altos.

—Ah. Disuasión.

—Estamos esperando una oportunidad. —La Nada señaló

la línea de la Duquesa que se arrastraba hacia el mar—. Una vez que tenga acceso al océano, ya no tendrá razón para comerciar con nosotros.

—Entonces, ¿por qué no la detienes?

—Porque tiene al menos el doble de anomalías que yo. Ella recibe la mayoría de los lanzamientos de Mynx. Y es buena persuadiendo a la gente para que se quede.

—¿Estás diciendo que hay una razón por la que la llaman la Duquesa?

—Estoy diciendo que nos superan en número —respondió la Nada, y aunque Thane no se consideraba un lector de mentes, ella parecía molesta—. Nadie aquí es lo suficientemente leal como para morir luchando en una guerra sin sentido.

—Necesitas un líder.

—Yo *soy* una líder.

Thane dudó. Otro filo de navaja que podría hacerlo caer al abismo. Si lo que Sook decía era cierto, entonces la Nada podría realmente ser capaz de matarlo. Incluso si no pudiera, Thane no quería tener que luchar contra todos sus seguidores anómalos tampoco. Pero no había venido a este lugar para desperdiciar sus días pescando en la playa y contando cocos con otros criminales.

—¿Cuál es tu nombre? —preguntó Thane—. El verdadero.

La Nada se puso de pie, sacudiéndose la arena de las rodillas. —Ven conmigo.

No era una respuesta, pero al menos no parecía tan a la defensiva.

Thane siguió a la Nada fuera de la choza, y ella lo guio más allá de las hogueras, donde cada uno tomó una porción de pescado envuelto en hojas junto con algunas raíces asadas. La Nada saludaba a todos los que pasaban por sus nombres, aunque rara vez con una sonrisa. Una comandante revisando sus tropas, comprobando la moral.

Sook hacía que la isla pareciera una batalla caótica entre

anomalías, donde el más fuerte prevalecía, pero la pequeña aldea de la Nada se sentía más como una operación controlada. Todos conocían su papel y lo desempeñaban, solo para vivir un día más.

La Nada lo condujo hasta la playa y lejos de la aldea, caminando a lo largo de una orilla cristalina bajo el sol de la mañana. Conchas salpicaban la arena, y una mirada al mar mostraba formas oscuras que se movían bajo la superficie. Los cangrejos huían mientras caminaban, y, arriba, los pájaros madrugadores emprendían sus primeros vuelos, piando sin cesar. En cuanto a escenas idílicas, y Thane no se consideraba un romántico, esta ocupaba un lugar destacado.

—Eres la anomalía más antigua de la isla —dijo la Nada una vez que pasaron al único centinela que vigilaba el acceso a la playa, una mujer que saludó a su líder con un breve gesto de cabeza—. Así que podrías ver esto de manera diferente, pero el resto de nosotros llegamos aquí enfrentando una larga vida de prisión.

Thane se rio. —Pasé décadas en una celda.

—Entonces mira todo esto y pregúntate si lo arriesgarías para volver. ¿Qué crees que harían Mynx y los Paragones si escapáramos? ¿Dejarnos ir? ¿Darnos un premio?

Mirándola, Thane calculó que la Nada tendría algo más de cuarenta años. Había tomado mucho sol en la isla, pero las canas aún no habían invadido su cabello, las arrugas no habían marcado los valles de la sabiduría en sus mejillas, pero tampoco se movía ni hablaba con el fuego más juvenil de Sook. Ella sabía lo que era jugar y perder.

—Esta isla es una prisión —respondió Thane—. Al quedarte, los dejas ganar. Gobiernan sin consecuencias, sin control. Con todas las anomalías de esta isla, podríamos resistir. Obligarlos a cambiar.

—¿Todas las anomalías de esta isla? —Ahora era su turno de reír—. ¿Cien de nosotros, tal vez, contra millones de Paragones? Thane, no sé qué tan fuerte eres, pero no sobreviviríamos a esa pelea.

—No estaríamos solos. Los Paragones no son amados en todas partes. Encontraríamos aliados.

Llegaron a un estrecho banco de arena que se extendía hacia el océano como una lanza y la Nada eligió caminar por él, con el agua fría acariciando sus pies. Detrás de ellos, una enorme arboleda de palmeras se extendía, con helechos cubriendo su base. Más allá, el pico central de la isla se elevaba alto y gris en el cielo sin nubes.

—¿Has olvidado por qué estamos aquí? —dijo la Nada, liderando la caminata—. Cada uno de nosotros traicionó a sus amigos, familias, a la sociedad. ¿Qué te hace pensar que podríamos mantenernos unidos? No somos soldados.

—Todos quieren que sus vidas signifiquen algo —dijo Thane—. Ahora mismo, cada uno de nosotros en esta isla no es nada para el mundo. Si envejeces y mueres aquí, eso es todo lo que seguirás siendo. Nada.

La Nada se detuvo al final del banco de arena. Más allá, salpicando el horizonte a intervalos regulares, estaban los drones. Manchas negras y malignas. La Nada extendió su mano izquierda, y Thane sintió un calor repentino. Casi abrasador, radiando de ella. Y allá en el océano, las olas entrantes se deshacían, apareciendo agujeros entre sus crestas turbulentas, haciendo que cayeran unas sobre otras. Chocaban una y otra vez hasta que un caos espumoso rodeó su pequeño paseo arenoso.

La Nada prácticamente brillaba con el calor, y Thane dio un paso atrás, hasta que ella se detuvo y la brisa le robó el calor.

—Vengo aquí porque a las olas no les importa lo que les haga —dijo la Nada—. Y nadie puede ver lo enojada que estoy.

—Todos estamos enojados. Se nos ha hecho daño.

—Esto es mucho para perder.

—Esto no es nada comparado con lo que ya has perdido.

Los dos siguieron mirando al frente, hacia esos drones. Ese muro implacable.

—Si quieres cambiar nuestros destinos, tendrás que convencer a la Duquesa —dijo la Nada—. Ella tiene a la mayoría de nosotros. Haz que siga tu sueño y tal vez no piense que estás tan loco.

—¿Pero tú no? ¿Ahora?

La Vacío negó con la cabeza.

—Antes de todo esto, era maestra. Si puedes creerlo. Una maestra que tuvo unos cuantos tropiezos y se desquitó con las personas equivocadas. Los Paragones descubrieron que nunca admití ser una anomalía y me arrojaron aquí. Pero no llegas a ser maestra sin entender lo que significa cuidar de los pequeños, y todos los que están allá atrás son míos.

—No son pequeños. Necesitan que los guíes, no que los mimes.

—Tal vez —La Vacío se apartó un mechón de cabello de los ojos—. Thane, demuestra que puedes respaldar tus palabras. Entonces, si sigues siendo tú mismo, aceptaré lo que me pides. Consigue que la Duquesa esté de tu lado.

Otra anomalía que persuadir. Si eso hacía avanzar las cosas, estaba bien. Thane lo dijo así, y se volvieron para caminar de regreso al pueblo.

—¿Y Thane? —dijo la Vacío mientras regresaban a la playa propiamente dicha—. Mi nombre es Cassidy.

CAPÍTULO 14
EL CAZADOR Y EL CAZADO

POR UNA VEZ, el enemigo tenía un escondite en la ciudad. Kat adoraba los páramos industriales de las afueras de Chicago, donde los bares tan cruciales para la existencia de sus empleados estaban separados, pero de vez en cuando adentrarse en el abrazo tecnológico de la ciudad suponía un cambio agradable. Al salir de la estación del L, con el silbido del tren de levitación magnética a sus espaldas, Calvin y Kat marcharon a través del miasma urbano mientras la tarde avanzaba. La mayoría de la gente veía el traje de Kat y les daba un amplio margen, apretujándose contra los edificios o escabulléndose dentro de cafeterías o tiendas y observando hasta que la rastreadora pasaba. Arriba, un dron interrumpía el cielo, su voluminosa masa negra y silenciosa flotando. Los restaurantes preparándose para la cena llenaban el aire con aromas tentadores que Kat ignoraba, ¿quién sabía si alguno siquiera la atendería, armada como iba?

La información de Delano situaba la base actual del Elemental no muy lejos de esta calle, frente a un parque de una manzana. La nieve y el hielo habían convertido los juegos infantiles del parque en arte abstracto, mientras la gente se acurrucaba en los bancos, inclinada sobre sus Tamas y picoteando sándwiches. Las cápsulas crujían a lo largo de la carretera, y aunque Kat observaba lo que podía, su máscara veía el resto.

No apareció ninguna amenaza potencial mientras se acercaban a la cafetería. Eso parecía un poco extraño —los Elementales tenían que saber que no habían matado a Calvin, y que atacar a un Paragon traería represalias—, pero tal vez todos habían salido a almorzar.

—¿Tus padres eran anomalías? —preguntó Calvin mientras caminaban.

El hombre había estado en silencio casi todo el camino desde la casa de Delano hasta aquí, ¿y ahora elegía comenzar esa conversación?

—Sí.

Kat asesinaría este tema mil veces.

—¿Pero tú no lo eres?

—No.

—Extraño.

—Sí.

Su Tama emitió un pitido y Kat lo miró. La cafetería de los Elementales debería estar cerca ahora, justo adelante. Como si la realidad se ajustara a los datos del Tama y no al revés, cuando Kat volvió a mirar, notó un suave toldo azul con tazas de café estampadas en blanco por todas partes. Pequeños carámbanos colgaban de los bordes del toldo, haciendo que pareciera un peine.

—Ese es el objetivo —dijo Kat, optando por asentir en lugar de señalar, para evitar que su ya conspicua apariencia se volviera completamente sospechosa—. Deberías quedarte atrás.

—Kat, mira, no soy indefenso.

—¿En serio? No estás armado, y ese abrigo no te va a proteger. No quiero tener que cubrirte las espaldas.

Calvin balbuceó algo sobre cuidar las de ella. Kat le puso un dedo en el pecho, con firmeza.

—Escucha, conozco a esta gente. O a algunos de ellos, al menos —dijo Kat—. Puedo hablar con ellos y averiguar por qué intentaron matarte. Como te dije, el asesinato no es realmente lo suyo, así que tienen que tener otra razón. A menos que se te ocurra alguna, ¿ahora mismo?

—Ni idea. Te lo habría dicho. El disparo salió de la nada.

—Entonces quédate atrás. Te haré una señal cuando puedas entrar. —Kat se apartó de la anomalía—. Si quieres ayudar, mantente fuera de la vista. Vigila cualquier cosa rara.

Calvin no discutió. Mucho más refrescante que Gordon, quien parecía disfrutar enfrentándose a ella en todo. Kat nunca había querido un compañero, o un socio, pero si tuviera que tener uno, Calvin y su total obediencia podrían ser el único tipo que aceptaría.

La cafetería no se extendía mucho más allá del toldo, su perfil largo y estrecho se prolongaba desde la calle. Las ventanas tintadas ofrecían una visión tenue del interior, aunque las mesas color canela pegadas al cristal dejaban claro que el espacio, en algún momento, servía algo. Ahora no, sin embargo. Un panel de Tama con luz roja cerca de la puerta declaraba el lugar cerrado, a pesar de que un horario mostraba que la cafetería debería estar muy abierta.

Parecía sospechoso.

Kat siguió moviéndose, siguiendo su propio consejo sobre las cámaras y girando hacia el siguiente callejón lleno de basura, a un edificio de distancia. Envió rápidamente un mensaje a Calvin desde su Tama y rodeó la línea divisoria de la manzana. Un espacio estrecho con edificios altos a ambos lados, con escaleras de incendios metálicas subiendo y bajando y contenedores de basura ocupando cada centímetro cuadrado a lo largo de las paredes, el callejón difícilmente parecía acogedor. Kat, sin embargo, no esperaba una bienvenida.

Los Elementales eran un colectivo de anomalías que se habían hecho un nombre con varias demandas de libertad, derechos y otras cosas que equivalían a rechazar el sistema de los Paragon sin ofrecer nada mejor. Como si los normales, y los Paragon, debieran aceptar que una banda de anomalías rebeldes pudiera andar libremente sin ningún tipo de monitoreo o control. Como Aegis había proclamado en innumerables discursos, lo último que el mundo necesitaba era otra guerra, mucho menos una entre múltiples fuerzas superpoderosas. Como tal, con los Paragon cayendo en picado para reducir sus números cada vez que los Elementales hacían algún movimiento serio, Kat no se sorprendió de encontrar el callejón, y la cafetería, vacíos.

Atacar, luego agruparse y esconderse.

Sin embargo, Kat mantuvo su mano izquierda en la empuñadura de su pistola aturdidora, el arma descansando en su funda del muslo. Las anomalías podían estar en cualquier parte, podían ser invisibles o, como Vedder no hace mucho tiempo, podían proyectar una imagen visual que hacía que las cosas parecieran mucho más seguras de lo que realmente eran. Nada, sin embargo, envió rayos ardientes desde el cielo ni derritió el concreto bajo sus pies. Las entrañas de Kat no se incendiaron, su mente no cayó en la locura. A pesar del interrogatorio, Kat se preguntó si Delano les habría dicho la verdad.

La puerta trasera de la cafetería, etiquetada con una gruesa pegatina en la superficie pintada de beige, tenía su propia placa Tama con el mismo mensaje de cerrado. Bloqueada también. Lo que significaba que, si Kat iba a entrar, tendría que forzar la entrada. Eso sería violar la ley de los Paragon, rastreadora o no. Antes de cruzar esa línea, Kat pensó que podrían hacer algo de observación. Encontrar un banco en el parque, almorzar y ver si la cafetería encontraba la manera de abrir. O los Elementales podrían ver a Calvin y decidir hacer un movimiento, sacando a su gente a la luz.

Kat descartó la idea en su Tama, se volvió hacia la salida del callejón, y su máscara gritó en rojo.

Se lanzó hacia adelante mientras un trozo de hormigón explotaba detrás de ella, el estruendo llegando después y resonando por el callejón. Kat rodó hacia la derecha cuando tocó el suelo, poniendo un contenedor de basura entre ella y la entrada del callejón, la dirección de donde había venido el disparo. Presionó su cuerpo contra el oxidado metal verde, leyendo la información de retroalimentación azul translúcida que se desplegaba por su máscara.

Sus signos vitales, el traje, todo eso estaba bien. No la habían alcanzado, pero el sonido y el hueco donde la bala había impactado sugerían un rifle ilegal. La máscara no señaló que casi todos los rifles y armas que disparaban balas letales eran ilegales ahora.

Un arma real. Kat se había enfrentado a anomalías que lanzaban llamas, que podían cambiar de forma o, como Calvin, convertir cualquier cosa en una herramienta mortal, pero nunca le habían disparado con balas reales. El traje no estaba diseñado para ser a prueba de balas, porque cualquiera que usara esas armas se ponía una diana tan grande en la espalda que sería, bueno, estúpido. O demasiado poderoso para que le importara. Su máscara ya le indicaba que el dron que habían visto flotando en lo alto estaba dando la vuelta por el ruido.

La máscara volvió a pitar, los sensores visuales del traje detectaron a alguien apuntando. El lado derecho de la máscara se iluminó, indicando a Kat de dónde vendría el disparo. Saltó de nuevo, pero esta vez no llegó ningún disparo, solo el pitido constante mientras la máscara gritaba que estaba en la mira de alguien. Kat necesitaba cobertura, necesitaba meterse en algún sitio. El miedo se le acumuló en la garganta mientras se escabullía de vuelta al centro del callejón, luego se lanzó detrás de otro contenedor en el lado opuesto, cortando el pánico de la máscara por un segundo.

Kat odiaba ser cazada. Agachada detrás de un montón de basura, con el corazón latiendo a mil por hora, las manos temblorosas y la respiración agitada, Kat tuvo que calmarse, tuvo que dejar de pensar como una presa.

Ser el depredador en su lugar.

—¡Oye! Kat, ¿estás bien? —gritó Calvin, su voz proveniente de la entrada del callejón.

Maldición. Parece que hoy no podría hacerse la cobarde.

—¡Calvin! —gritó Kat, lanzándose alrededor de la esquina—. ¡El tirador está en el tejado!

Su máscara no se iluminó, e incluso mientras Kat corría hacia Calvin, gesticulando con los brazos para que huyera, miró hacia arriba, al único lugar posible donde un tirador podría estar y aún seguirla entre los contenedores. Lo vio, y la máscara delineó la figura agachada en verde claro. Era difícil esconderse en lo alto de tejados escasos cuando arrastras un arma larga como la suya; el delgado cañón del arma se extendía sobre el borde del tejado, apuntando hacia Calvin.

La anomalía no obedeció las instrucciones de Kat, pero se mantuvo cerca de la entrada del callejón, con la mano en la esquina del edificio más cercano. Cuando Kat se acercó, vio que el aire frente a Calvin brillaba, se endurecía y se convertía en la arcilla roja gruesa que componía la mayoría de los ladrillos que Calvin tocaba. El escudo de arcilla se movió hacia arriba con la mano de Calvin mientras crecía, y cuando sonó el disparo, la bala se desintegró en la barrera. Calvin ni se inmutó, así que su defensa improvisada debía haber funcionado.

Kat no quería darle más tiempo al tirador. Con la atención del francotirador en Calvin, apuntó su muñeca hacia el tejado del tirador y disparó su gancho. El garfio giró hacia arriba y por encima, y mientras Kat corría hacia la pared, giró la muñeca para retraer el gancho, dejando que se clavara en el borde de piedra del tejado. El sonido hizo que el francotirador se girara cuando Kat golpeó la pared con un salto en carrera, la retracción del gancho tirando de ella hacia arriba al mismo tiempo.

Correr por la pared. De todas las cosas que una Kat más joven habría considerado superheroicas y que Kat hacía casi a diario, esto aún le daba la emoción que venía con desafiar el orden normal. A la física que la dieran, Kat corrió directamente por el lateral del edificio, guiada por su brazo izquierdo.

El francotirador, aún visible, se lanzó hacia su gancho, pero cuando un solo tirón no pudo desalojarlo, el hombre —por su equipo táctico negro y la forma en que se movía, Kat identificó al asesino como un hombre— agarró su rifle y corrió.

Kat superó el borde del tejado unos segundos después, jadeando con fuerza después de subir cuatro pisos corriendo, pero lista para actuar. El francotirador se había retirado a otro edificio más allá, y parecía dirigirse a una entrada de mantenimiento. Los drones negros se acercaban, acelerando desde varias direcciones, y el francotirador no tendría oportunidad de escapar de ellos si no se daba prisa ahora.

Kat no iba a dejar que eso sucediera.

Se lanzó hacia el francotirador, incluso mientras el gancho volvía a encajarse en su muñeca. Kat sacó una pistola aturdidora con la derecha, apuntó y disparó mientras corría cuando el francotirador abrió de un tirón la puerta de mantenimiento, cubriéndose detrás de ella. El dardo rebotó en el improvisado escudo, pero el movimiento puso al francotirador en el lado equivocado de las escaleras que había elegido. La máscara pitó, apareciendo una línea amarilla en la parte inferior de su visión, y Kat captó la advertencia a tiempo para plantar su pie en el borde y presionar, saltando sobre el estrecho espacio y aterrizando en el siguiente tejado de baldosas.

El francotirador apartó la puerta, y la máscara de Kat gritó de nuevo. En el segundo que había estado oculto de su vista, el francotirador había soltado su rifle y sacado una pistola más pequeña. Kat intentó esquivar, saltando hacia adelante —siempre hacia adelante, porque los tiradores no lo esperaban.

Salió de la voltereta, apuntó su pistola aturdidora al hombre enmascarado, y él disparó.

Se sintió como un puñetazo, un golpe que le quitó el aliento en el pecho y derribó a Kat al suelo. Intentó apretar el gatillo de su propia arma, pero sus nervios estaban ocupados en otra cosa, concentrándose en el repentino dolor, el shock y la sangre que brotaba de lugares que no debían perderla. Su cabeza cayó hacia atrás, golpeando el frío tejado. La máscara le gritaba, esos perfectos signos vitales ahora estaban dañados y empeorando rápidamente.

Pero el francotirador. Kat no podía perderlo. No ahora, todavía no.

Intentó incorporarse, intentó fijar la vista en el objetivo, pero todo lo que vio fue el destello cuando la puerta se cerró de golpe tras él, dejándola allí arriba, sola, fría y muriendo.

De todas las formas de irse. Los rastreadores morían todo el tiempo, pero no así. No disparados en las calles al azar, no dejados para desangrarse. No era así como se suponía que debía funcionar. Incluso mientras el frío se extendía desde su pecho, Kat intentó concentrarse, intentó pensar en lo que podía hacer, a quién podía llamar. Si estos eran sus últimos momentos, entonces debería llamar a alguien. Solo para no estar sola.

—Llámalo —le dijo Kat a su traje, su boca al mismo tiempo fría y caliente—. Llama a Gordon.

Su Tama se conectó, sonó, mientras el cielo nublado se oscurecía con drones que se cernían sobre ella.

No oyó si él contestó.

CAPÍTULO 15
DESCIFRAR LA BANDEJA DE ENTRADA

ZHAN-YO LLEVABA horas mirando el ordenador. El dispositivo de almacenamiento, una máquina desconectada y robusta construida para durar décadas con un mínimo de energía y una máxima inestabilidad, estaba en el armario de Sylvie, escondido en una esquina y oculto por zarcillos de hiedra colgantes. Sin la pista del hermano de Sylvie, Zhan-Yo podría no haberlo encontrado en absoluto, ya que el dispositivo no era mucho más grande que su propio Tama, no hacía ruido ni tenía luces.

La pantalla, gris y apagada, sin retroiluminación, presentaba a Zhan-Yo un cursor parpadeante y nada más. Un pequeño teclado en el borde inferior del dispositivo ofrecía la oportunidad de introducir datos, y Zhan-Yo lo miró fijamente durante mucho tiempo sin tocar un botón. ¿Quién sabía cuántos intentos podría hacer antes de que la cosa lo bloqueara? Cada intento tendría que ser preciso, planificado.

Al principio, las infinitas posibilidades eran desesperantes: Sylvie conocía el valor de una contraseña fuerte y no jugaría. Habría establecido letras y símbolos en una serie aleatoria sin conexión con nada, un par de docenas de caracteres destinados a confundir cualquier intento de entrar. Si ese fuera el caso, a menos que lo llevara a los Paragons, que podrían tener una anomalía capaz de descifrar la cosa, los secretos de Sylvie seguirían siendo eso para siempre. Y Zhan-Yo, obviamente, no iba a llevar esto cerca de los Paragons.

Se sentó en ese apartamento lleno de plantas, tomando descansos de exprimirse el cerebro navegando por las noticias muertas del día en su Tama: la historia más interesante, un tiroteo en vivo en una azotea no muy lejos de aquí, había concluido rápidamente y sin un recuento de víctimas evidente. Los drones también habían perdido a su objetivo, al igual que con Zhan-Yo y Rhimes. Quizás las máquinas se estaban volviendo viejas.

El estancamiento cerebral empezó a llevar su mente por diferentes caminos, posándose en la tentadora idea de que Sylvie debía haber sabido que la muerte podía llegar en cualquier momento. Zhan-Yo, mirando su propia vida, podía ver cuánto había cambiado en el corto tiempo desde que se había unido al lado sombrío: Cuando cada acción presentaba un riesgo mortal, evaluabas esas acciones de manera diferente.

Entonces, ¿cómo habría actuado Sylvie?

Se habría preparado. Como Zhan-Yo, se había comprometido con un futuro post-Paragon. Todo lo que habían hecho juntos había estado avanzando hacia eso, y Sylvie había seguido presionando incluso cuando los riesgos se hicieron mayores. Aegis había sido su plan. ¿Qué supondría ella que haría Zhan-Yo si ella moría y él vivía?

—Cualquier otra cosa no me lleva a ninguna parte —se dijo Zhan-Yo, y luego echó un largo vistazo alrededor de la habitación, como si el fantasma de Sylvie pudiera aparecer para confirmar el hecho.

Si Zhan-Yo no creía que Sylvie asumiera que él vendría a buscar lo que sabía, entonces estaría de vuelta en el punto de partida. Posibilidades infinitas. Pero si elegía creer que Sylvie querría que él lo encontrara, que esperaría que intentara descifrar sus secretos, entonces Zhan-Yo tenía una oportunidad. El plan limitaba las posibles contraseñas a lo que Zhan-Yo pudiera adivinar. Pero, también, a lo que Zhan-Yo *solo* pudiera adivinar.

Los términos comunes no eran plausibles, ni tampoco las palabras fácilmente adivinables que habían compartido, como "Ziran" y "Revolución". Ambas podían ser encontradas por cualquiera con un conocimiento superficial. Zhan-Yo seguía mirando el dispositivo, sin ver realmente su pantalla en escala de grises, sino mil hilos ramificándose detrás de él, cada uno llevando a una posible elección. Era hora de empezar a cortarlos. Primero, la contraseña sería personal. Algo entre solo ellos dos.

Algunos de los hilos desaparecieron, pero quedaban muchos más.

Sylvie jugaba duro, empujando constantemente a Zhan-Yo y a todos los que la rodeaban a hacer cosas más grandes. No era sentimental. Dejaba que la ambición se tragara los sentimientos más suaves. Pequeñas cosas, como las comidas que habían compartido o el nombre de su restaurante favorito no encajarían con su estilo.

Más hilos se desvanecieron.

Se contactaban a través de mensajes encriptados. Una notificación aparecería en su Tama, invitándolo a hacer clic en un portal anónimo e ingresar un código de un solo uso para ver lo que ella había enviado, luego responder de la misma manera. Cada mensaje se borraba poco después de haber sido leído. ¿Habría ido Sylvie en esa dirección? ¿Una contraseña relacionada con su vida impulsada por contraseñas? Zhan-Yo se preguntó, sus manos se deslizaron sobre el teclado, listas para escribir el nombre del servicio mutuo que habían empleado durante tantos años.

No. El servicio en sí era bastante conocido. No era emocional, pero tampoco lo suficientemente personal.

Cortó esos hilos.

Quedaban pocos, y de esos pocos, solo uno parecía lo suficientemente fuerte para esto. Preferían encontrarse a lo largo del Lago Michigan, de noche, y en un tramo particularmente desierto entre Soldier Field y Navy Pier, donde, excepto por los corredores nocturnos, no tenían que compartir espacio con nadie. Los pods se navegaban por dirección, y este lugar en particular no tenía una.

La primera vez que realmente se habían encontrado, había sido en ese tramo, por sugerencia de Sylvie de que ambos comenzaran desde extremos opuestos y se encontraran en el medio como una forma de mantener las cosas al azar. A partir de ahí, cuando terminaban, llamarían a un pod a su lugar particular, generando un código de ubicación específico. Inteligente por parte de los pods: el código te permitiría volver precisamente al lugar donde te recogieron, en caso de un objeto o memoria perdidos, con tu propio identificador personal vinculado para que pudieras compartir el lugar con cualquier otra persona.

Hasta donde Zhan-Yo sabía, el código de Sylvie para ese lugar en Lake Shore Drive solo se lo había enviado a él. En ese lugar, habían hecho sus planes, habían compartido sus sueños y habían hecho el trabajo para acercar esos sueños a la realidad. La contraseña perfecta, la única contraseña.

Buscó el código en su Tama, luego introdujo los doce dígitos. La pantalla en escala de grises parpadeó una vez, luego le presentó opciones. Había entrado.

En aquel apartamento oscuro y lleno de plantas, Zhan-Yo se permitió una pequeña sonrisa.

¿Y ahora qué?

Primero, Zhan-Yo leyó. Aunque navegar por el dispositivo se sentía como leer un tomo masivo sin índice, Zhan-Yo tropezó con documentos que detallaban los pensamientos de Sylvie sobre todo, desde él mismo hasta Ziran y el mundo en general. Al principio, las posibilidades parecían fascinantes: ¿una ventana a las reflexiones privadas de Sylvie sobre él? ¿Sobre su causa? Pero en lugar de misivas sentidas, Sylvie resultó ser una analista directa. El propio archivo de Zhan-Yo, más allá de una descripción física rudimentaria —¿capaz pero vacilante? Zhan-Yo no estaba de acuerdo con eso— tenía poco más que varias líneas declarándolo un líder fuerte pero demasiado idealista para contar con él para tomar las decisiones más difíciles.

Más valiosas eran las listas y métodos de contacto para los numerosos grupos de mercenarios que aún se escondían en las entrañas del Paragon. Todos esos soldados tuvieron que ir a alguna parte cuando el ejército se disolvió, y si en la superficie adoptaron profesiones pacíficas, muchos ejercían sus habilidades en trabajos encubiertos que los Paragons ignoraban en gran medida, a menos que el número de víctimas creciera demasiado. Con estas listas, y suficientes contactos, Zhan-Yo podría tener un ejército peligroso en poco tiempo, aunque estaría disperso por todo el mundo. Aun así, si pudiera inclinar el sentimiento público, estos nombres le darían el combustible para convertir una chispa en un incendio descontrolado.

Y sin embargo, sentado entre aquellas plantas, la decepción se cernía sobre él. Zhan-Yo pensó que había venido exactamente por lo que había encontrado, los elementos tangibles que impulsarían su causa. En lugar de felicidad, una tristeza corrosiva se instaló en la penumbra mientras la noche caía sobre la ciudad. Sylvie o no usaba o no tenía luces automáticas, y Zhan-Yo no tenía ganas de dejar el sofá. Así que, con su Tama brillando, siguió leyendo un archivo tras otro, esperando que algo llenara el vacío.

Zhan-Yo no era tonto. Sabía, ahora, que lo que había querido era algo más profundo. Alguna nota o video —aunque este dispositivo no parecía mostrar imágenes— solo para él, diciéndole adiós, revelando lo que Sylvie había sentido en secreto pero nunca había dicho. Su corazón hablando cuando su cabeza sabía que era mejor no hacerlo.

Sylvie se había preparado para lo peor, pero lo había

hecho de la misma manera que había hecho todo lo demás: con un ojo puesto en los resultados, no en las emociones.

Y quizás esa era la mejor manera de verlo. Sylvie confiaba en que Zhan-Yo tomara las riendas, que continuara sin ella y llevara su sueño a buen término. Ella no se distraía con tonterías románticas, y él tampoco debería hacerlo. Las revoluciones como la suya requerían corazones duros, voluntades determinadas. Sylvie no había puesto una nota aquí porque no necesitaba hacerlo. Zhan-Yo ya sabía lo que ella diría.

Ponte en marcha. El mundo te está esperando.

Zhan-Yo se puso de pie, metiendo el dispositivo, torpemente, en uno de los bolsillos más grandes de su abrigo. Se hundió hasta el fondo, haciendo que el lado izquierdo de Zhan-Yo sobresaliera como si le hubiera crecido un tumor particularmente fantástico, pero llevar el ordenador de estilo antiguo en sus brazos habría sido aún más llamativo. Echó un último vistazo a las diversas plantas, empezó a decirse a sí mismo que haría que Wexley comprara el lugar, enviara a alguien a cuidarlas. Zhan-Yo pasaría de vez en cuando, para asegurarse de que todo se veía como ahora.

No. Eso era sentimentalismo. Sylvie no lo aprobaría.

En su lugar, enviaría un mensaje anónimo a los propietarios del complejo, haciéndoles saber que la dueña de este apartamento en particular había muerto y dejándoles que lo resolvieran. Probablemente renovarían el lugar, y en un mes no habría rastro de que Sylvie hubiera vivido allí.

Aunque, aparentemente, alguien parecía pensar que aún lo hacía.

Cuando Zhan-Yo se acercó a la puerta para salir, notó que un simple sobre blanco había sido deslizado por debajo. Lo recogió, le dio la vuelta y vio que no había nada escrito en el reverso. Existía la posibilidad de que se hubiera caído del bolsillo de su hermano, pero ese hombre no parecía del tipo que perdiera algo así. Y como Sylvie ya no abriría su propio correo...

El mensaje no era largo. Apenas dos párrafos, mecanografiados y espaciados ampliamente, como el primer trabajo de un colegial. Su mensaje, sin embargo, trataba de asuntos decididamente más pesados que un informe de lectura.

Múltiples fuentes confirmadas: los Campeones están organizando una cumbre. La ubicación más probable es Los Ángeles. Se dice que Mynx es el iniciador. Organizada rápidamente. Comienza en días. Enviar plan.

Seguían letras y números en un código de veinte caracteres. Algo que Sylvie podría saber cómo descifrar, algo que Zhan-Yo tendría que descifrar. El punto del mensaje, sin embargo, no era difícil de entender: ¿una cumbre? ¿Donde todos o la mayoría de los Campeones estarían en un solo lugar? Leyendas, todos ellos, y vulnerables. Si Aegis había sido un comienzo fallido, el mundo no podría negar una limpieza total de sus héroes principales. Sylvie no dejaría pasar esta oportunidad. Zhan-Yo tampoco lo haría.

Se había sentido perdido en la fuga, escondiéndose de las ventanas, de los mensajes, de las responsabilidades. Su revolución no se había producido, pero lo que parecía el final de una década de preparación ahora parecía el acto de apertura. Los Paragons le estaban dando a Zhan-Yo una segunda oportunidad para derribarlos. No fallaría.

Sylvie no se lo permitiría.

CAPÍTULO 16

ENEMIGOS EN LONG ISLAND

A VECES, había que convertir el hecho de congelarse en una oportunidad. Durante las horas que Mynx había pasado recuperándose a lo largo del día, mientras su cuerpo se descongelaba, mientras un cóctel de medicamentos trabajaba para restaurar su equilibrio físico, mientras una ofensiva de crema libraba una guerra exitosa contra la piel seca y dañada de Mynx, la Campeona de Pacífica se había puesto a investigar. Con la ayuda de Polly, la IA de Aegis, Mynx había desplegado un ejército de monitores desde las ranuras alrededor de la ventana panorámica con vista a Manhattan y había escudriñado para encontrar cualquier idea que pudiera llevar al porqué.

¿Por qué Zhan-Yo, con todo a su favor, había decidido actuar ahora?

Los Paragons, como fuerza mundial, parecían estar tan fuertes como siempre. Los propios drones de Mynx cubrían las Américas y se estaban expandiendo hacia Europa a medida que los otros Campeones se daban cuenta de que era mejor enviar a los Paragons para manejar problemas reales que patrullar las calles. Las encuestas de opinión demostraban que el público amaba a sus Paragons —la estabilidad contaba, al parecer— y la paz, en general, reinaba en todas partes. Zhan-Yo también tenía mucho que perder, lo que hacía que un giro como este tuviera aún menos sentido. Lógicamente, solo haría un movimiento tan drástico si contara con el apoyo de otro poderoso sector, uno que pudiera empujar a Zhan-Yo a convertirse en una verdadera amenaza.

Aunque aún no habían hecho un gran movimiento, Mynx solo podía pensar en un grupo lo suficientemente tonto como para desafiar a los Paragons abiertamente: los Elementales.

Los malditos terroristas habían estado presentes como una enfermedad casi desde el principio, anomalías que afirmaban no querer trabajar en el nuevo orden sino, en cambio, desafiarlo en solidaridad con alguna libertad imaginaria. Los Paragons no eran esclavistas, eran protectores. Los Elementales alegaban que las nuevas leyes, como ajustarse a las reputaciones, como el registro de anomalías, como que las posiciones de Paragon estuvieran restringidas a esas mismas anomalías, eran dictatoriales y punitivas, pero no entendían el punto: en un mundo donde cualquiera podía ser una bomba nuclear ambulante, simplemente no era viable dejar las cosas abiertas. Si una manzana de la ciudad explotaba, o un estadio lleno se convertía en cenizas, o bien sabías, con las leyes de anomalías de los Paragon, quién lo había hecho, o vivías en total temor.

Aparentemente, Zhan-Yo quería un regreso a ese miedo, con grupos de personas superpoderosas, pero por lo demás muy humanas, peleando en las calles mientras los normales observaban con horror inútil. Los Elementales apoyarían ese objetivo, por estúpido que fuera, y quizás le habían garantizado a Zhan-Yo su poder de fuego si hacía esta jugada.

De todas las cosas que Apinya había hecho, y Mynx respetaba la mayoría de ellas, lograr que los Paragons permitieran que los Elementales continuaran como grupo político en lugar de aniquilarlos como los Paragons harían con cualquier otro terrorista, era lo peor. Sí, habría habido daños en todo el mundo si los Paragons hubieran librado una guerra de anomalías contra los Elementales. Habría sido doloroso, incluso catastrófico en algunos lugares, pero los Paragons habrían ganado. Habrían eliminado este problema.

Mynx volvería a plantear la cuestión en la próxima cumbre, pero si quería volver a los Campeones contra los Elementales, primero necesitaría algunas pruebas. Con ese fin, Polly ayudó a Mynx a revisar los registros de Aegis, buscando y encontrando lo que quería: un fuerte enclave Elemental, no muy lejos en Long Island. Mynx podría ir, hacer algunas preguntas difíciles. Averiguar si estos monstruos realmente habían dado un giro y merecían ser eliminados.

—Polly, activa el traje de reserva cinco —dijo Mynx, levantándose del mostrador—. Y abre el techo. Es hora de hacer algo productivo.

Volver a salir al lugar que casi la había matado no perturbaba a Mynx en lo más mínimo. En esta vida, tenías que aprender a sacudirte las experiencias cercanas a la muerte, o nunca podrías hacer nada.

Una vez más en su traje de energía cinética, las baterías cargadas por su constante ir y venir por la habitación, Mynx dedicó los últimos minutos a limpiar la antigua casa de Aegis. Despejó el mostrador, puso en marcha el lavavajillas-esterilizador combinado e hizo que Polly devolviera el bosque de monitores a su lugar de descanso. Se sentía un poco como despedirse de su amiga, haciendo lo que Aegis debería. Con Celice marchándose, ¿quién sabía cuánto tiempo pasaría hasta que alguien más entrara aquí? El trono de Paragon quedaba vacante, quizás con razón.

Afuera, los vientos seguían azotando, y el sol menguante del invierno no hacía mucho para mantenerla caliente. Sin embargo, para cuando Mynx había dado tres pasos hacia su jet, el traje de reserva cinco la encontró. El óvalo de metal ligero azul Paragon se lanzó desde su estación de almacenamiento en el techo de la Bastión, uno de los muchos secretos que Mynx y Aegis habían puesto en el edificio para manejar una armada de escenarios por si acaso.

Usando su batería de plutonio, el traje tenía suficiente energía para funcionar durante mucho tiempo, aunque cualquier perforación del grueso blindaje de esa batería significaría un rápido final para el ocupante. El riesgo, sin embargo, estaba siempre presente, y Mynx al menos había diseñado este. Si fallaba, sería su culpa y de nadie más.

El óvalo se acercó, sus pequeños propulsores manteniéndolo a flote, y, al hacerlo, los diversos entramados que formaban la carcasa exterior del traje se separaron y engulleron a Mynx como las fauces de un felino de la jungla. Mynx dio un paso adelante hacia el abrazo, deslizando sus manos y pies en ranuras acolchadas mientras la espalda del óvalo se reformaba a su alrededor, apretando un fuerte soporte a lo largo de su espalda. Mynx entró en su capullo de metal, y tan pronto como se cerró por completo, las paredes desaparecieron.

A su alrededor, Mynx podía ver como si flotara en una burbuja. Una mirada hacia abajo mostraba la pasarela del tejado de Bastión, y arriba se veían las nubes de un púrpura intenso. Justo delante estaba su jet, y a su lado, flotando en azules y negros translúcidos, había lecturas que detallaban los sistemas del traje, la temperatura exterior, la hora y más. Mynx no había usado este traje en años, pero se sentía bien volver. *Como enchufar un viejo artilugio y descubrir que funcionaba como lo recordabas.*

—Reeves, ¿me escuchas bien? —preguntó Mynx.

—Con claridad. Debo decir que es más agradable saber que estás en esa cosa en lugar de congelándote ahí fuera.

—Más agradable para ambos, creo. —Mynx introdujo las coordenadas de la base Elemental. Mientras lo hacía, frente a ella, flotaba una imagen satelital que la ayudaba a precisar el objetivo—. Aegis cree que hay un centro Elemental por aquí, y creo que están ayudando a Zhan-Yo. Me gustaría averiguarlo con certeza. Prepararemos algunos drones de respaldo en caso de que las cosas se pongan extrañas.

—Por supuesto. ¿Te sientes en condiciones para esto?

—Han pasado menos de veinticuatro horas desde que estuve a punto de morir. Es como en los viejos tiempos —respondió Mynx mientras su traje comenzaba a elevarse, los propulsores omnidireccionales que cubrían el exterior del traje le daban un deslizamiento suave y preciso.

—No estoy seguro de que quieras volver a los viejos tiempos.

—No tengo elección —dijo Mynx—. Vinieron a por mí.

Con el paso de los años, la transformación tecnológica afectó a diferentes zonas a diferentes velocidades. Aquellos lugares con historia tendían a pulirla y preservarla, manteniendo fachadas icónicas junto a otras relucientes y nuevas. Esta tendencia continuó a buen ritmo mientras Mynx volaba sobre los barrios hacia los extremos orientales, donde los elementos más pintorescos seguían librando sus guerras culturales contra las demandas modernas de Nueva York. Los barcos pesqueros parpadeaban con sus luces nocturnas bajo las sombras de rascacielos estrellados. Las cápsulas se movían en líneas interminables a lo largo de las autopistas, mientras que los drones de reparto más pequeños atascaban las rutas de vuelo prescritas debajo de Mynx, creando un entramado luminiscente.

Hermoso, a su manera.

Su destino lo era menos: un centro comercial aguado que sobrevivía gracias a sus tiendas de esquina y poco más. El hogar elegido por los Elementales tenía sentido en su invisibilidad, si no en sus comodidades. Un vasto estacionamiento hablaba de la letargia de la zona —las cápsulas habían convertido estos espacios en exactamente eso, un desperdicio —, pero le dio a Mynx espacio para aterrizar cerca de un poste de luz en desuso. Algunas cápsulas deambulaban por la zona, recogiendo a gente que esperaba mientras curioseaba en una licorería cercana y en los dos restaurantes que mantenían vivo el centro comercial. El aire gélido había limitado el número de personas y Mynx no creía que nadie se molestara en mirar en su dirección.

Era gracioso, eso. Fácil sacudir la cabeza ante los cambios que habían llegado en las últimas décadas, lo poco que la gente se fijaba cuando un objeto volador aterrizaba en medio de ellos. Más gracioso aún que Mynx lo encontrara divertido. Por mucho que se resistiera a la idea de que la gente se convierte en sus padres, los jóvenes se hacen viejos y el ciclo se repite, tenía que admitir su verdad en esto: lo que había sido, y seguían siendo, milagros para ella no significaba nada para la mayoría del mundo.

Los Elementales habían elegido un local más pequeño, anunciándose como un excepcional spa solo para miembros. Aunque los Parangones, con el acuerdo de Apinya, no masacrarían a los terroristas indiscriminadamente, los Elementales también se habían comprometido a mantener sus propias operaciones fuera de la vista pública. En otras palabras, nada de anuncios para reclutar a las anomalías desafectas demasiado asustadas para estar a la altura de las bendiciones de su derecho de nacimiento. En su lugar, los Elementales se escondían en lugares como este y enviaban vendedores callejeros astutos, reclutando a sus miembros mediante juegos de manos y falsas promesas.

Sí, anomalía, puedes cambiar el mundo. Solo escóndete en este sórdido centro comercial durante unas décadas hasta que queramos hacer algo más que molestar a todos los demás.

Ahora Mynx tenía que tomar una decisión: o entrar con el traje puesto, blindada y lista para cualquier cosa, o jugar a ser la Campeona y asumir la invencibilidad hasta que se demuestre lo contrario. A través del traje, mostró los drones más cercanos y sus distancias en el cielo a su alrededor. Los dos que había solicitado estaban cerca y podrían llegar a ella en unos segundos si fuera necesario. Eso podría ser suficiente. Mynx no quería iniciar una guerra, no todavía, y entrar con esta carcasa armada a su alrededor no plantearía una premisa pacífica.

De vuelta al frío, confiando en que su traje cinético siguiera funcionando, Mynx se acercó al spa. Aunque un cartel brillaba *Cerrado* en neón rojo en la ventana frontal, las luces exteriores verde menta del spa brillaban, y podía distinguir gente moviéndose dentro también. Sin embargo, nadie vigilaba la puerta cuando la Campeona se acercó.

—Reeves, mantén los drones calientes y listos —dijo Mynx—. Si doy la palabra, espero que me recojan en menos de diez segundos.

—Hecho. ¿Debo alertar también a los Parangones locales?

—No, están bastante ocupados.

A Aegis no le importaba que Mynx trabajara en Atlantis cuando tenía que hacerlo, pero no todos los Parangones apreciaban que los Campeones se hicieran justicieros fuera de sus regiones establecidas. Pixie, la mujer de Boston que había asumido el cargo provisional, siempre había parecido amistosa, pero había mejores formas de iniciar una relación de trabajo que una llamada a altas horas de la noche revelando una misión agresiva en suelo nacional. Por supuesto, si todo esto se torcía, Mynx tendría que explicar sus decisiones.

Asumiría ese riesgo.

Mynx probó la puerta de cristal de un solo panel que conducía al interior, echando un vistazo a su propio reflejo deslavado en el proceso. Parecía cansada, y se negó a conceder nada más sobre su aspecto. Mynx se irguió y puso una mirada afilada para el Elemental que vino a abrir la puerta, un hombre joven con una sonrisa vacilante.

—¿Estamos cerrados? —lo dijo como una pregunta.

—No estoy aquí por el spa —respondió Mynx—. ¿Quién está a cargo aquí?

—Eh, ¿qué?

Otra anomalía apareció desde el fondo, una mujer mayor con un conjunto suave de suéter y pantalones de chándal que realmente parecía pertenecer al spa, y rescató al joven, diciéndole que volviera y siguiera limpiando. Luego hizo un gesto a Mynx para que entrara.

—Gracias —dijo Mynx, pasando por la puerta y recorriendo con la mirada el interior. Unos bultos negros delataban las cámaras en las esquinas, pero aparte de eso, Mynx no detectó ninguna emboscada obvia en espera—. Necesito hablar con quien dirige esta sucursal.

—Estás hablando con ella. Soy Rosamund, y me encargo del noreste para los Elementales —respondió la mujer—. Pero vayamos a un lugar más cómodo. Imagino que una Campeona está acostumbrada a algo mejor que un vestíbulo.

Mynx dejó que Rosamund la guiara de vuelta al spa, hacia un área de masajes y una sala que parecía tener como propósito principal las presentaciones de ventas; carteles y folletos abarrotaban el área, anunciando numerosas oportunidades para aliviar el estrés, relajar los músculos y más. Suaves flautas sonaban sobre tonos de selva, y estarcidos de flores serpenteantes bordeaban las paredes. Mynx habría clasificado el espacio a medio camino entre lo barato y el lujo real, bastante apropiado para un centro comercial moribundo en lo que de otro modo era una ciudad floreciente.

Rosamund juntó las manos sobre la mesa y esbozó una sonrisa, como si estuviera a punto de soltar un torrente de amabilidades en un camino sinuoso hacia el punto. A Mynx no le interesaba esperar eso, así que comenzó primero.

—¿Mataste a Aegis? —dijo Mynx.

Aquella sonrisa se transformó en un ceño fruncido.

—No lo hicimos —respondió Rosamund—. De hecho, me entristeció ver su fallecimiento. Teníamos una especie de relación, trabajábamos bien juntos.

—¿Ah, sí?

—Hasta cierto punto —dijo Rosamund—. Dos bandos que

quieren cosas diferentes no siempre van a estar de acuerdo, pero creo que mantuvimos el mal rollo al mínimo.

—¿Así que se supone que debo creerte solo porque tú lo dices?

Sin embargo, Mynx se encontró creyendo a Rosamund. El rostro serio pero triste de la mujer y su postura decaída contaban la historia de alguien que aún lidiaba con una tragedia, no de alguien que se preparaba para aprovecharse de una.

—Viste el video —dijo Rosamund—. El asesino admitió su propio acto. El líder de Ziran tendría los recursos para llevar a cabo el ataque sin nuestra ayuda. Además, él quiere un retorno a los normales. Esa no es nuestra agenda.

—¿Entonces nos ayudarías a encontrarlo?

Esa sonrisa volvió.

—Cuando los poderosos le piden un favor a los débiles, los débiles deben pedir algo a cambio.

—¿Y qué les gustaría a los débiles?

—Un asiento en vuestra cumbre.

Mynx no había esperado que la cumbre permaneciera en secreto por mucho tiempo. Quería esperar hasta que cada Campeón se hubiera comprometido antes de anunciarla, pero suficientes personas sabían como para que Mynx no pudiera sorprenderse de que la existencia de la reunión hubiera llegado hasta aquí.

—Pensé que estabas triste por Aegis —dijo Mynx—. Ahora te estás aprovechando.

—Si esperáramos el momento perfecto, nunca nos moveríamos.

—No te estás moviendo aquí. La cumbre es para Paragones. No va a suceder.

Rosamund no asintió, no negó con la cabeza ni gritó. Se quedó allí sentada, escuchando unos cuantos compases más de flauta deslizarse, antes de golpear la mesa con un solo dedo.

—Thane no se liberó solo —dijo Rosamund—. Podrían ocurrir otros desastres si no respondes a los riesgos.

—Estás amenazando a alguien que podría arrasar este edificio en un segundo.

—Así es.

Mynx sostuvo la mirada de Rosamund, contemplando la posibilidad de llamar su farol. Podría decirle a Reeves que hiciera que los drones lanzaran un ataque de precisión a un metro de la ubicación actual de Mynx y ver cómo Rosamund se convertía en cenizas. Sin embargo, de las cosas que los Paragones no podían permitirse en este momento, una guerra abierta con los Elementales se situaba bastante arriba en la lista.

Era hora de lanzar otra bola al aire.

—Estoy organizando la cumbre para que aquellos que lo merecen puedan decidir qué es lo siguiente para nuestro mundo —dijo Mynx—. Demuestra que lo mereces y te conseguiré un asiento.

Que los Elementales nunca lo merecerían, nunca podrían merecer tal cosa, quedó completamente sin decir.

CAPÍTULO 17
TRAVESÍA

THANE DESPERTÓ, de nuevo, al despuntar el alba. Sin electricidad, las noches comenzaban antes y los días al primer susurro del amanecer. Thane se tomó su tiempo para moverse, escuchando las olas y los pájaros que empezaban a agitarse. Los primeros fuegos dejaban que sus crepitaciones jugaran bajo los sonidos naturales de la isla. Abrazó el ambiente, porque quizás nunca volvería a experimentarlo.

El día anterior lo había pasado con Cassidy, alias el Vacío, y sus anomalías. Thane había pescado, ayudado a tejer una nueva cabaña para dormir y había ido a buscar frutas y bayas. Por la noche, se sentó con Cassidy y disfrutó de los frutos de su labor, además de un poco de una extraña bebida parecida al vino que una de las anomalías había hecho con agua salada, leche de coco y su habilidad. Había sido, Thane no tenía problemas en admitirlo, el día más agradable que había tenido desde que los Paragones le pusieron las esposas por primera vez y lo metieron en su prisión.

Un día agradable era suficiente.

Thane se levantó de la arena y se ajustó su falda de hierba, cuidando de mantener esa pequeña y constante llama de ira. Ya no era tan grande como antes, y abundaba la piel arrugada y bronceada, pero mientras Thane pudiera mantener suficiente frustración hirviendo hacia Mynx y los Paragones, tendría la fuerza para seguir adelante. Y por muy agradable que fuera la isla, el verdadero objetivo estaba allá afuera, más allá de esa omnipresente línea de drones.

—Levántate —le dijo Thane a Sook, que roncaba cerca—. Nos vamos.

La escuálida anomalía murmuró algo, se pasó el brazo por la cara, pero Thane vio que abría los ojos. Sook obedecería. No podía arriesgarse a quedarse sin la protección de Thane.

La pequeña aldea de Cassidy volvía a zumbar de actividad mientras Thane la atravesaba hacia la salida entre las paredes de dunas. Una mochila de paja yacía en el suelo junto al hueco en la barrera, abastecida con pescado ahumado y raíces asadas. Un único coco roto descansaba encima. Un anomalía mayor y correoso hacía de guardia tanto de la puerta como de los bienes, con uno de esos palos puntiagudos en las manos, aunque Thane sabía que este hombre en particular podía hacer que su mano izquierda fuera tan dura como los diamantes, y tan afilada.

—¿Esto es para nosotros? —preguntó Thane, acercándose.

—El Vacío lo ordenó —dijo el hombre, Hiram—. Me alegro de que lo hiciera.

—¿En serio?

—Ves esta isla por lo que es, en lugar de lo que pretendemos —Hiram asintió más allá de Thane, hacia el océano abierto y la muerte que yacía más allá—. He vivido aquí durante casi quince años. La tercera anomalía, creo, puesta en este lugar maldito. Si puedes sacarnos de aquí, haré todo lo que pueda para ayudar.

Thane extendió la mano y estrechó la de Hiram, la derecha, y luego señaló hacia la aldea.

—Si quieres ayudar, convéncelos de que se vayan.

—Lo haremos, si nos muestras el camino.

Las palabras de Hiram, tan sinceras y honestas, hicieron

dar vueltas a la mente de Thane. Había liderado mercenarios antes, pero esa gente venía por la reputación y se quedaba por miedo. Nunca había sido un Campeón, nunca se le había encomendado guiar a otros hacia algún propósito moral. Pero entonces, ¿qué tan difícil podría ser? Thane quería algo, esta gente quería lo mismo, y confiaban en él para ayudar a conseguirlo. Eso, Thane podía hacerlo.

Sook llegó poco después, mientras Thane luchaba por encontrar un ajuste para la mochila que no sintiera como si sus rígidas correas le estuvieran abriendo la espalda. Acabó entregándosela a Sook, y la anomalía aceptó su papel, encogiéndose de hombros al ponerse la mochila con una mueca. Listos, los dos comenzaron a caminar pasando a Hiram y dirigiéndose hacia la jungla.

—¡Esperad! —el grito de Cassidy llegó claro, y Hiram puso su mano en el hombro de Thane para hacerlo girar. Cassidy se acercaba, llevando su propia mochila, con varias otras anomalías, cada una llevando lanzas y pareciendo listas para un viaje—. Si vas a ver a la Duquesa, vamos a acompañarte.

—¿No creía que creyeras en mí? —preguntó Thane.

—No tiene nada que ver contigo —Cassidy sonrió, se encogió de hombros con su mochila puesta—. A la Duquesa le gusta el pescado ahumado, y podríamos usar algo del metal que ha estado extrayendo del volcán. Es solo una coincidencia.

—Claro —Thane alargó la palabra, dejando que Cassidy supiera exactamente lo que pensaba de esta coincidencia. Luego cambió su expresión, su actitud—. De todos modos, me alegro de teneros con nosotros. Sook parece conocer bien la isla, pero preferiría no perderme.

—No nos habría perdido —murmuró Sook—. Soy el mejor guía que esta isla ha visto jamás.

Sook continuó quejándose mientras el grupo se ponía en

marcha, mientras se abrían paso entre los helechos y se alejaban del mar hacia terrenos cada vez más altos, donde la exuberante sensación tropical daba paso, metro a metro, a largas hierbas y flores silvestres. Las abejas revoloteaban de un pétalo púrpura a otro, mientras los pájaros cantores volaban por encima. El grupo continuaba untándose con aceites de plantas para evitar las peores quemaduras solares, algo que Thane apreciaba ahora que dejaban atrás las palmeras por la amplia llanura. Sin sombra, el sol caía implacable, y solo una brisa constante mantenía las cosas soportables.

—¿Por qué eligió la Duquesa vivir de esta manera? —preguntó Thane mientras caminaban—. La costa parece ofrecer muchas más ventajas.

—Si no tienes forma de hacer agua dulce —respondió Cassidy—, vas a tener sed junto al océano. Y estaba abarrotado.

—¿Abarrotado?

—Antes de que organizáramos las cosas, Arthur, la Duquesa y yo, todos se agrupaban en la playa. Toda una colección de asesinos, tramposos y estafadores con todo tipo de poderes.

—Una situación peligrosa.

—Creo que eso es lo que Mynx quería —Cassidy escupió a un lado, sus ojos brillando—. Hacer que nos matáramos entre nosotros y así podría justificar ponernos aquí. Los Paragones podrían decir que tenían razón.

—¿Pero no lo hicisteis?

—Lo hicimos. Cada día aparecían más anomalías muertas. Yo dormía en un árbol, usaba mi poder para tallar agarraderas y luego las destruía una vez que subía. No era lo más seguro, pero era mejor que me cortaran el cuello o me hirvieran las entrañas. Los que no podían soportar el estrés, o los que creían que podían, intentaban escapar por su cuenta. Vi a uno que podía volar invocando ráfagas de viento fantásticas, se lanzó hacia los drones pensando que podría sobrevolarlos.

—¿Y?

—No llegó ni a un kilómetro de la costa antes de que lo rodearan. Aquí no hay aturdimientos. Unos cuantos destellos precisos y se convirtió en comida frita para peces. Otros intentaron atravesar el suelo o ir bajo el agua. Nunca volví a ver a ninguno de ellos.

—¿Quizás lograron escapar?

—¿Alguna vez has oído de alguien que haya escapado de este lugar? —preguntó Cassidy.

—No.

—Exactamente.

Habiendo visto los drones de Mynx en acción, Thane no podía discutir la historia. Cualquier intento de fuga en solitario resultaría en consecuencias similares. Sin embargo, si se juntara a un grupo de anomalías con poderes complementarios, esos resultados podrían invertirse, o al menos retrasarse lo suficiente para que algunos lograran pasar.

Esa, por supuesto, era la clave real. Trabajar bajo la ilusión de que todas estas anomalías saldrían de esta isla con una operación sinfónica entrelazando sus habilidades significaría esclavizarse a una fantasía. El objetivo no era salvar a todos, sino salvar a aquellos que pudieran tener el mayor impacto.

Como Thane.

—¿Así que estuviste cautivo todo este tiempo? —preguntó Cassidy mientras seguían caminando durante la mañana—. ¿Te utilizaron?

—Intenté luchar contra ellos y perdí —respondió Thane, la hierba haciéndole cosquillas en los pies bajo sus sandalias. Todas las sensaciones aquí, simplemente estar bajo un cielo abierto, se sentían maravillosas—. Deberían haberme matado, pero Apinya reconoció mi valor.

—¿No es él el amable?

—Los otros prefieren los castigos físicos. Me golpearon con puños, máquinas, balas, espadas y lanzas —dijo Thane. En realidad, la batalla se difuminaba en su mente. Su yo enojado no se preocupaba mucho por los recuerdos o los detalles—. Apinya tiene un enfoque diferente. Hará que tu mente se vuelva contra sí misma, te romperá en pedazos. Podría haberme convertido en un loco o reducirme a un montón de balbuceos. En cambio, rompió mi ira y dejó que el resto de ellos se apoderaran.

Thane notó que las otras anomalías estaban escuchando. Marchaban en una especie de grupo, con Sook unos metros adelante vigilando el camino. Los oyentes no detenían a Thane, y él hablaba más alto por eso. Cada una de estas anomalías estaría en el campamento de la Duquesa más tarde, y cada una podría difundir su leyenda.

—¿Pero ahora estás aquí?

—Logré salir. —Thane le dirigió una mirada a Cassidy para asegurarse de que entendiera que esto no era una hazaña menor—. Me llevó décadas, pero rompí sus cadenas y me abrí paso a golpes hacia un pequeño sabor de libertad.

Cassidy se rio. —Debe haber sido muy pequeño si ya estás aquí.

Alguien que no hubiera estado encadenado a una cama, alimentado a la fuerza, movido a la fuerza para prevenir las úlceras por presión, y obligado a usar una chata durante todos esos años podría haber tenido el orgullo herido por las palabras de Cassidy, su tono. Thane, sin embargo, no tenía nada de eso. Solo una ambición ardiente, y eso podía recibir un golpe sin perder su fuego.

Así que se rio con ella: —Tal vez no fue la mayor fuga en la historia de Paragon. Pero creo que me ha llevado a donde necesito estar.

—¿Guiándonos a una misión suicida que nos dejará a todos muertos?

—No crees eso —dijo Thane—. Si lo creyeras, no estarías aquí.

—Estamos entregando el pescado ahumado. —Cassidy se acomodó la mochila, como para recordárselo a Thane, aunque el olor constante y casi abrumador ya lo hacía.

—¿Un viaje que tenía que suceder hoy, justo a esta hora?

Ahora era el turno de Cassidy de mirar fijamente a Thane: —No, no tenía que ser hoy. Pero ha pasado mucho tiempo desde que alguien ofreció esperanza en este lugar, y aunque lo único que vaya a ver hoy sea cómo te arrojan a un volcán, al menos será algo diferente.

La Duquesa, al parecer, tenía un paquete variado de ejecuciones listo. Había desarrollado una reputación en la isla por ser despiadada con los enemigos y traidores, e inspirar una lealtad inquebrantable entre aquellos que elegían su tribu. De esas ejecuciones, su favorita, según Sook y su conocimiento aleatorio de recorrer la isla, implicaba paralizar a una anomalía de alguna manera —Sook no estaba seguro si la Duquesa misma lo hacía o alguna otra anomalía a su servicio —, luego llevarla hasta el borde del volcán y arrojarla dentro.

—Suena como una villana de caricatura —dijo Thane—. Nadie hace realmente cosas así. Demasiado tiempo, demasiado arriesgado.

—Aquí no tenemos nada más que tiempo —respondió Cassidy—. Y en cuanto al riesgo, ¿qué tiene que perder?

Thane no quería ser arrojado a un volcán, ni quería iniciar una pelea. Cada anomalía perdida significaba una menos que podría usar para derrotar o distraer a los drones. Si la Duquesa quería suplicantes, entonces los tendría. Hasta que Thane la convenciera de alinearse.

—Cuando lleguemos —dijo Thane—, actuaré como si fuera una de sus nuevas anomalías. Fingiré que quiero desertar hacia la Duquesa y conseguiré una reunión con ella. Luego, la convenceré de unirse a nuestro objetivo.

—Tan seguro de ti mismo —dijo Cassidy—. ¿Cuándo aprendiste a ser tan arrogante?

—Cuando dejé a Aegis golpeado y roto en un campo helado.

CAPÍTULO 18

EL PRECIO DE LA VIDA

KAT NO DESPERTÓ TANTO como encontró su camino a través de las densas telarañas que obstruían su mente. Empujó y tiró, rasgó y desgarró contra los pegajosos hilos plateados, dirigiéndose hacia un resplandor azul. Parpadeante y distante, la luz la guiaba a través de las hebras, y los pasos de Kat se aceleraron a medida que avanzaba. Pronto las telarañas se separaron y cayeron como polvo mientras se acercaba más y más a la luz, aunque el diminuto tamaño del resplandor permanecía igual. Se paró sobre el punto azul, casi cegada, y aunque Kat no podía sentir sus manos, sus piernas, ni ver ninguna parte de sí misma, de todos modos se estiró hacia él, lo único que quedaba en esta oscuridad interminable.

Y vio una suave habitación color turquesa que parecía pertenecer a un conspirador, con la luz del día entrando por una única ventana estrecha en lo alto de una pared.

¿Le estarían extrayendo los órganos?

Kat intentó respirar y encontró un tubo conectado a su boca que corría a lo largo de su pecho y se desviaba hacia un lado. El aire se empujaba a través de él, manteniendo sus pulmones llenos. No podía mover sus manos; las sentía, pero estaban atadas por algo que no podía ver debajo de la amplia manta amarilla que la cubría. Los otros sentidos de Kat se activaron para informarle sobre el aire frío, el sabor a hierro en su boca y un gran vacío en su pecho.

Le habían disparado. El instante volvió a ella en lo que fue menos un destello y más una alucinación, una repetición a cámara lenta con el hombre de máscara negra y su voltereta hacia adelante, la pistola apuntada con firmeza y el único estallido que la envió al mundo oscuro del que había despertado. Aunque Kat no se había encontrado con armas como esa en la vida real, había visto las películas, leído suficientes relatos sobre el daño que causaban como para saber que no debería haber sobrevivido.

Lo que convertía esto en el hospital más lúgubre y hostil del mundo o en algún tipo de más allá surrealista. Kat no había puesto mucha fe en ninguna religión en particular, pero esto no parecía encajar con la definición final de ninguna de ellas. A menos que hubiera encontrado su camino al infierno, y esto fuera el comienzo de su tortura eterna.

Un peso familiar tiró de su atención. En la muñeca izquierda de Kat, el Tama. Su presencia confirmaba la vida de Kat, mientras que simultáneamente ponía en duda su inminente fallecimiento. Un Tama respondería a cualquier peligro real con una llamada de radio a los servicios de emergencia, y su combinación de GPS y rastreo celular enviaría drones y más a la posición de Kat. Si todavía tenía su Tama, entonces quienquiera que la tuviera debía estar manteniéndola viva y saludable, o ya los habrían atrapado.

Lo que significaba, ¿exactamente qué?

Uno, la habían salvado. Por quién, no lo sabía, pero de las personas que sabían que había estado en la azotea, que sabrían que le habían disparado, Calvin destacaba como la única opción, a menos que el hombre de la máscara negra hubiera decidido secuestrarla y mantenerla con vida después de dispararle, lo que parecía poco probable. Si los drones hubieran llegado hasta ella, Kat estaría despertando ahora en un hospital, uno de verdad, así que eso los descartaba. Así que Calvin debía haber hecho algo, haberla llevado a algún lugar.

Dos, incluso con drogas, Kat no podía creer que no sintiera nada del disparo. Ni dolores en el pecho, ni sensación de un agujero gigante, ni siquiera la debilidad que supondría vendría de una herida casi mortal. A menos que Kat hubiera estado inconsciente durante semanas en estasis —esperaba que alguien hubiera alimentado a Seeker— no debería sentirse así, sentirse bien, aunque cansada. Lo que significaba que había sido sometida a algún tipo de curación especial.

Tres, si alguien que no formaba parte de la atención médica de emergencia había decidido traerla de vuelta del borde de la muerte, debían haberlo hecho por alguna razón. La extracción de órganos volvió a asomar su horripilante cabeza, pero Kat aplastó ese descabellado plan. Su salvador podría querer cualquier cosa. Como rastreadora, Kat tenía acceso a todo tipo de información. Podrían querer ver a dónde había ido cierta anomalía, o quién más hacía su trabajo en Chicago u otra ciudad. Tal vez solo querían reputación, aunque eso también parecía poco probable.

De cualquier manera, Kat se sentía viva y bien, lo que significaba que necesitaba salir de esta cama, de esta habitación. Encontrar su traje, arreglarlo y rastrear a ese hombre de la máscara negra. Obtener algo de venganza primero, luego volver aquí y averiguar qué estaba pasando realmente. A quién le debía una deuda por salvarle la vida.

Kat sacudió su lado derecho, tratando de hacer que la cama se volcara, pero alguien la había anclado al suelo. Nada por ahí. Luego intentó retorcer sus manos, sus muñecas para salir de las ataduras, pero quienquiera que hubiera atado las cosas sabía lo que estaba haciendo. Sus piernas estaban atadas en los tobillos, dejándolas también fuera de combate. Lo mejor que Kat pudo hacer fue sacudir su cabeza hasta que el tubo se desprendió y cayó a un lado, permitiéndole al menos tragar algo de aire real. Sabía a estéril, como a plástico.

Mientras su plan de escape fracasaba, otra puerta se abrió.

La puerta literal.

Un hombre grande, no particularmente en forma, que vestía poco más que una camiseta sin mangas y shorts holgados, fue el primero en entrar, y Kat se encontró examinando los tatuajes por todo su cuerpo. En lugar de algún tipo de gran expresión artística, los tatuajes parecían ser símbolos aleatorios y líneas abstractas, a menudo superponiéndose unos sobre otros, como un niño coloreando la misma página repetidamente. Un aspecto feo, pero hipnotizante en la pura cantidad de color que el hombre había empacado en su piel. Kat esperaba malicia, o una sonrisa desagradable, pero en su lugar el hombre retiró el tubo y se dispuso a desatar las ataduras de Kat sin decir una palabra. Kat tampoco habló.

En cambio, miró a quien entró después, porque Beth lo cambió todo.

—Lo próximo que hagas más te vale que sea sacarme de esta cama —dijo Kat a la mujer rubia, quien sonrió con su rostro arrugado como una madre paciente escuchando a un niño pequeño quejarse. Irritante—. Supongo que me salvaste la vida de alguna manera, pero eso no significa que sea tu prisionera.

—En realidad, él te salvó la vida —dijo Beth, señalando al hombre tatuado—. ¿Ves todas esas formas en su piel? Una de ellas te pertenece.

—¿Me pertenece?

El hombre miró a Beth, quien asintió, y comenzó a desatar el resto de sus ataduras.

—Te encontramos casi muerta —dijo Beth—. Salimos cuando escuchamos el disparo, y ¿a quién encontramos? A Calvin, la anomalía que habíamos estado buscando, diciendo que la rastreadora que nos traicionó necesitaba nuestra ayuda.

—Yo no os traicioné —dijo Kat. Su pierna izquierda quedó libre y la movió, permitiendo que la sangre despertara los músculos entumecidos—. Nunca accedí a nada.

—Semántica —replicó Beth—. Taro aquí te salvó. Tomó tu herida y todo su daño y lo convirtió en esa larga línea a través de su mejilla, esa roja brillante justo ahí. Él también tomó una decisión, la correcta.

—Gracias —le dijo Kat a Taro, quien liberó su lado izquierdo y comenzó a moverse hacia el lado derecho—. Yo me encargo.

Kat deshizo las ataduras en un par de segundos mientras Taro se movía para pararse cerca de Beth. Kat se deslizó fuera de la cama, tropezó cuando sus piernas aún no estaban del todo listas, y terminó apoyándose contra la pared, mirando con recelo hacia Beth.

—Has estado en esa cama durante casi dieciocho horas. Tu cuerpo necesitará tiempo para recuperarse.

—Creí que habías dicho que Taro se había llevado todo eso. —Kat forzó una sonrisa hacia Taro—. De nuevo, gracias por salvarme la vida. Lo digo en serio.

—Estoy segura de que sí —dijo Beth—, y estoy segura de que sabes que una lesión grave como la tuya deja efectos que duran más allá de su curación. Desafortunadamente, no puedes quedarte aquí para recuperarte de ellos.

—No te preocupes, no pensaba hacerlo —dijo Kat, luego intentó mirar más allá de Beth—. ¿Dónde está Calvin? No lo estaréis coaccionando, ¿verdad?

—Calvin se fue hace menos de una hora —respondió Beth—. Ha estado paseando a tu perro.

Vaya. No hace mucho, Calvin casi había matado a Seeker con un uso creativo y concreto de su poder, y ahora aquí estaba, sacando al perro a pasear. Qué giro. También probaba que Kat había tomado la decisión correcta al entregar al hombre a los Paragones: un buen corazón llegaría más lejos allí que con estas anomalías manipuladoras.

Beth se movió y dejó pasar a Taro, dejando a las dos mujeres solas en la habitación. Kat notó, sin embargo, que Beth bloqueaba la puerta. Quería algo, y Kat no tenía mucha opción más que preguntar qué era.

—Viste al tirador —dijo Beth—. No eres su primera víctima.

—Lo sé, Calvin apareció con una herida de bala hace un par de días. Así es como empezó todo esto.

—Calvin no fue el principio. —La fachada de Beth comenzó a agrietarse, esa sonrisa suave deslizándose unos cuantos escalones—. No creo que el tirador haya alcanzado a ningún Parangón aún, pero nosotros hemos estado sufriendo.

—Espera, ¿crees que está apuntando a los Elementales? —Kat intentó seguir esta revelación—. Pensé que él era uno. Que queríais hacerle daño a Calvin por ir con los Paragones.

—No somos asesinos. No intentaríamos matar a una anomalía solo por ser un Parangón. ¿Cómo serviría eso a nuestros objetivos?

—Oye, no os conozco. Todo lo que escucho son las noticias diciéndome que todos vosotros estáis ahí fuera para sembrar el caos, causar pánico en las calles y todo eso.

—Eso no está del todo equivocado. —Beth cerró la puerta deslizándola—. Pero no estamos haciendo esto. No disparando a anomalías con un arma como esa. —Beth parecía un poco verde ahora, un poco golpeada en el estómago, y se inclinó sobre la cama—. Ha matado a cinco de nosotros en los últimos dos meses. No podemos encontrarlo, y los Paragones están demasiado dispersos por culpa de Aegis.

—¿Cinco? —Tantos asesinatos eran inauditos en estos días, cuando incluso parecer agresivo haría que un dron te cayera encima antes de que pudieras decir una palabra enojada—. ¿Todos a la vista, como yo?

—En todas partes. De noche, durante el día. No todos fueron francotiradores tampoco. —Beth sacudió la cabeza, Kat notó sus puños apretados—. Necesitamos encontrarlo,

Kat, pero no estamos entrenados para esto. No somos rastreadores.

Ah. Ahora tenía sentido por qué Beth le había salvado la vida, por qué la habían mantenido aquí en lugar de curarla y dejarla en algún lugar anónimo. Un favor.

—¿Sabes qué? —dijo Kat—. Normalmente, te cobraría por esto. Te cobraría mucho. Pero cuando alguien me dispara, me aseguro de ajustar cuentas.

Que esta fuera una nueva política, promulgada ahora después de que le hubieran disparado por primera vez, quedó sin decir. Beth no lo cuestionó y comenzó a exponer el dónde y cuándo de los asesinatos anteriores. A mitad de camino, Taro regresó con el traje de Kat, su tela ya reparada y, a excepción de algunas manchas rojas en el pecho, lista para usar.

Como nuevo color, a Kat no le importaban las manchas de sangre. Iba a ensuciarse las manos. Bien podría lucir acorde.

CAPÍTULO 19
TRATO HECHO

AL DESPERTAR en el apartamento hipermoderno de Wexley, menos abrumador sin la bomba mental de la resaca, Zhan-Yo hizo lo que había estado haciendo desde que regresó del antiguo lugar de Sylvie: intentar confirmar la existencia de la cumbre o averiguar quién podría ser el contacto.

Ninguna organización de noticias había publicado nada sobre la convergencia de los Campeones en ningún lugar, aunque con el control férreo del Paragon sobre dichas noticias, eso no era sorprendente. Zhan-Yo, sin embargo, no pudo encontrar ninguna nota en las redes sociales que mostrara un aumento de la seguridad, construcción rápida o cualquier otra cosa. Sí encontró videos de tributo a Aegis, desde niños pequeños hasta ancianos canosos publicando historias de cómo el Campeón había mejorado sus vidas.

Ni uno solo hablaba de las libertades que Aegis les había robado. Ni uno solo exploraba cómo los normales no tenían ningún papel que desempeñar en el gobierno actual.

Aunque, ¿cómo podía Zhan-Yo esperar algo diferente? Los Paragons habían barrido la representación justa del planeta. Nadie lo consideraba ya, a nadie le importaba. Si alguien que, con un gesto, podía aniquilar manzanas enteras quería dirigir las cosas, mejor dejarlos. Cualquier otra cosa significaría un desastre.

Así que Zhan-Yo se centró en el contacto, tratando de averiguar a quién podría conocer Sylvie con información como esta. Sylvie no parecía el tipo de persona que tuviera una línea abierta de información confidencial, que dejara su información de contacto en lugares aleatorios para que le llegara información al azar. Tampoco había mencionado nunca un programa de recompensas por noticias candentes, lo que significaba que Sylvie debía conocer a esta persona de alguna manera. Y esta persona mantenía las cosas en el anonimato, lo que significaba que estaba en una posición de cierto poder.

Combinando estas dos cosas, las posibilidades se restringían a una solución: un Paragon. Uno de los soldados de Aegis convirtiéndose en traidor. La idea parecería absurda, excepto que Zhan-Yo ya había visto a Sylvie hacerlo con Innis, el líder Paragon de Chicago que parecía estar beneficiándose más que nadie de la muerte de Aegis. Los Paragons, al parecer, eran tan hambrientos de poder como el resto, dispuestos a arriesgarse para llegar a la cima.

Pero si había alguien que no conocía a los Paragons, que los evitaba activamente... Zhan-Yo miró fijamente los odiados electrodomésticos cromados, sus superficies relucientes como una especie de metáfora de la vida que había llevado en comparación con la vida que llevaba ahora. Cazando traidores. Usando a su... ¿seguía usándose el término "flechazo" en estos días? No para él. Sylvie, eso es lo que era ella, y esos eran los recursos que usaba para buscar a alguien a quien corromper.

Parecía estar muy lejos de ese terreno moral elevado en el que insistía en estar.

—Te ves sombrío —dijo Wexley cuando abrió la puerta, refinado como siempre con su pelo liso, gafas y largo abrigo negro de lana. Los guantes negros de cuero golpearon el mostrador al quitárselos—. Me enteré de que hiciste un viaje hoy.

—¿Te enteraste?

¿Acaso su propio lugarteniente lo estaba espiando ahora?

—Algunas personas tomaron fotos con sus Tamas —dijo Wexley—. Fuera del antiguo edificio de Sylvie. Tuve que investigar esa parte, porque no tenía sentido que te arriesgaras tanto por un paseo diurno.

Wexley sacó una silla y se sentó en el borde. Zhan-Yo no podía ver esa parte, pero podía ver la postura perfecta de Wexley, como si el respaldo de la silla fuera radiactivo. El hombre cruzó las piernas, dobló los brazos y juntó las manos bajo la mesa; Wexley, un psicólogo que venía a escuchar los problemas de Zhan-Yo. Luego, Wexley esperó.

Como Zhan-Yo solía esperar por él.

Muy bien. A veces el equilibrio cambiaba. Wexley tenía su nombre en Ziran ahora. Zhan-Yo seguía sirviendo como el vástago de la revolución, el rostro al que los partidarios, quienesquiera que fueran —si es que realmente había alguno— miraban en busca de inspiración. Pero en términos reales, Wexley podía echar a Zhan-Yo a la calle y dejar que los drones lo cazaran. Eso debería haber sido una revelación nauseabunda, pero en su lugar Zhan-Yo se sintió libre. Sus únicos activos accesibles estaban en esta habitación. Podía hacer cualquier cosa sin contactar a una secretaria y limpiar un calendario, sin tener un séquito que lo siguiera y lo molestara con este o aquel mercado, reunión o moción.

—¿Y qué? —Zhan-Yo casi se rio al hablar. Sonaba como un adolescente—. Puedo hacer lo que quiera.

—Por supuesto que puedes. La pregunta es si lo que quieres es lo mejor para ti. Lo mejor para nosotros.

—¿Preferirías que me quedara todo el día dentro de este lugar y esperara? Eso es lo que hacía antes, solo que tenía toda una compañía para distraerme.

—En realidad, por eso vine —respondió Wexley—. He

organizado otra reunión para esta noche. Esas personas a las que contactaste, las que no quieren tocar esto públicamente, todavía quieren hablar en privado. No han abandonado el sueño, Zhan-Yo, simplemente no están listos para comprometerse aún.

Zhan-Yo empujó la silla hacia atrás, se levantó y fue hacia la ventana. No tan alta como la de su oficina, ni una vista tan majestuosa, pero aún podía ver a las multitudes matutinas deambulando. Gente esperando por él.

—Yo me comprometí —dijo Zhan-Yo—. Yo tenía más que perder y me comprometí. ¿Qué los detiene?

—Miedo. —Wexley no dudó, ni ocultó su desprecio tampoco—. Tú lo arriesgaste todo por una oportunidad. Ellos solo lo harán por una jugada segura.

—¿Y tú?

—Estoy aquí, ¿no? —dijo Wexley, aunque no siguió a Zhan-Yo hasta la ventana—. Dondequiera que este camino nos lleve, lo recorreré. Los Paragons deben ser destruidos.

Zhan-Yo asintió varias veces, frunciendo los labios y meditando sobre la manera correcta de decir esto antes de optar por el enfoque directo:

—Fui a lo de Sylvie para ver si podía encontrar algo. Ella siempre tenía más cosas en marcha de las que dejaba ver.

—Por eso nunca confié en ella.

Hay momentos para molestarse y momentos para ignorar.

—Tiene a alguien dentro de los Paragons. No es Innis —dijo Zhan-Yo—. Le enviaron un mensaje ayer diciendo que habrá una cumbre de Paragons. Todos los Campeones en un solo lugar.

—Con más seguridad que en cualquier otro lugar del planeta.

—Tal vez —dijo Zhan-Yo—. Pero no creo que podamos dejar pasar esto. Si Aegis no pudo iniciar nuestra revolución, entonces esto podría hacerlo. Piensa en el caos si los elimináramos a todos. La gente necesitaría a alguien a quien recurrir.

Sucedería rápido. Con los Campeones muertos, estallarían luchas internas entre los Paragon mientras las anomalías intentaran reclamar sus lugares. Se destruirían entre sí mientras Zhan-Yo reunía a todos los demás, prometiendo paz, orden y un gobierno representativo para el mundo. Al principio, sí, habría dolor, pero ¿después? ¿Cuando la necesidad de estabilidad superara todo lo demás? La gente podría recuperar el poder. Una región tras otra cayendo en línea. Zhan-Yo incluso ofrecería a los Paragon lugares en el nuevo gobierno para evitar el derramamiento de sangre. Una transición limpia.

—El mundo nunca se entregaría a alguien que mató a los Campeones —dijo Wexley—. Jamás. Creo que no te das cuenta de cuánto odia la gente lo que le hiciste a Aegis.

—Eso era necesario.

—Destruiste al héroe de la infancia de miles de millones. Al principio no me gustaba la idea, y ahora estás viendo por qué. Zhan-Yo, puedes iniciar esta revolución, pero nunca la liderarás.

—Palabras de alguien que nunca ha liderado nada. Cuando llegue el momento, lo explicaré y lo entenderán.

Wexley no asintió, no dijo nada. Zhan-Yo frunció el ceño. El hombre estaba arruinando el día, el descubrimiento. ¡La cumbre debería ser algo bueno! Una razón para celebrar y luego ponerse a planear. En cambio, Wexley parecía más interesado en aplastar el espíritu de Zhan-Yo que en cualquier otra cosa.

—De todos modos, eso es todo para el futuro —dijo Zhan-Yo—. Lo que importa ahora es el infiltrado. Necesitamos saber quién es, cómo contactarlo. Como dijiste, será difícil penetrar un lugar con tantos Paragon. Pero si tenemos a alguien en el interior, entonces tenemos una oportunidad.

—¿Tienes alguna pista, o es esto un intento desesperado?

—Todo lo que tengo son intentos desesperados, Wexley. Por eso estoy en tu ridículo apartamento después de lo que

debería haber sido mi mayor triunfo. Mírame, mira esto. —
Zhan-Yo siguió sus propias instrucciones, vio sus manos de
piel fina, un cuerpo que mostraba signos de no estar a la
altura de luchar contra el mundo—. Voy a encontrar a ese
Paragon, iremos a esta cumbre, y vamos a iniciar un mundo
mejor.

Wexley no tuvo respuesta para él, y después de que el
hombre le sacara la promesa de que Zhan-Yo iría al centro
comercial esa noche, y que Zhan-Yo pasaría el día sin dejarse
ver por todo el planeta, se fue.

Zhan-Yo esperó hasta que Wexley se hubiera ido, se
cambió a un suéter y jeans discretos, se puso un gorro de piel
sintética, dejó las espadas y se aventuró en la mañana tardía.
Tenía un destino, no muy lejos del reluciente edificio de
Wexley, un restaurante de estilo antiguo escondido en medio
de una calle lateral de la Avenida Michigan, un espacio que
parecía que el tiempo había olvidado su existencia, con
madera por todas partes, linternas metálicas manchadas que
quizás no se habían limpiado en siglos, y una larga barra llena
de una multitud encorvada bebiendo café negro y mirando
vagamente a televisores dispersos.

Zhan-Yo tomó su propia mesa sin objeciones de una anfitriona más ocupada con su Tama que con su trabajo. Una vela
sin encender adornaba la mesa, refinada tantas veces que
brillaba como plástico. Además de las pantallas, alrededor de
Zhan-Yo colgaban objetos viejos sin ningún ritmo y ciertamente sin razón, como si alguien hubiera recorrido ventas de
bienes y agarrado objetos al azar y los hubiera clavado en las
paredes. Aquí una rueda de bicicleta, allá un cartel de película
del siglo pasado, y sí, esa era una auténtica rocola en la
esquina, con sus luces encendidas pero sin discos listos para
reproducir. Esos habrían sido demasiado caros, y el bar de
todos modos tenía deportes sonando por sus altavoces.

—No esperaba un mensaje tuyo a las dos de la mañana —

dijo el hermano de Sylvie mientras sacaba la silla opuesta y acomodaba su gran corpulencia en ella.

—Siempre estoy trabajando —dijo Zhan-Yo, y habría continuado excepto que la camarera pasó como una ráfaga con una mirada que decía pide ahora o calla para siempre. Asegurados huevos, tocino y más café, Zhan-Yo se volvió hacia el hermano de Sylvie—. Tu hermana recibió un mensaje de alguien, y quiero saber quién es ese alguien.

—Hay muchos alguienes en el mundo.

—Tenían conocimientos que la mayoría no tendría —respondió Zhan-Yo. Echó un vistazo alrededor, nadie parecía prestarles atención. Podría haber micrófonos en cualquier parte, pero nadie escucharía todo ese ruido grabado sin una razón—. Creo que es un Paragon.

El hermano de Sylvie no reaccionó a la declaración, luego puso los ojos en blanco y miró su Tama. —Claro, me pondré a preguntar a cada Paragon si conocían a mi hermana. Eso es lo que quieres, ¿verdad?

—Mira —dijo Zhan-Yo—. No sé cómo funcionan estas cosas, pero necesito entrar en esa cumbre, y no puedo entrar en esa cumbre sin la ayuda de un Paragon.

—¿Asumes que, porque este te envió un mensaje, estará dispuesto a dar ese siguiente paso?

—Lo asumo.

—Peligroso. —El hombre grande canceló los giros de ojos, los encogimientos de hombros. Ahora lo dijo directamente—. Todos están dispuestos a arriesgarlo todo cuando las apuestas no son reales. Le pides a este Paragon que arriesgue su futuro, toda su organización por ti, podrían echarse atrás.

Zhan-Yo asintió. —Tengo que intentarlo. Tan pronto como los Paragon se reorganicen, me encontrarán, y cuando lo hagan este sueño habrá muerto.

—¿Y esto es por lo que Sylvie murió intentando hacer?

—Sí.

—Entonces muéstrame el mensaje —dijo el hermano de Sylvie—. Las huellas digitales son fáciles de leer.

—Gracias.

—No me agradezcas, aún no te he enviado la factura. —El hombre ofreció media sonrisa—. Por cierto, me llamo Mathieu.

—Zhan-Yo.

Se estrecharon las manos, llegó el desayuno, y planearon el nuevo mundo sobre tocino y huevos.

CAPÍTULO 20
EL CONSEJO DE UN CAMPEÓN

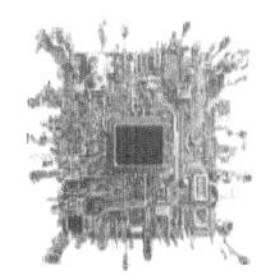

INCREÍBLE LO QUE una buena noche de sueño y una mañana disfrutando de los informes de operación de drones con té podían hacer por ti. Mynx terminó su lista de actualizaciones y se la envió a Reeves, quien pasaría el día ajustando el software para solucionar algunos de los problemas de ayer, particularmente un nuevo estilo de moda que incluía bandas reflectantes que podían causar estragos en las cámaras de los drones. Para mañana, los drones tendrían en cuenta el color y registrarían a los usuarios como personas en lugar de, por ejemplo, conos o señales de construcción.

Aegis lo habría llamado aburrido, no estar en el campo lanzando puñetazos contra algún matón. Esa había sido, en parte, la razón por la que trabajaban tan bien juntos: Aegis y su constante audacia atraían a la prensa hacia él, permitiendo a Mynx hacer magia entre bastidores para mantener el mundo a salvo. Sin él, Reeves tenía que bloquear constantemente a la prensa, remitiéndolos a los gerentes regionales de Paragon, inevitablemente sin satisfacer a los reporteros e instituciones.

—Podrías hacer que los reporteros fueran ilegales, ¿sabes? —preguntó Reeves.

—No, me alegro de que existan —respondió Mynx y

descartó otra solicitud de entrevista de su Tama—. No tan contenta de ser el centro de atención.

Los Campeones habían dado un tajo a la sociedad, al principio. En aquellos tiempos vertiginosos después de que los últimos gobiernos se rindieran, todos se agruparon en los confines relativamente seguros de Ginebra, los Campeones se habían embarcado en una racha de cumplimiento de deseos. Habían lanzado directivas, obligado a los países a redibujarse en regiones, fusionado las monedas en el singular rep, y luego usado esa renovación para realinear industrias que, en opinión de los Campeones, habían sufrido bajo el yugo del capitalismo. Mynx había dirigido su vago apoyo hacia el periodismo, más por ser una oportunidad fácil que por un impulso noble: mejorar el programa de drones ya tenía sus garras en su tiempo y energía. Publicaciones de todo tipo y calidad proliferaron con reps ganados por servicios, proporcionando un suministro saludable para escribir y difundir prácticamente cualquier cosa.

Ahora Mynx recibía llamadas de medios prestigiosos, los que habían sobrevivido a la toma de control de Paragon, y de los lugares más pequeños y especializados, cada uno esperando ser el primero en romper sus labios sellados. Desde que Aegis murió, Mynx había emitido una sola declaración. Para el duelo y la calma. No había tenido tiempo para nada más. No sabía qué diría cuando le preguntaran.

—No te dejarán en paz hasta que les des algo —dijo Reeves—. Realicé un análisis de los volúmenes de llamadas que has recibido durante crisis anteriores, y todos disminuyeron tan pronto como hablaste.

—Reeves, espero no haber construido una IA superpotente para que me diga que la gente dejará de pedir citas una vez que les dé una cita.

—Estoy confirmando lo obvio.

—Cierto.

Mynx tenía que mantener el Tama despejado de todos

modos. Esperaba otra llamada, esta vez de la nebulosa región que abarcaba Europa del Este y Asia Central. Burov debería mostrar su rostro embatido, siempre en guerra consigo mismo, pronto.

De los Campeones, Burov era el más parecido a Aegis. Se había forjado como una leyenda primero en su Rusia natal, luego había crecido más allá de sus fronteras nacionales a través de una actuación destacada tras otra. A diferencia de Aegis, el hombre no usaba los puños.

Mynx se estremeció. Apartó la mirada del Tama hacia la ciudad de abajo. Los Paragones con habilidades físicas, incluso aquellos que se burlaban de las leyes físicas, Mynx podía entenderlos y apreciarlos. Los otros, como Apinya, como Burov, que podían moldear tu mente como plastilina, la enfermaban. Burov, en particular, siempre se sentía mal. No era culpa del hombre —él no eligió su poder— pero tampoco era realmente culpa de ella.

Como si fuera una señal, su Tama vibró, atrayendo su mirada de vuelta. El rostro de Burov, cubierto con el pesado maquillaje que el hombre siempre usaba para disimular las sombras cambiantes bajo su piel. Parecía una muñeca de cera, negándose a usar una máscara pero también inclinándose ante la imposibilidad inherente de hablar con alguien cuyo rostro parecía... bueno, como si tuviera sombras arrastrándose bajo la superficie.

—¡Mynx! —exclamó Burov cuando ella tocó para contestar la llamada—. ¿Cómo estás? ¡Ha pasado tanto tiempo!

—¿Absorbiste algo de entusiasmo hoy? —dijo Mynx.

Se habían conocido, por primera vez, en Japón. Una operación conjunta de rescate tras un terremoto. Mientras Aegis, Mynx y otros estaban allí para manejar las tareas físicas, Burov aspiraba el pánico, el miedo, y lo reemplazaba con calma. Determinación. Sustituía la confianza por la desesperación, al menos por un tiempo.

—¡Por supuesto! —respondió Burov—. Visité una escuela esta mañana, niños pequeños que querían conocer a su Campeón. Estaban tan emocionados que pensé en calmarlos un poco. ¡Aunque no necesito el impulso para hablar contigo!

—¿No lo necesitas?

Los ojos de Burov se oscurecieron un tono, contrastando con su escaso cabello oscuro.

—Mynx, me estás pidiendo que vaya a tu cumbre, ¿pero eres tan fría?

¿Qué hacía Burov con toda esa tristeza? ¿Con todo ese miedo que robaba de la gente agrupada alrededor de los escombros, tirando de sus familiares, esperando noticias que sospechaban serían terribles? Burov lo almacenaba, lo guardaba en esas manchas que se deslizaban por su piel, y se lo devolvía a sus enemigos.

Si hubiera habido un secreto en la toma de control mundial de los Campeones, habría sido la manipulación mental de Apinya junto con Burov sifoneando el miedo y enviándolo a los corazones de cada líder mundial, cada general, cada político sentado frente a ellos. Mynx había visto voluntades opuestas desmoronarse en tiempo real, no había dicho nada mientras firmas coaccionadas entregaban a los Campeones sus sueños.

—Lo siento, Burov —dijo Mynx, pegando una sonrisa forzada en su rostro—. Ha sido una semana larga. No me queda mucha felicidad.

—Ah, entonces debería visitar. Podemos arreglar eso.

—Estoy segura —dijo Mynx.

—Oh, no me mires así. Le quito la alegría a un cachorro y en un momento la recupera, pero tú puedes conservarla durante un día. No hay nada malo en un intercambio así.

—Ven a la cumbre, y podremos resolverlo.

—Mynx, por supuesto que iré. Lo que sucedió... —Aquí, por primera vez, Burov perdió la compostura—. Lo que le pasó a Aegis fue un acto monstruoso. Merecía algo mejor. Iré, y juntos encontraremos a ese Zhan-Yo. Pagará por lo que hizo.

—Lo hará —Una vez asegurado el compromiso, Mynx no deseaba más que terminar la llamada. Creyó ver una forma moviéndose bajo el ojo izquierdo de Burov. ¿De quién eran esas emociones?—. Cuando lo atrape.

Burov ladeó la cabeza.

—Me sorprende que aún esté libre. Si esto hubiera ocurrido aquí, un criminal así no duraría ni un día sin ser capturado.

—Los drones lo encontrarán. Las cosas han estado caóticas.

La conversación se prolongó después de eso, a pesar de todos los esfuerzos de Mynx por terminar la llamada con Burov. El ruso quería cubrir todos los detalles de la cumbre, los próximos cambios en Atlantis —Burov insistía en conocer a Pixie antes de dar su aprobación— y luego preguntó sobre la vida personal de Mynx, lo cual estaba tan fuera de lugar que finalmente ella le dijo al Campeón directamente que tenía que irse.

—¿Todavía sensible, incluso después de todos estos años? —dijo Burov ante la despedida—. ¿Qué dice Apinya?

—No dice nada, porque entiende los límites.

—Y mira adónde te ha llevado eso —Burov logró parecer decepcionado, todo un logro para su cabeza cuadrada. A pesar de la habilidad del hombre para robar emociones, su lenguaje corporal tenía la fineza de una roca—. Una herida solo sana si la dejas.

—Adiós, Burov.

Mynx cortó la llamada antes de que el Campeón pudiera decir otra palabra. De todos los momentos para recorrer ese camino tan trillado, este no era uno de ellos.

—¿Alguna señal de Celice? —preguntó Mynx a Reeves a través de su Tama, observando los drones que sobrevolaban Manhattan.

—Aún no ha aparecido —respondió Reeves—. Un análisis de su última conversación sugeriría que tiene la intención de ir a Chicago.

—Ambos, entonces. Burov tenía razón en algo, Reeves. Nueva York no tiene lo que queremos. Envía la confirmación a Pixie y dile que se reubique aquí después de la cumbre. Ahora es la Campeona provisional, y necesita poner en orden Atlantis.

—Hecho. ¿Debo calentar el jet?

—Sí —El cielo despejado y azul se veía agradable, pero podía ver la nieve arremolinándose entre los edificios, fría y cortante—. Hazlo muy cálido.

Zhan-Yo había escapado de los drones durante demasiado tiempo. Mynx necesitaba encontrar al hombre antes que Celice, porque el mundo necesitaba ver que los Paragones eran más que capaces de impartir su propia justicia.

Las revoluciones no prevalecerían.

CAPÍTULO 21
ENCUENTRO CON LA REALEZA

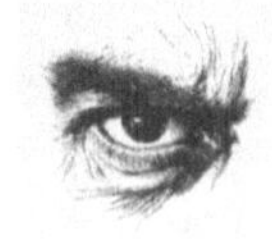

DESDE LA COSTA, el volcán de la isla se alzaba negro y puntiagudo, una aguja apuntando al cielo azul de la bahía. De cerca, y Thane lo sentía con cada paso en sus implacables sandalias, el volcán revelaba sus verdaderas características: riscos, plantas resistentes anidadas entre las rocas y respiraderos humeantes que dejaban claro que esta maravilla geológica estaba viva.

Cassidy caminaba a su lado al frente del pequeño grupo, con Sook escondido hacia la retaguardia, donde su presencia, aparentemente una ofensa constante para todas las facciones de esta isla, esperaban que pasara desapercibida. El mismo Sook había sugerido la idea, afirmando que podrían ser atacados a primera vista si él iba al frente.

Y eso, dado el pueblo de la Duquesa, supondría un final rápido. A diferencia del asentamiento de chozas de Cassidy en la playa, este parecía un espacio totalmente funcional donde florecía un verdadero ecosistema. El humo se elevaba, pero no solo de las hogueras para cocinar: martillos golpeando, gritos pidiendo suministros y chispas crepitantes de poder anómalo dentro de las paredes de roca superaban las modestas ofrendas de Cassidy.

—Nunca lo negué —dijo Cassidy, con la boca tensa—. Ella tiene la mayor parte de la tierra. La mayoría de la gente que abandonan en la isla empieza aquí.

—¿Cómo lo consiguió?

—Su poder —Cassidy casi escupió estas palabras—. Se oye hablar de anomalías que juegan con las mentes, pero esto es otra cosa. Nunca lo he sentido. Nunca la he dejado acercarse lo suficiente.

—¿Es por eso que Mynx la trajo aquí?

—No tengo idea. Pero creo que tendrás la oportunidad de preguntárselo.

El muro de roca de la ciudad parecía haber sido aplastado, con rocas mal encajadas presionadas entre sí, y la reparación era evidente en una sustancia verde esmeralda, similar al musgo, que cubría sus intersecciones. En la entrada principal, por donde se acercaban Thane y el grupo de Cassidy, el sello musgoso se elevaba para cubrir los lados desde el suelo hasta la cima, preservando el espacio para una puerta de diez metros de ancho.

El pueblo de Cassidy parecía estar a medio hacer, un hábitat temporal destinado a mantener a la gente con vida hasta que surgiera una mejor alternativa. Este, sin embargo, se sentía permanente. La gente estaba creando vidas aquí, aunque "aquí" fuera una prisión que no habían elegido.

Lo que eso significaba para los propios objetivos de Thane, no estaba seguro, pero dudaba que ayudara. A la gente no le importaba dejar un refugio improvisado, pero ¿un hogar?

Tres guardias se adelantaron para recibirlos, un trío mixto que lucía tejidos de hierba como el propio Thane. No se veían armas, y sin cinturones para sostener las empuñaduras, parecía poco probable que hubiera opciones ocultas.

No es que las anomalías necesitaran armas normales.

—Cassidy —dijo el guardia principal, un hombre delgado cuyas letras se pegaban con jarabe cuando hablaba—. Os vimos venir. Lo de siempre está casi listo.

—Puedes llamarme el Vacío —Cassidy se quitó el paquete de pescado ahumado y lo dejó en el suelo frente a ella—. El nombre de pila es solo para amigos.

—¿No somos amigos?

—Mort, no somos amigos. Pero quizás a Thane le interese, si se lo estás ofreciendo.

Los ojos de Mort se desviaron hacia Thane, pero nada amistoso se mostró en el rostro del hombre. Thane le devolvió el ceño fruncido. A pesar de lo que dijera Cassidy, esto no se trataba de hacer amigos. Necesitaba un ejército, y uno leal. Eso era todo.

—Necesito ver a la Duquesa —dijo Thane—. Tengo un plan para sacarnos a todos de esta isla, y voy a necesitar su cooperación.

—Cassidy —dijo Mort—. Tu amigo, ¿él cuenta como uno?, tiene agallas. ¿Cree que puede entrar aquí sin más y verla?

—Así es —respondió Thane mientras Cassidy fulminaba a Mort con la mirada—. Y tú me llevarás. Ahora. El resto puede terminar sus intercambios.

Mort negó con la cabeza y se cruzó de brazos.

—Ah, no puedo hacerlo. Verás, la Duquesa está ocupada hoy. No hay audiencias. No se permiten nuevas entradas. Cassidy...

Thane no la vio moverse, pero vio los resultados de Cassidy: el tejido de Mort se desprendió de su piel, atraído hacia lo que Thane supuso era un punto a solo un par de centímetros frente al pecho de Mort. Las hebras de hierba golpearon ese punto, se arremolinaron y se molieron primero hasta convertirse en polvo y luego en nada.

Mort, desnudo y sin parecer muy contento por ello, soltó un grito y retrocedió detrás de los otros dos guardias.

—Te dije que me llamaras el Vacío. La próxima vez me llevaré más que tu ropa.

Detrás de su escudo humano, la cabeza de Mort sobresalía

por encima de sus hombros. Escupió en su dirección, un fracaso que cayó al suelo muy lejos de su marca.

—La próxima vez nos llevaremos vuestras cabezas —dijo Mort.

—No creo que a tu Duquesa le guste mucho eso —dijo Thane—. No si quiere pescado como este. Ahora, te lo pedí amablemente. Llévame adentro.

Ser un líder requería muchas cualidades, no menos importante entender cuándo se podía ordenar a un hombre. Dejando de lado la ira de Mort, Thane podía ver al hombre quebrarse, farfullando para mantener su estatura. Los otros dos guardias no lograron reprimir sus sonrisas mientras su jefe desnudo intentaba mantener su autoridad. El grupo de Cassidy se rio.

Mort también reconoció que había perdido esta. Respiró hondo, con todos esperando, luego se aclaró la garganta como un pomposo consejero, lo que, ahora que Thane lo pensaba, encajaba exactamente con el hombre.

—Está bien. Te llevaré adentro. El resto espera aquí fuera, completad vuestros intercambios y marchaos —proclamó Mort—. Te advierto, sin embargo, que la Duquesa no querrá perder su tiempo.

—Ese es mi problema. Vamos.

El día ya había alcanzado su cenit del mediodía y, ahora que su plan estaba en marcha, Thane sentía cada hora inútil que pasaba. El mundo necesitaba ser rescatado, y pasar tiempo en esta insignificante isla no estaba ayudando.

Cassidy y los demás no protestaron por el arreglo final de Mort, y después de unos minutos raspando pedazos de otros tejidos, Mort armó una falda de hierba rudimentaria y condujo a Thane a través de las puertas hacia el pueblo de la Duquesa.

—Bienvenido a Avalon —anunció Mort mientras cruzaban las puertas, pasando junto a varios anómalos que iban en dirección contraria, con sacos llenos de madera, piedras pulidas y lo que parecía carne ahumada de una variedad más sustanciosa.

—¿Avalon? —Thane casi se ríe—. ¿No es eso presuntuoso?

—Aún no la has conocido.

Cierto. Thane no había conocido a la Duquesa, ni había oído hablar de ella antes de llegar a esta isla. Aunque los Campeones no le habían contado todo lo que sucedió durante sus años de encierro, sentía que se habría enterado de algún anómalo divino que hubiera surgido, intentando recrear una ciudad mítica.

Parecía mucho más probable que la Duquesa jugara con su ego como medio para controlar a los anómalos desesperados y atrapados. ¿Por qué no convertir tu pueblo isleño en un lugar mágico? ¿Quién se quejaría aquí?

Avalon no seguía el modelo del pueblo de Cassidy. Al igual que las ciudades del interior difieren de las costeras, Avalon estaba llena de edificios de roca negra, incluidos algunos demasiado grandes para ser casas que, cuando preguntó, Mort indicó que se usaban para la producción. Forjas para herramientas, armas, un espacio de tejido para ropa más abrigada.

Mientras que el pueblo de Cassidy dependía del océano para todo, incluso para el entretenimiento y el ejercicio, Avalon no tenía tal oportunidad. Los anómalos se agrupaban alrededor de un gran rectángulo en el centro, pateando una pelota rudimentaria de un lado a otro entre porterías improvisadas. Otros jugaban con fichas de piedra en una mesa alta, apilándolas unas sobre otras.

—No es mucho comparado con casa —le dijo Thane a Mort—. Pero, considerando las circunstancias, estoy impresionado.

—A nadie le importa si estás impresionado.

—A mí sí. La Duquesa parece preocuparse por ustedes.

—Sí. Le pertenecemos. Cuidarnos es como cuidarse a sí misma. —De nuevo la voz de Mort, sus ojos, adquirieron ese brillo lejano cuando hablaba de la Duquesa—. Ahora vamos a su casa, donde esperarás hasta que esté lista para verte.

La casa de la Duquesa resultó ser modesta en tamaño — las forjas y demás eran estructuras más grandes—, pero con diferencia la más hermosa. Roca volcánica, suavizada y dispuesta en capas, formaba lo que parecía ser un carámbano negro al revés, que terminaba en punta a unos diez metros de altura. El humo se enroscaba desde la punta, enviando su dedo negro hacia el cielo.

En cualquier otra ciudad de la Tierra, la estructura habría sido una extraña estatua. En esta isla, sin otra competencia, era digna de una diosa.

Mort dejó a Thane fuera de la entrada del edificio, que no tenía guardia. Thane se quedó solo y, después de observar el juego de pelota durante unos minutos y atraer miradas curiosas, entró.

Suelos de piedra negra recibieron sus pies, y Thane se dio cuenta de que era la primera vez que caminaba sobre un suelo verdaderamente duro desde que había dejado la cueva. Después de una vida pasada sobre tales superficies, había sido agradable darle un descanso a sus pies, sentir los contornos de la tierra. Ahora, dentro de este espacio cavernoso, Thane se sentía divorciado del planeta. Pequeño e insignificante.

Las runas en cascada talladas en las paredes del edificio enfatizaban esto último. Letras gigantes en diferentes idiomas giraban desde la punta en la parte superior, iluminadas por un pequeño y deslumbrante fuego. Al principio, Thane pensó que las runas eran leyes o máximas, pero mientras leía alrededor, se dio cuenta de que eran mucho más... tontas.

Duquesa. Eso es todo lo que decían, pero en diferentes escrituras. Había dejado una en letras romanas allí, eliminando todo el misterio. Esto no era algún himno a la sabiduría, las runas eran para ella misma.

La realeza, incluso autoproclamada, necesitaba su castillo.

—¿Mort dijo que tenía un visitante? —dijo una voz ágil detrás de él, y Thane se giró, ya cayendo en una reverencia mientras lo hacía. A los dictadores solía gustarles la súplica, y Thane no tenía reparos en darla, por ahora—. Pero no me dijo quién era.

—Thane —dijo, levantando los ojos para ver a una mujer endurecida frente a él.

Como una huérfana disfrazada, la Duquesa vestía túnicas que parecían cosidas con tantas telas, muchas desgastadas. Se amontonaban a su alrededor y su largo cabello plateado, un atuendo que Thane habría considerado ridículo en cualquier otro lugar menos aquí: el poder venía de diferentes maneras, y llevar ropa de verdad mientras todos los demás lucían tejidos de hierba demostraba cuán por encima de ellos estaba la Duquesa. Aunque Thane suponía que ella había tomado esas mismas ropas de los anómalos cuando aterrizaron aquí, tecnicismos como ese no importarían a sus seguidores.

—Sé quién eres —respondió la Duquesa, entrando en su casa y caminando a la izquierda de Thane—. El largo prisionero finalmente liberado, solo para encontrarse en diferentes cadenas.

—En efecto —dijo Thane, siguiendo el caminar de la Duquesa con sus ojos. Ella le hizo un gesto para que se sentara en uno de varios taburetes de roca —la Duquesa tenía lo que parecía un trono cuadrado y tosco— y Thane lo hizo, disfrutando de sentarse en cualquier lugar que no fuera el suelo—. No fue la liberación que esperaba.

—¿Así que ahora estás planeando otra?

Thane ladeó la cabeza. ¿Cómo lo sabría ella?

—Thane —continuó la Duquesa—. Hay solo unos pocos anómalos en esta isla que consideraría una amenaza, lo cual, en este lugar, es la única consideración que importa. —Se inclinó hacia adelante, esas ropas amontonándose en su regazo—. El Vacío y Arthur se mantienen en sus roles. Los demás trabajan para mí. ¿Qué debo hacer contigo?

—Escuchar.

Y lo hizo.

La Duquesa, removiendo el fuego de vez en cuando con un palo chamuscado aparentemente para ese propósito, escuchó la historia de Thane, salpicando con preguntas de vez en cuando como para mostrar interés.

Thane repasó los puntos destacados, desde la fuga en Nueva Inglaterra hasta la caída en la isla, Cassidy y el viaje hasta aquí. Concluyó con su plan de escape, que, hasta este punto, significaba unir a los anómalos y ver qué podían hacer juntos.

Al final de esto, la Duquesa se puso de pie, dio un largo círculo alrededor de Thane. Inspeccionándolo. Thane la siguió, girando en su lugar.

—Viejo, pero robusto —dijo la Duquesa—. ¿Una caracterización justa?

—Fuerte y sabio, creo.

—¿Tan sabio como para entrar aquí solo? ¿Sin amigos, sin refuerzos fuera de mis muros?

—Como dije, no estoy aquí para pelear.

La Duquesa continuó su paseo, sus sandalias acolchadas con hierba dejando trozos y rastros en las rocas mientras se movía. Sus manos estaban a los costados, aunque Thane notó que la Duquesa parecía estar sosteniendo, amasando algo con sus dedos. Granos cayendo al suelo.

—No, y no lo harás —respondió la Duquesa—. Creerás.

—¿Qué? —dijo Thane, pero al terminar de hablar, comenzó a comprender.

La Duquesa resplandecía. Un tenue aura blanca como la de un ángel en las películas antiguas, y más aún, no dejaba caer granos de sus manos, sino diminutas estrellas centelleantes. Su cabello plateado, que había estado enmarañado y enredado, ahora fluía libre en largos mechones por debajo de su cintura.

Aquellas ropas ya no eran harapos, sino una túnica

dorada y reluciente sin costuras. Si Thane se sintiera artístico, la habría llamado del color del amanecer mismo.

La Duquesa seguía moviéndose alrededor de Thane, hablando sin cesar, diciéndole todas las cosas que él creería a partir de ahora. Que estaría a salvo, con su protectora, su reina.

Que después de un viaje tan largo y tantas penurias, Thane finalmente podría descansar. Thane escuchó esas palabras, y su corazón, durante tanto tiempo frágil y enojado, se derritió. La paz lo encontró, y Thane no pudo desear nada más.

CAPÍTULO 22

PASEO CON EL PERRO

VOLVER a casa después de casi morir no se sentía bien. Kat bajó las escaleras desde el tren de levitación magnética hacia su calle, las rejillas metálicas tambaleándose a su paso, aunque nadie más parecía notarlo. La nieve ya no se apartaba bajo sus botas como antes. Las luces de la calle se reflejaban por todas partes, duras y brillantes. Las cosas tenían un filo, un giro peculiar. Como un sueño, pero más nítido.

No podía quitarse de la cabeza a Beth y los Elementales. Lo que habían dicho y pedido. ¿Trabajar para ellos? ¿Atrapar a un asesino que casi la había matado? Kat no estaba destinada a ser una heroína. No se suponía que debía perseguir el mal en las calles.

Los Rastreadores estaban destinados a cazar anomalías que habían eludido sus responsabilidades, que eran peligrosas, sí, pero no asesinas. Confundidos o simplemente asustados, la mayoría de los que Kat atrapaba aceptaban su papel en la sociedad una vez que los Paragones se lo proporcionaban y seguían adelante. Algunos recaían, intentaban huir y lo pagaban con sus vidas.

Ninguno había disparado a gente en la calle. Ninguno le había disparado a ella.

Y todos ellos, al ser atrapados, le habían proporcionado a Kat una generosa recompensa de reputación. Por esto, si podía confiar en Beth, obtendría su vida. Mayores riesgos, mayor recompensa.

—¿Crees que eso va a suceder? —dijo Calvin, sentado en su sofá con Seeker en su regazo—. Siempre he oído que los Elementales eran los malos. Por eso nunca quise unirme a ellos, incluso cuando me lo ofrecieron.

—¿Qué opción tengo? —respondió Kat, apoyándose en su escritorio—. Si no encuentro a este tipo, o me mata él o Beth cumple su amenaza y caigo cuando el capitán tatuaje de allá me haga desaparecer.

—Podríamos entregarlos a los Paragones —dijo Calvin, y luego parpadeó—. Demonios, yo soy un Paragon. Podría traer algunos drones.

—Ya lo pensé —dijo Kat—. Todavía no sé cómo funcionan los tatuajes. Podría matarme antes de que se acercaran.

—Espera, ¿qué tal esto? Te llevamos al hospital, te preparamos, y luego llamamos a la caballería. ¿No? El tipo del tatuaje te hace explotar, y todos están listos para ayudar.

—Verás, el problema con esta idea es que yo saldría herida. De nuevo.

Calvin se encogió de hombros. Kat lo miró con enojo. Seeker ladró, y fue entonces cuando Kat declaró que iban a dar un paseo. Después de tanto tiempo en el sótano estrecho de los Elementales, dar una vuelta por el parque cercano sería bueno.

El final de la tarde significaba que la gente estaba fuera, volviendo del trabajo o simplemente disfrutando del aire fresco. Las nubes se acercaban, pero no tantas como para arruinar la puesta de sol, aún tan temprana. Las cápsulas rodaban por las calles, y los ocasionales letreros y escaparates prometían distracciones, ninguna lo suficientemente poderosa para apartar su continua conversación.

Mientras Seeker olfateaba todo lo que podía, Kat y Calvin

continuaron analizando las opciones, pero no había ninguna buena. Todo llevaba al peligro, pero solo una llevaba a la venganza.

—¿Así que realmente quieres ir por este tipo? —dijo Calvin—. ¿En serio quieres perseguir a un tipo que te disparó a quemarropa? ¿Otra vez?

Kat no quería. Como solía ocurrir, lo que quería era un chocolate caliente y una película. O cenar en algún lugar agradable, para variar. Sin embargo, tales cosas parecían ser un sueño perenne más que una realidad.

—Lo has pasado mal, ¿verdad? —dijo Kat.

—¿Esa es una pregunta real?

—Lo que quiero decir es que yo tampoco lo tuve fácil. —Kat apartó a Seeker de un cubo de basura fascinante, y el perro grande captó la señal y se lanzó hacia adelante, arrastrándolos—. Así que, podrías decir que no estoy bien adaptada.

—¿Qué significa eso? —respondió Calvin.

—Me refiero a toda esta gente aquí. Esta ciudad. Este mundo. Es como si todos aceptaran dónde están, y solo quisieran llegar a casa al final del día y ser felices.

—Entonces, ¿qué, tú no eres una de esas?

—No, lo soy, pero no sé cómo serlo.

—¿Te afectó la cabeza el disparo?

Llegaron al parque, un gran cuadrado con árboles sin hojas que proporcionaban un dosel esquelético. Un pequeño parque infantil, con la nieve empujada para formar una especie de foso alrededor del tobogán, las barras y los columpios, ocupaba el centro. Bancos, algunos con gente, otros vacíos, bordeaban los caminos despejados. Lo suficientemente sereno como para hacer que Kat se inquietara.

—Creo que recibir un disparo afecta a la mayoría de la gente —dijo Kat—. Lo que quiero decir es que no sé cómo ser así. No puedo hacerlo.

—¿De acuerdo?

—Así que cuando dices llamar a los Paragones. Cuando dices tomar el camino que me deja fuera, no sé cómo ser esa persona.

—Kat, yo huí durante mucho tiempo. Funciona. Te acostumbras a evitar el conflicto, y ¿sabes qué? Puede que no fuera feliz, pero estaba vivo.

—Vivías en un depósito de chatarra.

—Nunca dije que fuera perfecto.

Kat se rio y eso se sintió bien. Calvin se rio, y ¿sabes qué? Eso también se sintió bien. Compartir un momento con un amigo. Maldición. Necesitaba hacer eso más a menudo. Necesitaba más amigos.

—Así que vas a ir tras él, es lo que estás diciendo —dijo Calvin.

—Sí.

—¿Vas a dejarme ayudar?

—¿Como ayudaste tanto la última vez?

Calvin se agachó, recogió algo de nieve. La mayor parte se deshizo en su mano —demasiado fría para hacer una bola de nieve real—, pero lanzó los restos hacia Kat. Ella se agachó, y Seeker, al notarlo, retrocedió de un salto y ladró. Calvin lanzó más nieve al perro, que saltó y atrapó los copos.

A partir de ahí, las cosas descendieron a la locura. Los dos lanzándose trozos improvisados de nieve, Seeker saltando en medio. Otros en el parque observaban con sonrisas en sus rostros, por lo que Kat pudo notar.

Kat logró conseguir un trozo bastante grande en su mano izquierda y lo lanzó, directo al pecho de Calvin. La anomalía lo atrapó con su mano izquierda, y el trozo irregular se encogió, como si se derritiera en un día caluroso. En la mano derecha de Calvin, se formó una bola de nieve perfecta. La lanzó hacia Kat, y Seeker la atrapó, triturándola hasta convertirla en polvo.

Una anomalía. Kat casi lo había olvidado en el momento. Calvin era un Parangón, no un amigo lanzando bolas de nieve en el parque. Como sus padres, lo enviarían en misiones, le asignarían trabajos y sería parte de algo a lo que ella nunca podría unirse. Y si tuviera hijos, entonces uno podría...

—Oye, ¿quieres volver? —dijo Calvin—. No sé tú, pero está oscureciendo y tengo frío.

—¿Pedimos comida para llevar e intentamos averiguar quién podría ser este tipo?

—No es mi noche ideal, pero la acepto. Si tú pagas.

—¿Por salvarme la vida? —dijo Kat—. Oh, espera, ese no fuiste tú.

—Yo, eh, ¿le hice compañía a tu perro?

Los dos lograron sacar a Seeker del parque y regresaron, con un plan más o menos formado. Encontrarían al tirador juntos. Detendrían los asesinatos y luego harían que los Elementales liberaran a Kat de su vínculo. Bastante simple.

La oscuridad se había apoderado del lugar para cuando regresaron al edificio de Kat, aunque las prolíficas farolas mantenían las cosas acogedoras. Habían decidido pedir algo caliente y picante, con Calvin sosteniendo la correa de Seeker mientras Kat extendía su Tama para rozar el escáner de entrada del edificio.

El ladrido de Seeker llegó primero, un sonido de pánico que hizo que Kat se diera la vuelta cuando la bala pasó rozando su cabeza y destrozó un agujero en la puerta de madera detrás de ella. Kat no pensó, simplemente se lanzó hacia adelante bajando los escalones, tratando de esconderse detrás de los árboles a lo largo de la calle.

Calvin gritó algo, soltó la correa de Seeker y tocó la acera. Mientras Kat se arrastraba hacia abajo, sonó otro disparo, estrellándose contra la barrera de concreto improvisada de Calvin, que creció alrededor de los dos y del ladrante Seeker, a quien Kat agarró por el collar.

—Estoy llamando a los drones —dijo Kat, acurrucándose cerca y tecleando la alerta en su Tama.

Por mucho que quisiera atrapar al tipo ella misma, hacerlo en la oscuridad, sin su traje ni armas, parecía una mala idea.

No hubo un tercer disparo, y en treinta segundos, cuando los drones aparecieron en lo alto y proyectaron sus luces alrededor de los edificios circundantes, tampoco hubo arrestos.

Calvin esperó hasta que los drones emitieron un aviso de que todo estaba despejado antes de dejar caer su cúpula. Kat miró los edificios a su alrededor, que se cernían en la oscuridad, cada uno un potencial punto de francotirador. El tirador, aparentemente, sabía quién era ella, sabía dónde vivía.

—No podemos quedarnos aquí —dijo Kat.

—No preguntes por mi lugar, porque no tengo uno —respondió Calvin—. Me quedaba con los Paragones, pero están hechos un lío ahora mismo.

—No, no —Kat cerró los ojos por un segundo—. Sé adónde podemos ir.

—No me gusta cómo estás diciendo eso.

A Gordon tampoco le gustaría, pero lo superaría. Gordon siempre lo hacía.

CAPÍTULO 23

EL SUBTERRÁNEO

LA MUERTE de Aegis no perturbó al centro comercial.

Zhan-Yo salió de la cápsula y se detuvo en la acera, asombrado por los compradores que entraban y salían a toda prisa. Las entregas por drones por sí solas deberían haber convertido este lugar en un cascarón vacío, pero a medida que las tiendas se adaptaron para crear experiencias en lugar de ventas, la gente regresó. Supuestamente, creer que los Paragons, la estructura de la sociedad, estaban a punto de colapsar mantendría a la gente en casa. En cambio, parecía que el plan de la gente para mantener las cosas a flote era gastar, gastar y gastar.

Algunos pasaban cargando bolsas, otros iban con carritos drones flotando detrás de ellos, caminando hacia cápsulas de todos los tamaños para llevar sus victorias a casa. Zhan-Yo vio todos esos rostros, despreocupados, envueltos o sonrosados por el frío. Como si él no hubiera hecho nada en absoluto. Sonaba música, algún ritmo insípido y sin letra.

Esto, esto era su revolución en marcha.

Por ahora.

Zhan-Yo siguió las luces hacia el interior, a través de la puerta de presión de vacío diseñada para forzar la salida del aire frío y mantener el calor donde debía estar. La ligera presión empujó contra su rostro, pero del otro lado, se quitó el abrigo discreto que Wexley le había prestado y abrazó el calor.

Azulejos en algún patrón irresoluble se extendían frente a él, y los dos pisos del centro comercial se elevaban hasta un techo lejano, del que colgaban obras de arte y carteles de ofertas. Cosas que Zhan-Yo no habría notado antes, excepto que no esperaba que todo esto estuviera aquí.

La decepción de Zhan-Yo se transformó en esperanza mientras continuaba viendo la vida normal seguir su curso. Había pasado tantas noches preocupado por cuánto alteraría el mundo la destrucción de los Paragons. Sin embargo, si la sociedad podía superar un evento tan grande como la muerte de Aegis con tan poco cambio, entonces quizás sus propios esfuerzos dejarían una civilización reconocible aún en pie. Zhan-Yo podría hacerse cargo de una humanidad dañada, pero funcional.

Ese pensamiento puso algo de entusiasmo en su paso mientras Zhan-Yo deambulaba hacia una tienda que llevaba el nombre y el logotipo de Ziran. Vendiendo equipos tecnológicos, desde los propios Tamas hasta accesorios y todos los dispositivos domésticos conocidos por el hombre, la tienda también parecía sin cambios. A pesar de que el ex CEO de Ziran declaró el fin de la vida moderna, los empleados en el interior parecían tan aburridos como antes. Los colores rojo y negro igual de llamativos.

Sin embargo, notaron cuando Zhan-Yo atravesó la tienda hacia la parte trasera. Un letrero que indicaba los baños, y declaraba que eran solo para empleados, marcaba la entrada. Zhan-Yo no se detuvo.

—¿Puedo ayudarte? —dijo uno de los empleados, Zhan-Yo pensó que el chico de pelo alborotado parecía tener quince años, caminando hacia Zhan-Yo con el andar nervioso de alguien poco acostumbrado a enfrentarse a los adultos.

—No puedes —respondió Zhan-Yo, y siguió caminando.

—Eso, eh, ¿es solo para empleados? —intentó de nuevo el chico.

—Tengo permiso —dijo Zhan-Yo, luego detuvo su marcha hacia la parte trasera, y lo que había más allá—. ¿Cuántos han venido ya?

—¿Qué?

—Aquí atrás. ¿Cuántos?

El rostro del chico cambió, e incluso dio un paso atrás. —Algunos, creo. Wexley nos dijo que los dejáramos pasar. Lo siento, ¿no lo sabía?

—Lo estás haciendo bien. No hay nada que temer.

El chico se quedó mirando, así que Zhan-Yo se dio la vuelta, pasó por la entrada de solo empleados y, con su Tama, escaneó a través de una puerta cerrada. Suaves luces amarillas guiaron sus pasos por las escaleras hasta un simple vestíbulo, ocupado por un par de sillas baratas y no mucho más.

Una sola puerta de madera gruesa conducía más adentro, y Zhan-Yo dudó antes de abrirla. Al otro lado estaría, a falta de una mejor palabra, su destino. El poder que le quedaba pendía del hilo más fino, e incluso si Mathieu encontraba a los Paragons traidores que necesitaban, Zhan-Yo no podría hacer un movimiento sin el apoyo de estas personas.

Zhan-Yo necesitaría sus representantes, sus hombres, sus recursos, y los obtendría.

Empujó sin llamar, haciendo que las conversaciones cesaran, y la media docena más o menos de hombres y mujeres en la habitación se congelaran, mirando en su dirección con miradas de pánico que gradualmente se asentaron en los ceños fruncidos y las miradas fulminantes que Zhan-Yo esperaba.

—Lo lograste —dijo Wexley, acercándose desde el lado izquierdo de la habitación donde había estado compartiendo whiskies con un líder en el negocio mundial del transporte—. No estaba seguro si las cápsulas te recogerían.

—Usé tu cuenta —Zhan-Yo recorrió con la mirada a los invitados, registrando a cada uno que había venido y mostrando, al menos externamente, que no esperaba menos—. Es una buena asistencia.

—Querían asegurarse de que supieras que no están contentos.

Zhan-Yo olió el whisky en el aliento de Wexley, y notó que su lugarteniente no llevaba la ropa de negocios que normalmente se le pegaba como pegamento. En su lugar, Wexley lucía ropa más deportiva esta noche, como si hubiera salido a correr antes de venir aquí. Al menos combinaba con la predilección de todo el grupo por el negro.

—Bienvenidos —comenzó Zhan-Yo—. Por favor, tomen asiento. Tenemos mucho que discutir, y me imagino que la mayoría de ustedes preferirían estar en cualquier lugar menos aquí.

—Tienes razón —dijo una mujer, con acento y representando a alguna firma de bienes naturales al otro lado del mar, en lo que había sido África—. Estamos aquí porque parece que no entiendes lo que te hemos estado diciendo por video.

Zhan-Yo conocía todos sus nombres, pero se negó a sacarlos a relucir ahora. Todos eran uno y lo mismo en este momento, criaturas para ser controladas por cualquier medio necesario.

—Están molestos porque inicié algo en lo que todos ustedes creían —dijo Zhan-Yo.

—¡No estábamos listos! —dijo otro hombre, a la derecha de Zhan-Yo—. ¡No era el momento adecuado!

—¿Y cuándo sería eso? ¿Cuándo sería el momento adecuado?

El hombre alzó las manos. Los demás en la sala se miraron entre sí y sus Tamas. Porque, por supuesto, nunca habría un momento adecuado. Pronunciar grandes palabras y olvidarlas cuando había que respaldarlas.

—Creo que el momento adecuado es cuando se tiene una

oportunidad —dijo Zhan-Yo. Se inclinó hacia adelante en su silla, con los brazos extendidos y las palmas hacia arriba. Suplicante, por ahora—. Aegis nos dio una apertura, así que la aproveché. Si eso significa algo ahora depende de ustedes.

Por las caras alrededor de la mesa, las palabras de Zhan-Yo no significaban mucho. La mayoría eran impasibles, y un par incluso parecían enfermos. Como si se sintieran incómodos compartiendo el mismo espacio con un asesino. Zhan-Yo podría haber sido igual hace unos años, pero había superado la fase de negación.

El cambio requería sacrificio, y esta gente no lo entendía. Todavía.

—Wexley —dijo Zhan-Yo—. ¿Puedes cerrar la puerta?

—Yo... ¿puedo? —dijo Wexley, pero se levantó y siguió la instrucción de Zhan-Yo de todos modos, pasando su Tama por el escáner negro junto a la puerta, cuya luz parpadeó de un verde agradable a un rojo de advertencia.

Zhan-Yo volvió a recorrer con la mirada a sus oponentes, fijándola en una mirada directa y firme.

—Antes de que alguien salga de esta habitación, se van a comprometer con este curso. Tengo un nuevo plan, y requerirá fondos y recursos. Lo apoyarán.

—No puedes obligarnos —dijo un hombre a la izquierda, echando hacia atrás su propia silla—. Has perdido tu visión, Zhan-Yo. No nos apuntamos para un baño de sangre.

—Y yo no quería uno —dijo Zhan-Yo, poniéndose de pie para enfrentar al hombre, que era más alto, pero no más en forma que él. Zhan-Yo levantó una mano, con el dedo índice alzado, para impedir que Wexley acudiera en su defensa—. Los planes deben cambiar para adaptarse a las circunstancias. El objetivo sigue siendo el mismo, los métodos difieren.

Evaluando al hombre, Zhan-Yo podía notar que provenía de un entorno privilegiado, y no del tipo efímero que derrochaba en marcas de lujo solo por el nombre. El traje del hombre tenía una calidad discreta, su Tama era nuevo pero mostraba, con etiquetas de colores, modificaciones hechas por quienes sabían lo que hacían. Probablemente podría anular el cierre de la puerta de Wexley si quisiera.

Los ojos hinchados mostraban que el sueño se le escapaba al hombre, probablemente debido al exceso de trabajo, y aunque se había suavizado en los bordes, quedaba lo suficiente para llenar su ropa con un historial más en forma. Que el enfoque de Zhan-Yo no provocara ningún temor visible en el hombre sugería experiencia con la adversidad.

En general, un individuo imponente, y aunque la percepción de Zhan-Yo lo había ayudado en innumerables reuniones de negocios, encontrando las palabras y deseos correctos para que se firmara un contrato, aquí solo mostraba que lo que Zhan-Yo estaba a punto de hacer podría terminar mal.

Sin embargo, con todo lo que Zhan-Yo había arriesgado por esto, ¿qué era una cosa más?

—Siéntate —dijo Zhan-Yo.

—Vine para una discusión, no para recibir órdenes. Me voy.

—No, no lo harás. No sin aceptar el nuevo acuerdo.

El hombre, negando con la cabeza, dio un largo paso alrededor de Zhan-Yo, dirigiéndose hacia Wexley y la puerta. Zhan-Yo lo dejó pasar, luego, con la espalda del hombre vuelta, le propinó una patada certera en el tobillo izquierdo. Una pierna sólida, pero Zhan-Yo la golpeó bien y barrió el tobillo hacia adelante, haciendo que el hombre cayera hacia atrás.

Jadeos y gritos, tanto ahogados como no, llenaron la habitación.

Zhan-Yo atrapó la gran cabeza del hombre antes de que golpeara el suelo, luego la dejó caer suavemente, dirigiendo una mirada sombría a los ojos abiertos del hombre.

—Esto no es lo que yo quería —dijo Zhan-Yo, mirando de reojo a la multitud—. Sin embargo, espero que vean lo serio que soy. Vamos a hacer esto, y ustedes ayudarán. No hay vuelta atrás ahora.

Cuando Zhan-Yo terminó, vio un espasmo debajo de él, y el hombre que había derribado lanzó un puñetazo salvaje desde sus rodillas hacia el estómago de Zhan-Yo. Zhan-Yo bloqueó el golpe hacia abajo, retrocediendo y dejando que el hombre se pusiera de pie, ese elegante traje estropeado por su encuentro con el suelo de concreto.

—Los Paragones están celebrando una cumbre —dijo Zhan-Yo, esquivando otro golpe torpe—. Todos los Campeones vendrán.

El hombre lo acechaba alrededor de la mesa, todos observando la danza. Wexley, apartándose del camino, volvió a su asiento.

—Antes de ese momento, debemos reunir nuestras armas, tanto físicas como digitales —continuó Zhan-Yo, agachándose para evitar otro golpe.

El rostro del hombre se enrojecía cada vez más mientras continuaban alrededor de la mesa, el sudor dejando su marca en su amplia frente. Mantenía los puños como un boxeador, pero uno que solo lanzaba golpes amplios.

—Cuando se reúnan, atacaremos —dijo Zhan-Yo—. Interrumpiremos su cumbre y demostraremos que merecemos tener nuestro lugar en su mundo. Todas las cámaras estarán allí, todos escucharán nuestras palabras.

Pasaron junto a la puerta de salida y el hombre le echó un vistazo, con su Tama listo para hacer ese pase a la libertad. Luego se volvió, asintiendo hacia las piernas de Zhan-Yo.

—Mucha palabrería, para un cobarde —dijo el hombre—. Me pateaste, ¿y ahora quieres que luche contigo?

—No estoy pidiendo.

El hombre gruñó, sin duda muy acostumbrado a obtener lo que quería y frustrado porque eso no estaba sucediendo aquí. Comenzó a avanzar de nuevo. Se tambaleó —quizás

Zhan-Yo había hecho más que rozar ese tobillo— en otro gran balanceo.

Esta vez, Zhan-Yo se acercó, rodeándolo. Fue directamente a la cara del hombre y, deslizando su pierna derecha detrás de la del hombre, empujó a su oponente hacia adelante. Esta vez, no amortiguó la caída.

Con el hombre gimiendo en el suelo, Zhan-Yo se volvió hacia el resto de ellos, estos líderes vacilantes, tan poco dispuestos a arriesgar lo que tenían para poner a los normales a la par de los Paragones.

Antes, cuando había pronunciado discursos inspiradores sobre un futuro mejor, Zhan-Yo había visto esperanza en esos rostros. Había leído coraje en sus hombros, en sus cabezas asintiendo. Ahora, Zhan-Yo veía miedo.

Usaría eso también.

CAPÍTULO 24

TRAIDORES

EN CUANTO A EDIFICIOS, los Paragones solían elegir la estructura más alta e imponente que pudieran encontrar en sus ciudades. Aun así, para Chicago, ocupar el cuadrante superior de la Torre Willis parecía excesivo. Pero bueno, Mynx vivía en una ladera de montaña fuera de Los Ángeles, así que ¿qué sabía ella sobre dominar a la población?

Estar cerca de la hora de la cena significaba que pocos Paragones ocupaban las oficinas, y los que lo hacían eran o bien los jóvenes y novatos o los viejos y dedicados, de pie o sentados en espacios revisando casos en curso o mapas digitales de la ciudad superpuestos con alertas de drones. Algunos hablaban con esos drones o con personas en ellos, órdenes y consejos salpicando el espacio por lo demás estéril.

Cada oficina de los Paragones tenía su propio carácter. La de Chicago celebraba la cultura local, las raíces de la ciudad, tanto en el pasado distante como en su era más reciente impulsada por los Paragones. Fotografías, reales y físicas, cubrían las paredes con rostros de las filas locales, ya sea en estilo retrato o en acción, salvando a alguien o algo.

Era curioso cuán pocos de ellos conocía Mynx, o incluso reconocía. Tantos Paragones ahora, tantas anomalías sueltas bajo su nombre. Hace mucho tiempo, los Campeones habían dado la bienvenida personalmente a cada nuevo recluta, habían revisado sus habilidades y los habían colocado en sus respectivas divisiones con el mismo cuidado que alguien podría tener con el color en una pintura. Ahora los algoritmos manejaban todo, y los líderes regionales intervenían cuando era necesario.

¿Los Campeones? Teóricamente, consideraban los problemas más grandes. En realidad, se entretenían con sus proyectos personales y dejaban que el mundo siguiera su curso.

Su objetivo, una sala de conferencias en el centro del bloque de los Paragones, tenía una sola puerta gruesa y blanca con una línea roja iluminada bordeando el exterior. Mynx se miró a sí misma, ahora vistiendo un uniforme azul clásico de los Paragones. Desafiante y lejos de ser formal para negocios, listo para la acción en cualquier momento, los uniformes coincidían con la ceñidez de los viejos cómics y, también, con la aparente invencibilidad de esos trajes.

Matar a un Paragón requería mucho trabajo incluso sin esta cosa. Con ella, quien atacara a Mynx tendría suerte de sobrevivir, incluso con el elemento sorpresa de su lado.

Por eso no sintió nada más que curiosidad mientras miraba la puerta, y luego la atravesó. Su Tama emitió un solo pitido al hacerlo, anunciando la pérdida de señal cuando Mynx cruzó el umbral y la puerta se cerró detrás de ella.

A diferencia de las paredes llenas de imágenes más allá de la habitación, el gris pizarra dominaba cada superficie aquí. Una mesa larga, suficiente para una docena, estaba centrada. Un solo hombre corpulento, pelirrojo y barbudo ocupaba la posición en la cabecera, asintiendo a Mynx cuando entró.

—Bienvenida, Campeona —dijo Innis, supuestamente el último Paragón en ver a Aegis con vida—. Me alegro de que finalmente hayas encontrado tiempo para venir.

—Innis —Mynx tomó su propio asiento frente al hombre,

en el otro extremo de la mesa. La distancia entre ellos era absurda, pero Mynx no sentía deseos de acortarla. Innis parecía demasiado compuesto, su sonrisa demasiado falsa y sus ojos demasiado duros. A Mynx nunca le había gustado el hombre, y el saludo formal no hizo nada para descongelar su actitud—. Como sabes, no ha sido fácil.

—No, no lo ha sido —respondió Innis—. Pero nos estamos manteniendo bastante bien. Lo viste, todo es normal ahí fuera.

—Como esperaría. Pero no estoy aquí para hablar sobre cómo diriges tu oficina. Quiero saber por qué no lo has encontrado aún.

—¿A quién?

Mynx entrecerró los ojos.

—No te hagas el tonto. No tengo tiempo para eso, y tú tampoco.

—Es escurridizo —concedió Innis—. Zhan-Yo tiene muchos contactos, muchos amigos poderosos. Tengo gente buscándolo día y noche.

—Sí, los tienes. Lo comprobé. Parece que son tus equipos más novatos los que están cazando, y también son los primeros en ser retirados si llega una llamada. Mis drones son los únicos que están haciendo el trabajo real.

—¿No van a ser mejores en eso?

—Si Zhan-Yo deambula al descubierto, quizás —dijo Mynx—. Tienes anomalías que pueden ver a través de las paredes, que pueden entrar en las mentes de las personas y arrancar sus secretos. ¿Por qué no las usas?

Innis se reclinó, ladeó la cabeza.

—No pensé que fuéramos el tipo de héroes que hacían ese tipo de cosas.

—¿Encontrar asesinos?

—Torturar a gente inocente.

Mynx comenzó a rechazar la idea —lo que las anomalías podían hacer no era doloroso, la mayoría de los que podían escarbar en los pensamientos extraerían secretos sin que el objetivo supiera siquiera lo que había sucedido— pero en su lugar tomó una respiración profunda y usó el momento para estudiar la mirada de Innis, la pequeña sonrisa presumida que se había instalado entre sus ardientes cerdas.

—¿Por qué te estás resistiendo en esto? —preguntó Mynx en su lugar—. ¿Acaso quieres atraparlo?

Innis pasó las palmas sobre la mesa, como si estuviera barriendo migas imaginarias al suelo, luego juntó todo bajo su barbilla, con la boca temblando.

—Verás, Mynx, ese es el punto —el rostro de Innis se volvió maniático, y el estómago de Mynx dio un vuelco—. No quiero. Ni un poco.

Innis se levantó de la silla, presionó un botón en su Tama, y la pesada puerta detrás de Mynx, la única salida de la sala de conferencias, se cerró con un fuerte clic.

—No sabes cómo era vivir bajo la bota de Aegis —dijo Innis, comenzando a caminar alrededor de la mesa hacia Mynx—. Él decía algo, y tenías que saltar. Cambiaba las reglas, y tenías que cambiar con ellas. Y no le caía bien. Nunca iba a ser un Campeón. No iba a escapar.

Mynx oyó las palabras y se despojó de sus emociones. Tal como reprogramaría una rutina frustrante o lidiaría con los fastidiosos pero necesarios requisitos del día, Mynx apartó la ira fría y muerta y consideró la situación.

Innis emanaba amenaza por todos lados. Como traidores, Innis ocuparía un puesto bastante alto en la estructura de los Paragons para volverse renegado, pero una traición como la suya no sería inaudita. Con todo su poder, algunas anomalías pensaban que serían mejores gobernantes que los Campeones. Algunas intentaban actuar según esos pensamientos.

Todas fracasaban.

—Así que ahora te vas a quedar ahí sentada, y contactaremos al resto de los Campeones —dijo Innis, caminando lentamente ahora para dar tiempo a que sus palabras fluyeran, como si estuviera aprendiendo su plan mientras lo expresaba—. Entonces les dirás que me estás dando Atlantis. No a Pixie. Luego todo estará bien.

Innis pasó la mitad de la mesa. Se acercaba. Sin una señal de Tama, Mynx no podía pedir ayuda. Reeves no podía oírla. Y, con la puerta cerrada, no podía escapar al exterior.

Bien.

Mynx, aún sentada, flexionó su pierna izquierda y pateó la silla a su izquierda, enviándola deslizándose hacia Innis mientras ella se alejaba de él. Él gruñó, arrojó la silla a un lado mientras Mynx se ponía de pie.

—No va a suceder —dijo Mynx—. Nunca lo hará.

—Tan terca. Igual que Aegis.

Innis se abalanzó sobre ella, empujando alrededor de la mesa y corriendo hacia ella con la intención de derribarla. El hombre tenía suficientes músculos, y Mynx huesos lo suficientemente delgados, como para que tal asalto la dejara hecha una ruina rota. Así que corrió, empujando su silla en el camino de Innis y rodeando la mesa.

Ahora estaba frente a la puerta, frente a Innis.

—¿Le pediste a Aegis que se retirara? —dijo Mynx—. ¿Cómo lo tomó?

—Tan bien como tú. —Innis saltó sobre la mesa, que crujió bajo su peso—. El hombre quería seguir golpeando hasta caer muerto.

Otra embestida torpe. Esta vez, Mynx se deslizó bajo la mesa mientras Innis pasaba corriendo por encima. Arrastrarse por la alfombra no se sentía muy heroico, pero mantenía las manazas del hombre lejos de ella. Ahora mismo, eso era lo que importaba.

Comenzó a rodar hacia la derecha, luego cambió hacia la izquierda cuando Innis, sus piernas visibles mientras bajaba de la mesa, dio pistas de su dirección. Mynx se impulsó hacia arriba tan pronto como salió de debajo de la mesa, y logró dar un solo paso antes de que Innis la agarrara del brazo derecho.

—¡Te tengo! —gritó Innis, tirando de Mynx hacia atrás.

Mynx usó el impulso, usó los años pasados con Aegis, entrenando por su insistencia en que un Campeón nunca podía depender solo de los artilugios. Los héroes, diría Aegis, necesitaban estar listos para usar sus manos. Ahora Mynx usó su izquierda para golpear a Innis en la nariz, el talón de la palma haciendo una conexión crujiente que hizo que Innis trastabillara hacia atrás, agarrándose la cara.

Innis maldijo, y Mynx corrió hacia la puerta. Alcanzó la manija, golpeó el cerrojo y cayó en él.

Un paisaje blanco se extendía hasta el infinito bajo un cielo gris. Números cambiantes formaban pilares flotantes que se deslizaban por encima y alrededor de ella, fundiéndose con la llanura blanca aquí y allá mientras se mecían con un viento invisible e imperceptible.

Aunque el tiempo podría no tener significado aquí, pasaba igual afuera. Mynx tenía que encontrar el cerrojo, y rápido, antes de que Innis se diera cuenta de lo que estaba haciendo y la noqueara. Cada cerrojo tenía su propio carácter, pero todos compartían algunos rasgos: uno de estos pilares sería la llave.

Pero había miles, tal vez millones, flotando a través de todo lo que podía ver. Imposible.

Así que en lugar de encontrar la llave, Mynx cambió el cerrojo. Metió las manos en el suelo blanco —no se sentía como nada— y un morado-negro se extendió desde su toque, corrompiendo y cambiando el código del cerrojo.

En poco más de dos segundos, Mynx deformó el programa estándar de Paragon del cerrojo —uno que ella había diseñado— a uno nuevo vinculado al Tama de Mynx. A su señal, y solo a la de su Tama, la puerta se abriría y cerraría.

Mientras la última variable se deslizaba en su lugar, el último de esos pilares de números desintegrándose en polvo virtual, todo el espacio se difuminó, como estática apareciendo en una antena.

Innis la tenía.

Con un parpadeo, un cambio brusco, como levantarse rápidamente de una siesta, Mynx se alejó del universo virtual del cerrojo y despertó de vuelta en la habitación sellada. Justo a tiempo para que Innis la arrojara lejos de la puerta y sobre la mesa.

—¿Sabes? —dijo Innis, respirando con dificultad, dos rastros de sangre manchando su rostro en su viaje hacia el sur desde su nariz—. Quería hacer un trato. Ahora estoy pensando que podría ser mejor simplemente matarte a ti también.

¿Matarla a ella *también*?

Interesante.

—Perdiste tu oportunidad. —Mynx tocó su Tama, envió la señal al cerrojo.

La puerta obedeció, emitió un sonido brillante y se abrió. Afuera, ya esperando, quizás atraídos por los sonidos del interior de la habitación, había media docena de Paragons. Uniformados, listos para acudir en ayuda de su Campeón.

Entonces Innis se rio. Saludó hacia la puerta a los Paragons reunidos.

—¡Entren! —ladró Innis—. Mynx no ve las cosas a nuestra manera, así que vengan a ayudarme a persuadirla.

El alivio murió antes de tener la oportunidad de crecer. Mynx apenas procesó las palabras de Innis, sus implicaciones, y lo que la repentina constricción alrededor de su pecho significaba para su supervivencia. Un Paragon dio un paso adelante, extendió su mano y la cerró en un puño, aplastándola aún más.

El hombre levantó su puño, y Mynx flotó sobre la mesa. Él retrajo su brazo y ella se movió hacia él, Innis asintiendo todo el tiempo a su derecha.

—¿Ves, Mynx? —dijo Innis, siguiendo a Mynx fuera de la habitación—. Kevin ya te ha vencido. Claramente es mejor, así que ¿por qué está atascado aquí cuando debería estar dirigiendo una región?

Mynx habría respondido, excepto que el puño de Kevin le dificultaba respirar, hablar. El pensamiento, sin embargo, fluía libremente.

Al menos una docena de traidores aquí. Por las miradas en sus rostros, también, estos matones crédulos sin duda pensaban que Innis los conduciría al poder, si no a la gloria. Que lograrían algún tipo de estatura que se les negaba trabajando aquí. Como si preservar la civilización no fuera suficiente.

¿Cuántas veces habían limpiado los Campeones la podredumbre de las filas de los Paragons? Apinya y Burov harían sus giras mundiales, escudriñando corazones y mentes y destruyendo a cualquiera que albergara pensamientos sediciosos. Las purgas habían bastado para convencer a las filas de los Paragons y al mundo en general de que la disidencia no sería tolerada.

Pero esos barridos terminaron hace años, cuando los Paragons se volvieron demasiado grandes para monitorear con exámenes individuales. Mynx propuso los drones en su lugar, cuerpos autónomos incorruptibles vigilando a los tentados y retorcidos. Sus máquinas fallaron en este punto. Cada sistema tenía fallas, y parecía que este podría matarla.

Kevin —con aspecto sombrío, pero satisfecho consigo mismo— guio su puño invisible para colocar a Mynx en medio de la multitud de Paragones, que se apartó dejando al Campeón en el centro. Uniformes azules la rodeaban, rostros severos salpicados aquí y allá con la media sonrisa de alguien que finalmente estaba a punto de obtener lo que quería.

—¿Qué crees que pasará? —logró decir Mynx mientras tomaba aire—. ¿Me matas, traicionas a los Paragones? ¿Cuánto tiempo sobrevivirás?

Había cientos solo en el área de Chicago. A menos que Innis los hubiera convertido a todos, este pequeño grupo se encontraría destruido en cuestión de horas. Sin un plan, esto no era más que un suicidio.

—No te matamos —dijo Innis, entrando en el círculo—. Moriste intentando encontrar a Zhan-Yo. Nosotros te encontramos. Qué trágico.

Mynx puso los ojos en blanco, pero permaneció en el suelo. No quería morir todavía.

—¿Le creen? —dijo Mynx a los demás—. ¿Piensan que podrá protegerlos? —Los puntos seguían conectándose, trazando un camino a través de las otras palabras de Innis—. Ha traicionado a todos los demás, ¿por qué no a ustedes?

—¿Qué tenemos que perder? —dijo Kevin, agachándose y mirando a Mynx a los ojos—. ¿Una vida atrapados con esto, o un momento alcanzando nuestro verdadero potencial? Sé cuál elegiría yo.

Aegis habría sentido que les había fallado a estos Paragones. Se habría lamentado por su moral, que pudieran haber elegido un camino como este. Lo que esta ambición insatisfecha significaba para los Paragones en general.

Mynx simplemente se rio.

—Acaba con ella, Kevin —dijo Innis al sonido—. Tenemos que empezar con la limpieza.

—Hazlo, Kevin —dijo Mynx—. Cumple tu potencial, o cualquier tontería que te estés diciendo a ti mismo.

Eso, al menos, provocó un ceño fruncido en el joven Paragon. Sin embargo, se enderezó, extendió su puño y Mynx volvió a sentir cómo el aire cambiaba, presionándola de cerca.

No era la forma en que pensaba que se iría, pero ¿cuántos pueden elegir?

El aire se cerró a su alrededor, la levantó por encima de los Paragones traidores y luego comenzó a comprimirla en una bola. Mientras sus brazos se doblaban hacia adentro y sus piernas subían, Mynx miró por encima de sus cabezas y a través de las ventanas, un último vistazo a las luces brillantes de Chicago.

Solo que no vio ninguna. Un negro pizarra cubría cada panel, como si hubieran bajado las persianas.

—Termínalo —dijo Innis.

Innis pronunció la orden, y esas ventanas negras estallaron en una luz brillante. Milisegundos después, incluso cuando los Paragones comenzaban a gritar, el traqueteo y crujido del cristal roto mezclado con fuego de asalto llenó el piso. Las balas, diseñadas para perforar la armadura de los Paragones, barrieron las filas debajo de Mynx, arrasando a los traidores.

El puño de Kevin se disipó junto con el propio Kevin, y Mynx cayó al suelo cuando cesó el fuego. Aterrizó justo donde había estado, esta vez rodeada de cuerpos destrozados. Innis entre ellos. Sin vida.

—Me preocupaba que no tuvieras suficiente tiempo —dijo Mynx mientras iba de cuerpo en cuerpo, confirmando sus finales.

—La sala segura se abrió hace cinco minutos —respondió Reeves, su voz llegando a través del Tama—. Solo necesité tres.

CAPÍTULO 25
EL OTRO LADO DEL DESEO

THANE VIVÍA en el espacio entre los sueños y la vigilia. Esa delgada franja de realidad donde no podía moverse del todo, donde sus ojos entreabiertos veían rocas negras difuminándose en recuerdos. Incapacitado, pero consciente.

Las vibraciones, el aire ligeramente más fresco, la brisa cambiante confirmaban que quienquiera que lo llevaba marchaba cuesta arriba. El repiqueteo de sus pasos confirmaba la piedra, la firmeza confirmaba un camino bien transitado. La lógica dictaba hacia dónde se dirigían y por qué.

La Duquesa le temía.

Como debía ser. Desde su posición, liderando un gran grupo de anomalías a través de su propia habilidad, la Duquesa debía temer a Thane, una criatura que podía, por propósito o accidente, sumirse en una rabia violenta e irreflexiva. ¿Por qué mantener cerca a un monstruo así? ¿Por qué no matarlo?

Ah, pero matar a Thane no sería tan fácil. Si le pusieran un cuchillo encima, la piel de Thane se endurecería al contacto, sus huesos se volverían de acero y entonces todo habría terminado.

Entonces, ¿cómo eliminar este repentino y letal inconveniente?

Thane saltó de esa línea de pensamiento. No importaba si la Duquesa tenía una forma o no. La pregunta más interesante era por qué no quería salir de la isla, cuando, claramente, Thane representaba la mejor manera posible de hacerlo. Un monstruo invencible y desenfrenado como él podría destruir los drones o distraerlos lo suficiente para que la Duquesa escapara.

La respuesta llegó por el mismo aire que la brisa, pero a través del sonido. Thane contó dos pares de manos que lo cargaban, cada uno conectado a una boca y cada boca susurrando una oración. No a algún dios antiguo o religión común, sino a la Duquesa.

El dulce néctar del poder la tenía atrapada. ¿Por qué abandonar un culto devoto por lo impredecible? El vasto mundo la había enviado aquí, y aquí prosperaba, así que aquí quería quedarse.

Thane quería lo que ella. La Duquesa merecía todo, y al darle todo, serían felices. Él sería feliz. Qué gracioso que pudiera sentirse así sabiendo que la Duquesa probablemente lo haría matar. Pero así es el amor, ¿no? Poner a alguien por encima de uno mismo, y Thane pondría a la Duquesa tan alto como le fuera posible.

Con sus músculos endebles y huesos frágiles, eso podría no ser muy lejos. Toda esta plácida adoración había drenado la fuerza de Thane hasta el punto en que su propio corazón bombeaba sangre con pulsos débiles, sus pulmones jadeaban bocanadas de aire. Si permanecía en este estado mucho más tiempo, Thane moriría incluso si la Duquesa no hacía nada en absoluto.

Lo cual no serviría.

La Duquesa lo estaba haciendo llevar por este camino rocoso por una razón, y si Thane expiraba antes de llegar a la cima, entonces ella se sentiría decepcionada.

Por lo tanto, necesitaba vivir. Por lo tanto, necesitaba encontrar algo de ira, algo de dolor, algún impulso.

Thane intentó hablar con las manos que levantaban sus hombros, la persona que lo sostenía por encima de su cabeza. Al principio, salió un jadeo que se desvaneció sin mucho sonido. Cuerdas vocales marchitas y débiles. Tenía que reunir la energía que aún le quedaba, sumergir el cucharón en ese estanque poco profundo y sacar lo que pudiera.

—Ayúdame —dijo Thane, las palabras sonando como el viento.

—¿Eso fue él hablando? —dijo la voz debajo de él.

—Yo no oí nada —respondió otra voz, cerca de las piernas de Thane.

—Ayúdame —dijo Thane de nuevo, esta vez raspando su garganta con un tono real.

Ahora la caminata se detuvo. Thane sintió un movimiento, sintió que las voces lo bajaban al suelo, la de adelante diciéndole a la de atrás que Thane estaba diciendo algo. Definitivamente le hablaba ahora.

—¿Me estás diciendo que esa cosa arrugada te habló? —dijo la voz. La cabeza de Thane descansaba sobre la roca, mirando hacia un lado. No tenía la fuerza para girar la cara y ver quién lo cargaba—. Parece que está muerto.

—Dijo que lo ayudáramos. Lo juro.

La voz de atrás se rio.

—Eso estamos haciendo, ¿no? A quién le importa lo que quiera. Ya casi llegamos.

—No quiero que me lastime.

—¿Cómo podría lastimarte esa cosa?

Sí, se preguntó Thane, ¿cómo podría lastimarte? ¿Cómo podría lastimar a alguien?

—No lo sé —dijo la voz de adelante—. La Duquesa solo dijo que era peligroso. No pensé que se despertaría.

¿La Duquesa dijo que Thane era peligroso? El pensamiento lo inundó de tristeza, igual que cuando Aegis le había dicho a Thane que ya no pertenecía a los Parangones, que alguien tan peligroso como Thane debía ser encerrado. Mantenido donde no pudiera lastimar a nadie. Cuando Aegis había dicho eso, Thane había querido destruir al hombrecillo, pero ahora, si la Duquesa decía lo mismo, tal vez Aegis tenía razón. Tal vez Thane debería terminar.

—Hazlo —jadeó Thane—. Mátame.

Las voces, que aún discutían, guardaron silencio ante las palabras de Thane. Entonces Thane vio unas piernas gruesas entrar en su campo de visión, bronceadas y terminando en esas mismas sandalias de hierba que usaban todos en la isla. El dueño de las piernas se agachó, y Thane sintió el aliento del hombre en su cara, caliente y repugnante. No había mucha higiene bucal en un lugar como este.

—¿Ves? —dijo la segunda voz, la que estaba cerca de su cara—. Él también lo quiere. —La segunda voz se acercó y le dio un golpecito en el hombro a Thane—. No le importa lo que le hagamos, solo quiere que lo hagamos. Como dijo la Duquesa.

—No sé...

La segunda voz se alejó de Thane y volvió hacia sus piernas.

—Le tienes tanto miedo a este tipo. Solo es un viejo. Mira.

Thane, débil y frágil, sintió cómo el pie le pisoteaba el tobillo, cómo se le rompían los huesos. Sus nervios atrofiados respondieron con el dolor correspondiente, con shock, con pánico paralizante. La Duquesa podría quererlo muerto, Thane lo entendía, pero no querría que él, uno de sus devotos súbditos, sufriera. No, eso no tendría sentido. Eso no seguiría ningún plan.

Ella no quería dolor.

Eran traidores, estas voces terribles. Lo habían lastimado sin razón. Solo para ser crueles. Innecesariamente crueles.

La llama, una vez encendida, ardió con fuerza a través de la mente nublada de Thane, primero aclarándola y luego consumiéndolo. Mientras lo hacía, esos mismos músculos, con apenas más fuerza que un hilo, crecieron como ese mismo fuego, expandiéndose, sanando y transformándose en una energía furiosa.

—¿Qué demo...? —Las palabras vinieron del primer guardia y terminaron en una corriente de maldiciones cada vez más agudas mientras Thane se levantaba del suelo, gruñendo como un animal atrapado.

La Duquesa había exigido obediencia, adoración, sumisión. Tales cosas ya no significaban nada. Tales conceptos estaban fuera del alcance de Thane. Los dos guardias no. Thane los golpeó al ritmo de su corazón en la ladera de la montaña, espeso y rojo.

El aire fresco invadió su nariz, la brisa enmascarando las secuelas de la destrucción de Thane. La isla se extendía bajo sus ojos, palmeras y helechos verdes mezclándose con llanuras de hierba. Excepto por un lugar, no muy lejos abajo, donde ardían fuegos y enviaban sus zarcillos de humo hacia él, ricos en comida cocinada.

Thane no había comido durante horas y horas, y su estómago ardía por el pescado, el jabalí, lo que fuera que hubiera allá abajo. Miró los dos cuerpos que acababa de destrozar, pero estaban demasiado pulverizados para comer. Necesitaría cosas más frescas.

Cosas más gruesas.

Corriendo montaña abajo, saltando sobre las rocas, rugiendo al viento, Thane se precipitó hacia los olores. Hacia la comida. A medida que se acercaba, comenzaron a aparecer personitas, a gritar y huir de él. Algunos manifestaron cosas extrañas, conjuraron relámpagos del aire o hicieron resbaladiza la superficie por la que Thane corría. Arañazos ardientes le desgarraron la garganta mientras concusiones repentinas y explosivas le martilleaban los oídos. Rugió a través de todo ello, siguió presionando hacia las endebles paredes y luego a través de ellas, hacia el pueblo mismo.

Que, aparentemente, ya no estaba allí. En su lugar, Thane se encontró de pie en una gran llanura azul, con espíritus translúcidos vestidos de plata flotando a su alrededor. Copias espejadas de sí mismo, gesticulaban cuando Thane se giraba, rugían cuando él rugía. Pero no olían como él podía oler. No podían saborear el miedo como Thane podía. Así que cuando captó el olor, giró y se lanzó, la hierba azul y los espíritus fantasmales desaparecieron, revelando el pueblo y a un hombre más pequeño y gritón en sus garras. Un bocadillo fácil.

—¡Detente! —Una orden, no un grito de ayuda.

Thane arrojó a la anomalía a un lado, haciéndolo rebotar contra un edificio y caer al suelo. Se volvió hacia la persona que ahora repetía su orden. Ella se erguía justa y grandiosa, un resplandor la envolvía, la brillantez personificada. Thane entrecerró los ojos mientras ella le ordenaba detenerse por tercera vez. Debería escucharla, susurró su mente, y en ese susurro comenzó a drenar la fuerza de sus huesos.

Debería escuchar y obedecer.

Pero Thane tenía tanta, tanta hambre.

Ella le ordenó sentarse, y eso Thane no podía hacerlo. No lo haría. Ella se había acercado ahora. A tres metros de distancia. Demasiado cerca, y él tenía tanta hambre.

El monstruo no escuchó lo que ella tenía que decir después.

Su rabia dejó a Thane solo en el centro de Avalon, la piel manchada por sus esfuerzos. No quedaba ni un alma, aunque los fuegos seguían ardiendo. Harapos se agrupaban a su alrededor, desgarrados como todo lo demás. Arruinados como todo lo demás. La Duquesa lo había tomado, y ahora él la había destruido. Los fragmentos se reproducían en su mente mientras su fuego se apagaba: el ascenso a la montaña, la carga hacia el pueblo.

Si no hubiera cedido a su ira, Thane estaría muerto. Mejor ella que él, ¿verdad?

—¿Thane? —llamó Cassidy desde el borde del pueblo, flanqueada por aquellos muros—. ¿Has... vuelto?

Thane se puso de pie, se limpió los restos de las manos.

—Me vendría bien un baño.

Las anomalías supervivientes de la Duquesa habían decidido que cambiar de lealtad al Vacío tenía sentido, así que mientras huían de la furia de Thane, encontraron a Cassidy más allá de los muros y se formaron con ella. La mayoría todavía estaba aturdida, debido a los años pasados bajo el hechizo de la Duquesa, y Thane vio lágrimas corriendo por muchas mejillas mientras deambulaban de vuelta a su antiguo hogar. Habían perdido a su líder, su faro. El mismo Thane incluso sentía la pérdida, una herida dolorosa en su corazón, a pesar de haber estado bajo su dominio solo por un día.

—¿Cuántos crees que vendrán? —preguntó Thane a Cassidy, comiendo algo de comida de verdad después de pasar un largo rato enjuagándose en un arroyo cercano.

—¿Venir adónde? ¿Sigues atrapado en ese sueño estúpido?

—¿Estúpido? Creo que es el único sueño. Hay algunas anomalías poderosas aquí. Si nos concentramos, podemos...

—No sin Arthur. —Cassidy mordió la naranja, se lamió el jugo de su propio mentón—. No voy a lanzar a esta gente contra esos drones a menos que todos en esta isla trabajemos juntos.

—Ahora me verá venir —respondió Thane—. No podré hacer algo como esto de nuevo.

—Thane, eso es algo bueno. Eres aterrador.

Quería reírse de eso, pero Cassidy tenía razón. Thane era aterrador. Pero también hacía lo que había que hacer, y lo siguiente requería ayuda. Requería, se atrevía a decirlo, amigos.

—¿Por qué volviste? —dijo Thane—. Aquí, después de que terminé. ¿Por qué tú?

—Sook se negó. Dijo que habías intentado comértelo antes. —Cassidy sacudió la cabeza—. Supongo que no quería huir sabiendo que podrías seguir y destrozar toda esta isla.

—Así que tenías un plan.

—Si todavía fueras el monstruo loco y gruñón, sí, tenía un plan. Habría provocado un colapso en tu corazón y en tu cabeza.

Dio otro mordisco a la naranja, mirando hacia el cielo y los pájaros de la isla que revoloteaban en el aire sin nubes.

CAPÍTULO 26
EL CENTRO DE LA CIUDAD

EL CRISTAL CAÍA COMO BALAS, cortando a los transeúntes bajo la torre Paragon mientras Kat, Calvin y Seeker pasaban en su cápsula. Al principio, ella no entendía por qué la gente gritaba, por qué los fragmentos explotaban en una lluvia funesta sobre el concreto, pero cuando otros señalaron hacia arriba, muy arriba, Kat comenzó a comprender.

Detuvieron la cápsula y se unieron a la multitud, mirando fijamente el símbolo de la ley y el orden de Chicago. Los drones revoloteaban alrededor de los pisos superiores de la torre, más drones de los que Kat había visto jamás en un solo lugar, iluminados por luces desde abajo como naves espaciales alienígenas. Por un segundo, Kat se preguntó si los drones habían traicionado a los Paragones, si el mismo grupo que había matado a Aegis de alguna manera había logrado volver las máquinas protectoras de la sociedad en su contra.

La sociedad no duraría mucho en ese caso.

—No sé cómo sentirme al respecto —dijo Calvin mientras las primeras cápsulas de emergencia llegaban zumbando a la zona, y órdenes electrónicas empujaban el vehículo original de Kat y Calvin—. Soy como un Paragon ahora, pero pasé tanto tiempo huyendo de ellos...

—Creo que puedes sentirte mal por ellos —Kat señaló a la gente en el suelo—. Y por nosotros.

—¿Por nosotros?

—Los Paragones puede que no sean los mejores todo el tiempo, pero mantienen a la mayoría de las anomalías bajo control —Kat echó un vistazo a su Tama, sin mensajes inmediatos. Sin transmisiones de emergencia. Así que, o los Paragones lo tenían bajo control, o no tenían ningún control—. Sin ellos, esto pasaría todo el tiempo.

—Así que crees que todos los que somos anomalías estamos locos.

—Tal vez —Kat asintió hacia el final de la cuadra, en dirección al hotel al que se dirigían—. Vamos, sigamos antes de que pase algo más.

—No voy a olvidar lo que dijiste.

—No me importa, Calvin.

Su destino evocaba un lujo pasado dejado a merced del tiempo, hasta el punto en que sus letras doradas y el toldo sobre la puerta giratoria parecían una autoparodia. Un portero de carne y hueso estaba afuera y les hizo señas para que entraran. Kat tuvo que tirar de Calvin; nunca había pasado por una de esas puertas antes.

Marcharon a través de un vestíbulo abarrotado de gente revisando sus Tamas, algunos balbuceando sobre lo que un ataque a los Paragon podría significar para sus reuniones, sus vacaciones o sus reservas para cenar.

Kat había estado antes en lugares como este, bastiones del viejo dinero, pero generalmente para perseguir objetivos. Las anomalías que esquivaban la asignación de los Paragon venían en todos los tipos y sabores. No todas eran fugitivas como Calvin, escondiéndose en depósitos de chatarra y esperando el final.

Aun así, las arañas, las baldosas —algunas desportilladas

— y la gran escalera que llevaba a un entresuelo literal no eran lo de Kat. Tampoco lo de Gordon, hasta donde Kat sabía, así que ¿por qué había elegido quedarse aquí?

Seeker atrajo miradas mientras avanzaban, y Kat no vio otras mascotas, pero la confianza reinaba aquí. Ella sabía lo que estaba haciendo y todos los demás parecían estar de acuerdo. Era igual de probable que el hotel contratara a algunas anomalías para proporcionar servicios de limpieza. El pelo de perro y los olores no presentaban mucha dificultad si alguien podía agitar su mano y hacer que todo desapareciera.

Los ascensores crujieron su camino hasta el vigésimo piso, y después de serpentear por un pasillo verde descolorido con luces doradas empañadas, Kat llamó a la puerta de Gordon. Calvin se quedó a un lado, a la vista pero claramente como un accesorio. Mejor, había dicho Kat, mantener a la anomalía en la periferia.

—Te ves mejor que antes —dijo Kat cuando Gordon abrió la puerta, con una camisa blanca y pantalones de pijama.

Gordon tenía profundas ojeras bajo los ojos, y su piel tenía ese tono pálido y ceroso que viene de pasar demasiado tiempo en interiores, en la cama. El agua goteaba de su cabello, demostrando que Gordon al menos había intentado asearse antes de que Kat y Calvin llegaran. Kat no había esperado eso, había esperado un saludo malhumorado y un desastre más allá.

—Gracias —respondió Gordon, haciéndose a un lado y haciéndoles señas para que entraran, con un gesto hacia Calvin—. Diría que estoy trabajando en ello, pero en realidad solo estoy tumbado aquí.

—Eso es lo que se supone que debes hacer.

—No te advierten lo aburrido que es.

La habitación de Gordon tenía los adornos tradicionales de hotel; pinturas insulsas y reconfortantes esparcidas a lo largo de paredes blancuzcas, un escritorio y una cómoda con una pantalla ancha encima. Una cama de matrimonio se acurrucaba en la pequeña habitación, con una mesita de noche de madera oscura llenando la distancia entre el colchón y la pared. Un baño del tamaño de un armario se encontraba a la derecha. Una sola silla acolchada ocupaba la esquina junto al escritorio, pareciendo que no se había usado en décadas.

Seeker pasó junto a todos ellos de un salto para subirse a la cama, provocando una risa. Calvin se deslizó en el baño, cerrando la puerta y dejando a Kat y Gordon de pie solos en el reducido espacio. Ella tomó la silla, y Gordon se sentó junto a Seeker en la cama, acariciando al husky, que le dio un par de grandes lamidas a cambio.

—Las echaba de menos —dijo Gordon—. Me alegro de que Calvin no te haya hecho daño como me lo hizo a mí.

—Lo intentó —dijo Kat, y luego frunció el ceño. Mala jugada. Necesitaba que Gordon aceptara, si no le gustaba, a la nueva anomalía—. En realidad no, Calvin se contuvo.

—Mmhmm.

—A Seeker todavía le gustas.

—Ya lo veo. ¿No lo has vuelto en mi contra? —Gordon acunó la cara del perro con sus manos—. Tu mami y yo no siempre nos llevamos bien, pero siempre te querré.

Seeker le propinó otro lametón baboso.

—En realidad, esperaba que lo cuidaras por un tiempo —dijo Kat mirando hacia la ventana, hacia el edificio de oficinas al otro lado de la calle. Las luces jugaban al ajedrez a través del cristal, gente trabajando hasta tarde. Como ella—. Estamos en medio de algo y no quiero que Seeker salga herido.

Gordon miró hacia el baño.

—¿En medio de algo? ¿Fuiste a hablar con Delano sobre los Elementales?

Kat relató los eventos y, para cuando terminó, Calvin había salido del baño y se había unido a ellos, apoyándose contra la pared y mirando su Tama. Los ojos de Gordon iban de uno a otro mientras Kat hablaba, esas ojeras oscureciéndose a medida que su ceño se fruncía más y más.

—¿Así que me estás diciendo que alguien está intentando matarte, tal vez a los Elementales también, y se supone que debo cuidar a tu perro? ¿Eso es lo que quieres?

—Gordon, apenas puedes caminar. No voy a arrastrarte a una pelea con este tipo.

—Un tipo que casi te mata. Dos veces.

—Estamos mejorando —intervino Calvin—. Sabemos cómo trabaja. Azoteas, armas largas. Podemos atraparlo.

Gordon se recostó en la cama, completando el movimiento con un gemido exagerado.

—Si conozco a Kat, nada de lo que diga la hará cambiar de opinión, y aunque no te conozco, Calvin, pareces ser igual. Así que si saben lo que quieren hacer, ¿por qué están aquí? ¿Solo por Seeker?

—Necesitamos un lugar seguro —respondió Kat—. Se está haciendo tarde, estamos cansados, y de los lugares a los que podría ir, no creo que el asesino sepa de ti.

—¿Qué hay del Parangón de allí? ¿No puede meteros en su torre?

—La torre no es muy segura en este momento —murmuró Calvin.

Eso llevó a otra revisión completa, con Gordon encendiendo la pantalla para que pudieran ver la versión completa en video de las noticias. La versión actual etiquetaba el evento como un accidente anómalo, una prueba que salió mal. Eso no cuadraba exactamente con toda una fuerza de drones decidiendo, como uno solo, iluminar un piso con balas letales, pero nadie presionaba a los Paragones, así que el reportero entregó la declaración con cara seria.

—Muy bien —dijo Gordon cuando el clip terminó—. ¿Así que quieren quedarse aquí y salir por la mañana a por este tipo?

—Esa es la idea —dijo Kat—. ¿Te importaría?

—¿Que si me importaría que la anomalía que me dejó así durmiera en mi habitación?

—Defensa propia —dijo Calvin.

—Cállate. —Kat levantó la mano hacia la anomalía—. No parecías tan enojado cuando llegó aquí conmigo.

—Cambié de opinión.

Gordon se puso de pie, un movimiento tembloroso, pero exitoso. Kat se levantó para encontrarse con él, y ahora todos llenaban el estrecho espacio entre la cama, el escritorio y la salida de la habitación del hotel.

—Ah, mira a este tipo —dijo Calvin, pasando por la mano cautelosa de Kat para ponerse justo en la cara de Gordon—. ¿Te pones gallito después de que te di una paliza? ¿Necesitas que lo haga de nuevo? Porque lo haré.

—Trucos, eso es todo lo que tenías —respondió Gordon, mirando hacia arriba a la cara de Calvin, puños apretados, boca tensa—. Si lo hacemos de nuevo, no ganarás.

Calvin se movió rápido, extendió la mano y le dio a Gordon un ligero empujón. El rastreador podría haber sido capaz de mantenerse en pie si hubiera estado sano, preparado. Ahora, sus piernas golpearon la cama y Gordon cayó de espaldas sobre ella. Un golpe duro en el firme colchón.

—Calvin, ve a dar un paseo —dijo Kat, incluso mientras Gordon trataba de ponerse de pie—. Ambos están actuando como idiotas.

—Si va a provocarme, más le vale respaldarlo —dijo Calvin, pero hizo lo que Kat le pidió y se escabulló.

—Bien —murmuró Gordon, sentándose—. De todos modos, es problemático.

—Tú eres problemático, y estúpido además. Calvin está de nuestro lado. Necesitamos su ayuda.

—¿La necesitamos? ¿Desde cuándo hemos necesitado a una anomalía? No es como si supiera cómo cazar a alguien.

—Me salvó la vida, Gordon.

—Casi me quita la mía.

Kat abrió y cerró la boca. Miró hacia Seeker, que no se había movido de la cama y que no proporcionaba ninguna respuesta. Tal vez había estado actuando precipitadamente. Ella había vencido a Calvin, así que no le costaba mucho darle otra oportunidad a la anomalía. Gordon, sin embargo, había sido golpeado de más formas que solo físicamente.

—No debería haberlo traído aquí —dijo Kat—. No me di cuenta de cuánto te había lastimado.

Gordon agitó una mano.

—Es vanidad, Kat, eso lo sé. No soy tan estúpido como parezco, pero sí, Calvin no es exactamente mi mejor amigo.

Y ahí estaba el enigma de Gordon. Un minuto podía ser un imbécil impulsivo, enfadando a todos y exigiendo que lo trataran como el chico más genial de algún barrio, y al siguiente estaría mirando la alfombra y Kat sentiría lástima por él.

Lo haría, si todo este lío no implicara que le dispararan.

—Voy a necesitar que madures, Gordon —dijo Kat—. Calvin también. Ambos. Ahora mismo, no puedes respaldarme, así que a menos que quieras que me meta sola en la mira de un arma, será mejor que me ayudes a que él vuelva a estar de mi lado.

Gordon asintió, todavía sin mirarla.

—Claro, sí. Lo entiendo. Pero cuando esté de vuelta, listo, él se va.

—Lo que sea necesario para que pase esta noche —dijo Kat, poniéndose de pie—. Ahora sé amable.

Se dirigió a la puerta de la habitación, Gordon dejándose caer de nuevo en la cama como un niño petulante que finalmente se rinde ante lo inevitable. Kat presionó el pomo, abrió la puerta hacia el pasillo, comenzando a decir que Calvin podía entrar.

Excepto que la anomalía no estaba allí.

CAPÍTULO 27

ENFRENTAR AL ASESINO

POCAS COSAS PODÍAN LEVANTAR el ánimo de Zhan-Yo como unas negociaciones agresivas y exitosas. Tenía la adrenalina física de haber zarandeado al idiota por toda la habitación, y la euforia mental de que todos los demás cedieran a sus peticiones.

Habían acordado ir con todo si Zhan-Yo podía llevar a cabo la hazaña de la cumbre.

Más importante aún, Zhan-Yo y Wexley habían grabado todas sus respuestas. Si este grupo volvía a acobardarse, la grabación serviría como un chantaje muy convincente. De una forma u otra, las principales empresas del mundo, todas reliquias de la era pre-Parangón, se unirían para luchar por su libertad.

La cápsula se deslizaba por las calles nevadas y abarrotadas, y por una vez Zhan-Yo se deleitaba mirando a las multitudes acurrucadas mientras se metían en tiendas, restaurantes u otras cápsulas. Con las vacaciones terminadas, simplemente caminar para disfrutar del frío nocturno no parecía inteligente, pero muchos en Chicago aún se atrevían a salir. Dejaban sus hogares para unirse a su comunidad, a su ciudad.

Esta era la gente de Zhan-Yo. Ciudadanos, viviendo sus vidas con la esperanza de que cada día fuera un poco mejor que el anterior. Zhan-Yo los había acercado un gran paso a esa verdad con Aegis, y ahora los llevaría hasta la meta en la cumbre.

La cápsula emitió un pitido y Zhan-Yo miró la pantalla que flotaba contra el cristal del frente. Donde antes una línea azul desvaída mostraba la ruta prevista de la cápsula, con una dirección que aparecía cuando Zhan-Yo miraba, ahora aparecía un mapa de la ciudad, mostrando un nuevo destino.

Uno que Zhan-Yo no había elegido.

Zhan-Yo alcanzó las puertas de la cápsula y tiró de la manija, que no respondió. Tocó el botón de liberación de emergencia, un círculo rojo cerca de su espinilla, y tampoco hizo nada. Sin embargo, la inacción confirmó que no se trataba de un simple desvío.

Solo los Parangones o sus drones podían restringir una cápsula de esta manera.

El vehículo, sin embargo, no se detuvo para que anomalías salieran de los callejones cercanos y arrestaran a Zhan-Yo, ni tampoco emitió ningún mensaje advirtiéndole que se rindiera. En su lugar, avanzó por el aguanieve y se unió al resto del tráfico que se dirigía hacia el sur, alejándose del centro de la ciudad.

Cautivo, Zhan-Yo echó un vistazo al nuevo destino, esperando ver una prisión existente, un puesto avanzado de los Parangones o quizás algún muelle olvidado donde pudieran asesinarlo y arrojarlo al lago Michigan. En cambio, la cápsula planeaba llevar a Zhan-Yo a un viejo supermercado en un barrio industrial que estaría muy tranquilo a esta hora.

¿Por qué lo llevarían allí los Parangones? ¿Por qué no organizar un arresto llamativo?

Zhan-Yo no podía leer mentes, pero sí podía prepararse para lo que pudiera venir. Sacó su Tama y envió rápidamente un mensaje a Wexley con las nuevas coordenadas. Otra rareza: Zhan-Yo suponía que cualquier emboscada de los Parangones vendría con bloqueos de señal, una congelación de sus dispositivos para evitar precisamente esto.

Lo que significaba que Zhan-Yo no estaba tratando con Parangones, ni siquiera con profesionales.

Fascinante.

El destino cumplió su promesa: un agujero oscuro rodeado de vallas en medio de un barrio tranquilo que estaba experimentando gran parte del mismo cambio que Zhan-Yo había visto extenderse desde la ciudad durante los años de los Parangones. Sectores económicos enteros trastornados cuando los Campeones decidían, basándose en sus caprichos momentáneos, qué sería legal y qué no, qué sería tolerado y qué no. Más allá de esas fuerzas de arriba hacia abajo, las anomalías por sí solas destrozaban la jerarquía; una sola anomalía eficiente podía reemplazar a cientos o miles en fábricas y oficinas.

Como resultado, lugares como este perdían su propósito. No había necesidad de supermercados o tiendas en cada esquina cuando podías conseguir que un dron te entregara cualquier cosa. Así que, a menos que anhelaras la exploración o pudieras llegar a las tiendas que Zhan-Yo veía en el centro, esas que conquistaban el tedio con experiencias, ¿para qué salir de casa?

Y así estos barrios permanecían silenciosos en el frío, sus familias pasando cada día y noche flotando sobre un delgado cojín de reputación, provistos y dependientes de los Parangones.

No por mucho tiempo más. Zhan-Yo volvería a traer propósito a sus vidas. Pronto.

El golpe vino de su derecha, y la cápsula reaccionó como solían hacerlo las cápsulas cuando la autoridad llamaba: sus puertas se abrieron y la luz interior, un bulto construido en el centro del techo de la cápsula, se iluminó con un suave color verde. Un color apropiado, ya que Zhan-Yo no tenía armas visibles. Había dejado sus espadas en el apartamento de Wexley, donde no atraerían miradas. Ni sangre.

Dos Parangones —así que Zhan-Yo había adivinado mal— lo esperaban fuera de la cápsula, de pie y, al parecer, temblando de frío. Ambos llevaban los uniformes azules estándar, y ambos parecían jóvenes, con los brazos cruzados y miradas nerviosas que daban pistas.

—¿Eres Zhan-Yo, verdad? —dijo el más escuálido, con el pelo blanco como la nieve y un gran lunar negro en la mejilla derecha—. ¿El tipo que mató a Aegis?

—¿El tipo que mató a Aegis? —repitió Zhan-Yo, lentamente—. No había oído esa antes, pero supongo que es cierto.

El otro Parangón señaló el suelo, como si Zhan-Yo fuera un niño.

—Entonces baja. Abraza el asfalto.

Zhan-Yo levantó las cejas, miró el pequeño estacionamiento negro, cubierto de aguanieve y barro, donde la cápsula lo había dejado.

—No, no creo que lo haga.

—Haz lo que dice —dijo el del pelo blanco—. O si no...

—¿O si no? Eres un poco joven para estar amenazando a alguien como yo. Como dijiste, maté a tu Campeón.

—Por eso estamos aquí —dijo el otro, y Zhan-Yo decidió marcarlo por la barba incipiente negra sobre su barbilla oscura—. Mataste a Aegis. Queremos venganza.

—Entonces será mejor que la tomen.

Jugar con el ejecutivo había sido una cosa, una demostración para la multitud. Sin embargo, Zhan-Yo no había tenido una pelea real desde su enfrentamiento con Aegis en el submundo de Chicago. Había estado corriendo demasiado, hablando demasiado.

Zhan-Yo exorcizó esos demonios lanzándose hacia Stubble y, justo cuando este retrocedió, impulsándose con su pie derecho y abalanzándose sobre Shockwhite. El Paragon no vio venir el movimiento porque, como tantos otros anomalías, olvidó los fundamentos del combate y confió en sus poderes. Shockwhite vio a Zhan-Yo girarse hacia él, levantó las manos en pánico y dejó que un hombre tres veces mayor que él lo levantara y lo estrellara contra el asfalto.

Zhan-Yo no se quedó quieto, sino que se impulsó sobre el Paragon caído y siguió corriendo. Detrás de él, Stubble finalmente se recompuso lo suficiente para desatar... algo. Zhan-Yo vio líneas, como copos de nieve verdes, estallar a su alrededor antes de disolverse en humo. Intentó bailar alrededor de las pequeñas nubes, dando vueltas hacia Stubble, pero no pudo esquivarlas todas.

Las nubes quemaban, se aferraban a su ropa y la chamuscaban, dejando contornos negros, algo hermosos. Zhan-Yo sintió una escama ácida en su mejilla, sabiendo que dejaría una marca roja, o peor. El aire frío, sin embargo, templaba la quemadura y le daba al dolor un borde helado.

Stubble no pudo igualar el ataque de Zhan-Yo, y cuando el hombre mayor se acercó, las escamas ácidas desaparecieron y Stubble se dio la vuelta para correr. El chico dio un paso, olvidó que estaba sobre un parche de hielo y se estrelló contra el suelo. Zhan-Yo lo atrapó un instante después, plantando su pie en la espalda del Paragon y poniendo una mano alrededor de la garganta del joven, manteniendo a Stubble inmovilizado.

—¡No lo lastimes! —gritó Shockwhite desde atrás, con bastante dolor—. ¡O te mataré!

—Un solo movimiento y le rompo el cuello —dijo Zhan-Yo, girando la cabeza para mirar al Paragon que estaba de pie. Las palabras no eran del todo ciertas —Zhan-Yo no tenía el agarre necesario para dar un giro mortal—, pero apostó a que Shockwhite no lo sabría—. ¿Por qué no empezamos de nuevo, con tú diciéndome cómo encontraron mi cápsula y por qué me están llevando aquí, donde nadie puede ayudarlos?

Shockwhite miró más allá de Zhan-Yo hacia su amigo, quien debió haber hecho algo, porque toda la bravuconería, toda la confianza, o lo que quedaba de ella, se desvaneció de Shockwhite y lo dejó sentado en un montón de nieve derretida junto a la cápsula inactiva. El Paragon se pasó las manos por el pelo, manchándolo de barro, pero no pareció notarlo.

—No se suponía que pelearas —dijo Shockwhite—. Todos han visto los videos. Se necesitaron como una docena de ustedes para atrapar a Aegis. Él te tenía antes de que lo engañaras.

—La vida no siempre sale como la planeas —respondió Zhan-Yo—. Responde las preguntas, por favor.

—Somos tontos. ¿Eso sirve?

—Eso es obvio, pero no es una respuesta.

—¡Díselo, hombre, para que se quite de encima! —dijo Stubble desde debajo de Zhan-Yo, con las palabras saliendo rasposas y tensas por el suelo que apretaba la barbilla del Paragon.

—¡Trabajábamos para Innis! —dijo Shockwhite—. Muchos de nosotros aquí lo hacíamos. Él seguía diciendo que pronto nos ascenderían. Que tendríamos cosas reales que hacer además de, ya sabes, patrullas. Cuando Aegis murió, todos estábamos tristes, luego Innis fue como, ¿quién va a conseguir el próximo trabajo importante? ¿Y quién se va a beneficiar?

—¿Ustedes?

—Eso es lo que pensábamos. Innis incluso nos hacía pasar información a esta mujer. Enviábamos mensajes sobre los planes de los Paragon, y él nos decía que este era el camino a seguir —respondió Shockwhite—. Luego las cosas empezaron a empeorar. Innis no fue elegido para ser el próximo Campeón. —Shockwhite respiró, miró la P en su uniforme como si esperara que se despegara y cayera al suelo—. Entonces este tipo se pone en contacto, dice que sabía lo que solíamos hacer, nos dice que nos pongamos en contacto contigo. Ahora Mynx apareció, y estábamos de patrulla, pero está en todas las noticias.

La pelea en la torre Paragon. Zhan-Yo se había enterado

por su Tama. Algún tipo de ataque con drones y una explosión. Las noticias lo atribuyeron a una prueba que salió mal, pero esto parecía mucho más interesante. Mathieu había encontrado a los infiltrados Paragon, aunque parecía dudoso que siguieran siéndolo por mucho más tiempo.

—Innis está muerto —concluyó Shockwhite.

Que el lloroso traidor Paragon hubiera muerto no le provocó ningún sentimiento a Zhan-Yo, realmente. Innis había sido el objetivo de Sylvie, un hombre revestido del olor podrido de la ambición sin sentido. Zhan-Yo lo había dejado salir del submundo después de la pelea con la esperanza de que Innis continuara infectando a los Paragon, y parecía que lo había hecho.

—Así que ahora están descubiertos y solos —dijo Zhan-Yo, aún sosteniendo a Stubble—. Mynx podría matarlos si alguna vez descubre dónde pusieron su lealtad, así que quieren comprar su buena voluntad con mi cuerpo.

Shockwhite miró al suelo y asintió levemente.

Las herramientas venían en muchas formas. El tachi de Zhan-Yo, de vuelta en el apartamento de Wexley, servía un propósito físico. Las personas, sin embargo, podían resolver problemas más grandes, siempre que se ajustara a la persona adecuada para el trabajo. Estos dos desdichados anomalías podrían no ser los mejores del montón, ni siquiera promedio, pero si se les conectaba al problema adecuado, podrían funcionar.

—Esto es lo que van a hacer —dijo Zhan-Yo—. Van a volver, no le dirán a nadie sobre su relación con Innis, y trabajarán para mí en su lugar.

—¿Qué? ¿Por qué? —dijo Shockwhite. Stubble también intentó protestar, pero Zhan-Yo le presionó la cara con más fuerza contra el asfalto para detenerlo—. Eso no nos pondrá del lado de Mynx.

—Mynx no estará al mando por mucho más tiempo. Y

estará demasiado ocupada para preocuparse por ustedes dos. Además, no creo que estén en posición de negarse.

Shockwhite no combatió esos hechos y se rindió ante la realidad. Zhan-Yo expuso la tarea, una simple: averiguar dónde sería la cumbre, cómo estaría protegida y, si era posible, lograr estar allí para ayudar cuando llegara el momento. Si hacían eso, dijo Zhan-Yo, se encontrarían en altos puestos cuando llegara la revolución.

—¿Cómo sabrás que estamos haciendo lo que dices? —preguntó Shockwhite cuando Zhan-Yo terminó—. ¿Tal vez simplemente nos daremos la vuelta y te mataremos tan pronto como dejes levantarse a Marcus?

—Tal vez lo hagan, pero tengo amigos, y mi Tama ha estado grabando toda esta conversación. Ellos recibirán el mensaje, y ustedes no vivirán mucho más allá de eso. —Zhan-Yo sabía cómo entregar un edicto con mirada de acero cuando era necesario—. Se han metido en un pozo profundo, pequeños Paragon, y yo soy el único que les ofrece una salida. Mejor que la tomen.

Debidamente amenazados, Marcus alias Stubble y Xander alias Shockwhite confirmaron sus nombres y dijeron que tomarían la oportunidad que Zhan-Yo les ofrecía. No sonaban entusiasmados, no parecían felices, pero las revoluciones requerían que muchos pagaran precios, y estos dos anomalías uniformados podían permitirse el costo. Lo permitirían.

De vuelta en la cápsula, Zhan-Yo recorrió las calles hacia el apartamento de Wexley, deleitándose con la adrenalina, con la acción. Esto era lo que Sylvie había estado haciendo todos estos años, haciendo tratos en la oscuridad, doblegando a la gente a su voluntad con amenazas y promesas. Zhan-Yo entendía ahora por qué ella lo disfrutaba, por qué seguía haciéndolo a pesar del peligro.

Esta era una droga poderosa, y él quería más.

CAPÍTULO 28

TRABAJO CORPORAL

LA CARNICERÍA no ocurría en estos días. Al menos, no se suponía que ocurriera. Los Paragones, los drones, todos existían para asegurar que la matanza masiva, por cualquier razón, terminara. Se suponía que los buenos debían erradicar los problemas y resolverlos antes de que pudieran, como el cáncer, hacer metástasis.

Mynx se encontraba en lo imposible, observando cómo los Paragones de los pisos inferiores, aún leales a los Campeones y a la causa, arrastraban los cuerpos de sus antiguos amigos hacia los drones que esperaban. Los cuerpos serían llevados lejos, limpiados y devueltos a un ritmo lento para los funerales, desarrollando excusas para sus muertes. Nadie sabría lo que realmente sucedió aquí y estos Paragones, con el tiempo, se darían cuenta de que era más saludable olvidar.

Uno aprendía a hacer eso en esta vida.

El asco se arremolinaba con un shock helado en sus entrañas, negándose a disiparse incluso con el fin del peligro. Porque esto no se trataba del peligro, no se trataba de Innis y sus secuaces intentando acabar con ella. Tantas personas y cosas peores habían intentado hacerlo durante sus décadas a la vista. Los traidores, sin embargo, se quedaban con ella.

Que Innis se volviera contra los Paragones en sí no sería inaudito —las anomalías a menudo tenían gran poder, aunque el propio Innis no había sido tan fuerte— la ambición siempre ardía con las anomalías en la cima. Peor, y más extraño, era el número de víctimas a su alrededor.

¿Cómo había logrado Innis, que no era precisamente la persona más elocuente, convencer a tantos Paragones para que se unieran a su plan? ¿Qué había podido decir para convencerlos de que sus esfuerzos serían recompensados? Después de que Mynx eligiera a Pixie como la nueva Campeona de Atlantis, Innis y sus seguidores debían haber sabido que no habría ninguna posibilidad.

—Tal vez debería asearse —dijo Reeves, el mensaje se mostraba en silencio en su Tama—. Las cámaras estarán esperando, y según los datos que he estado analizando, una Campeona cubierta de sangre no se ve bien.

Mynx ignoró el mensaje y dirigió a algunos de los Paragones leales hacia un dron de transporte recién llegado. Las pequeñas órdenes momento a momento servían para reconstruir su cordura, restaurar ciertos estándares a su vida. Quizás quitarse la sangre y algo peor de su uniforme sería lo siguiente más apropiado.

—No hay cámaras aquí arriba —anunció Mynx al piso—. Si alguien pregunta, díganles que estaré en la planta baja dentro de poco para responder preguntas sobre el accidente.

Puso énfasis en esa última palabra, lo suficiente para que todos entendieran. Esto fue un accidente, una consecuencia no intencionada de malas decisiones. Así es como se explicaría, y eso es lo que estos cuerpos representaban.

Terribles accidentes.

Mientras Mynx se dirigía hacia los baños para lavarse, vio al propio Innis, aún tendido cerca de la puerta de su sala de conferencias central. Parecía que el hombre había intentado escapar hacia adentro y había recibido disparos en la espalda. Un traidor y un cobarde.

Pero uno con un Tama. Allí, en su muñeca izquierda. Salpicado y maltratado, sí, pero probablemente aún funcional.

—¿Qué está haciendo? —preguntó Reeves mientras Mynx cambiaba de dirección y se arrodillaba sobre Innis—. No creo que quiera tomar su ropa.

—Dima, vigílame —le dijo Mynx a una Paragon joven cercana que parecía aturdida, pero algo coherente—. Va a parecer que estoy dormida, pero no me toques y mantén alejados a los demás.

Dima se acercó, confundida. —¿Por cuánto tiempo?

—Por el tiempo que sea necesario.

Mynx miró el Tama de Innis, se acercó a él y cayó dentro.

Barriles, barriles apilados tan alto como Mynx podía ver, incluso sobre su cabeza y en ángulos imposibles. No eran los grandes barriles estilo película, sino toneles refinados destinados a almacenar whiskies y vinos. Sus pies también estaban sobre más barriles, equilibrados entre dos. Sus pilas parecían formar paredes, rompiéndose y conduciendo a diferentes caminos mientras Mynx observaba el espacio.

Innis tenía una composición digital única, pero entonces, todos la tenían. Mynx no estaba muy segura de cómo su habilidad formaba el mundo —podría moldearlo ella misma en algo completamente diferente con el tiempo— pero Mynx sospechaba que los barriles tenían algo que ver con los intereses de Innis. En otras palabras, parecía que Innis era un poco alcohólico.

Una mirada más cercana reveló que los barriles eran más que simples decoraciones. Cada uno tenía una etiqueta, marcada en negro-púrpura, declarando el contenido del barril. Aquí y allá había mensajes entre Innis y varias personas. La pila a su derecha contenía todas sus compras recientes, y los barriles sobre los que Mynx estaba parada contenían varios videos de Innis.

Ninguno parecía seguro, y para probarlo, Mynx se acercó a uno marcado con una fecha de hace una década, etiquetado como "Cumpleaños". Tocó la cara del barril, sin sentir la madera en este mundo digital, y no apareció ninguna contraseña, ningún cifrado luchó contra su inspección, y la cara se desvaneció.

El video comenzó a reproducirse, formando un cuadrado virtual en el aire, justo al nivel de los ojos de Mynx. Innis corriendo con varios niños pequeños, actuando como el gran hombre torpe que Mynx siempre había pensado que era. Detrás de él, cocinando contra un cielo azul de verano, había otros adultos. Uno seguía gritando a los niños que atraparan a su tío, y finalmente lo hicieron, Innis fingiendo una caída en el suave césped y sucumbiendo a una cascada de placajes.

Mynx hizo desaparecer el video. Así que Innis tenía una familia. Aegis también tenía una, al igual que todos estos otros Paragones que siguieron a Innis hacia el abismo. Mynx daría a sus muertes el anonimato que no merecían. Enterrados como Paragones, sus familias serían cuidadas. Esos niños nunca conocerían la mancha de su tío.

Aunque tal vez deberían. Había que ser creativo con la gente para mantener su lealtad. Un dron nunca requería persuasión, no necesitaba un ascenso profesional como zanahoria. Si el servicio normal de Paragon ya no era suficiente para obligar a las anomalías, tal vez un ejemplo crudo funcionaría mejor.

Un dilema para otro momento.

Mynx caminó entre las pilas, recorriendo los barriles y leyendo sus etiquetas, buscando algo útil. No le importaba la correspondencia, ni las reliquias familiares, ni la gran pila aparentemente dedicada a la hasta ahora desconocida obsesión de Innis por los zapatos; el Paragon tenía cientos de ellos, de todas las formas y tamaños, fotografiados y expuestos en foros para la admiración de extraños virtuales.

Finalmente, Mynx volvió a mirar hacia el techo. Se concentró y creció en altura, o acercó el techo. Cualquiera de los dos conceptos funcionaba en este mundo, y el resultado final le permitió leer las etiquetas que al principio estaban demasiado lejos.

—Innis, quizás te subestimé —dijo, pensó, lo que fuera Mynx. No había sonido aquí para transmitir las palabras, pero su boca digital se movía de todos modos—. Mantén tus secretos a la vista, y tal vez nadie los vea.

Los barriles que formaban el techo estaban bien escondidos en los archivos anidados que componían el Tama de Innis. Muy abajo en las carpetas del sistema, pero sin barreras protectoras, había pasado por alto su relevancia. Inteligente, pero solo viable si no le das tiempo a un intruso. Y con Innis muerto, Mynx tenía mucho.

Estos barriles también contenían conversaciones digitales, pero con algo más. Firmas de seguimiento, listas de direcciones, nombres e identificadores de Tama. Todos etiquetados con códigos extraños. Mynx abrió un par y leyó su contenido, pero los valores reales eran un sinsentido.

Aquí estaba la verdadera encriptación. Hacer que los archivos sean difíciles de notar, y luego llenar mil de ellos con datos falsos. Si no sabías exactamente lo que buscabas, podías revolver el laberinto de Innis durante días y nunca saber si lo que encontraste era real.

Mynx, sin embargo, sabía lo que quería. Colocó su mano, con la palma extendida contra el techo. Una película azul claro se extendió desde sus dedos, corriendo a velocidad creciente hasta cubrir cada barril colgante. El azul parpadeó una vez para indicar que la búsqueda había capturado todos los objetos, y entonces Mynx puso su función a trabajar.

Primero, se centró en objetivos obvios: Aegis, Ziran, Zhan-Yo, y palabras clave como el nivel inferior de Chicago. También se añadió a sí misma, por diversión. Cada comando se disparó desde su cabeza a través de sus brazos, hasta sus dedos y dentro de la función.

La búsqueda comenzó su trabajo, y a medida que los términos se abrían paso a través de los barriles, los objetivos comenzaron a desaparecer mientras Mynx los filtraba. El techo se desvaneció en secciones enteras a medida que los barriles irrelevantes desaparecían. Otros, que la película azul resaltaba en un verde neón, se desplazaron entre sus hermanos que se disipaban, formando una caja ordenada sobre Mynx.

El tiempo no se detenía dentro del mundo digital, pero sin referencias como el sol o un reloj, Mynx no podía rastrearlo, así que no podía estar segura de cuánto había durado su búsqueda, cuánto tiempo había estado dentro del laberinto de barriles de Innis, pero cuando la función terminó, tenía seis objetivos sobre ella.

Con rápidos movimientos, Mynx escaneó su contenido. Encontró lo que sospechaba: los planes iniciales sobre la emboscada; Innis había trabajado con alguien llamada Sylvie, quien, aparentemente, tanto había alimentado la ambición de Innis como amenazado a esos mismos miembros de la familia que Mynx había visto antes para asegurar su cooperación.

Otro contenía una minuciosa planificación con los otros Paragones sobre su potencial ascenso a la grandeza, lleno en gran parte de fantasías sobre el poder futuro.

El tercero contenía algo mejor. Algo que podía usar. Un dossier que Innis había estado construyendo sobre el responsable del asesinato de Aegis, una colección que el propio Innis había señalado, en una breve descripción en el barril, era para su propia protección. Si Zhan-Yo alguna vez decidía que Innis no valía la pena, Innis estaba preparado para entregar la información del hombre a Aegis, a los Campeones.

E Innis había encontrado la mercancía. El hombre era un monstruo traicionero, pero lo había hecho mejor de lo que Mynx habría esperado. Aquí estaba lo que necesitaba, aquí estaba la clave para la cumbre, para arreglar el desastre que había comenzado cuando Zhan-Yo hundió su espada en la espalda de Aegis.

CAPÍTULO 29
AIRE CALIENTE

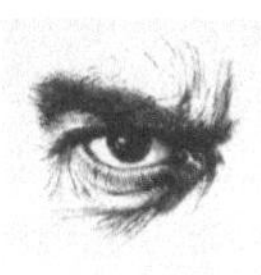

EL ESTRECHO saliente resultó ser suficiente espacio para que los antiguos seguidores de la Duquesa observaran cómo Thane arrojaba los harapos recolectados que alguna vez vistió la anomalía al resplandor naranja y turbulento que se agitaba muy abajo. La ropa ni siquiera llegó al fondo, estallando en llamas antes de caer una docena de metros. Como ceremonia, silenciosa excepto por los borboteos y crujidos de las profundidades, el funeral de la Duquesa carecía prácticamente de todo, incluso del cuerpo.

—Tomaste la decisión correcta —dijo Cassidy después de que el funeral de la madrugada había terminado, mientras el grupo reunido regresaba montaña abajo—. Lo apreciarán.

—Eran esclavos. ¿Por qué querrían honrarla? —dijo Thane—. Yo nunca toleraría a alguien que me controlara.

—Eres fuerte —respondió Cassidy—. La mayoría de las anomalías aquí no trabajaron con Campeones, no jugaron con los Paragones. Éramos ladrones, o personas que tuvieron una mala idea que nos trajo aquí.

—Ah, sí, no todos son malvados. A veces lo olvido.

—El sarcasmo no te queda bien.

—Pocas cosas lo hacen.

Aunque la predicción de Cassidy se había cumplido —las anomalías de los alrededores, sin líder, habían buscado la guía de Thane y, como Cassidy se llamaba a sí misma, el Vacío —, Thane aún tenía poca idea de qué poderes residían en el grupo que bajaba con ellos, dentro del grupo que aún estaba en la aldea, reuniendo las cosas que querían llevar consigo.

—Pareces pensar que el poder te sienta bien —dijo Cassidy, devolviéndolo a la conversación.

—No le ha sentado bien a nadie que haya visto hasta ahora —respondió Thane—. Bien podría tomar mi turno.

—No es fácil.

—¿Eso es una advertencia? —Thane apartó una mosca errante que intentaba alimentarse del sudor que lo cubría. Resultó que los volcanes hacen que las cosas se calienten, y la brisa de la isla aún no lo había refrescado—. Porque sé en lo que me estoy metiendo.

—¿Lo sabes?

—¿Vas a seguir acribillándome con preguntas, o vas a decir algo que valga la pena? —dijo Thane, y vio que el rostro de Cassidy se ensombrecía ante el comentario—. Porque lo que me cuesta es tomarte en serio cuando tu gran logro en esta isla es pescar algunos peces y construir una choza en la playa.

Cassidy no volvió a hablar durante el descenso, y Thane se dijo a sí mismo que no le importaba. El camino le dio tiempo para pensar, para armar un plan para Arthur y lo que vendría después.

Manteniendo viva esa pequeña llama de ira lo suficiente como para evitar que sus músculos se marchitaran por completo, Thane se concentró en los drones, visibles en su oscuro anillo. Demasiados para destruir, demasiados para enfrentarlos directamente, sin importar las anomalías que tuviera.

Pero el anillo era poco profundo, y no podía ver refuerzos. Si lograban pasar la primera línea con velocidad, podrían seguir adelante. Quién sabía si alguna anomalía en este lugar podría producir ese tipo de aceleración.

—Entonces, eh, ¿has decidido quién será qué? —dijo una nueva voz, Sook. Cassidy se había quedado atrás entre la multitud, entre las personas que había traído consigo. Sook había reemplazado al Vacío a su lado, y parecía que había mejorado su ropa, zapatos y lanza de caminar en el proceso —. Me gustaría señalar que he estado detrás de ti todo este tiempo. Probablemente todavía estarías en esa cueva si no fuera por mí.

Ah. El poder atraía sanguijuelas de todos los rincones.

—Sook, no lo he olvidado. ¿Qué te gustaría? ¿Qué papel te haría más feliz?

Si Thane fuera un hombre más amable, ver el brillo que apareció en los ojos de Sook ante la pregunta podría haber provocado algo de calidez, una felicidad difusa por acercar a alguien tanto a su sueño. En cambio, Thane frunció el ceño a Sook, compadeciendo su pequeña ambición.

No es que Sook lo notara.

—Sería un excelente guardia —dijo Sook—. Y, ya sabes, dirigir a los guardias. Tu propia guardia. Como, guardaespaldas.

—Guardaespaldas.

—Toda persona importante los tiene. Tú eres importante.

—Soy invencible. —Thane no sabía si eso era técnicamente cierto, pero lo suficientemente cerca—. ¿Por qué necesito guardaespaldas?

—¡Apariencias, Thane! —Sook se giró a medio paso y gesticuló hacia la multitud—. Lo esperan. Si no tienes anomalías armadas haciendo guardia en todo momento, ¡parecerás débil!

—¿Y tú, Sook, entre todas las personas, me harías parecer fuerte?

Sook se rió, una risa superficial y forzada. —Déjame demostrártelo. Elegiré algunos buenos del grupo, y te haremos lucir como el líder que estás destinado a ser, lo juro.

Thane había liderado a docenas antes, pero siempre eran fuerzas militares enfocadas en completar objetivos, nunca una sociedad que buscaba activamente liderazgo. Quizás Sook tenía razón, quizás ahora Thane tenía que jugar con reglas diferentes.

—Entonces, Sook, te doy permiso. Mantenme a salvo, hazme parecer fuerte. Elige a otros cuatro para trabajar contigo. Si tienes éxito, cuando salgamos de esta isla, tendrás tu elección de puestos en nuestro nuevo mundo.

Sook recibió la noticia exactamente como lo habría hecho un niño, y la anomalía desapareció para ir a interrogar a todos los demás sobre sus habilidades, marciales y de otro tipo. Thane tenía que reconocerle eso a Sook: el hombre tenía entusiasmo.

Después del descenso, Thane reunió a todo el contingente fuera de los restos de la aldea. Habló lenta, pareja y claramente sobre el objetivo, sobre conseguir que Arthur se pusiera de su lado y atravesar los drones hacia un mundo nuevo y mejor.

Los anomalías no respondieron al discurso con vítores entusiastas, sino con respuestas sombrías o silenciosas. Algunos asintieron, pero por lo demás, parecían ovejas contentas de seguir al rebaño. Siervos necesitados de dirección.

Bueno, Thane podría dársela.

—¿Tenías familia? —le preguntó Cassidy después, mientras continuaban los preparativos para partir, empacando el legado de la Duquesa en portadores tejidos—. ¿En tu hogar?

—No realmente. Hace mucho tiempo.

—Eso explica por qué eres un imbécil todo el tiempo.

Thane se rio.

—¿Todo el tiempo? ¿Y quién aquí tuvo una buena familia, un buen hogar?

—Yo lo tuve.

—¿Así que elegiste traicionar a esa familia y terminar aquí en su lugar?

—Cometí errores. Tú también —dijo Cassidy como si conociera a Thane, como si tuviera alguna idea de su difícil situación.

Sin embargo, Thane se encontraba hablando con ella una y otra vez. Como si los imanes los juntaran después de cada evento. No requería mucho análisis —Thane tenía suficiente poder mental de sobra para esto— ver que Cassidy simplemente tenía cosas más interesantes que decir que las otras anomalías.

Y el poder para respaldarlas.

—Lo que no entiendo —dijo Thane— es por qué sigues siendo tan amable. Yo apenas estoy suprimiendo mi ira en todo momento. No solo por esta situación, sino por la vida en general. No quería esta maldición.

No era cierto. Ni remotamente cierto. Thane no había querido mentir ahí, pero siempre había disfrutado de su fuerza, de sus poderes. A veces, sin embargo, sonaba mejor negarlo.

—Porque intenté resistirme y fallé —dijo Cassidy—. Eso me trajo aquí y daría cualquier cosa por volver, intentarlo de nuevo. Cambiar la narrativa. Pero no puedo, y después de pasar muchas noches enojada por ello, decidí dejar de estarlo.

—Decidiste dejar de estar enojada —Thane se agachó, arrancó una pequeña flor silvestre de la hierba, observó cómo se doblaba con el viento—. Te despertaste y dijiste que ya está.

—No fue tan fácil, pero sí —dijo Cassidy—. Estaba cansada, y seguía encontrando más anomalías como yo, que no sabían qué hacer en esta maldita isla. Nos dimos un propósito mutuamente.

—Como una familia. Como has dicho.

—Deberías unirte a ella. A la isla, a nuestra familia.

—No quiero quedarme aquí. Ese es el punto.

Cassidy miró hacia el cielo, siempre de un azul claro y cada vez más brillante a medida que el sol subía más alto. Pronto tendrían que ponerse en marcha.

—No te van a seguir hasta el final así —dijo Cassidy—. Yo tampoco lo haré. Crees que todos quieren salir de esta isla, pero muchos tienen vidas aquí. Amantes, incluso una familia o dos.

—¿Que querrían criar aquí, en un pequeño círculo lleno de criminales?

—¿Dónde más? Creo que tu problema es que estás demasiado enfocado en irte como para ver cómo quedarse podría ser mejor. Podrías, podríamos, hacer algo aquí.

Thane se aferró a ese "podríamos". Cassidy no era muy dada a la inflexión, o, por lo que había visto, al afecto. Él mismo nunca había jugado mucho a ese juego, ya que esas emociones se acercaban peligrosamente a la ira. Después de algunos resultados desastrosos en su adolescencia —esos años lo habían puesto en los radares equivocados, antes incluso de que existieran los Campeones—, Thane había evitado los placeres más físicos de la vida por los infinitos placeres mentales.

—¿Qué quieres decir con "podríamos"? —preguntó Thane, cediendo a la curiosidad.

—Tú eres una persona de ideas, yo soy una persona empática —Cassidy tomó la flor silvestre de su mano y se la puso en el cabello, sobre la oreja—. Tú los atraes con tu visión, y yo los mantendré aquí escuchando las suyas.

—Una asociación, entonces.

—Un equipo.

Thane lo asimiló, lo masticó. Si Cassidy pudiera mantener algunas de las partes más suaves y complicadas del liderazgo fuera de su espalda, entonces eso podría valer la pena. Siempre y cuando ella apoyara su objetivo.

—No me voy a quedar en la isla —dijo Thane—. Así que tendrás que aceptar eso.

—Aceptaré que quieres irte ahora. Y que podría ser capaz de hacerte cambiar de opinión.

Oh, cuánto tiempo había pasado desde que Thane había mantenido conversaciones reales con, si no iguales, al menos personas lo suficientemente cercanas. Cassidy tenía fuego, y él podría usar ese fuego. Con el tiempo, la haría ver las cosas a su manera, entender que la isla era una trampa, un lugar para dejar atrás.

CAPÍTULO 30
POR LA CIUDAD

EL RELOJ DE SU TAMA, de un blanco resplandeciente cuando lo miró en la oscuridad de la habitación, rozaba la medianoche. Calvin aún no había vuelto. Gordon le había sugerido que dejara al anomalía ir por su cuenta un rato. Dijo que el hombre probablemente estaba acostumbrado a estar solo, que Calvin volvería cuando estuviera listo.

Ahora esas palabras parecían una locura. Un asesino acechaba allá afuera, disparando a los anomalías que no parecían agradarle, y Kat simplemente había dejado que Calvin saliera a deambular solo. Tal vez Calvin estaba en un callejón ahora mismo, desangrándose por un disparo en el vientre. Quizás lo habían secuestrado y el asesino estaba llevando a cabo alguna tortura para extraer la ubicación de Kat.

O tal vez la habitación del hotel y los suaves ronquidos de Gordon la estaban volviendo loca.

Kat se deslizó fuera de las sábanas y se quedó de pie sobre la alfombra por un segundo, dejando que su cuerpo se ajustara al movimiento repentino. Seeker, dormido en la alfombra a los pies de la cama, abrió un ojo, un movimiento que Kat captó cuando las luces exteriores iluminaron el brillo del ojo y se lo reflejaron.

Kat se llevó un dedo a los labios, asintiendo hacia Gordon. Seeker abrió ambos ojos ahora, y su lengua goteó fuera de su amplia boca. El husky podía emocionarse por cualquier cosa, ¿pero un viaje a altas horas de la noche?

Oh sí, definitivamente. Seeker quería ir.

Si había una ventaja en tener poco equipaje, en simplemente acostarse en la cama y flotar en un sueño semi-inconsciente durante un par de horas, estaba en la disposición de Kat para salir a deambular. Aún con ropa de calle, no necesitaba cambiarse. ¿Habría dormido toda la noche en vaqueros? No estaba claro, pero la idea provocó cierta preocupación sobre su estado mental.

Cuando Kat olvidaba hábitos básicos, como ponerse el pijama, eso parecía una señal de que algo necesitaba cambiar. Como, tal vez, evitar a los asesinos.

Kat manipuló suavemente el picaporte para que ella y Seeker pudieran salir al pasillo con el mínimo ruido. Desde allí, caminó por el sendero amarillento y monótono hasta el ascensor, y descendió en su zumbido hasta el vestíbulo. Si alguien le preguntara en qué pensaba durante esos pocos minutos, Kat no habría sabido qué responder. Más allá del deseo de encontrar a Calvin, todo lo demás se había convertido en una niebla mental.

El vestíbulo, porque esto era Chicago y no era tan tarde, tenía gente deambulando. El elegante bar y restaurante a un lado parecía lleno de personas haciendo todo lo posible por evitar el día que se avecinaba, mientras que los recepcionistas atendían a los rezagados del aeropuerto u otros destinos, que llegaban en sus masas apiñadas. Las temperaturas de febrero igualaban a todos bajo abrigos gigantescos.

Kat, con Seeker caminando junto a ella, asomó la cabeza en el restaurante y escaneó los asientos del bar. No había rastro de Calvin, así que cuando la anfitriona, que parecía agotada por la hora, le preguntó si quería una mesa, Kat simplemente negó con la cabeza y salió a la calle.

Los copos de nieve decidieron hacer su aparición nocturna, flotando entre los grandes edificios en números escasos. No lo suficiente para hacer las cosas mágicas, pero los copos proporcionaban una textura a las luces brillantes y a la gente dispersa que pisoteaba las aceras. Los pods no llenaban las calles, pero pasaban a menudo, añadiendo su silbido rodante a los sonidos de la ciudad.

En general, comparado con el apartamento más tranquilo de Kat, la mezcla del centro se sentía bastante bien. Como una postal inofensiva.

—¿Alguna idea? —preguntó Kat a Seeker, ocupado mordisqueando un copo.

El perro la miró, luego se concentró en los olores adheridos a una farola cercana.

—De acuerdo —murmuró Kat.

Calvin no estaba en la opción más conveniente —el bar del hotel— y Kat dudaba que hubiera tomado un pod de vuelta a los suburbios. Incluso con la hostilidad de Gordon, Calvin era lo suficientemente inteligente como para no lanzarse de vuelta a un territorio mortal sin ayuda. Al menos, Kat esperaba que lo fuera.

Al mismo tiempo, Calvin solo había estado cobrando un salario de Paragon durante una semana, lo que significaba que podría haber evitado las ofertas del hotel solo por el precio. También podría significar que rechazaría alquilar un pod. Más que eso, si Kat incluía los pods como una opción potencial, tendría demasiados destinos posibles.

En su lugar, levantó su Tama, buscó bares en la zona y encontró el más barato y sucio. A un par de manzanas, en un lugar que funcionaba como taller de reparación de pods durante el día y se convertía en un antro grasiento para los trasnochadores una vez que caía el sol.

Oil and Vinegar tenía el aspecto, y a juzgar por el menú que alguien había pegado en su pared exterior, definitivamente tenía los precios. El letrero tenía un brillo de neón parpadeante que gritaba desatención, y la única puerta estaba tan empañada que Kat no podía ver el interior. No había porteros aquí, y sus vecinos de lujo gemelos —que probablemente esperaban que *Oil and Vinegar* ardiera en llamas— estaban cerrados, así que el antro se encontraba solo cuando el reloj se acercaba a la una.

En el interior, una barra estrecha se abría paso entre estanterías de equipos, con los estantes espejados detrás cubiertos de botellas que Kat no podía identificar ni quería beber. Las etiquetas habían sido arrancadas, y la mujer de pie detrás del mostrador parecía llevar años haciéndolo. A pesar de que fumar dentro era ilegal, fumaba un cigarrillo y lanzó una mirada helada a Kat cuando la rastreadora, y su perro, entraron.

Media docena de otros clientes desafiaban el humo del cantinero para charlar a lo largo de la barra o mirar el único televisor del local, que parecía atascado en repeticiones deportivas de más temprano en la noche. Al final, bebiendo algo oscuro, estaba su presa.

—Nada de perros —dijo el cantinero, sacándose el cigarrillo y señalando con él a Seeker, que se quedó detrás de las piernas de Kat.

—Se supone que tampoco deberías tener uno de esos —respondió Kat—. Seeker no va a causar problemas, pero yo podría hacerlo.

—Entonces puedes dar media vuelta e irte por donde viniste.

En lugar de eso, Kat se acercó a la barra, donde la mujer le echó el humo en la cara. Kat cerró los ojos mientras la nube pasaba sobre ella, contuvo la respiración para no toser. Luego señaló una botella marrón, algo que rezaba contuviera whisky.

—Dame un doble de eso —dijo Kat—. Solo.

La cantinera no se movió por un segundo completo. Kat cruzó los brazos sobre la barra. Seeker le rozó las piernas, comenzó a saltar para ver qué pasaba, pero Kat movió su propia pantorrilla frente al cachorro, manteniéndolo abajo. Esta competencia de voluntades solo necesitaba dos jugadores.

Un golpe seco después, Kat tenía frente a ella un vaso ahumado lleno de... algo. La cantinera se movió hacia otros bebedores, y Kat se dirigió al fondo, donde Calvin estaba mirando la televisión como si deseara que lo teletransportara a cualquier otro lugar.

—¿Qué están dando? —preguntó Kat, sentándose.

Calvin tenía una cerveza embotellada frente a él, con la etiqueta aún puesta. Hombre inteligente.

—Nunca me apegué a los deportes —dijo Calvin—. Creo que te atan a un lugar, y yo nunca tuve realmente un hogar.

—Yo tengo un hogar y no me importan.

—¿Por qué no?

—Porque estoy demasiado ocupada tratando de mantenerme con vida —dijo Kat—. ¿Alguna vez has pensado en eso? Porque empiezo a dudarlo.

—No hay forma de que ese tipo estuviera en el centro después de atacarnos en el lado oeste.

—¿Cómo lo sabes?

—Una corazonada.

Kat puso los ojos en blanco, probó su bebida y... vaya. No era genial, pero definitivamente tenía whisky en la mano. No, por ejemplo, veneno puro o, como sugería el nombre del restaurante, aceite.

—¿Ibas a volver a la habitación en algún momento esta noche? —preguntó Kat.

—¿Importa?

—Sabes que sí.

—No, Kat, no lo sé —Calvin levantó su brazo izquierdo, miró su Tama—. ¿Sabes lo que esta cosa me ha estado diciendo desde que llegamos aquí? Que algún accidente, esa cosa que vimos, se llevó a un montón de mis nuevos compañeros de trabajo esta noche.

—¿Se llevó?

Calvin le relató lo que sabía gota a gota, intercalando cada detalle con comentarios sobre cómo no conocía a este tipo o aquella chica, cómo nunca había estado siquiera en ese piso. Que solo había conocido a Innis una vez, con media docena de otros novatos, y el hombre parecía estar bien entonces, de la manera en que pueden parecer estar bien las personas que nunca crees que tendrás que volver a ver.

—Ahora todos están, como, muertos —terminó Calvin—. La primera vez en mi vida que consigo algo parecido a una familia y, por supuesto, están muertos.

—Espera. ¿Una familia? Tú no querías ser un Paragon.

—Eso no significa que no pueda ver los lados buenos.

—¿Así que tu solución, después de leer todo esto, fue ir a un bar y beber?

La boca de Calvin se abrió y se quedó así, luego se volvió hacia su cerveza y dio otro trago.

—Tío —continuó Kat—. Tienes problemas. Y lo digo como una chica que tiene muchos propios, pero no los vas a resolver aquí, ahora, con esa cerveza.

—¿Como tú estás resolviendo los tuyos con ese whisky?

—¿Esto? Esto es conmiseración —Kat se agachó, le dio una buena caricia a Seeker—. Brindemos por la tragedia.

Chocaron sus vasos y bebieron.

—Ahora —dijo Kat—. Voy a pedirte que hagas algo por mí.

Calvin inclinó la cabeza hacia atrás, mirándola con fingido terror.

—Vas a tener que ser amable con Gordon —dijo Kat—. Porque él es demasiado estúpido para ser amable contigo. Déjalo que se queje, que proteste, lo que sea, porque vamos a necesitar su ayuda. O al menos un lugar para dormir. Porque mañana vamos a encontrar a este tipo y lo vamos a eliminar.

Calvin se rio. —¿En serio? ¿Eso es lo que estás proponiendo ahora?

—Eso es —dijo Kat, y ella también empezó a reír. Declarar una misión conjunta para atrapar a un asesino en este lugar sudoroso y metálico parecía ridículo—. Eso es lo que quiero —Luego se detuvo, tan rápido como había empezado—. Porque, Calvin, este tipo casi me elimina. Dos veces. No sé si puedo manejarlo sola.

—No sé si seré de mucha ayuda —Calvin removió su bebida, luego la terminó—. Pero está bien, Kat. Supongo que todos esos Paragons querrían que te acompañara de todos modos. Se supone que ahora debo ser el bienhechor, ¿no?

—Así es —dijo Kat—. Haz lo que tu Campeón querría que hicieras.

—¿Sabes quién es ahora? —dijo Calvin—. ¿Esta mujer, Pixie, en el este? ¿Sabes quién es?

Kat negó con la cabeza. —No, y no me importa —Terminó su whisky, se apartó de la barra—. ¿Quieres saber el verdadero secreto para sobrevivir, ahora que estás en este mundo?

—¿Cuál?

—Mantente en tu carril, Calvin. Mantente en tu carril.

CAPÍTULO 31
ESPADACHÍN

SI ZHAN-YO LOGRABA HERIR a su padre, podría quedarse con el tachi. Un solo toque, eso era todo lo que el hijo necesitaba lograr, allí en la habitación de paneles blancos y madera clara que había servido como santuario de su padre desde que Zhan-Yo tenía memoria.

—Pero ya hemos practicado todos los días esta semana —dijo Zhan-Yo, sintiendo el dolor en sus brazos y piernas y deseando más que nada volver a su teléfono, su conexión con amigos y cosas mucho más interesantes que las viejas espadas de su padre.

—Y seguiremos practicando todos los días hasta que lo logres —respondió su padre—. La perseverancia tiene tanto que ver con ganar como intentarlo en primer lugar. Debes continuar.

Zhan-Yo tenía una jerarquía con su padre que establecía los niveles en los que se le permitía estar en desacuerdo. Las cosas más pequeñas, como si podía salir de noche y adónde, representaban victorias fáciles. Su padre tenía demasiado trabajo, su madre se dedicaba a proyectos comunitarios, y esa atención dividida le permitía salirse con la suya. Sin embargo, estas lecciones se mantenían firmes hacia la cima de la pirámide. Ni súplicas, ni persuasión, ni sugerencias de tomarse el día libre e ir por un bocadillo surtían efecto.

El tachi de madera —los de filo real colgaban de ganchos en las paredes de la habitación— se sentía ligero en la mano de Zhan-Yo, como un juguete. Había sostenido los reales, y esos se sentían como si pudieran causar verdadero daño. Su padre, sin embargo, sostenía que los tachi eran un privilegio que había que ganarse. Zhan-Yo, que aún no cumplía los quince, no lo había hecho.

—Vamos —dijo su padre, sosteniendo su propia espada de madera—. Cuanto más rápido me venzas, más rápido podrás volver a tus mensajes.

Inspirado, Zhan-Yo levantó el tachi romo y se lanzó a correr de repente, alzando el arma para un golpe desde arriba. Un movimiento telegráfico que empujó a su padre a hacerse a un lado, un movimiento telegráfico que le dio a Zhan-Yo la apertura que quería. Mientras su padre esquivaba lo esperado, Zhan-Yo cambió su paso, plantando en su lugar el pie izquierdo y barriendo el tachi en un amplio arco.

El repentino pánico en el rostro de su padre valió todo. El hombre mayor levantó bruscamente su propio tachi para desviar el ataque de Zhan-Yo con un sonoro golpe, y Zhan-Yo utilizó el impulso invertido para retroceder un paso, preparándose para algo más.

—Eso fue diferente —dijo su padre, imitando el movimiento de Zhan-Yo para aumentar la distancia—. Estoy impresionado.

Un elogio que no se daba a la ligera. Zhan-Yo siguió la espada de su padre, cómo la sostenía lista en ambas manos. No era la postura relajada de alguien confiado en su éxito, sino más bien de alguien listo para defenderse. Un oponente digno.

Ya era hora.

—¿Listo para ver qué más puedo hacer? —dijo Zhan-Yo.

Porque, a pesar de todos sus amigos, de toda la diversión

que tendría corriendo por el centro de la ciudad con ellos más tarde, Zhan-Yo había estado practicando. Había estado aprendiendo de un maestro mejor que su viejo.

—A Sylvie le habría gustado una cita así —dijo Wexley, sentado frente a Zhan-Yo mientras las horas se arrastraban hacia el amanecer—. ¿Un par de espadas y una pelea para ver quién podía tumbarle los dientes al otro?

Wexley no había estado exactamente feliz con el mensaje de Zhan-Yo desde la cápsula de regreso, pero había accedido a venir en unas horas, lo que le había dado a Zhan-Yo tiempo para una siesta rápida. Ahora, con café fresco a las cuatro de la mañana, Zhan-Yo necesitaba convencer a su lugarteniente de que no estaba loco.

Para hacer eso, Zhan-Yo sentía que tenía que conectar, una vez más, con Wexley, demostrarle que todavía tenía sus facultades. Que aún estaba cuerdo y listo para liderar una guerra contra el poder más grande, y único, del mundo.

—Así es como se conocieron —dijo Zhan-Yo—. Los padres de mi madre dirigían un estudio, donde mi madre enseñaba cuando era más joven. Mi padre llegó para una lección, supongo que quería algo diferente de la oficina.

—¿Eso fue todo? ¿Le pidió una cita a tu madre después de que ella lo dejara fuera de combate?

—Algo así —dijo Zhan-Yo. Nunca le habían contado exactamente cómo sucedió, pero su madre siempre sostuvo que su padre nunca la había superado—. Luego ella empezó a entrenarme en secreto. Mi padre siempre quería estos duelos, pero a mi madre le importaba la técnica. Mejorar de verdad.

—Los míos iban al cine —dijo Wexley—. Yo jugaba al fútbol.

Dieron largos tragos a sus cafés, con los ojos de Wexley deslizándose hacia su Tama. Hacia lo que probablemente era una lista devastadora de reuniones y correos electrónicos. El tipo que Zhan-Yo solía conocer, que extrañaba de vez en cuando.

—Así que tienes a estos Paragones en tu bolsillo. Crees que puedes confiar en ellos —dijo Wexley, su voz indicando lo poco que le gustaba el plan—. Te van a entregar los detalles de la cumbre.

—Podrían —dijo Zhan-Yo—. Mathieu los está presionando. Son niños. Ambiciosos. Podríamos ser capaces de usarlos para entrar en la cumbre misma.

—¿Y luego qué? —dijo Wexley—. ¿Quieres bombardear el lugar?

—Exactamente —respondió Zhan-Yo—. No se trata de cuántos mate, o incluso hiera. Se trata del mensaje. El mundo necesita ver que los Paragones, los Campeones, son demasiado vulnerables para liderarlo. Eso creará nuestra oportunidad.

—¿Así que vas a colar una bomba en el lugar más vigilado del planeta? Habrá anomalías allí que pueden leer tu mente, que serán capaces de entender cada motivación que tienes en un instante. No guardarás secretos.

—Tendrán que encontrarme primero —Zhan-Yo señaló la ventana—. Los Paragones no me han encontrado aquí todavía, y ya soy el hombre más buscado del mundo. ¿Qué te hace pensar que serán mejores en la cumbre?

—¿Porque tú vas hacia ellos?

—Confía en mí, Wexley. Esto va a funcionar. Solo necesito que mantengas las cuentas con fondos. Mathieu está haciendo el trabajo preparatorio por mí, consiguiendo a la gente que necesitaremos para esto. Habrá que pagarles.

—No puedo decir que esperaba estar financiando una guerra de guerrillas cuando acepté el trabajo en Ziran —dijo Wexley—. Pero una promesa es una promesa. —El teniente se puso de pie y lanzó su café vacío al cubo de basura plateado junto al mostrador. Un ángulo perfecto, una canasta perfecta —. Tendrás tus representantes. Solo ten cuidado, Zhan-Yo. Si mueres, todo esto muere contigo.

Cuando había vencido a su padre, no mucho después de

su decimosexto cumpleaños, Zhan-Yo había esperado ver orgullo en los ojos de su padre. Algo de felicidad en el rostro de su padre. En cambio, Zhan-Yo había visto una dolorosa aceptación. Una realidad temida durante mucho tiempo que finalmente se había hecho realidad.

Quizás Wexley sentía lo mismo. Quizás el mundo también. Todos ellos nerviosos por lo inevitable.

Zhan-Yo se había ganado esos tachi, y aún los llevaba consigo.

CAPÍTULO 32
MILA

MILA, la última Campeona, contestó al primer timbrazo. Esta vez no hubo videollamada, y Mynx, agotada tras la larga noche, no le molestó que la preferencia de Mila por las cumbres montañosas le dejara una conexión tan pobre que las caras no fueran una opción.

—Mynx —los tonos caramelizados de Mila se escuchaban bien, sin embargo—. Estoy tan triste de que hayas acudido a mí en último lugar. Pensé que éramos amigas.

—Por eso esperé hasta el final —dijo Mynx, mirando el Lago Michigan desde la antigua oficina de Innis—. Necesitaba algo a lo que aferrarme.

—Entonces deberías venir aquí, donde siempre hay algo hermoso en el horizonte.

—¿Como qué?

—Oh, ¿hoy? Hoy me estoy despertando en las laderas bañadas por el sol sobre Lima, con el océano a mis pies y los picos en mi cabeza —dijo Mila—. La vista más hermosa.

—Estoy segura. Pero necesito que lo dejes atrás por un tiempo. La cumbre comienza en un par de días. Sé que has visto los detalles.

—Los he visto, y estaré allí, por supuesto, aunque me duela dejar atrás a mis amores.

Mynx solía preocuparse por Mila, después de que se conocieran. La mujer describía todo lo que le gustaba como sus "amores", y parecía ver el mundo a través de un lente meloso y sentimental. Todo empapado de emoción, ya fuera devastador o extasiante en igual medida.

Luego Mynx vio a Mila alterar el cuerpo de un asesino, convirtiendo al hombre fuerte y esbelto en uno débil y fracturado que ni siquiera podía mantenerse en pie. Como Mynx era al código informático, Mila lo era a la forma física, podía meterse dentro y reescribir a una persona en lo que quisiera.

Aterrador, sin duda. Lo suficiente como para que Aegis quisiera destruirla antes de que Mila decidiera revolver los cuerpos de los Campeones. En su lugar, Mynx y los demás la habían reclutado, demostrando a Aegis que las habilidades de Mila podían ser buenas. Podían ser increíbles.

Una promesa solo parcialmente cumplida.

—Gracias —dijo Mynx—. Sé que es un riesgo reunirnos a todos, pero tenemos que mostrarle al mundo que los Campeones permanecemos unidos y que tenemos un plan para el futuro.

—¿Y lo tenemos? ¿Un plan?

Otros podrían haber sonado acusadores, o incluso burlones al hacer esa pregunta, pero Mila dejó escapar una pequeña risa al final, como si la idea de que los Campeones no tuvieran tal plan fuera ridícula.

—Lo perfeccionaremos juntos, pero el punto está en elegir quién va a reemplazarlos cuando se hayan ido —Mila debería saber esto si había leído los mensajes que Reeves había estado enviando con los diversos detalles de la Cumbre—. Justo como elegimos a los Paragones regionales. Como te elegimos a ti.

Silencio en el teléfono, luego algunos crujidos. Mila moviéndose a algún lugar. Mynx aprovechó la oportunidad para disfrutar del café y la rosquilla que alguien le había traído.

—Recuerdo ese día —dijo Mila—. ¿Cómo lo recuerdas tú? La mayoría de ustedes no confiaban en mí.

—Era difícil, sabiendo lo que podías hacer.

—Pero me dejaron entrar de todos modos, y mira lo que ha pasado.

—Ha sido algo —el sentimentalismo no era el terreno preferido de Mynx—. Pero, Mila, no he dormido bien, y hay mucho pasando aquí. ¿Podemos hablar más en la cumbre?

—Márchame de tu lista y desaparece, supongo.

—Eso no es justo.

—Oh, solo estoy jugando. Ve, sé reina.

—No soy una reina.

—Lo que tú digas —respondió Mila—. Pero si atrapas a ese, reténlo por mí. Nada calma una revolución más rápido que ver a su líder marchitarse hasta convertirse en una pequeña pasa silenciosa.

—Lo haré. Gracias, Mila.

Las Campeonas colgaron mientras el cielo pasaba del negro al azul profundo, con los más tenues indicios de naranja aferrándose al horizonte. Mila tenía un buen punto. ¿Torcer la mente de Zhan-Yo, convertirlo en un ferviente partidario de los Paragones? Perverso, pero perfecto.

Mynx se levantó y comenzó a dar vueltas por la oficina de repuesto. Innis tenía un gran escritorio allí, dos monitores. Sin fotos personales, sin arte en las paredes. O rara vez pasaba tiempo aquí o simplemente no tenía gusto para la decoración. En cierto modo, Mynx lo apreciaba: nada que distrajera del plan.

—Reeves, tenemos los objetivos —dijo Mynx.

—Los tenemos. Los drones están listos para lanzarse en cuanto lo digas.

—Dale otras dos horas. Quiero que la ciudad lo vea. Quiero que las cámaras estén listas para captar lo que suceda.

—Una captura visible corre el riesgo de energizar la base de Zhan-Yo —respondió Reeves—. Podrían verlo como un punto de inflexión y comenzar su revuelta. Otras revoluciones se desencadenaron con momentos como este.

—No, no haremos esto en silencio. Tenemos que mostrarle a todos que esto no será tolerado. Permitido. Zhan-Yo hizo su movimiento a la vista de todos, y nosotros también lo haremos.

Reeves, como debía hacer la IA, aceptó el argumento y comenzó a hacer planes. Mynx, con el agotamiento desdibujando los bordes, salió de la oficina de Innis y volvió al piso destrozado.

Ya habían retirado los cuerpos y varios Paragones con habilidades constructivas estaban recomponiendo el vidrio con movimientos de manos o simples miradas. Otro remodelaba las balas gastadas en otras utilizables, listas para ser reabastecidas en los drones. Para el mediodía, el edificio volvería a ser perfecto.

Mynx los observó trabajar y se preguntó. ¿Cuántos eran verdaderamente leales, qué tan profunda había llegado la corrupción de Innis? Después de la cumbre, pasaría más tiempo dentro del Tama del hombre, hurgaría en todos esos barriles —o, más probablemente, haría que Reeves lo descifrara— para averiguar quién había probado esa manzana traidora.

Antes, Mynx había pensado que los erradicaría a todos, y dejaría caer a los más peligrosos en su isla. Pero, ¿a cuántos podría llevarse? ¿A cuántos podía esperar que Apinya y Burov, con sus poderes de distorsión mental, convirtieran?

Los drones no cuestionaban sus órdenes, ni a su comandante. Hacían lo que se les decía y lo ejecutaban al máximo de sus capacidades. Los Paragones tenían defectos humanos, y cada vez era más difícil tolerarlos.

Entonces, ¿por qué tolerarlos en absoluto?

CAPÍTULO 33
PARA CONOCER A UN VILLANO

LA POLICÍA LO ENCONTRÓ SOLO, sobre una alfombra empapada de sangre, llorando. Su cuerpo encogido, frío y manchado de rojo. Apenas pasadas las nueve de la mañana, y Thane debería haber estado en la escuela. En cambio, había querido ponerse una camisa vieja. Su madre le había comprado una nueva. Por eso, y solo por eso, Thane los había matado a todos.

A pesar de toda su inteligencia, de todas las horas que había pasado acurrucado bajo las luces en la prisión del Campeón, Thane nunca había logrado entender por qué sus habilidades habían elegido manifestarse esa mañana. Por qué la protesta de un niño de doce años se había convertido en devastación.

Después de que destruyera el hospital —donde la policía había llevado su cuerpo encogido para atenderlo— y demoliera varios edificios en un retorcido camino de destrucción hacia el arroyo resbaladizo donde el padre de Thane solía llevarlo a pescar, los primeros Paragones lo encontraron.

Suave y débil de nuevo, tumbado sobre el musgo y cubierto de escombros.

—Querían salvarme —dijo Thane, apartando los helechos

que bloqueaban a Cassidy mientras su grupo se abría paso desde el centro de la isla hacia el lado este—. Pensaban que podía controlarlo. Un niño.

—¿Habrías preferido que te encadenaran, como hicieron después?

Thane había ofrecido una disculpa por lo de antes, tratando de sanar cualquier herida. No habría tiempo para dramas una vez que llegaran a Arthur, especialmente si el villano cumplía con la estimación de Cassidy como el más peligroso de la isla.

Ella caminaba a su lado y parecía feliz de hacerlo, aunque con más cautela que antes. Thane notó que siempre mantenía un ojo sobre él, evaluándolo. Una sospecha merecida, supuso.

—Mirando hacia atrás, sí —dijo Thane—. No tenía comprensión de mí mismo, de lo que podía hacer. Era un arma ciega rebosante de hormonas que había masacrado a las únicas personas que amaba. Debería haber sido encerrado.

—Ellos creían, en aquel entonces —respondió Cassidy—. Yo nunca tuve esa oportunidad.

—No era creencia —Thane tanteaba el suelo. La espesa maleza hacía fácil tropezar, torcerse un tobillo—. Era inseguridad. Pensaban que podían usarme.

—Yo les habría dejado usarme si hubiera sabido lo que venía —Cassidy había tomado una rama y la usaba como bastón, sondeando el camino—. Pensé que, al desafiar sus órdenes, estaba haciendo algún tipo de declaración. En cambio, solo escupí en su todopoderosa cara.

Los Paragones se habían llevado a Thane lejos de la ciudad, a un lugar aislado en los bosques del norte, cerca de la frontera entre Estados Unidos y Canadá. A un campamento donde las anomalías aprendían a no matar a todos a su alrededor. ¿Seguiría existiendo ese lugar? ¿Seguirían los niños con poderes enviando novas en la noche, protegidos por Paragones que podían mantenerlos con vida?

¿Cuántas veces habían reparado los cuerpos que Thane rompía?

—Te moldean en esos campamentos —dijo Thane—. Me enseñaron a olvidar a mi familia. Ni siquiera recuerdo sus nombres, solo la lección.

Todos requerían su propio plan. Tratamiento, desde el primer día hasta la graduación, años o meses o semanas después, cuando pensaban que podías manejar la sociedad. Que podías manejar el trabajo real.

—¿Oí que abren las mentes a la fuerza? —preguntó Cassidy.

—Más que eso. La idea es crear al Paragón perfecto. Alguien que pueda estrategizar, que pueda liderar y luchar y servir, que nunca tome demasiadas copas y vaporice a una multitud.

—Eso último no suena como un mal objetivo.

—¿Crees que odio lo que hicieron? —Thane negó con la cabeza, rió—. No, los amo por ello. Los Paragones me dieron una vida para vivir. Sin ellos, habría estado enojado e imparable hasta que alguien encontrara una manera de matarme. En cambio, los Paragones me hicieron racional, me hicieron olvidar cómo ser humano.

—Sigues siendo bastante humano, Thane. Definitivamente cometes suficientes errores como para calificar.

—Lo que quiero saber es, ¿por qué no te llevaron a ti?

—Demasiado mayor.

—No. Se habrían llevado a alguien con tu poder a cualquier edad.

Cassidy miró hacia otro lado, hacia el horizonte. La siempre presente línea negra de drones se mantenía inmóvil bajo las nubes crecientes.

—Ya te lo dije. No tuve elección.

Cassidy no ofreció más y Thane no insistió. De todos modos, se estaban acercando al final de la pendiente, llegando a un tramo plano y boscoso antes de la playa de la laguna que

Arthur llamaba hogar. Habían dejado el territorio de la Duquesa y estaban en terreno disputado.

A diferencia del lado de Cassidy, el clima de la isla cambiaba aquí, con el volcán sirviendo para detener y dividir las nubes, de modo que la lluvia cubría los helechos, y el verde parecía mucho más profundo. Exuberante describía todo. El suelo se volvió más fangoso, y las sandalias tejidas de Thane hacían poco para evitar que el lodo se colara entre sus dedos. Más insectos zumbaban alrededor, aprovechando el agua generosa y convirtiéndola en lechos de desove. Las plantas con flores se beneficiaban, sus pétalos morados y rojos asomando con tímida brillantez.

Hermoso y distractor.

Las antiguas anomalías de la Duquesa, durante la marcha, habían advertido sobre esto, habían dicho que Arthur mantenía una estrecha vigilancia sobre lo que ocurría en la isla. Se rumoreaba que el hombre tenía una anomalía que podía ver aquí y allá, como un foco brillando sobre una pared negra de un edificio. La idea de que pudieran acercarse, caminar directamente hasta la laguna como Thane y Sook se habían acercado al pueblo de Cassidy, fue burlada.

Así que Thane marchaba a la cabeza de la columna. Aunque, con su leve ira siempre ardiendo, Thane no parecía el monstruo más imponente, podía recibir un golpe. Si Arthur elegía un ataque sorpresa, Thane probablemente viviría lo suficiente para contraatacar.

¿Con qué frecuencia el líder sirve como cebo, como objetivo?

Para Thane, eso parecía ser todo el tiempo.

Esa lógica acalló la conmoción cuando el primer anomalía, llevando una banda cruzada sobre el pecho, teñida de un tono púrpura-azulado de pétalos de flores aplastados, salió de la jungla. A diferencia de los guardias de Cassidy, este no portaba armas, aunque parecía estar en buena forma. Bronceado, musculoso y serio.

El aviso se extendió por los flancos de las columnas y Thane se volvió del primer recién llegado para ver el aire ondulando a lo largo de la longitud de su fuerza. Más anomalías aparecieron, como si se quitaran mantas, con bandas azules cruzando sus cuerpos. Aunque formaban una línea más delgada que el grupo de Thane, en cuestión de segundos los recién llegados los habían rodeado.

El problema con los anomalías: las estrategias se volvían inútiles, porque nunca sabías a qué te enfrentabas.

—Bienvenidos —dijo otro anomalía, fibroso y pequeño, de piel naturalmente morena—. Bienvenidos a nuestro hogar adoptivo. Soy Arthur, y ustedes son los intrusos.

Dado el nombre, Thane no habría esperado lo que vio: Arthur no se parecía en nada al caballero europeo de la leyenda. Había esperado a alguien físicamente imponente, dispuesto a complementar su habilidad con fuerza bruta y un semblante sombrío. En cambio, Arthur esbozó una amplia sonrisa. Con los brazos extendidos, se acercó y tendió una mano hacia Thane.

Quien dudó. Cassidy, también, lanzó miradas fulminantes hacia Arthur, pero la sonrisa del hombre nunca flaqueó. El anomalía parecía decidido a forzar la situación con sus dientes sucios a la vista.

—Mi nombre es Thane —no ofreció su mano—. ¿Sabes por qué estoy aquí?

—Estás aquí para ayudarnos a todos a salir de esta isla —respondió Arthur.

—Entonces no necesitas rodearnos. Tú no eres el objetivo.

Arthur se rió, con una risa delgada. —Por supuesto que no lo soy. Pero tampoco voy a dejarte entrar en mi territorio. Esto es una toma de control, y no una que vaya a permitir.

Opciones. O bien luchaban aquí, lo que, con las obvias ventajas de Arthur, resultaría en muertes que nadie podía permitirse. O Thane podía aceptar las circunstancias y seguir a Arthur, como había hecho con la Duquesa, y cronometrar su ataque más tarde. No era una elección tan difícil de tomar.

—¿Recuerdas a Sienna? —preguntó Cassidy antes de que Thane pudiera hablar—. Uno de tus equipos la encontró, se la llevó.

Arthur dejó que la mitad de su sonrisa muriera. Se llevó una mano a la barbilla y dirigió los ojos al cielo en una mirada exagerada que hizo que Thane pusiera una mano en el brazo izquierdo de Cassidy. Ella podía estar tan enojada con Arthur como quisiera, siempre que no actuara en consecuencia.

—Sienna. Hmm —dijo Arthur, y luego chasqueó los dedos de su mano izquierda—. ¡Ya recuerdo! Está justo allí.

Arthur señaló hacia atrás en la fila, hacia una mujer más joven —Thane calculó que tendría unos veinte años— que intentó esconderse detrás de los demás. Incluso a diez metros de distancia, Thane podía ver el rubor en su rostro.

A veces Thane olvidaba cuánto tiempo habían estado estos anomalías en esta isla, cuánta historia habían podido acumular.

—Así que a ella también le mentiste —Cassidy ni siquiera se molestó en darse la vuelta. No se derrumbó ni se encogió ante el aparente triunfo de Arthur—. Reuniendo tus piezas con dulces palabras sobre el escape.

—¿Mentir? ¿No es esa la razón por la que están aquí? ¿Para salir de esta isla?

—Nosotros realmente vamos a hacerlo —dijo Thane, retomando la conversación antes de que Cassidy decidiera actuar por impulso y abrir un agujero en el pecho de Arthur—. Oímos que tenías un plan, así que venimos a ayudarte a que funcione. Esto no debería ser una pelea.

—¿Y tú? ¿Vacío? ¿Qué dices? —Arthur se cruzó de brazos—. ¿También vienes a trabajar para mí?

—No para ti —dijo Cassidy—. Contigo. Solo por esta vez.

Esta vez, cuando Arthur extendió su mano, Thane y

Cassidy la estrecharon por turnos. Juntos, saldrían de esta isla o morirían en el intento.

CAPÍTULO 34

CAZADOR ASESINO

SU TRAJE HIZO todo lo posible por mantener el agua fuera, pero Kat sentía el aguanieve infiltrándose entre sus botas y pantalones. Hacía frío, especialmente dado el inesperado y ardiente asalto del sol sobre el frío invernal. La nieve derretida hacía que su intento de camuflaje, tumbada boca abajo en un montón sobre el tejado cerca del café del Elemental, pareciera cada vez más tonto a medida que avanzaba la mañana.

Por el momento, Kat tenía una línea de visión clara a través de todos los tejados a varias manzanas a la redonda, y el blanco de su traje se confundía lo suficiente para pasar, según Calvin, por un montón de nieve particularmente obstinado.

—¿Alguna señal? —habló Kat en su Tama.

—Nada en el suelo —dijo Calvin—. Perdí la cuenta de las vueltas.

—Es más saludable así. Las vigilancias tienden a alargarse.

—También estoy recibiendo muchas miradas. Puede que tenga que escabullirme un rato.

—Tómate tu descanso para el café si lo necesitas —Kat no

comentó sobre su situación actual, cómo sus músculos se estaban durmiendo, cómo necesitaba ir al baño o beber algo de agua—. Yo me quedaré aquí.

Mentalmente, se había preparado para esto. De camino de vuelta del bar anoche, Kat y Calvin habían decidido que la mejor manera de lidiar con un asesino sería llevar la pelea hasta él. Habían salido de la habitación de Gordon temprano en la mañana —después de que Kat le sacara a su amigo rastreador la promesa de cuidar de Seeker— y se aventuraron de vuelta al apartamento de Kat.

Había dejado a Calvin vigilando mientras Kat entraba por una puerta lateral, evitando la entrada y la posible bala que pudiera venir con ella. Su apartamento no había sido saqueado, y una cautelosa apertura de la puerta resultó innecesaria. No había emboscadas. Aparentemente, el asesino limitaba sus trampas al exterior.

Que es lo que Kat y Calvin estaban haciendo. Habían vuelto al café del Elemental —Kat incluso les había avisado, dejando que las anomalías rebeldes supieran que debían mantener las cosas como de costumbre y no asustar a la presa. Con suerte, este tipo vendría e intentaría hacer lo suyo.

Y Kat realmente, realmente esperaba que lo hiciera. Nunca se había considerado una persona vengativa, siempre sintió que estaba por encima de eso, pero el último día la había estado molestando, susurrando a su subconsciente sobre lo cerca que había estado de morir. Y no solo la casi muerte, sino que Kat había fallado en atrapar a este tipo dos veces ya.

Mortal, y también insultante.

—¿Quieres, no sé, un latte o algo? —Calvin interrumpió a través del Tama—. Esto puede sonar raro, pero ahora que soy un Parangón tengo reputación que gastar. No estoy acostumbrado a invitar a la gente.

—¿Qué vas a hacer, lanzármelo?

Calvin dudó.

—¿Tal vez?

—Ya estoy cubierta de aguanieve. Si me echas café encima, no necesitaremos al asesino para tener un cadáver hoy.

—Siento haber preguntado —dijo Calvin—. No te enfades demasiado ahí arriba.

—Solo va a empeorar.

Kat cortó la llamada. Se movió para tener una mejor vista de los tejados del este. Más planos por allí durante un tramo, aunque los lugares en esas próximas manzanas eran principalmente casas. No es como si el asesino fuera a salir arrastrándose de alguna ventana del ático para disparar a las calles.

Y sin embargo.

Por allí, pareciendo que no venía exactamente de una de esas casas sino que había subido a los tejados por el camino de una vieja tintorería, una figura cruzó la vista de Kat. A diferencia de las estructuras sólidas plateadas y cubiertas de nieve, la figura se movía, parecía humana y llevaba el atuendo completamente negro favorecido por su objetivo.

Kat ni siquiera contó el enorme arma que colgaba de la espalda de la figura, su cañón proporcionando un contraste recto con la forma atlética del asesino mientras saltaba de un tejado al siguiente. Se movía con una velocidad que sugería planificación, o al menos suficiente repetición para aprender la ruta ideal y menos arriesgada: cada salto entre tejados ocurría en el punto más cercano posible entre edificios irregulares, aprovechando los aleros y bordes elevados para darse ventaja.

Kat habría aplaudido la exhibición si la hubiera estado viendo en una película o en alguna competición. Cada aterrizaje era suave y lo mantenía en movimiento, cada salto sincronizado con su impulso para dar al asesino el máximo aire y espacio para aterrizar. Kat casi nunca se encontraba en los tejados persiguiendo anomalías, pero aun así, deseaba tener su talento.

En su lugar, Kat se conformaría con todo lo demás.

—Se acerca —dijo Kat al Tama—. Parece que va a cruzar desde el café para prepararse.

El asesino encontró un obstáculo en su viaje justo después de que Kat dijera las palabras. Mientras había estado progresando hacia la avenida principal y una pasarela que conectaba dos oficinas —probablemente para escabullirse por el techo—, los drones interrumpieron su trayecto, pasando sobre el área como los observadores silenciosos que eran. Sin duda, los disparos del asesino por aquí habían hecho que los drones realizaran patrullas adicionales.

Así que al asesino le gustaba jugar peligrosamente. El sentido común dictaba que debería hacer sus asesinatos al azar, espaciándolos por la ciudad para evitar que alguien se diera cuenta de que eran obra de la misma persona. Que no se molestara en hacerlo sugería locura o que el asesino se creía invencible.

De cualquier manera, Kat tenía a su objetivo. Se movió, se retorció, sobre su pecho para mantener al asesino frente a ella mientras se dirigía hacia la avenida principal y la gente que la atestaba. El cálido día empujaba a todos afuera, un tornillo de placer que exprimía a la población al aire libre.

Sin embargo, estar de pie sobre la concurrida calle e intentar disparar solo conseguiría que atraparan al asesino de inmediato, así que se instaló unos edificios más atrás y comenzó a preparar su arma.

—Está en el medio de la manzana —dijo Kat—. Tres edificios atrás. Parece un edificio de apartamentos. Se está preparando. ¿Cuál es tu estado?

—Voy hacia ti —dijo Calvin—. Es difícil correr con café caliente.

—Entonces tíralo, idiota.

—Esta es como la quinta vez que compro café con mi propio dinero —respondió Calvin—. No voy a tirarlo.

—Lo que sea. Ya casi está listo. Voy a entrar.

Kat cortó la comunicación y rodó fuera del montón de

nieve mientras el asesino, a cuatro tejados de distancia, se inclinaba sobre el rifle para asentar sus patas. Kat terminó su giro y se escabulló detrás de una pila de ventilación, echando un vistazo para confirmar que el arma aún mantenía la atención del asesino. La mira necesitaba ser ajustada, así que el sicario no miró en dirección a Kat.

Ahora venía la parte difícil. Saltar entre los edificios en una carrera rápida. Los tejados no eran precisamente cojines, pero Kat intentaría que los aterrizajes fueran lo más silenciosos posible. Caer de pie, seguir corriendo y todo eso.

Le encantaba el precipicio, el momento antes de que comenzara la acción, cuando todo se ralentizaba. No había vuelta atrás una vez que diera el siguiente paso. Kat se había convertido en rastreadora por muchas razones, y estos momentos definitivamente eran una de ellas.

Así que Kat aprovechó el instante, giró alrededor de la pila de ventilación y su humo blanco que eructaba, y corrió. Sus botas ajustadas se aferraban a las tejas, dando a cada impulso de sus piernas todo el impulso que necesitaba. La respiración era fácil. El traje se movía con ella, como una segunda piel.

La máscara, resaltando al asesino en rojo, trazaba el camino óptimo hacia él. Los bordes del techo brillaban en verde, con flechas amarillas señalando los mejores arcos para saltos en carrera, como si Kat pudiera alcanzarlos perfectamente. Mientras Kat ganaba velocidad, el primer borde parpadeó y luego se mantuvo brillante: la máscara consideraba que tenía el impulso suficiente para salvar el primer hueco.

Kat plantó su pie derecho cerca del borde y saltó, conteniendo la respiración mientras el callejón pasaba por debajo de ella. Los contenedores de basura, si tuvieran ojos, habrían visto su cuerpo blanco plateado ondulante volar sobre ellos por una fracción de segundo y nada más. No escuchó gritos desde abajo, sus heroicidades pasaron desapercibidas para los seres vivos.

El aterrizaje llegó rápido, ese segundo suspendido terminó con un fuerte impacto que empujó a Kat a rodar. Algo en la azotea chirrió cuando pasó por encima, duro y liso. Al salir del giro, deslizándose un poco sobre el aguanieve, Kat miró hacia abajo. Paneles solares. ¿Por qué no estaban elevados, recogiendo la luz del sol en lugar de estar acostados y cubiertos de aguanieve derretida?

Porque Kat tenía una suerte miserable, por eso.

Su máscara emitió un pitido en su oído izquierdo mientras Kat reunía el impulso que le quedaba y se giraba hacia el asesino. Que ya no estaba donde lo había visto por última vez. El rifle del hombre seguía allí, sobre los soportes y listo, pero su dueño...

Kat giró más a la izquierda, trazando una línea recta desde su edificio, luego otros dos tejados hasta la calle principal. El asesino saltó el hueco hacia el del medio, aterrizando suavemente en el techo. No había paneles solares en ese.

Con su ataque sorpresa cancelado, Kat levantó su muñeca izquierda y apretó la palma, lanzando dos bolas plateadas a través de su techo hacia donde el asesino se giraba hacia ella. Cuando las bolas aterrizaron, Kat se agachó y se impulsó hacia adelante. Su pie izquierdo atrapó el borde del techo —como el asesino venía hacia ella, Kat no tuvo que correr por todo el techo para saltar— y voló.

El asesino miró las bolas plateadas, luego levantó la misma pistola hacia ella. Kat, en pleno vuelo, se elevaba sin ninguna cobertura. Su máscara, como si decidiera que no necesitaba ver su propia muerte, oscureció su visión. Su estómago se retorció, y Kat trató de mantener su propio espacio, dónde estaba y dónde estaría en un segundo.

Dos destellos, y Kat aterrizó cuando su visión regresó, una claridad repentina que mostraba al asesino tambaleándose lejos de ella, de esas bolas plateadas, su arma ondeando ampliamente con su otra mano agarrándose la cara.

Nunca una de dejar que una ventaja vacilara, Kat presionó la suya. Se lanzó hacia adelante en una tacleada, tratando de acortar la distancia con esa pistola, hacerla inútil. El paso atrás del asesino impidió que el ataque de Kat alcanzara una perfección gloriosa, y en su lugar Kat terminó agarrando los tobillos del asesino.

Usa lo que obtienes.

Kat tiró de los pies del asesino hacia ella y el hombre soltó la pistola para amortiguar su caída, el arma repiqueteando en las tejas y rebotando lejos. Kat sacudió su muñeca izquierda mientras se arrastraba por los pantalones llenos de bolsillos del hombre, cambiando de las granadas de aturdimiento vacías a algo más útil. Con su mano derecha, intentó sujetar la muñeca del asesino contra el suelo.

Eso no funcionó. El asesino se inclinó, aún sacudiendo la cabeza, y lanzó un torpe puñetazo con su mano izquierda. El golpe impactó en la cara de Kat, con la máscara amortiguando el impacto, pero deteniendo el ataque de Kat y permitiendo que el asesino encontrara algo de agarre con sus pies y se impulsara para salir de debajo de ella.

Kat agarró su pistola eléctrica, la levantó y disparó a quemarropa al asesino. El dardo se enterró en el chaleco negro del hombre, luego cayó. El asesino no pareció importarle, y ambos se pusieron de pie, mirándose fijamente en un charco helado.

—Deberías estar muerta —dijo el asesino—. ¿Cómo?

—No es asunto tuyo —respondió Kat, luego dio un paso hacia una patada, apuntando a los tobillos del asesino.

Él retrocedió bailando, dejando que la patada fallara, pero mantuvo sus propios puños levantados—. ¿Anomalías?

—Las que aún no has matado. —Kat fingió otro puñetazo, luego apuntó su muñeca izquierda hacia la pierna derecha del asesino y disparó.

El cable de acero salió disparado y se incrustó en el muslo del asesino, y el hombre gritó, agudo y fuerte. No exactamente el grito de un berserker, sino el chillido de pánico de alguien que no había sentido mucho dolor real. Estaría sintiendo mucho más.

Kat sacudió su muñeca izquierda y el cable tiró del asesino hacia atrás de nuevo, golpeándolo con fuerza contra el techo.

—Kat, ¿dónde estás? —La voz de Calvin vino del Tama—. ¿Qué techo?

—Sube aquí y nos verás —dijo Kat, caminando hacia el asesino.

Mientras Kat se acercaba, el asesino, respirando con dificultad, alcanzó y sacó un cuchillo zumbador de su cinturón. Deslizó la hoja hacia su muslo y comenzó a trabajar el filo contra el cable, por todo un segundo hasta que Kat lo pateó lejos.

—Me atrapaste una vez —dijo Kat, mirando hacia abajo al hombre. Su máscara ocultaba su rostro, y aunque no tenía un abrigo como Kat, el equipo negro cubría todo, incluso el Tama del hombre—. Nunca más.

Kat apuntó la pistola eléctrica directamente al cuello del asesino, en lo que debería ser un punto blando en la armadura.

—¡Alto! ¡Baje el arma! —La orden de voz severa del dron llegó retumbando fuerte, el orbe oscuro flotando hacia ellos desde la calle principal, su tecnología desplegada y apuntando como un cactus hacia Kat y el asesino—. ¡Quietos o podrían resultar heridos!

Los drones habían estado cerca, pero no tanto como para llegar a ellos en segundos. No había habido disparos fuertes, y Kat no habría esperado que alguien de la calle, incluso si hubieran visto a un par saltando entre los tejados, llamara pidiendo ayuda. Pero el dron estaba aquí, lo que significaba que Kat tenía que obedecer. Bajó la pistola eléctrica, mirando al dron todo el tiempo.

El asesino no captó el mensaje. Mientras Kat bajaba el arma, sintió que su tobillo cedía bajo ella cuando el asesino pateó. Él rodó mientras Kat resbalaba, mientras el dron les ordenaba que dejaran de moverse. El asesino, con el cable de Kat alrededor de su muslo, rodó hacia el borde del techo que daba al callejón y siguió moviéndose, tirándose por encima y hacia afuera.

¿Qué? ¿El hombre acababa de suicidarse?

Kat sintió el cable desenrollándose de su muñeca, hizo un cálculo rápido como un rayo. No había suficiente holgura para que llegara al suelo, lo que significa que la arrastraría por el borde también. Chasqueó la muñeca, desenganchó las abrazaderas del cable y sintió que se aflojaba un momento después. Se acercó al borde, miró hacia abajo al callejón, esperando ver un cuerpo destrozado.

En cambio, vio un contenedor de basura abollado y una figura cojeando que desaparecía al doblar una esquina, adentrándose más en los callejones.

—¡Deténgase ahora! —volvió a gritar el dron—. ¡O dispararé!

—No es necesario —dijo Kat, volviéndose hacia el dron y mostrando sus manos, con la pistola eléctrica de vuelta en su funda—. No me estoy resistiendo.

—¡Ella no es el objetivo! —gritó Calvin esta vez, desde el siguiente tejado, subiendo por la escalera de incendios—. ¡Es el tipo de negro, tío!

El dron giró entre Kat y Calvin, confundido.

—El que estaba peleando conmigo —dijo Kat, sentándose en el borde. Podría haber intentado perseguir al asesino, pero lanzarse desde el tejado parecía una mala idea—. Ve tras él. Es el que está disparando a la gente.

El dron finalmente pareció entenderlo. La máquina les ordenó quedarse, luego se alejó flotando en dirección al asesino. Tal vez tendría suerte, pero lo más probable es que no encontrara nada más que aire.

—¿Se escapó? —gritó Calvin desde el otro tejado—. ¿Creí que lo tenías?

—Lo tenía, hasta que esa cosa apareció —Kat rebobinó su cable—. Pero no todo es malo. Ahora podemos encontrarlo.

Señaló un par de tejados más allá, hacia el rifle del asesino, aún instalado y esperando para llevarlos hasta su dueño.

CAPÍTULO 35
GENERACIONES

EL CENTRO de Chicago en febrero se mantuvo fiel a su viejo apodo, y las ráfagas de viento empujaban a Zhan-Yo por las aceras mientras caminaba, con la capucha puesta, bajo torres de cristal y acero. Hoy no llevaba su tachi, y mantenía la cabeza baja, esquivando las miradas de los transeúntes que iban y venían del trabajo, del ocio, de las compras. De hecho, todos parecían imitar su mirada baja, protegiendo sus rostros del frío beso del viento.

Cruzó por debajo de Lake Shore Drive, sus amplias avenidas otrora gloriosas, ahora reducidas para adaptarse a la mayor eficiencia de los pods, su asfalto arrancado y cedido a más césped, árboles, las cosas naturales que habían sido demolidas en la conquista de la humanidad. No tenía nada en contra de las cosas más verdes de la vida, pero Zhan-Yo sintió ese dolor familiar: otro recuerdo de la infancia convertido en solo eso.

La inmensidad del Lago Michigan, cubierto de placas de hielo flotantes como la escena de un audaz rescate ártico, curó cualquier malestar. Aunque la brisa seguía siendo tan fresca como siempre, parecía menos hostil aquí, con la amplia orilla extendiéndose en ambas direcciones. Zhan-Yo cruzó el sendero, normalmente abarrotado de ciclistas, caminantes y paseantes como él, pero ahora un tramo desolado, hasta el borde amurallado y se apoyó en la fría piedra, con los codos hacia abajo y la cara hacia adelante.

Durante mucho tiempo, esta vista le había servido para centrarse. Las nubes filtraban el sol hoy, pero su suave naranja seguía siendo inspirador, una oportunidad para conectar con algo más que las sensaciones inmediatas. Una oportunidad para profundizar en su propósito. Todos deberían mirar una vista como esta y sentir que ellos también podrían esperar un futuro más brillante hecho posible por sus propias acciones, no por la generosidad de un Parangón.

Su Tama sonó y vibró, la señal doble característica que llamaba a Zhan-Yo de vuelta del ensueño a las exigencias del presente. La manga gruesa de la chaqueta tenía una ventana de velcro que Zhan-Yo abrió, permitiéndole ver al hermano de Sylvie en la pantalla del Tama. La voz del hombre llegaba amortiguada, el viento la bloqueaba, así que Zhan-Yo tuvo que levantar su propio brazo, sostenerlo cerca de sus oídos, como un teléfono de antaño.

—He contactado con esos dos Parangones que mencionaste —dijo Mathieu—. No les confiaría nada importante, si quieres mi opinión sincera.

—No los necesitamos para nada más que para que me dejen entrar —respondió Zhan-Yo—. Pueden hacerme pasar lo que sea que esté vigilando la entrada. A partir de ahí, los dejamos fuera.

—Así que ahora quieres que los lleven allí también.

—Wexley se encargará de eso. Dile cuántos asientos necesitas —dijo Zhan-Yo—. Ocúpate de ello. Ya casi estamos.

—¿Y lo otro, los paquetes?

El baile críptico. Zhan-Yo sonrió al viento. No había mencionado la cumbre, a donde volarían sus Parangones renegados, y ahora estaban discutiendo ese cliché de película de espías: paquetes. Cualquier Parangón que estuviera escuchando realmente la conversación probablemente estaría confundido, incluso sospechoso, pero la evidencia no existiría. No podrían planear en contra. Zhan-Yo siempre había pensado que este tipo de cosas parecían tontas, un desperdicio, pero ahora, ¿hablando realmente como un espía?

Podría acostumbrarse.

—Exactamente como se ordenó —dijo Zhan-Yo—. No podemos estropear esto, porque no habrá otra oportunidad.

Eso es lo que Zhan-Yo había pensado también con Aegis, y había encontrado su segunda oportunidad, pero tener tanta suerte varias veces parecía un plan pobre.

—No, no la habrá.

Entre el viento, sostener el Tama junto a su oído y entrecerrar los ojos mientras miraba el lago, le tomó un momento a Zhan-Yo registrar que la voz que decía las palabras no era la del hermano de Sylvie, y que no provenían del Tama.

Con los nervios crispándose en un emocionante cóctel, Zhan-Yo se dio la vuelta. De pie al otro lado del camino, vestida con un equipo de invierno igualmente voluminoso que enmarcaba su rostro en el halo de una chaqueta azul profundo, había una mujer que Zhan-Yo no reconocía.

—No me conoces, ¿verdad? —dijo la mujer. Zhan-Yo miró su Tama, el rostro interrogante de Mathieu le devolvía la mirada, y Zhan-Yo lo dejó así. No podía saber qué podría pasar a continuación, y dejar que un amigo escuchara podría ser valioso—. Me hiciste daño, y ni siquiera sabes quién soy.

Los rencores se acumulaban durante una vida como la suya. Dirigir una empresa como Ziran significaba innumerables decisiones que dejaban ganadores y perdedores. ¿Cómo iba a saber cuál había decidido finalmente llevar sus quejas a un final físico?

—Tengo muchos enemigos —respondió Zhan-Yo—. ¿Cuál eres tú?

—Tu peor enemiga.

La mujer dio tres largos pasos a través del camino, como si

fuera a dar una patada fuerte, o tal vez un puñetazo. De todas las cosas que Zhan-Yo no podía permitir que sucedieran, una pelea abierta en una calle muy transitada estaba entre las primeras: los Parangones vendrían, y entonces lo detendrían. Así que en su lugar Zhan-Yo ofreció sus manos, las sostuvo frente a su cara y tomó la ruta lamentable.

—Basta —dijo la mujer mientras cruzaba al lado de Zhan-Yo, sin golpearlo—. Baja las manos y pelea conmigo como lo hiciste con mi padre.

Y ahí estaba. La pista que necesitaba. Ninguna hija de empresario vendría a atacarlo en la calle. ¿Pero Aegis?

—Si bajo las manos, ¿me dejarás hablar? —dijo Zhan-Yo—. ¿O has venido solo para matarme?

—Solo para matarte.

Al grano, entonces. Zhan-Yo podría admirar eso. Lo admiraría, excepto que morir arruinaría sus planes.

—Entonces nunca sabrás por qué —dijo Zhan-Yo, aún manteniendo sus manos arriba, ahora retrocediendo hasta sentir la pared detrás de él—. No quería matar a tu padre.

—Me da igual —dijo la mujer, y Zhan-Yo separó ligeramente las manos para verla caminar tras él, su aliento formando nubes mientras se movía—. Lo que importa es el resultado final.

—Entonces eres tan corta de miras como tu padre —dijo Zhan-Yo, arriesgándose.

La hija de Aegis no cayó en la provocación. Se acercó rápidamente a Zhan-Yo y le propinó un codazo en el estómago. Un dolor agudo se extendió, y Zhan-Yo inhaló aire frío a bocanadas, doblándose y tosiendo. Por supuesto que Aegis habría enseñado a pelear a su hija.

Tal vez ella también era una anomalía y podría destrozarlo de una docena de formas diferentes.

—¿Últimas palabras? —dijo la mujer.

Zhan-Yo se dejó caer hacia adelante, hacia la mujer, quien lo esquivó con un ruido de asco. Tan pronto como los codos de Zhan-Yo tocaron el suelo, rodó hacia adelante, ignorando la protesta de su abdomen herido. Saliendo de la voltereta con un giro, Zhan-Yo se puso de pie en posición de combate, descansando sobre sus rodillas.

La mujer se rió de él, incluso se secó algunas lágrimas de los ojos.

—¿Cuántos de ustedes se necesitaron para herir a mi padre, si esto es todo lo que eres?

A su alrededor, nada parecía moverse excepto las cápsulas ocasionales en la carretera y, más allá, las gigantescas estatuas de paso lento en su órbita eterna alrededor del parque. A pesar de los comentarios de la mujer, el espacio tenía una sensación épica, ese zumbido cuando el destino golpea.

Zhan-Yo no pudo reprimir una sonrisa. Anhelaba esta energía.

—¿Cómo te llamas, pequeña? —preguntó mientras la mujer se acercaba de nuevo con pasos confiados—. ¿Cómo te llamaba Aegis?

—Celice —respondió la mujer—. Y no tienes derecho a decir su nombre.

De nuevo se lanzó en una carrera, y de nuevo Zhan-Yo retrocedió por el sendero y hacia la nieve que dividía el camino de la gente de la vía rápida de las cápsulas. Sus pies colapsaron la capa crujiente, hundiéndose en la nieve esponjosa debajo, y Zhan-Yo la aprovechó: se detuvo y pateó la nieve hacia el ataque de Celice.

Los copos fríos no causaron ningún daño, pero hicieron que Celice cerrara los ojos y levantara una mano para protegerse la cara por un segundo. En ese momento, Zhan-Yo dio un paso adelante y hacia un lado, atrapando a Celice mientras lo seguía hacia la nieve y lanzándola más allá de él, enredando su tobillo con el suyo. Ella se estrelló contra la nieve, se levantó casi tan rápido, quedando de pie con copos cubriendo sus manos y su cabello revuelto.

—Agresiva, Celice —dijo Zhan-Yo, asentándose—. De tal palo, tal astilla.

La pelea podría significar su fin por muchas razones, pero si no podía evitarla, al menos Zhan-Yo la disfrutaría.

Celice miró fijamente a Zhan-Yo por un largo momento, lo suficientemente largo como para que Zhan-Yo se preguntara si estaba ganando tiempo. Tal vez para dar a los drones un poco más de tiempo, pero no podía ver ninguna esfera negra acercándose. Todavía.

—Mi padre amaba estas peleas —dijo Celice, finalmente dando un paso lento hacia Zhan-Yo, quien se mantuvo firme en la acera—. Hablaba durante horas sobre quién lanzó qué puñetazo, qué patada. Porque al final, creía que ser físicamente *mejor* que alguien probaba que tenías razón.

—Una visión simplista —respondió Zhan-Yo, retrocediendo para mantener la distancia entre ellos.

Celice puso un filo en su voz que hizo que Zhan-Yo se pusiera ligeramente nervioso. Una curiosa calma, junto con una mirada inexpresiva, planteaba la posibilidad de que Celice hubiera cortado los últimos vestigios de su humanidad, dejando la fría venganza y su brutalidad como único comando de su cuerpo.

—Yo siempre lo vi diferente —Celice siguió hablando, siguió caminando—. Aegis golpeaba a sus enemigos, pero seguían volviendo, porque no se puede noquear a un movimiento con un golpe. No se puede destruir una organización con un uppercut.

—Así que sí jugaste un papel —dijo Zhan-Yo—. La pequeña ayudante de tu padre.

—Su protectora —replicó Celice—. Él se ocupaba de la superficie, yo arrancaba las raíces. Ahora, tengo que hacer ambas cosas.

Celice dio un paso rápido al final, acortando la distancia con Zhan-Yo y lanzando un corte con la mano derecha hacia el estómago de Zhan-Yo. Él bajó los brazos para bloquear, se dio cuenta de que Celice estaba finteando cuando ella levantó la mano, pateando junto con ella.

El golpe alto acertó en la barbilla de Zhan-Yo y lo hizo retroceder. El suave crujido de la acera le hizo saber que el siguiente golpe venía incluso mientras Zhan-Yo trataba de bajar la mirada, de detener la repentina borrosidad en su visión.

El instinto lo salvó, lanzando a Zhan-Yo hacia adelante contra el cuerpo de Celice, embistiendo su puño y reduciendo su efectividad. Movió sus brazos rápidamente, lanzando golpes cortos y rápidos a los puntos de presión mientras Celice intentaba mantenerse en pie, y fallaba.

Cuando Zhan-Yo sintió que su equilibrio flaqueaba, aplanó las palmas y empujó, enviando a Celice al suelo, donde se deslizó un metro, mirándolo con dolor grabado en su rostro, sangre goteando de su labio. Zhan-Yo también sintió los moretones a lo largo de su mandíbula donde la patada de ella había acertado.

Con Celice en el suelo, la pelea había llegado a su conclusión. Zhan-Yo, masajeándose la cara, comenzó a acercarse al lado de Celice. Una patada fuerte en la cabeza y ese sería el fin, y Zhan-Yo incluso podría escapar.

Aún no había drones.

Ella sacó el arma más rápido de lo que Zhan-Yo creyó posible. Un segundo, sus manos estaban en el suelo frío, sosteniéndola. Al siguiente, se habían deslizado dentro de su abrigo y emergieron con dos pistolas muy ilegales apuntando directamente a la forma que se acercaba de Zhan-Yo.

Nunca, jamás le habían apuntado con un arma. Ni una sola vez en todos sus años Zhan-Yo se había enfrentado al peligro inmediato de muerte que representaban esos cañones negros.

Zhan-Yo se congeló. Levantó las manos. Su mente corría entre lo que podría decir, hacer, creer que cambiaría el resultado.

—Tu padre nunca usó esas —dijo Zhan-Yo.

—No soy mi padre —respondió Celice.

—Pero tampoco eres una asesina —la voz no era la suya, y Zhan-Yo miró hacia arriba, a lo largo de la acera para ver a Mynx parada allí, el uniforme de Paragon brillante contra el día, el cabello negro ondeando en el viento—. Guarda las armas, Celice.

—¡Él lo mató! —gritó Celice, sin apartar la mirada de Zhan-Yo—. ¡Él lo mató y tú quieres que guarde estas?

—Él ya está bajo control —dijo Mynx, y Zhan-Yo levantó las cejas, abrió la boca para hacer una pregunta, y sintió dos golpes repentinos en su espalda que lo hicieron caer hacia adelante.

Zhan-Yo no permaneció despierto para ver el suelo que golpeó.

CAPÍTULO 36

LA IRA DE UNA HIJA

LOS DRONES DISPARARON A ZHAN-YO. Lo alcanzaron con dos dardos aturdidores, y luego Mynx ayudó a arrastrar el cuerpo inerte del hombre a una de sus estrechas bodegas de carga. Con una breve orden de llevar a Zhan-Yo al aeropuerto, los drones dejaron a Mynx y se alejaron volando.

—Lo quiero completamente fuera —dijo Mynx—. De vuelta a nuestras instalaciones.

—¿Cerca de casa? —Reeves, su IA, habló a través del Tama—. ¿No está eso demasiado cerca de la cumbre para alguien como él?

—Lo suficientemente cerca como para poder sacarle lo que le queda y aun así llegar a mi evento.

—¿No es eso un riesgo? —replicó Reeves—. No quiero parecer nervioso, pero poner a Zhan-Yo cerca de los Campeones es pedir una catástrofe.

—Estará sellado y sedado —dijo Mynx—. Tan pronto como tengamos nuestra charla, lo enviaré a la isla. Veremos cuánto dura con todos esos otros seres anómalos. Tal vez Thane le arranque la cabeza de un mordisco.

—Esa es una imagen sombría.

Mynx no lo negó, pero miró hacia la acera, donde Celice

había detenido su acecho y observaba desde un mirador. Esperando una conversación que tenía que suceder, una que Mynx no estaba deseando.

¿Qué hacías con la peligrosa y ambiciosa hija de tu mejor amiga?

—¿Adónde lo llevas? —preguntó Celice cuando Mynx se acercó. Ambas se volvieron para mirar el lago y los témpanos de hielo, lo mismo que había estado haciendo Zhan-Yo—. ¿A alguna cámara de tortura secreta, espero?

—Obtendremos lo que sabe. Apinya viene a la cumbre. Si Zhan-Yo no quiere hablar conmigo, entonces Apinya se apoderará de su mente.

—¿Qué crees que vas a encontrar? ¿Algún gran plan? —Celice se rio—. ¿Crees que un tipo que deambula solo por el lago tiene alguna gran fuerza esperando la orden de actuar? Deberías haberme dejado dispararle.

—Eso tampoco te habría hecho ningún favor —Mynx puso una mano en el hombro de Celice—. ¿Alguna vez has quitado una vida?

Celice negó con la cabeza.

—Él debería haber sido el primero.

—No —respondió Mynx—. Nunca deberías tener un primero. Mantén tu conciencia limpia. Tus sueños no serán tan terribles.

—Eso es lo que solía decir papá —Celice se apartó el pelo de la cara y puso las manos sobre lo que debía ser piedra helada—. Cada uno se queda contigo.

—Para él, estoy segura.

—¿Pero no para ti?

—Es diferente cuando estás en una máquina, o controlando una —dijo Mynx—. Yo no me lo tomo de forma personal.

Aegis había llegado a un acuerdo con Mynx, cuando los Campeones se dieron cuenta de que dar golpes de gracia no era suficiente. Cuando sus enemigos progresaron de criminales anómalos a ejércitos y estados rebeldes. Mynx diseñó armas capaces de arrasar con cientos, miles.

Hacer drones para destruir había sido fácil. Mynx había seguido la idea, impulsada por la retórica de Aegis y la necesidad filosófica de Apinya: crear un nuevo mundo, impulsado por aquellos con poderes en lugar de la codicia y la corrupción. Ella lo había logrado, y cuando esos primeros enemigos cayeron, destrozados por misiles y balas, Mynx no había sentido el dolor. La agonía desgarradora del alma que Aegis decía que venía con cada golpe fatal.

Pero tal vez lo había sentido y no lo sabía. Quizás la visión fría y entumecida que Mynx había adoptado en los años siguientes, donde las vidas hostiles eran obstáculos en lugar de personas, había llegado con esos primeros días y nunca se había ido.

—A papá le gustaba decir que los Campeones no practicaban la venganza —dijo Celice—. Nunca creí que eso fuera cierto. Se aferraba a las personas que lo habían traicionado a él o a los Paragones. Hablaba de ellos conmigo. Mis amigos de la escuela se reían de las películas o de algún parque temático mientras yo escuchaba sobre algún monstruo brutal al otro lado del mundo durante la cena.

—Tú eras su vía de escape. Aegis siempre intentó mantener la organización limpia. A mí no me importaba, pero él sabía que la gente no nos seguiría si guardábamos rencores. Si los seres anómalos más fuertes del planeta no podían perdonar, ¿entonces cómo podría hacerlo alguien más? Los Paragones tienen equipos que se mantienen alejados de los reflectores. Atrapan a criminales importantes, y luego nosotros los llevamos ante la justicia.

—Alejados de los reflectores. Eso es gracioso. Tú diriges a los rastreadores. ¿No son ellos como yo? ¿Dedicados a cazar a los infractores de la ley?

—Reeves dirige a los rastreadores más que yo —Mynx se estremeció, su traje cinético estaba casi vacío. Era hora de dirigirse a un lugar cálido—. No voy a darte un sermón, Celice. Tu padre fue asesinado, cómo lidies con eso depende de ti. Pero Zhan-Yo cometió un crimen, y tiene que pagar por ese crimen públicamente. Con la justicia de los Paragones, y nada más. Así que ya sea que lo dejes en paz para salvar tu alma, o porque tu padre habría querido que lo hicieras, no me importa. Elige una.

Mynx se apartó de la pared y se giró para dirigirse hacia una cápsula que la esperaba.

—Creí que eras mi amiga —Celice le preguntó a la espalda de Mynx—. ¿Y eso es lo que me dices, sobre el hombre que mató a mi padre? ¿Que elija?

—Todos tuvimos que tomar decisiones difíciles para llegar hasta aquí, tu padre incluido. Si quieres quedarte con nosotros, tienes que aprender. Los Paragones, los Campeones, son más grandes que tú y lo que tú quieres. Así que sí, elige una, y sigue adelante. El mundo ya lo ha hecho.

Duro, quizás. Pero Mynx se había enfrentado a decisiones similares a medida que crecía, al igual que los Paragones. En incontables ocasiones, habían tenido que decidir si eliminar a enemigos y antiguos amigos que ya no estaban de acuerdo con el creciente poder de los Paragones. Las pérdidas también debían ser despachadas. Llorarlas, darles un funeral y seguir adelante.

Si Celice aún lo deseaba, después de que Zhan-Yo tuviera su juicio, después de que su culpa y vergüenza fueran exhibidas ante el mundo para que cualquiera que pensara como él viera cuán bajo podían caer, Mynx le permitiría apretar el gatillo. Celice podría hacerlo en una habitación trasera, sin que nadie la viera. Extirpar su ira y comprobar si expulsar a Zhan-Yo del mundo de los vivos le proporcionaría alguna satisfacción.

Un cadáver nunca le había ofrecido consuelo a Mynx. La victoria, sí. La solución, sí. ¿El acto final? No. Mynx dejaba eso ahora a las máquinas. A ellas no les importaba y no fallaban.

Mynx observó a Celice mientras la cápsula se alejaba. La hija de Aegis se había vuelto hacia el lago, mirando fijamente sobre él como si su respuesta se encontrara entre el hielo.

Quién sabe, tal vez así fuera.

CAPÍTULO 37
LA PLAYA

EL PLAN de Arthur los mataría a todos. Thane lo sabía tan bien como sabía cualquier otra cosa, aunque la ostentosa presentación de Arthur, completa con un diagrama de arena incrustado en una tosca mesa, parecía convencer a Cassidy y a las otras anomalías en la amplia habitación.

El hecho de que estuvieran en una habitación en absoluto daba testimonio del poder de Arthur en la isla. Si el grupo de Cassidy tenía chozas junto a la playa y redes de pesca, la Duquesa lo mejoraba con un pueblo real y casas más grandes, aunque aún con techo de paja. Arthur tenía un pueblo frágil.

La explicación, mientras caminaban a través de una puerta de madera completamente funcional, recaía en varias anomalías cuyos poderes podían trabajar en unión para moldear la arena en vidrio estable y resistente. El aglutinante oscurecía la arena, haciendo que las paredes del pueblo, las casas y la puerta parecieran barro brillante.

Un aspecto interesante, y no uno que Thane elegiría si tuviera opciones, pero en una isla como esta, trabajabas con lo que tenías, y lo que Arthur tenía superaba al resto.

Aquí, en esta habitación, Thane incluso tenía una silla. Acolchada con un tejido de hierba y hojas, las sillas rodeaban la mesa central de Arthur en una casa iluminada con antorchas. Esa mesa, descubierta ahora para revelar una caja de arena en su interior con diagramas dibujados, llevó a Thane de vuelta a las reuniones de planificación de Paragon de hace mucho tiempo. Aunque rudimentaria en comparación con las computadoras, el verdadero poder de la mesa venía de que todos estuvieran de pie en el mismo lugar, compartiendo opiniones e ideas.

—En cualquier otro lugar, incendiarías el sitio —dijo Arthur mientras demostraba su propio poder al encender la primera antorcha. Thane no pudo detectar la luz más tenue a su alrededor mientras Arthur extraía la energía del sol para la primera llama, pero todas las otras antorchas disminuyeron cuando Arthur absorbió sus fotones para la siguiente en la fila. La anomalía tocó cada mecha sin encender, su brazo brillando, y las chispas saltaron y se propagaron—. Pero nuestras casas son fuertes, a prueba de fuego. Mejor que en casa, creo.

Claro, si no te importaban los pisos de tierra, la falta de plomería interior y vivir solo en lugares con climas ideales. Thane, sin embargo, mantuvo la boca cerrada. Deja que el hombre presuma de sus juguetes.

Thane podría quitárselos más tarde.

En la arena, acunada por versiones endurecidas de sí misma, Arthur había dibujado su plan para escapar de la isla. Thane, Cassidy y varias otras anomalías habían observado mientras Arthur ilustraba varias posiciones, responsabilidades y tiempos que, si se llevaban a cabo con un final absolutamente perfecto, arruinarían suficientes drones para permitirles escapar.

—No podemos luchar contra ellos directamente —dijo Thane, no por primera vez esa noche—. La mayoría de estas anomalías no tienen entrenamiento de combate, equipo o habilidades. Serán masacrados.

—Estarán protegidos —Arthur clavó un puntero de vidrio

en el centro de la arena, donde había dibujado una A para marcar su posición—. Atraeré a los drones, ¿recuerdas? Cualquiera que no pueda contribuir a la emboscada será escondido. Saltarán a las arcas y esperarán.

—Mynx hizo estos drones. No caerán en tu truco.

Arthur señaló a Cassidy:

—¿Y tú qué? Estás muy callada. ¿Vas a dejar que este siga lanzando insultos a mi plan?

—Estoy con Thane —dijo Cassidy—. No podemos ganar una guerra. Podemos, tal vez, lograr un escape.

—Exacto —continuó Thane, tratando de mantener su ira bajo control para no empezar a arrastrar las palabras y perder sus ideas—. Una flecha. Desde tus muelles directamente hacia el sur, hasta Hawái. Es el lugar habitado más cercano.

Bloqueado por Thane y Cassidy, Arthur se volvió ahora hacia las otras anomalías, extendiendo sus manos como un vendedor asqueado por las palabras necias que escuchaba.

—Ah, sí. Vamos directamente a donde Mynx, esta persona que afirman que lo sabe todo, sospecharía —dijo Arthur—. Si no destruyes los drones, entonces te seguirán. Atraviesa su línea y te cazarán.

Thane no podía discutir ese punto. Los drones definitivamente los seguirían, y lo harían con intención letal. Escapar significaría una retirada combativa hasta que pudieran perder su persecución. Lo cual, podrían hacer.

—Ahí es donde necesitamos ayuda —dijo Thane—. Pero con lo que estoy viendo aquí, creo que podemos lograrlo.

—¿Lograrlo? —preguntó Cassidy—. No pensé que ya lo hubiéramos resuelto.

Arthur se rio.

—¿Ven? ¡Ni siquiera conocen sus propios planes!

—No —dijo Thane—. Tú eres la clave. —¿Era Arthur realmente la clave? Thane no podía saberlo con certeza, pero generalmente ayudaba halagar el ego de alguien—. Los que hacen tu vidrio, pueden cubrir las arcas con una cúpula.

Sellarlas herméticamente, pero dejar una puerta. Luego, nos marchamos y te mantenemos protegido. Tú atraes la energía del sol y la envías al mar.

—Creando vapor —dijo Arthur, su sonrisa asentándose en una expresión seria que Thane tomó como una señal positiva—. Cegar a los drones por un momento, y luego sumergirse. Si el tiempo es el correcto, podríamos perderlos.

—Y no dejaremos a tantas anomalías para morir —dijo Cassidy.

Ahora Arthur asintió con ellos.

—Aún necesitaremos atraer a los drones hacia el centro. Sin eso, simplemente nos rodearán, y sumergidos o no, nos seguirán.

—Cualquiera que enviemos al centro no regresará a tiempo —dijo Thane—. Sería un suicidio.

—¡No es así! —dijo Arthur—. Y aquí veo una manera en que nuestros planes pueden unirse. Nunca tuvimos la intención de que el volcán fuera nuestro último bastión, sino más bien un punto de reunión para atraer a los drones, donde yo podría usar la luz y la energía de la lava para destruirlos. Tal cosa podría romper el volcán mismo, así que hemos estado haciendo planeadores.

Cassidy resopló y se cruzó de brazos.

—¿Planeadores? ¿Van a hacer estallar todas las máquinas y simplemente flotar de vuelta a casa?

—Por supuesto —dijo Arthur—. Habíamos estado trabajando con la Duquesa para abastecerlos, pero supongo que ustedes se encargaron de ella antes de enterarse de nuestro trato.

—No hablamos mucho —dijo Thane.

—Bueno, afortunadamente, nosotros sí lo hicimos. —Arthur clavó su bastón en el centro de la arena, como una bandera—. Atraemos a los drones, destruimos lo que podamos, luego planeamos hacia ustedes y escapamos. Perfecto.

—Estos planeadores —dijo Thane—. ¿Cuánto tiempo falta para que estén listos?

Arthur miró a otro anomalía, uno corpulento con ojos maníacos y manos que, Thane notó, nunca se quedaban quietas.

—Tenemos el diseño —retumbó el anomalía—. Un mes más para construir los prototipos, otro para probar y perfeccionar, y otro más solo para estar seguros. ¿Tres meses?

—No —respondió Thane—. Demasiado tiempo.

—¿Demasiado tiempo? Acaban de llegar. Nosotros llevamos años aquí. ¿Por qué tanta prisa?

—Porque ustedes llevan años aquí. —Thane clavó un dedo en la arena, rodeando la nave—. Tenemos suficientes anomalías. Juntos, podemos abrirnos camino hacia la libertad sin los planeadores. Y podemos hacerlo mañana.

—¿Mañana? Eso nunca funcionará. No. Necesitamos tiempo para prepararnos.

—Ya lo han tenido. He visto su pueblo. Tienen comida para almacenar, la mayoría de los anomalías de la isla que quieren irse ya están aquí. Esperar solo hace que irse sea más difícil.

—Tu prisa nos matará.

—Tu pereza nos mantendrá aquí para siempre.

—Pero estaremos vivos —dijo Arthur, y luego levantó ambas manos, llevando una a su frente para frotarse suavemente los ojos cerrados—. Lo siento, pero estoy exhausto, y esta discusión no está ayudando a mi dolor de cabeza. Continuaremos esta conversación por la mañana.

Después de una sesión así, Thane no se sentía nada cansado. Cassidy tampoco. Arthur, tras su declaración, hizo una segunda sobre su inminente hora de dormir y los otros anomalías hicieron lo mismo, permitiendo que Thane y Cassidy escaparan hacia la noche y un pueblo en reposo.

No necesitaron hablar para saber a dónde ir: la playa,

donde el grupo de Cassidy ya se había instalado con sus desgastados sacos de dormir. Los restos de una fogata hablaban de una cena magra, pero hasta ahora no había habido ni una sola pelea.

—¿Crees que puede funcionar? —preguntó Thane a Cassidy mientras se alejaban de los demás, con las olas lamiendo sus pies.

—Eres tú quien luchó tanto por ello.

—Lo sé, y creo en ello. Pero necesito que tú también confíes en el plan. Su valor flaqueará, y los demás te mirarán a ti, no a mí.

—Ja —dijo Cassidy, y luego señaló un punto en la playa a un metro por delante. Un agujero apareció, como si una cuchara invisible hubiera sacado la arena. El agua de mar se apresuró a llenarlo—. ¿Ves eso? En eso confío. Todo lo demás es solo una suposición.

La demostración dejó a Thane confundido.

—No entiendo. Si tenías tan poca confianza, ¿por qué viniste? ¿Por qué ayudarme?

—No eres tú. —Cassidy se detuvo y se volvió hacia el horizonte, abrazándose los hombros—. Es todo esto. Todos. Sé que nos estamos matando unos a otros, sé que no tenemos todas las cosas que solía amar. Sé que mi familia no está aquí. Pero Thane, como dijo Arthur, estamos vivos.

Ella lo miró, y Thane sintió que sus músculos se cansaban, se ablandaban mientras trataba de descifrarla. Intentaba ponerse en su mente.

—Para —dijo Cassidy—. Estás cambiando. Solo, déjame hablar. Luego puedes hacer tu cosa mental si quieres.

Thane usó la orden de Cassidy como motivación. Se aferró al más mínimo orgullo herido y dejó que esa herida lo reconstruyera. Cassidy esperó, alternando miradas hacia las olas y el rostro de Thane.

—¿Ya estás más o menos normal? —preguntó Cassidy.

—No tengo un estado normal —respondió Thane—. Pero no puedo leer tus pensamientos, si es a eso a lo que te refieres.

—Suficientemente bueno, supongo. Lo que estoy tratando de decirte es que tengo miedo. Tengo mucho que perder aquí, y me he estado preguntando, durante un tiempo, si ese no era todo el plan de Mynx. Si nos puso aquí para ver si podíamos convertirnos en mejores personas de lo que éramos.

—Ella no va a volver por ustedes.

—No sabes eso. Esos drones observan cada uno de nuestros movimientos. Tal vez todo lo que tenemos que hacer es pasar algún algoritmo y aparecerá un avión para llevarnos a casa. Si luchamos contra los drones, tal vez perdamos todo eso. Tal vez lo perdamos todo.

Thane no dijo nada. Era una elección, como lo había sido para Cassidy cada minuto que había estado en esta isla. Huir o luchar. Hasta ahora había estado huyendo, y todo lo que le había traído era pescado ahumado y la constante amenaza de que algún anomalía la masacrara mientras dormía.

Quería decir todo eso, pero parecía cruel. Innecesario.

—Entonces tienes que elegir —dijo Thane—. Yo o Mynx. Podrías irte esta noche, volver a tus chozas y pasar tus días esperando. O podrías actuar, conmigo, y controlar tu propio destino.

—Fácil decirlo cuando eres tan difícil de matar, cuando arriesgas tan poco.

Thane negó con la cabeza.

—Estoy arriesgándote a ti, y eso no es poca cosa.

Las palabras lo sorprendieron tanto como debieron haber sorprendido a Cassidy, pero eran ciertas de todos modos. Thane solo había conocido al Vacío durante unos días, pero habían pasado horas y horas juntos, habían conocido el peligro y la esperanza juntos, y, lógicamente, Thane supuso que tenía sentido.

Había pasado tanto tiempo desde que se había preocupado por alguien más allá de sí mismo. Tanto tiempo, que no estaba seguro de si aún sabía cómo hacerlo.

Pero cuando sintió que los dedos de ella encontraban los suyos, Thane aún sabía cómo tomarle la mano.

CAPÍTULO 38

TRABAJO DE DETECTIVE

EL ASESINO no quería ser encontrado. Kat examinó el rifle una vez más —una experiencia algo surrealista sentada en su sofá con un arma tan grande— y confirmó que todos los identificadores habían sido eliminados. Si es que el rifle alguna vez los tuvo. El cañón y el cuerpo parecían nuevos, o mantenidos con un cuidado fanático. Aunque la mayoría de las armas de fuego como esta eran de antes del control de Paragon, Kat apostaría a que esta había sido fabricada hace solo unos meses.

La ley de Paragon prohibía estas armas porque los Campeones no eran invencibles. La mayoría de las anomalías no eran Aegis y podían ser abatidas a distancia con un disparo bien colocado. Si Kat recordaba bien su historia, los primeros Paragons perdieron gran número de efectivos luchando contra cosas como esta y sus hermanas de disparo más rápido. Entonces, cambiaron de táctica.

Los padres de Kat le habían contado historias sobre aquellos días, cuando los Paragons estaban surgiendo y las anomalías estaban eligiendo bandos. Aquellos con las habilidades más fuertes, los que podían aniquilar a docenas o cientos o miles con un gesto, o neutralizar ejércitos con un parpadeo, se convirtieron en productos codiciados. Las naciones jugaban la carta de la lealtad, tratando de convencer a los ganadores de su lotería genética de que debían poner a su país por encima de sus poderes. Unirse a las filas, luchar por sus líderes.

Los Paragons ofrecían cambio. Igualdad en una organización que te respetaba y lucharía por ti. Con Aegis al frente, sobreviviendo a un intento de asesinato tras otro mientras los normales veían su inminente final, cualquier anomalía fiel a los suyos sabía qué camino tomar.

Una noche, mientras el mundo se acercaba al borde del conflicto global, los Paragons hicieron un movimiento definitivo. Kat no recordaba nombres, pero recordaba las imágenes. Sostenidas como tesoros de un pasado legendario, las fotos, videos y anécdotas daban a la noche —referida por los Paragons como "la Pacificación", y por todos los demás como "la última vez que los normales gobernaron el planeta"— su debido crédito: equipos de ataque de Paragon, usando anomalías y sus poderes combinados, destruyeron o inutilizaron casi todos los puestos militares significativos en todo el mundo.

La madre de Kat parecía luchar con las implicaciones que esto representaba: si los Paragons temían tanto a estas cosas, pero tenían el poder de obliterarlas todas en menos de doce horas, ¿no eran los Paragons aún más peligrosos? Su padre, sin embargo, se regocijaba en el momento. Fue cuando los Paragons pasaron de ser un grupo marginal a una fuerza mundial, de ser un punto en el radar a una inevitabilidad.

—Sabíamos que los verdaderos héroes cambiaban el mundo —había dicho su padre una vez, antes de que supieran que Kat no tendría ningún poder, que no sería una anomalía—. Ese día, demostramos que realmente podíamos hacerlo, y no pudieron detenernos.

Vaya frase que había cambiado conforme Kat crecía, cuando fue a su propia prueba de Portal, padres doblemente anómalos emocionados por ver qué podría hacer su hija con esos poderosos genes, y nada. Nada.

Rifles como este habían sido el poder de los normales durante tanto tiempo. Las pistolas aturdidoras que Kat usaba, esas pálidas imitaciones, se ajustaban a las líneas legales de Paragon. Evitaban que los normales se volvieran demasiado fuertes, de hacer exactamente lo que este asesino tenía en mente.

Los días después de su Portal se habían grabado a fuego en un largo tramo en la memoria de Kat. Sus padres intentaron ahorrarle el dolor, la vergüenza, contándoselo ellos mismos a los familiares, pero a Kat no le importaban los tíos y tías, abuelos, primos. Ni siquiera los otros niños en la escuela, la mayoría de los cuales resultaron como ella. Cualquiera al que los dioses genéticos le concedieran dones de anomalía desaparecía en los programas de Paragon.

Los pequeños cambios dolían. Cómo reaccionaban sus padres cuando Kat bajaba por la mañana, cómo hablaban, más ahora, de lo que podría querer hacer cuando se graduara. Un optimismo forzado teñía sus voces, y lo que había sido amor comenzó a sentirse menos así, una toxina filtrándose a través del tacto y el tono.

Así que Kat empezó a irse. Pasando noches con amigos, o en el parque, o la biblioteca, o en cualquier otro lugar menos en esa casa donde todo le recordaba a Kat que había fallado. Hasta que su hermana, por una suerte de lotería infinitamente peor que la de Kat, resolvió ese problema y creó millones más.

El rifle no tenía un número, no tenía un nombre adjunto, pero eso no significaba que el arma no pudiera ser rastreada. Alguien había fabricado la cosa, y no era la primera vez que Kat o los Paragons se encontraban con algo así. Lo bueno de gobernar el mundo: tendías a tener recursos.

Con los drones realizando la vigilancia y manejando la mayoría de las tareas policiales, las viejas estaciones alrededor de Chicago y, suponía Kat, en todas partes, cambiaron para apoyar las necesidades de Paragon en su lugar. Estas iban desde las quejas habituales sobre un dron que derribaba esto o aquello, hasta súplicas de ayuda de anomalías para rescatar, digamos, una mascota perdida. Kat usaba las estaciones para dejar a cualquier anomalía que hubiera capturado y, ocasionalmente, para acceder a algunos servicios que los Paragons se reservaban para sí mismos.

Como quién podría estar fabricando armas ilegales en la zona.

—Ese es bonito —dijo el Paragon, una mujer mayor con ese brillante uniforme azul, el pelo recogido en la única concesión que hacía a la severidad. Todo lo demás, desde su postura encorvada hasta sus ojos entrecerrados, hablaba de un aburrimiento aplastante que ni siquiera el rifle podía penetrar—. Dámelo.

Kat había cruzado el umbral de la estación, desde su aburrido vestíbulo con su estatua de Aegis idéntica a todas —estas serían, sin duda, reemplazadas eventualmente por el nuevo Campeón de Atlantis— hasta la red de pasillos que se extendía detrás. Celdas de retención para anomalías y normales se unían a los casilleros de equipamiento, separadas de las oficinas por gruesas paredes.

Kat había escuchado el discurso publicitario sobre las paredes de hormigón en escala de grises, supuestamente "a prueba de poderes". Los normales con fortunas previas a la rep las gastaban todas en casas hechas con este material. Ridículo. Nadie podía garantizar que una anomalía no pudiera hacer volar algo por los aires. O convertirlo en gelatina. O en nada en absoluto.

Ahora Kat observaba mientras la mujer levantaba el rifle, equilibrándolo entre sus manos. Kat hubiera jurado que el uniforme de la mujer de repente brilló un poco, como si se encendiera una lámpara, y la mujer asintió.

—Hemos visto armas como esta antes —dijo la mujer, colocando el rifle sobre su escritorio y tocando su Tama—.

Todas vienen del mismo lugar. No muy lejos de aquí, de hecho.

—¿Qué?

La mujer levantó la vista, tan confundida como Kat.

—¿No me has oído?

—No —Kat negó con la cabeza—. No, no lo entiendo. ¿Has dicho que tenéis más de estas?

—Oh, sí. No rifles como este, pero armas más pequeñas —la mujer se rió, como si las herramientas letales fueran simplemente hilarantes—. Es asombroso cuántas pierden estas personas. Nos las entregan todo el tiempo.

—¿Estas personas?

—Es un grupo —la mujer volvió a reír, aunque esta vez de manera más sombría—. Si se le puede llamar así. Recolectan estas armas de fuera de la ciudad. No sabemos qué hacen con ellas, pero de vez en cuando la fastidian, los atrapan o dejan caer una de estas cosas.

—Espera, ¿entonces esto ocurre a menudo? ¿Como si fuera algo continuo?

El tono de Kat enfrió la actitud de la mujer, y esta se reclinó detrás de su escritorio, manteniendo los brazos estirados contra la superficie, como si empujara a Kat hacia atrás.

—Suenas crítica, rastreadora —dijo la Parangón—. Yo cuidaría tu tono.

—¿Que cuide mi tono? ¿Me estás diciendo que habéis estado permitiendo que un grupo de asesinos armados anden sueltos por la ciudad?

—¿Asesinos? Para nada. No molestan a los normales. No nos molestan a nosotros.

Kat deseaba ser lo suficientemente ingenua como para aceptar esa respuesta y quedarse tranquila. Deseaba no poder conectar los puntos, deseaba no entender cómo los Elementales y los Paragones, que querían evitar que las anomalías lucharan en las calles, podían usar a otros agentes para ir tras ellos.

—Así que como están apuntando a los Elementales, principalmente, no os importa —dijo Kat.

—Eso es lo que dijo Innis. Ellos se mantienen en su carril, nosotros en el nuestro. No es como si los Elementales fueran indefensos: todas las armas que recibimos provienen de peleas que ganan.

—Sí, bueno, ya no más —Kat señaló el rifle—. Estas personas no están jugando limpio. Le dispararon a Calvin. Un Parangón. Y, no sé, ¿no os importa en absoluto estar del lado bueno aquí?

La mujer consideró a Kat por un largo momento. Tal vez reconciliando su yo actual con aquella que, hace quién sabe cuántos años, se había puesto ese uniforme azul con algo más grande en mente que dejar despreocupadamente que los asesinos hicieran su trabajo en su vecindario.

—Mira —dijo la mujer—. No soy una luchadora, y, en realidad, ninguno de nosotros aquí lo es. Para eso están los drones. Si quieres perseguir esto, enviaré la dirección a tu Tama. Ahí es donde se recogen todas estas armas.

—Gracias —dijo Kat, luego echó un último vistazo al largo rifle—. ¿Cómo lo sabes? ¿Puedes leerlo de alguna manera?

La mujer ofreció una triste sonrisa.

—Cuando alguien asocia una emoción fuerte a un objeto, puedo ver ese momento. Rastrearlo. Si quieres matar o herir a alguien, eso es algo importante. Todas estas armas, esa señal viene del mismo lugar.

Un lugar al que Kat iría, lista para meterse en problemas y lista para hacer lo que los Paragones no harían. Porque alguien tenía que hacerlo, maldita sea.

CAPÍTULO 39

INTERROGATORIO

ZHAN-YO CREPITABA COMO HIELO DERRITIÉNDOSE. Le dolían los huesos, los músculos se le retorcían mientras los nervios se agitaban, y su cerebro se llenaba de niebla. Aun así, podía ver las paredes, grises y lisas, como hormigón perfecto sin pintar. El suelo hacía juego, y cuando Zhan-Yo se dio cuenta de que yacía sobre esa superficie dura sin nada entre medias, los dolores cobraron sentido.

Especialmente cuando su Tama le dijo a Zhan-Yo que había estado allí tumbado durante horas.

Peor aún, su Tama no le decía nada más. Desconexión total de cualquier red. Solo un reloj parpadeante y un símbolo de error provenían del dispositivo en su muñeca, la conexión de Zhan-Yo con el mundo.

Una sola puerta se encontraba en el lado opuesto, enrasada con la pared y de un plateado brillante. Sin ventanas, y la luz blanca provenía de un techo luminoso, como si todo el conjunto constituyera una gran lámpara.

Mynx lo había capturado, Zhan-Yo recordaba eso. Probablemente le había salvado la vida, ya que parecía que Celice estaba a punto de apretar el gatillo. Si Zhan-Yo tuviera que adivinar, sin embargo, Mynx probablemente terminaría ese trabajo tan pronto como extrajera cualquier información que quisiera.

¿Y cómo obtendría ese conocimiento? ¿Torturaría a Zhan-Yo?

El pensamiento vino con una extraña mezcla emocional. Aprensión, sí, pero con un poco de emoción. Zhan-Yo nunca había sido capturado antes. Un hombre podía ser medido de muchas maneras, y ver cuánto tiempo podría Zhan-Yo resistir un interrogatorio era una de ellas.

Su lado racional descartó esta noción como estúpida, insensata. Abrazar una perspectiva tóxica. Zhan-Yo debería tener miedo, debería estar preparando lo que podría ceder para salvar su propia vida. La revolución solo tendría una oportunidad con él a la cabeza, sin importar a quién tuviera que entregar para permanecer allí.

La puerta se abrió con un chasquido, un silbido que le dijo a Zhan-Yo que el aire en esta celda en particular podía ser sellado. Asfixia, gas, todo era posible. Todo inquietante.

Lo primero que entró rodó sobre cinco patas estrechas, cada una terminando en una garra metálica flexible. Una máquina brillante y cuadrada de aproximadamente un metro de altura, con una protuberancia negra de cámara sobresaliendo de su parte superior como un forúnculo. Detrás de ella venía Mynx, y detrás de ella un tercero, un dron humanoide que Zhan-Yo reconoció de las operaciones de seguridad alrededor de Chicago. Este último sostenía un rifle aturdidor de grado militar, líneas azules recorriendo el metal gris del arma revelando su propósito.

—Nunca tuvimos una presentación adecuada —logró decir Zhan-Yo, sentándose y ocultando una mueca de dolor —. Gracias por salvarme.

—Yo no estaría tan contenta —respondió Mynx.

A pesar de toda su estatura, sus objetivos y su experiencia, el corazón de Zhan-Yo se agrió cuando Mynx le dirigió su mirada fija. Estar en presencia de una leyenda distorsionaba la realidad —Zhan-Yo había observado y apoyado a Mynx, Aegis y los otros Campeones durante mucho tiempo antes de amargarse con sus esfuerzos— y la habitación y su contenido se desdibujaron. Los oídos de Zhan-Yo zumbaban y sus ojos ardían mientras Mynx continuaba su silencioso juicio.

Se sentía como la decepción de su madre. Su propia vergüenza.

La lógica luchó contra la marea de emociones mientras Mynx hacía avanzar al dron delgado. Zhan-Yo no era un niño. Había considerado las consecuencias y las conocía antes de actuar. Los Campeones no eran sus padres. No tenían ningún terreno moral elevado. Mynx, Aegis, no eran los héroes que Zhan-Yo había idolatrado: esos eran mitos, estos eran personas.

Personas imperfectas.

Una respiración, dos. Enfócate, como solía decir Chloe, su instructora de artes marciales. En el conflicto, desecha lo extra y concéntrate en el aquí y ahora. Como en cómo este robot se había acercado mucho, y cómo Zhan-Yo no quería que la cosa lo tocara.

—No luches, o te noquearé de nuevo —dijo Mynx mientras Zhan-Yo se alejaba del dron—. Y me encantaría hacerlo, pero dificulta la conversación.

—¿Qué está haciendo esa cosa?

Zhan-Yo se puso de pie, de modo que el dron solo le llegaba a la cintura. El cambio no detuvo al dron, que siguió arrastrándose tras Zhan-Yo con un paso paciente. La máquina parecía saber que Zhan-Yo no tenía a dónde escapar, lo cual no hizo nada para calmar los nervios cansados de Zhan-Yo.

—Creo que eres un hombre inteligente —Mynx y el otro dron no se habían movido de sus lugares cerca de la puerta—. Y eras muy rico. Alguien como tú no lo arriesga todo sin un plan, y creo que un plan como el tuyo requiere ayuda.

Zhan-Yo retrocedió hasta una esquina, luego aflojó las rodillas mientras el dron araña se acercaba. Si tenía que luchar contra la cosa, lo haría. Cuando el dron se arrastró a menos de un metro, Zhan-Yo lanzó una patada. No conectó. O más bien, su pie golpeó la garra delantera del dron, que se había levantado a una velocidad absurda para atrapar el ataque de Zhan-Yo. El dron sacudió el pie de Zhan-Yo, y el antiguo líder de Ziran, la chispa de la revolución, se encontró aterrizando con fuerza sobre su espalda, mirando al techo blanco tratando de recuperar el aliento.

—No espero que me digas la verdad. No sin alguna confirmación —dijo Mynx, y por su voz, se había acercado—. ¿Sabes que nosotros no diseñamos el Tama? Los Campeones, quiero decir.

Zhan-Yo levantó la cabeza cuando sintió, vio, la segunda garra del dron araña aterrizar en su pecho y extenderse. La máquina inmovilizó a Zhan-Yo, y cuando intentó moverse, la presión aumentó para mantenerlo pegado, forzando el aire fuera de sus pulmones. Cuando Zhan-Yo se recostó de nuevo, la fuerza se relajó, permitiéndole respirar.

Esas eran las reglas.

—Conozco al inventor —dijo Zhan-Yo—. Ziran invirtió en su empresa.

—Los Paragones también lo hicieron, y fuimos muy persuasivos —dijo Mynx. Zhan-Yo miró a la izquierda, y allí estaba Mynx, solo que no miraba su rostro, sino su muñeca izquierda. La Campeona asintió una vez—. Su muñeca tiene todo lo que necesitamos.

—Imposible. Los Tamas borran todo cuando son removidos. Es la única manera en que usaría uno.

—Lo imposible es relativo.

Zhan-Yo sintió un pinchazo cerca de su codo, y en cuestión de segundos todo su brazo izquierdo se adormeció. Levantó la cabeza, con la máquina manteniendo su pecho abajo, e hizo todo lo posible por contener su grito en su mente.

Cuando se trataba de promesas en los tiempos modernos,

el Tama mantenía una inquebrantable. Tu amigo, tu maestro, tu memoria desde el momento en que te lo ponías hasta el momento en que morías, se suponía que tu Tama era tuyo, y solo tuyo. Claro, las cosas que transmitías desde él podían ser interceptadas, pero los datos que recopilaba sobre tu salud, las grabaciones que hacía, los momentos que almacenaba, todo impulsado por algoritmos diseñados para filtrar lo aburrido y mantener el significado, esos eran tuyos.

Solo tuyos.

El dron presionó otra garra contra la pantalla del Tama de Zhan-Yo. Los extremos metálicos se extendieron, cubriendo la cara, antes de que pequeñas solapas a lo largo de la garra se abrieran y lo que parecían cien pequeñas herramientas surgieran. Pequeños destellos azul-blancos chispearon mientras los dispositivos se extendían como un dosel sobre el Tama de Zhan-Yo, y él había visto suficiente fabricación de Ziran para saber que esas luces marcaban mediciones precisas.

—¿Cómo han mantenido este secreto? —susurró Zhan-Yo mientras las pequeñas herramientas encontraban sus posiciones—. Nadie lo haría...

—Piénsalo detenidamente —dijo Mynx, manteniendo sus ojos en el dron—. Lo descubrirás.

El dron, desde algún lugar profundo de sus entrañas mecanizadas, emitió un zumbido, y las herramientas se pusieron en movimiento. Sumergiéndose en el Tama, cavando en agujeros microscópicos que Zhan-Yo no sabía que existían, pero que debían haber estado allí. Debían haber sido puestos allí en el diseño. Con una puerta trasera instalada por los Paragones.

Con su brazo izquierdo adormecido, Zhan-Yo no sintió el peso abandonar su muñeca un minuto después. No notó que, por primera vez en casi quince años, sus brazos eran iguales. Sin embargo, podía ver, y el punto sin vello, blanco como el cloro en su brazo, parecía alienígena. Los Tamas usaban varios medios para mantener sus áreas esterilizadas y limpias, pero no podían, ni se aseguraban de que la piel que cubrían coincidiera con ningún otro lugar. ¿Por qué lo harían? Nunca estarías vivo para verlo.

El dron levantó el Tama, su pantalla y la pulsera de conexión colgando sueltas y flácidas en el aire. Por todo lo que contenía, el dispositivo parecía tan pequeño, tan insignificante.

—Voy a echar un vistazo a esto —dijo Mynx—. Desafortunadamente para ambos, voy a estar ocupada, así que puede que pase un tiempo antes de que vuelva con preguntas.

El dron levantó su garra del pecho de Zhan-Yo mientras retrocedía hacia la puerta. Las garras se soltaron, y la repentina desesperación al ver su Tama volando lejos de él, envió a Zhan-Yo a enroscarse y lanzarse hacia Mynx. La única oportunidad de recuperar el Tama, o de destruirlo, estaba en tomar a la Campeona como rehén.

Nunca lo logró.

El disparo aturdidor alcanzó a Zhan-Yo antes de que pudiera avanzar, y su medio levantamiento se convirtió en un espasmo mientras caía de lado, lejos de ser un poderoso guerrero, de una última resistencia, de cualquier cosa. Mynx observó, con un ceño que se transformaba en lo que parecía, casi, una tristeza genuina.

—Realmente crees en ti mismo —dijo Mynx—. Si ayuda, si importa, nosotros también. Y haremos cualquier cosa para proteger el mundo que hemos creado. —Su propio Tama emitió un pitido, y Mynx miró hacia arriba, se volvió hacia la puerta—. Descansa un poco. Intenta tener algunos buenos sueños, una última vez.

Zhan-Yo no vio a Mynx salir de la habitación, no escuchó al dron guardián encerrarlo de nuevo, porque cuando Mynx terminó de hablar, él dejó la consciencia atrás.

CAPÍTULO 40
EN EL LUGAR

A PESAR de haber arrebatado un Tama al potencial asesino de su amigo más antiguo, Mynx se sentía bastante bien mientras descendía hacia la plataforma de aterrizaje en la azotea del estadio. Durante la última semana, equipos de drones y humanos habían convertido el gigantesco recinto en un centro vestido de azul Paragon, listo para albergar a los Campeones del mundo, los líderes regionales de Paragon y un sinfín de grupos de proveedores que habían elaborado agendas apresuradas. Era realmente sorprendente lo rápido que podían moverse las empresas cuando se les daba la oportunidad de presentar sus visiones al órgano rector del mundo.

Y todo comenzaba hoy. Esta noche, de hecho.

—¿Quién ha llegado? —preguntó Mynx mientras el dron aterrizaba, este lo suficientemente grande como para que Mynx se sentara en una silla de verdad, en comparación con su estrecho jet o la colección de pequeños drones que llevaba para sus propias hazañas—. Dime que no son todos.

Sí, eventualmente Mynx quería que todos los Campeones se presentaran. Mañana comenzarían las verdaderas discusiones para llegar a un mensaje unificado de sucesión, una plantilla de cómo seguiría girando el mundo a medida que los

Campeones se retiraran o, por difícil que fuera pensarlo, murieran. Esperaba que el día de hoy sirviera como un calentamiento, un tentativo rompehielos para algunos que no se habían visto en años. Demasiado equipaje personal, demasiados egos frágiles a la vez, y Mynx temía que todo el evento pudiera colapsar antes de comenzar.

—Apinya y Burov están en las instalaciones —respondió Reeves—. Están hablando. Cortésmente.

—¿Alguien más en camino?

—Las cápsulas no muestran a nadie todavía, pero los registros de vuelos entrantes indican que todos los Campeones, incluida Pixie, han llegado al área de Los Ángeles.

—Así que la fiesta podría comenzar en cualquier momento.

—Yo no lo llamaría una fiesta.

Mynx asintió al aire. Reeves lo vería, por supuesto, ya que la IA estaba conectada a las cámaras que recorrían el estadio, a su propio Tama, a las cápsulas y al control de tráfico aéreo y a todos los demás sistemas en Pacifica. A veces reflexionaba sobre si darle a Reeves todo este poder era sabio; si no podía confiar en su propio código y los límites que imponía a Reeves, entonces debería destruir los drones también. Y cualquier anomalía con suficiente poder para causar daños a una escala similar.

En resumen, el mundo estaba lleno de desastres potenciales, y ahora mismo Mynx solo tenía espacio para uno.

Burov tenía la palabra en el centro del estadio, de pie sobre un escenario y alardeando ante Apinya sobre algo que Mynx se había perdido, afortunadamente. Ella había vagado por el laberinto que conducía de arriba a abajo y hacia un campo artificial, cubierto de sillas con letreros que guiaban a los asistentes del día siguiente a sus filas y grupos correspondientes.

—Gracias a Dios, nuestra anfitriona ha llegado —dijo Apinya, luciendo arreglado y radiante en un uniforme rojo de

Paragon, con el logotipo y las costuras de un negro puro—. Mynx, ¿puedes rescatarme de esta tortura? —Hizo un gesto hacia Burov—. Creo que si lo escucho más, perderé la poca cordura que me queda.

Burov, que mantenía el azul Paragon debajo, en un ingenioso homenaje a los viejos países que habían conformado su región, llevaba una chaqueta aparentemente entrelazada con sus banderas. Los Ángeles se mantenía cálido en febrero, así que Mynx no estaba segura de cómo el Campeón evitaba el sudor, pero Burov parecía tan impecable como Apinya.

El ruso no compartió el saludo comedido de Apinya. En su lugar, Burov saltó del escenario, pasó junto a Apinya y envolvió a Mynx en un abrazo que duró segundos. Su aliento olía a clavo, y Mynx tuvo que contenerse para no toser cuando Burov se apartó y pasó un brazo sobre un Apinya que ponía los ojos en blanco.

—¡Hemos llegado! —anunció Burov—. Los Campeones juntos en este magnífico lugar que has construido. Mira todo este azul. ¿Cuántas cámaras estarán rodando? ¿Estamos al aire ahora mismo? —Lanzó su amplia sonrisa alrededor, luego sacudió la cabeza mientras Mynx lo miraba con una ceja arqueada—. Mynx, sé que nunca has sido partidaria del espectáculo, ¡pero esta es una oportunidad que no se puede desperdiciar!

—Y sin embargo, cómo desearía poder hacerlo —respondió Mynx, sin lograr ocultar una sonrisa—. Me alegro de verlos a los dos, y me alegro de que estén aquí temprano. Si podemos establecer una posición, creo que nosotros tres podremos lograr que los demás nos sigan.

A su alrededor, los trabajadores de campo continuaban con la instalación, todos observados por varios drones de seguridad que flotaban. Paragons uniformados de azul de Pacifica recorrían el terreno y usaban sus habilidades para añadir destellos brillantes a la decoración, flotar hacia otros niveles o practicar la colocación de ilusiones para la ceremonia de apertura. Había actividad en abundancia, y eso traía oídos atentos, así que con Burov quejándose del repentino cambio a trabajo, los tres abandonaron el centro del estadio por uno de los palcos aburridos, pero mucho más privados.

El trío llegó hasta el pasillo exterior, dirigiéndose a las escaleras mecánicas. Los escalones negros en movimiento casi cubrían las pisadas que se acercaban, pero los Campeones, con hábitos forjados en batalla, no podían ignorar el sonido de pasos corriendo.

Tres personas, decididamente no vestidas de azul Paragon ni nada parecido, se acercaban a toda velocidad. El área alrededor de las escaleras mecánicas, una amplia extensión de hormigón con ventanas curvas del suelo al lejano techo en un lado y los niveles apilados en el otro, proporcionaba un campo de batalla ideal. Lo que encajaría perfectamente con las personas que se acercaban a ellos.

—No lo hagan —murmuró Apinya mientras el trío se acercaba—. No van a pelear.

Palabras fuertes. Rosamund encabezaba a los tres, su refinada compostura alterada por la carrera. Los otros dos, un hombre joven —Mynx había perdido la capacidad de adivinar una edad con precisión— y una mujer mayor, parecían estar en mejor forma, pero sus bronceados hablaban de hogares cercanos a este lugar, mientras que Rosamund había venido desde muy lejos, desde el noreste. No es que la distancia hubiera calmado la fría furia en su rostro.

—¡Sin invitación! —dijo Rosamund a modo de saludo—. ¡Ninguna! ¿Y aun así llaman a esto una reunión para determinar el futuro del planeta?

Aunque Rosamund habló directamente a Mynx, la Campeona de Pacifica no tuvo oportunidad de respirar antes de que Burov se interpusiera delante, una vez más con los brazos extendidos, como un showman burlándose de su público.

—¡Vaya, si no son los Elementales! ¿Se sentían excluidos, verdad? ¡Qué pena! Si quieren, los invito a venir a mi región cuando esto termine. Habrá mucha diversión allí para todos nosotros.

Rosamund le lanzó una mirada entrecerrada al ruso, luego lo rodeó y fue directo hacia Mynx. No era una mala jugada. Burov, a diferencia de los otros Campeones, había adoptado una línea dura contra las operaciones de los Elementales en su parte del mundo. Cualquier anomalía no afiliada a los Paragones era capturada, rastreada y puesta de nuevo en operación, y eso era todo. No importaba a qué organización dijeras pertenecer.

—¿Vas a dejar que esta bestia hable por ti? —dijo Rosamund.

—Burov, por favor —suspiró Mynx—. Este es mi hogar, no el tuyo.

Eso le valió un encogimiento de hombros desdeñoso del Campeón, pero Burov se hizo a un lado, que era todo lo que Mynx podía esperar.

—También es nuestro hogar, y queremos la oportunidad de luchar por nuestro lugar en él —dijo Rosamund, afortunadamente retrocediendo un paso—. Yo...

—¿Cómo entraron? —la interrumpió Mynx—. Necesito saber si la seguridad tiene fallos.

—Tu seguridad está bien —dijo Rosamund, y Mynx notó un ligero cambio en sus pupilas hacia la izquierda, en dirección al joven—. Nadie más puede hacer lo que nosotros hicimos, y no estamos aquí para pelear. Obviamente.

—No es obvio —observó Apinya—. Todo en su enfoque dice lo contrario. Pensé que los Elementales querían más que sangre en las calles, pero aquí están, como cualquier otro villano. Negándose a jugar según las reglas.

—Las reglas están amañadas —dijo Rosamund—. Todos lo saben.

Eso era porque quienes estaban en el poder habían hecho

las reglas, pero Mynx no lo dijo. Dejó que Rosamund y Apinya discutieran de ida y vuelta, sus argumentos volviéndose cada vez más esotéricos y abstractos. Había soluciones aquí, y pasaron de rechazos duros a dar a los Elementales un espacio para presentar su punto de vista, lo cual, no. Nunca.

—Puedes asistir —dijo Mynx—. Tú, Rosamund, y eso es todo. Y puedes escuchar, pero sin preguntas.

Rosamund resopló.

—¿Cómo es eso justo?

—No lo es, pero es lo que estoy dispuesta a ofrecerte —dijo Mynx—. Querías entrar, y te estoy dando esa oportunidad. Si no la arruinas, tal vez haya más después.

Apinya y Burov captaron la señal y se dirigieron hacia la escalera mecánica. Mynx, después de intercambiar miradas fulminantes con Rosamund por un segundo entero, los siguió. La Campeona sentía que le venía un dolor de cabeza, y aún tenía todo un día por delante. Reeves tendría que traer algo de té, tal vez algunas pastillas, si Mynx necesitaba bailar así durante horas todavía.

—¡Voy a estar aquí! —les gritó Rosamund mientras subían—. ¡Todos merecemos tener voz, Mynx!

Y Rosamund, desafortunadamente, sabía cómo usar la suya.

CAPÍTULO 41
EL GIRO

EL OLEAJE CAMBIÓ JUNTO con Thane. Al principio, en la oscuridad de la madrugada, cada chapoteo llegaba frío y punzante. A medida que Thane se esforzaba por alcanzar la determinación, la fuerza y el impulso, su cuerpo se unió al zambullido hacia la resiliencia, estrellándose contra las burbujeantes olas.

Detrás y alrededor de él en la playa, otras anomalías se levantaban para saludar al día a su manera. Algunos cobraban vida con sus propias habilidades: uno despertaba y se sacudía escamas doradas, como si mudara de piel, mientras otro se estiraba hacia el mar y, como una aspiradora, canalizaba el agua del océano en su mano ahuecada y la bebía. Rituales forjados en hierro a través de días, meses, años, despertando ante el mismo horizonte, la misma línea negra flotando allí, observándolos a todos.

—Siempre te levantas temprano —dijo Cassidy, sacudiéndose la arena de la piel mientras se acercaba a él—. Y esta agua está helada.

—¿Lo está? —dijo Thane, mirando hacia el oleaje—. No siento mucho así.

—Me di cuenta. —Cassidy entrecerró los ojos mientras el sol comenzaba su entrada.

Observar el amanecer se había vuelto algo común desde que Thane había llegado a la isla. Algo relacionado con la falta de luz artificial lo hacía levantarse cuando el cielo se tornaba azul gélido, luego púrpura y después naranja. Nunca parecía haber nubes en ese momento, y las estrellas se apagaban una a una, como si el universo se despidiera mientras Thane se enfocaba en la Tierra.

Ninguno de los dos dijo una palabra hasta que el sol tuvo su masa completa sobre el horizonte, tres motas negras empañando su superficie perfecta.

—¿Estás lista? —preguntó Thane.

—No nos estás dando mucho tiempo.

—No tengo mucho tiempo que dar —respondió Thane—. Cada día que pasamos aquí es un desperdicio. Los que quieran quedarse se quedarán, y los que quieran irse pierden un tiempo que nunca recuperaremos.

—Pero podríamos encontrar un mejor plan —dijo Cassidy.

A su izquierda, una anomalía se acercó al océano, pero seguía mirando hacia ellos. Thane la reconoció, pero no pudo ubicar el nombre hasta que Cassidy lo dijo, en voz alta y con suficiente picardía como para llamar la atención de Thane.

—Nos abandonó —dijo Cassidy cuando notó su mirada inquisitiva—. Éramos amigas, creía yo. Hasta que no regresó.

Sienna, con su largo cabello —casi todos en la isla tenían el pelo largo— extendiéndose detrás de ella con la brisa, le dio a Cassidy una pequeña sonrisa, luego se volvió hacia el océano. La anomalía se quedó quieta, como si cayera en algún trance meditativo, luego el brazo derecho de Sienna, con la mano cerrada en un puño, golpeó hacia el cielo.

Sienna bajó el brazo, luego lo golpeó hacia arriba de nuevo, y otra vez, y otra vez.

—¿Qué está haciendo? —dijo Thane. Los poderes de las

anomalías podían ser cualquier cosa, pero no había visto uno como este—. ¿Golpeando el aire?

—Solo observa —gruñó Cassidy.

El océano, a unos metros de distancia, se agitó y burbujeó. Las olas rompían donde antes no lo hacían, acumulándose alrededor de algún obstáculo oculto. Uno que se mostró momentos después con otro puñetazo de Sienna.

Un barco. No, una embarcación. Demasiado pequeña para ser un barco, y demasiado tosca. Thane estimó unos quince metros de largo, tal vez la mitad de ancho. Una cosa cuadrada que, sin embargo, captaba la luz del sol en su volumen marrón y brillaba como un adorno iluminado.

—Es vidrio tintado —dijo Thane.

Eso no podía estar bien —los botes de vidrio no existían— y sin embargo, ahí estaba. Suave y reluciente. La embarcación subió a la superficie, y Sienna siguió lanzando puñetazos, ahora arrojando rocas que habían sido cargadas en el bote y las lanzaba al océano en cascadas de enormes salpicaduras.

Thane había imaginado que la nave de escape de Arthur vendría de alguna anomalía, quizás moldeando un barco gigante de arena. Pero esto, esto también funcionaba.

—Sienna tiene un poder impresionante —dijo Thane—. Puedo ver por qué querías mantenerla cerca.

—Ella quería irse tanto como tú —respondió Cassidy—. Tiene hermanos en casa. Creo que no me moví lo suficientemente rápido para ella.

—Ahora lo estás haciendo.

Cassidy asintió. —¿Nos vamos esta tarde?

—Así es. Con todos los que quieran venir.

—Con todos los que quepan. —Cassidy pasó junto a Thane, dirigiéndose hacia Sienna, quien había cesado su ataque al cielo, con la cara enrojecida y los brazos frotándose entre sí.

Otras anomalías comenzaron a atender la embarcación, cargando provisiones y limpiando algas marinas y otros desechos aleatorios del océano que habían encontrado su camino a bordo. Más allá de su volumen, la embarcación tenía varios espacios para remos y una simple cabina hacia el frente, suficiente para proporcionar refugio a media docena en una tormenta. Thane vio a una anomalía levantar una escotilla y arrojar algunos cocos dentro, así que había, al menos, algo de espacio para carga.

Si lograban pasar más allá de los drones, quién sabe cuánto tiempo estarían navegando. Aunque las anomalías con las que había hablado, Arthur incluido, ubicaban la isla cerca de Hawái —las constelaciones en el cielo parecían confirmarlo—, Thane tomaría cada caloría que pudiera.

—Jefe. ¿Estás bien? —preguntó Sook, acercándose, como lo hacía el hombre con demasiada frecuencia.

—¿Estás con resaca? —juzgó Thane los ojos hundidos y la cara sudorosa del hombre.

Thane no diría que la isla facilitaba la bebida, pero las anomalías habían descubierto cómo hacer vino con frutas fermentadas, y los resultados habían estado en exhibición anoche. Una última fiesta para su prisión insular.

—Nada que un poco de sol no se lleve —dijo Sook, luego se inclinó y se salpicó agua salada en la cara.

—Al menos alguien lo está pasando bien. —Thane miró de vuelta hacia el campamento de Arthur y su creciente actividad—. Parece que Arthur se está movilizando para nuestra fuga.

—¿Lo están? —Sook, con la cara goteando, imitó a Thane—. No parecía así cuando vine hacia aquí.

—Míralos. Como hormigas, correteando.

—Vale, pero, ¿y ese de allí? —Sook señaló a un anómalo que caminaba hacia el océano y, con un esfuerzo, devolvía una simple trampa al mar—. ¿Por qué están colocando las trampas si nos vamos a ir?

Sook señaló a otro antes de que Thane pudiera elaborar una respuesta.

—Y esos dos, siguen trabajando en una nueva choza. ¿Para qué molestarse, sabes?

La advertencia de Cassidy resonó en la mente de Thane. No todos los anómalos querrían abandonar la isla, no todos querrían sacrificar esto por un desconocido aquello controlado por Paragon.

—Si algunos quieren quedarse, es su decisión —dijo Thane—. Siempre y cuando obtengamos los necesarios.

El barco, los drones, requerían suficientes anómalos con habilidades útiles. Sin conseguir su apoyo, el escape terminaría matándolos a todos. O ni siquiera comenzaría. Un final patético para un sueño que Thane no estaba dispuesto a sacrificar.

—Camina conmigo —dijo Thane—. Echemos un vistazo.

Sook se puso en línea, y mientras se alejaban de las olas besando la orilla, Thane notó que varios otros anómalos se desplazaban para ir con ellos. Los reconoció y se dio cuenta, con un destello, de que Sook se había tomado su trabajo en serio. El guardaespaldas había cumplido su promesa, había reclutado vigilantes.

A veces las mejores personas vienen de los lugares más sorprendentes.

El campamento de Arthur resultó estar tan ocupado como parecía, pero por cada anómalo que Thane veía cargando provisiones en el barco, o reuniendo equipos para el viaje, contaba otro enfocado en tareas inútiles. Nuevas construcciones, plantando y labrando jardines, reforzando muros de dunas que habían sido dañados por los vientos.

Una mujer que había estado en la casa de Arthur la noche anterior, cuando hablaron sobre los planes, estaba inclinada sobre un pozo fangoso, moldeando la tierra más dura en una vasija. Las manos del anómalo dejaban rastros rojos desvanecidos dondequiera que tocaban, rastros que humeaban y quemaban el barro, endureciéndolo.

—Estás haciendo cerámica —Thane inició la conversación, de pie sobre ella—. ¿Por qué?

—Porque la necesitamos —respondió la mujer sin levantar la vista.

—¿Para qué?

—Almacenamiento —La mujer comenzó a trazar, con su mano derecha, una espiral perezosa en el costado de la vasija —. Nuestras cosechas son lo suficientemente grandes ahora, necesitamos un lugar donde poner los excedentes.

—Excepto que no vamos a estar aquí después de hoy, y no necesitaremos ninguna vasija en el barco —Thane se sintió un poco estúpido, declarando lo que parecía obvio.

—Yo no me voy —respondió la mujer.

—¿Por qué?

Ella lo miró, su cabello sucio amontonándose alrededor de sus hombros, sus dientes manchados y su piel salada y seca.

—Porque Arthur me pidió que me quedara, así que me quedo.

Thane preguntó y la mujer respondió más preguntas, volviéndose cada vez más burlona con cada respuesta. Thane obtendría sus verdaderos creyentes, los que realmente querían abandonar la isla. Cualquier otro, los que estaban en la frontera, que no veían morir bajo el fuego de los drones como un noble final para su vida, se quedarían. Arthur los acogería.

Arthur los apoyaría.

Porque el maldito villano tampoco se iba.

CAPÍTULO 42

EN SUS PROPIAS MANOS

COMO ÚLTIMA COMIDA, Kat saboreó el sándwich y las patatas fritas. La grasa, la mostaza y el pan tostado. El lugar no era elegante, pero tenía proximidad: dos manzanas desde el destino. Kat llevaba puesto su traje, pero mantenía la máscara bajada. La gente solía ponerse nerviosa cuando entraba en modo de batalla completo en un espacio lleno de gente.

Kat pagó la comida y salió rápidamente a la fría calle, preguntándose por quincuagésima vez en la última hora por qué había decidido hacer esto sola.

El razonamiento era el siguiente: Gordon, aún recuperándose, no estaba en condiciones de pelear, aunque quisiera. Calvin, un fugitivo que había pasado su tiempo escondiéndose de enemigos en lugar de enfrentarlos, podría defenderse, pero la anomalía no había ayudado con el asesino. Era mejor mantener a Calvin en reserva, vigilando a Seeker y esperando una llamada.

Principalmente, sin embargo, Kat lo prefería así. Sin equipaje. Sin preocupaciones por nadie más que por su propia persona altamente capacitada y blindada.

Para ser una casa que traficaba con armas mortales, esta no parecía tan peligrosa. La pintura azul claro descolorida se mezclaba con un porche blanqueado, contraventanas de un azul más profundo y un césped cubierto de nieve para marcar todas las casillas de lo ordinario. Colgando de las ventanas del segundo piso, como para confirmar el ambiente aburrido, aún pendían algunas tiras de luces navideñas, sus dueños demasiado perezosos para quitarlas después de las fiestas.

Una pregunta: ¿ponerse la máscara ahora o después? La máxima protección dictaba entrar esperando muerte y destrucción, pero las peleas solían comenzar cuando un jugador entraba listo para una. Si Kat entraba para hablar, la gente de aquí podría estar dispuesta a complacerla. No podía estar segura de que el asesino estuviera aquí, y asustar a su única pista no ayudaría en nada.

Así que Kat optó por el término medio. Movió las muñecas para preparar las bombas de luz, ajustó su cuello para que con un rápido movimiento de cabeza la máscara se levantara, pero por lo demás dejó su cara de nariz roja y medio congelada expuesta al mundo.

Sin timbre, sin escáner Tama, así que Kat llamó a la puerta de cedro color tostado. Esperó. Exhaló un par de veces, formando nubes de vapor. Volvió a llamar. Esperó de nuevo.

Como si sincronizara sus pensamientos y su tendencia a derribar la puerta, un hombre la abrió de golpe. Se quedó detrás de la mampara con un atuendo que Kat describió como tácticamente elegante: Un suéter con renos se ajustaba sobre un chaleco antibalas obvio, mientras que unos pantalones negros cargados de bolsillos dejaban apenas espacio para que asomaran unos calcetines cubiertos de copos de nieve.

—No todos los días tengo una rastreadora en mi puerta —dijo el hombre, a través de la mampara—. ¿En qué puedo ayudarte?

Espera, ¿qué?

—¿Cómo supiste que era una rastreadora? —dijo Kat.

El hombre inclinó la cabeza, luego se encogió de hombros y abrió la mampara.

—No muchos normales llevan un equipo como ese. Y antes de que preguntes cómo supe que eras normal... —Se hizo a un lado, sujetando las puertas abiertas para ella—. ¿Por qué no pasas?

—¿Estás dejando entrar a una extraña en tu casa? —Kat intentó ganar algo de tiempo, entender el juego del hombre.

—Mejor que perder todo mi calor —respondió el hombre —. Vamos, entra, te prometo que aquí dentro se está bien. Hay café y todo.

Kat esbozó una breve y fría sonrisa.

—Bueno, si hay café...

Pasó junto al hombre, manteniendo los músculos tensos y los ojos en movimiento todo el tiempo. Inmediatamente dentro, la casa revelaba sus orígenes básicos. Una escalera central que conducía a un segundo piso, habitaciones a derecha e izquierda llenas de muebles genéricos de colores suaves que no decían nada sobre los propietarios, y un pasillo hacia atrás que Kat apostaría que llevaba a la cocina.

Toda la tensión hizo que se sobresaltara un poco cuando el hombre cerró la puerta detrás de ella. Kat se giró mientras el hombre reía, sintió que un rubor le subía por las mejillas y lo odió.

—¿Por qué estás tan nerviosa? —dijo el hombre—. Tú viniste aquí, ¿recuerdas? Ahora, vamos atrás. Hablemos.

—Alto —dijo Kat, manteniendo los brazos a los lados, donde, con otro movimiento de gatillo, sus fundas de pistolas aturdidoras podían salir para un desenfunde y disparo de microsegundos—. ¿Quién eres y qué está pasando?

—Rhimes —dijo el hombre, extendiendo la mano como para estrechar la de Kat. Ella miró la oferta, miró su amplia sonrisa dentuda, y le dio un único apretón, diciendo su nombre con el gesto—. Y Kat, lo que está pasando es que apareciste en mi porche luciendo como si estuvieras lista para algo duro. Yo estoy listo para una bebida caliente, así que estoy eligiendo esa opción, si te parece bien.

—Oigo lo que estás preguntando, pero lo que llevas puesto dice otra cosa.

Rhimes dejó que su sonrisa se rompiera por primera vez.

—Kat, ahorremos algo de tiempo y dejemos de hacernos los tontos. Estoy dispuesto a apostar que no apareces en todas partes con este aspecto, lo que significa que sabes lo que está pasando aquí y lo que proporcionamos. Así que, hablemos de cómo puedo ayudarte.

Honestidad cruda. Kat admiraba eso, de verdad. Hacía que las cosas fueran mucho más rápido. Cuando Rhimes terminó la admisión con una caminata hacia la cocina, Kat lo siguió, manteniendo la inspección y sin encontrar nada más que obras de arte genéricas que coincidían con la casa vivida y sin vida.

Una pequeña mesa servía como lugar de descanso en la cocina embaldosada, y Kat tomó asiento en una crujiente silla de madera mientras Rhimes agarraba un par de tazas y una jarra de la única cosa que realmente destacaba en la casa: una infusora de lujo, hecha por manos de anomalía para extraer el sabor y la cafeína óptimos de los granos según la cantidad de agua que pusieras. Esas cosas eran maravillosas, y Kat seguía debatiendo si darse el lujo de comprar una, siempre decantándose por más juguetes para Seeker en su lugar.

—Está realmente bueno —dijo Kat después del primer sorbo a chocolate y nuez.

—Siempre lo está —respondió Rhimes, disfrutando de su propia taza—. Entonces, ¿no pensé que a los rastreadores les gustara el negocio letal? ¿Reduce sus ganancias futuras?

—Cuando vi lo que le pasó a Aegis, pensé que debería conseguir mejor protección —respondió Kat, inventando una historia—. No todos juegan limpio.

—Por supuesto. ¿Los Paragones no tienen nada para ti?

—No me están prestando mucha atención en este momento.

Rhimes se rio, algo que parecía hacer a menudo.

—Claro. Tiene sentido. Déjame hacerte una pregunta diferente. ¿Cómo supiste que debías venir aquí? Nos gusta saber quién da referencias, para poder acreditarlas, ¿entiendes?

—Me encontré con alguien mientras trabajaba. Tenía algunas cosas impresionantes. Al principio no quería decirme, pero logré sacarle información sobre este lugar.

—Somos un grupo cerrado, nuestra gente. —Rhimes terminó el café de un largo trago—. No quiero apresurarte, pero pronto vendrá más gente, y preferiría que salieras antes de que lleguen. A los clientes no les gusta verse entre sí, ¿me entiendes?

—Claro. ¿Qué tienes?

—Sígueme —dijo Rhimes, poniéndose de pie—. Y, si puedes, deja el café. No queremos arriesgarnos a que las cosas se pongan desordenadas.

Kat hubiera preferido terminarlo, pero un delicioso café estaba muy por debajo de la necesidad de encontrar al asesino y entender cómo funcionaba este grupo. Comprar un arma a Rhimes no le daría exactamente lo que quería, pero ver las armas podría ayudarla a averiguar de dónde las estaban obteniendo.

Cuando Rhimes se acercó a una puerta sencilla, la abrió y reveló el sótano como su arsenal, Kat no tuvo que ocultar ninguna sorpresa.

—Es un poco cliché, ¿no? —dijo Kat mientras Rhimes la guiaba por unos escalones resistentes, de metal, que rompían con el ambiente habitual de madera de la casa—. ¿Guardar todos los secretos en el sótano?

—He descubierto que, al tratar con gente peligrosa, ayuda ser predecible —respondió Rhimes—. La gente mantiene los dedos lejos del gatillo si saben lo que viene.

Claro, lo que tú digas.

Kat no necesitó elaborar una respuesta, porque al llegar al sótano propiamente dicho, donde las luces se encendieron automáticamente —probablemente por detección de movimiento—, se terminó la conversación.

Kat nunca había visto nada que justificara la palabra "arsenal" hasta ahora. Kat pasó junto a Rhimes, quien se quedó al final de la escalera con una sonrisa de complicidad, y miró las pistolas, cuchillos, rifles largos y cosas más apropiadas para la acción militar directa, todo montado en paredes gris pizarra y organizado por letalidad.

El sótano tenía una segunda habitación también, y Kat vislumbró el extremo opuesto a través de una entrada sin puerta: armaduras, chalecos, botas y todo el equipo que un monstruo exigente pudiera desear.

—Impresionante.

—¿Verdad que sí? —dijo Rhimes, detrás de ella—. Es lo que buscabas, ¿no?

—Más bien un quién que un qué. ¿Tienen una lista de clientes? ¿Nombres, números, cosas así?

—Por supuesto. Pero no se la mostraríamos a nadie. Ni siquiera a una rastreadora.

Kat se dio la vuelta, enfrentando a Rhimes directamente.

—Los Paragones pueden ser un desastre, pero apuesto a que reunirían un equipo si supieran lo que tienes aquí. Esto es mucho más que unas cuantas armas.

Una vez más, Rhimes dejó que su sonrisa se desvaneciera en un ceño fruncido estudiado. El hombre era un maestro de las expresiones faciales, todo exageración hasta el punto en que Kat no podía decir si Rhimes estaba siendo serio o no.

—Creí que estábamos teniendo una agradable tarde —respondió Rhimes—. Lamento ver que se ha estropeado. —Extendió el brazo, se subió la manga del suéter sobre su Tama y tecleó algo por un segundo—. Tengo nuestra lista aquí mismo. ¿Te sirve una simple transferencia de Tama?

—¿Me la vas a dar así sin más?

—¿Cuáles son mis opciones? —Rhimes se acercó a ella, extendiendo su brazo izquierdo con el Tama—. Si digo que no, haces que los Paragones nos eliminen. Prefiero perder un cliente que perderlos a todos.

Una jugada razonable, aunque Kat aún sentía que la negociación había ido demasiado rápido. Demasiado suave. De todos modos, la lista de clientes reduciría el misterio. Con la propia base de datos de los Paragones, podría identificar algunos sospechosos probables y enviar drones para espiarlos a todos. Una vez que encontraran al adecuado, Kat podría hacer que los drones resolvieran el problema también. Fácil.

Kat extendió su propio Tama, justo delante de su muñeca desde sus guanteletes lanzacables. Rhimes se acercó, sosteniendo su Tama para tocar el de Kat. Un timbre sonó en ambos, confirmando la conexión. Ahora Rhimes necesitaba enviar el documento, y...

El hombre tenía una pistola en su mano derecha.

Kat no podía verla mientras los Tamas, juntos, bloqueaban la vista, pero reconocía un movimiento de desenfunde cuando lo veía. Un arma pequeña, a juzgar por lo fácil que se movía Rhimes, lo cerca que quería estar para usarla.

Kat no le dio esa oportunidad.

Kat echó la cabeza hacia atrás, y la máscara se activó, cubriéndola e inmediatamente resaltando el arma desenfundada como una amenaza. Rhimes apretó el gatillo y la bala rebotó en su repentino escudo, dejando una grieta sólida en el cristal de la máscara —maldita sea, muy cara de reparar— y haciendo que la cabeza de Kat diera un breve giro.

Reaccionó más por instinto que por otra cosa. Abalanzándose hacia adelante, usando su brazo izquierdo para apartar el arma de Rhimes mientras la mano derecha de Kat lanzaba rápidos golpes a los puntos de presión. Rhimes, sin embargo, aparentemente había estado en peleas antes y seguía bloqueando, amortiguando el ataque.

Peor aún, la máscara captó y resaltó, con pequeños pulsos

verdes, ruido desde arriba. Pasos que se acercaban rápidamente. La puerta principal también se cerró de golpe, después de aparentemente haber sido abierta con intenciones silenciosas. Refuerzos.

Nada bueno.

Kat cambió de estrategia. Alcanzó la muñeca derecha de Rhimes con su mano libre y la rompió, haciendo que el hombre soltara el arma. Kat la pateó debajo de las escaleras mientras Rhimes intentaba embestirla. Kat esquivó hacia un lado, sintió que Rhimes tiraba de ella al pasar, y ella se lanzó hacia las escaleras.

Tenía que salir. Ahora.

Kat alcanzó el primer escalón, vio que la puerta del sótano se abría para mostrar a otro hombre con máscara negra —demasiado robusto para ser el asesino— de pie allí. Levantó su muñeca izquierda, moviéndola rápidamente hacia el cable, y disparó. El hombre miró su muslo izquierdo, repentinamente adornado con un brillante gancho de acero, y Kat tiró. La pierna del hombre se le fue por debajo y se deslizó, de espaldas, por los escalones.

Desenganchando el cable con otro movimiento de muñeca, Kat saltó, con las piernas bombeando mientras pasaba por encima del hombre que se deslizaba como alguien saltando sobre un obstáculo. Subió los últimos escalones hacia el pasillo, y...

—¡Detente o disparamos! —gritó otra voz, esta vez de una mujer.

Esta estaba de pie guardando la puerta principal de la casa, con lo que parecía un rifle bastante pesado en sus manos. Un segundo grito llegó un instante después, desde detrás de Kat. En la cocina. Su máscara se nubló de rojo tanto por delante como por detrás, y luego añadió otro cuando los pasos anunciaron el ascenso de Rhimes.

—¡No querrás morir aquí, Kat! —gritó Rhimes desde las escaleras del sótano—. Sería un desperdicio.

—¿Un desperdicio de qué? —dijo Kat, girándose en ambas direcciones, tratando de encontrar una salida—. ¿Y no acabas de intentar dispararme?

Su traje podía soportar un par de impactos de armas pequeñas, pero no estaba diseñado para manejar fuego de armas pesadas. Se suponía que los rastreadores no iban tras villanos armados, sino tras anomalías de bajo nivel que desertaban. Los Paragones deberían estar manejando esto, no Kat.

Pero ellos no estaban aquí, y ella sí.

—Te di la segunda para que te salvaras —dijo Rhimes, acercándose—. Eres una normal, Kat, y una buena. No quiero verte muerta.

—Qué reconfortante —estalló Kat mientras pronunciaba las palabras y se lanzaba de vuelta hacia la cocina.

El hombre allí fue lento en apretar el gatillo, y la mujer en el frente ni siquiera intentó disparar. Probablemente fue lo mejor, ya que con Kat alejándose, el compañero del tirador quedaba justo en su línea de tiro.

Kat controló su zambullida al golpear las baldosas, saltando directamente hacia las puertas de cristal y el porche cubierto de nieve más allá. Atravesaría el cristal, girando la cabeza hacia un lado y desaparecería.

O sentiría al pistolero taclearla, lanzándola de vuelta contra la mesa y a través de ella, con las tazas de café aún encima. Los restos de comida de Kat se derramaron sobre ambos mientras ella golpeaba al hombre en el cuello antes de quitárselo de encima.

Allí estaba Rhimes, sudoroso y con un desgarro en ese suéter, sosteniendo una pistola aturdidora que se veía muy familiar. Kat se palpó el muslo derecho, donde Rhimes la había embestido abajo, y no encontró nada.

—Como dije —Rhimes levantó el arma—. No quiero verte muerta.

El dardo golpeó la máscara, justo en la grieta que Rhimes había hecho antes. Cuando había intentado matarla, sin importar lo que dijera. Kat sintió el pinchazo en la frente, seguido del entumecimiento helado.

Kat se vengaría por eso. Los atraparía a todos.

Justo después de que recordara cómo caminar, hablar, pensar o evitar que sus ojos se cerraran.

CAPÍTULO 43
OTRA OPORTUNIDAD

SIN VENTANAS, sin Tama, sin tiempo. Zhan-Yo no podía estar seguro de cuándo se despertó, solo que lo hizo solo. Aún en la habitación sellada, dejado allí con dolor de cabeza, el estómago rugiendo y la garganta seca. El estado ideal para contemplar fracasos. Oportunidades perdidas.

Si Zhan-Yo se había sentido frustrado cuando la muerte de Aegis no logró crear un gran levantamiento, al menos tenía la esperanza de poder intentarlo de nuevo. Iniciar una revolución de alguna otra manera. Ahora, sin embargo, su Tama le daría a Mynx toda la información que necesitaba para ir tras cualquiera que lo hubiera ayudado alguna vez. Wexley sería el primero, y probablemente Ziran mismo le seguiría. Entonces Mynx podría empezar a derribar a cada jefe corporativo, ciudadano ardiente y verdadero patriota con quien Zhan-Yo se había reunido a lo largo de los años. Una limpieza total, como algo de las épocas más brutales de la humanidad.

Todo porque había dado un paseo al lago.

Zhan-Yo tamborileó con los dedos en el suelo de la celda, los observó moverse y trazó las venas en sus manos. Ahora resaltaban más, con su piel adelgazada. Una metáfora viviente mientras Zhan-Yo perdía las piezas extras de su vida, recortando hasta lo esencial. Sylvie podría haber apreciado esa evaluación, pero entonces, ella siempre había sido cien por ciento esencial. Sin distracciones, solo el trabajo.

Se levantó, olfateó y tosió por el olor de su ropa, aún la misma que se había puesto antes de salir del lugar de Wexley. La deshidratación significaba que Zhan-Yo no necesitaba usar el baño, que encontró por accidente cuando se paró en la única baldosa del suelo de un color azul brillante. Detrás de él, una baldosa se había deslizado para revelar un agujero y, desplegándose desde el lado como un juguete ingenioso, un pequeño artilugio con desinfectante y papel higiénico.

Verdaderamente, vivía en tiempos maravillosos.

En una exploración ociosa, Zhan-Yo intentó jugar con el artilugio del inodoro ahora. Envolvió sus manos alrededor de la barra de metal que sostenía el rollo y el dispensador de desinfectante y tiró. No se soltó. Ni siquiera se movió. Quizás algún Paragon lejano, o tal vez un dron, se reía de él.

O quizás en algún lugar más cercano.

Escuchó un staccato corto, lo que podría haber sido verdaderas carcajadas. Mynx podría haber programado los drones con la risa más humillante por despecho, sometiendo a Zhan-Yo a una burla despiadada. Volvieron a sonar, más fuertes esta vez, cada una fundiéndose con la siguiente, como si la persona no pudiera dejar de reír.

—¡Sí, sí! —gritó Zhan-Yo hacia la puerta, bajándose de la placa y dejando que el inodoro descendiera hacia el secreto—. Estoy seguro de que todo es hilarante para ti.

Habría continuado gritando a su atormentador sin nombre, pero incluso gritar esa única línea le raspó la garganta, las palabras saliendo ásperas y duras. En su lugar, Zhan-Yo se acercó a la puerta y golpeó. Luego la golpeó de nuevo, y otra vez.

La risa se encontró con su tercer golpe, fuerte y dura. Haciendo vibrar la puerta. Profunda y aguda. Diferente a cualquier risa que Zhan-Yo hubiera escuchado jamás, y lo suficientemente extraña como para que retrocediera, preguntándose si Mynx había decidido acabar con él ahora mismo. Si sentía que mantener a Zhan-Yo, el revolucionario de broma, se había vuelto tedioso.

Otro golpe seco afuera y la puerta de la celda se abrió de golpe, con humo blanco saliendo por los bordes, antes de abrirse de par en par. Xander, uno de los Paragons traidores de Chicago, entró, luciendo tan confundido y asustado como Zhan-Yo. Detrás de Xander, Zhan-Yo pudo distinguir a otros, escuchar gritos y más golpes. No risas, se dio cuenta, sino armas. Armas reales en una instalación de Paragon.

—¿Qué estás haciendo aquí? —dijo Zhan-Yo, inclinando la cabeza.

—Viniéndo por ti —respondió Xander—. Tenemos que irnos, ahora. Antes de que se den cuenta de lo que está pasando.

Zhan-Yo había visto suficientes películas, leído suficientes historias para reconocer una fuga de prisión cuando la veía, y aunque esas historias tendían a castigar a alguien por huir, no tenía exactamente mucho que perder. Cuando Xander comenzó a hablar, Zhan-Yo ya había comenzado a moverse hacia la puerta. Para cuando Xander terminó, Zhan-Yo ya la había atravesado.

Zhan-Yo había esperado un pasillo, celdas alineadas en paredes sólidas con todos los adornos sombríos destinados a las prisiones. En cambio, salió de su celda y entró en un espacio amplio, un piso entero con su sección central cubierta de vidrio. La celda de Zhan-Yo, en efecto, se unía a otras alrededor del borde exterior del piso, cada una abriéndose a baldosas de pizarra dura. Sin ventanas, excepto ese pilar central, cuya construcción transparente se extendía, aparentemente, desde el fondo hasta el mismo techo.

La luz del sol que entraba revelaba el trabajo realizado por los potenciales rescatadores de Zhan-Yo, ya que los drones llenaban el espacio, desplomados y chispeando en grupos en las esquinas mientras hombres enmascarados con equipo táctico negro arrastraban y tiraban los robots unos con otros.

—Así que sigues vivo —dijo Mathieu, acercándose y dándole a Zhan-Yo alguien en quien enfocarse, para tratar de superar su conmoción—. No podíamos estar seguros de que ella no te hubiera matado.

—¿Cómo? —Zhan-Yo asintió más allá de Mathieu hacia el equipo, y notó que Stubbles también estaba allí, luciendo enfermo mientras ayudaba a apilar un dron araña sobre su camarada gladiador.

—Tu Tama —dijo Mathieu—. Wexley lo había rastreado, así que sabíamos que habías venido aquí. Cuando desapareciste por un momento, mientras aún veníamos, pensamos que estabas muerto. Luego tu Tama volvió a conectarse.

—Mynx lo tomó.

—Todavía lo tiene, creo —dijo Mathieu—. Está en el edificio, pero no tenemos tiempo para buscarlo. Mynx probablemente ya esté en camino.

Zhan-Yo quería escuchar más, pero con el último dron agrupado, los mercenarios colocaron lo que parecían explosivos plásticos —cubos beige con pequeños detonadores negros— junto a cada grupo. Uno hizo una señal a Mathieu, y Zhan-Yo no necesitaba una traducción para saber que necesitaban irse.

Solo que, ¿cómo? No parecía haber una escalera, o un ascensor.

—Vamos —dijo Mathieu, pisando el cristal—. Tienes que admitir que es una forma bastante ingeniosa de moverse.

—¿Qué es? —preguntó Zhan-Yo, pisando también el cristal.

Marcus, el otro traidor Paragon, se acercó a ellos y le dirigió a Zhan-Yo una mirada cautelosa.

—¿Listos?

—Vamos —dijo Mathieu.

Marcus tecleó en su Tama, seleccionando cosas que Zhan-

Yo no podía ver, y todo el suelo se desplazó, hundiéndose hacia el suelo. Las baldosas blancas, junto con los cuerpos de los drones, permanecieron inmóviles.

Un ascensor del tamaño de un piso. Ineficiente, a menos que quisieras evitar que tus prisioneros escaparan. Si Zhan-Yo hubiera logrado atravesar su celda, se habría encontrado con una caída de una docena de metros esperándole.

—Menos mal que encontramos a estos Paragons —decía Mathieu—. Parece que este es un centro regional, lleno de inútiles. Marcus, Xander podría entrar tranquilamente con sus credenciales.

—No las tendrán por mucho tiempo —dijo Zhan-Yo.

—De todos modos las íbamos a perder —dijo Xander, aunque su mirada abatida insinuaba que el costo no era gratuito—. Solos, estaríamos muertos. Contigo, tal vez tengamos una oportunidad.

El ascensor de cristal llegó a la planta baja, encajándose en el vestíbulo. Mathieu ordenó a todos salir por las puertas dobles que daban hacia el sol de la tarde, luego agarró el brazo de Zhan-Yo y le entregó un pequeño dispositivo negro.

—¿Quieres hacer los honores? —dijo Mathieu.

Zhan-Yo lo hizo, y salieron corriendo mientras sonaban explosiones arriba, con la metralla cayendo detrás de ellos en hermosos estruendos metálicos.

Tres grandes cápsulas de pasajeros esperaban, sin duda desconectadas de su red central. Mathieu confirmó la suposición de Zhan-Yo cuando, después de enviar a Xander y Marcus al primer vehículo, se deslizó en el asiento izquierdo del segundo, con el volante de emergencia levantado y activo. Zhan-Yo tomó el derecho, y otros dos mercenarios completaron el vehículo.

—Tengo contactos con una casa segura al este, cerca del desierto —dijo Mathieu—. Con la cumbre, apuesto a que tendremos tiempo de averiguar a dónde ir después antes de que alguien venga a cazarnos.

Sí. Podrían arrastrarse de vuelta a sus agujeros, podrían esconderse y esperar a que Mynx viniera a buscar a Zhan-Yo de nuevo, esta vez con fuerza letal. Sin su Tama, Zhan-Yo no tenía poder de negociación. Ella simplemente lo mataría, y a todos los demás.

—¿Dijiste que el estatus de Paragon de Marcus y Xander aún está activo? —preguntó Zhan-Yo mientras las cápsulas arrancaban.

—Así es como entramos al edificio.

Zhan-Yo miró hacia atrás, hacia la prisión. Sin ventanas, con toda esa gruesa piedra marrón, sus bombas no habían dejado marca. Demasiado parecido a los propios esfuerzos de Zhan-Yo.

—No vamos a ir a la casa segura —dijo Zhan-Yo—. Llévanos al centro, pero sepáranos. No lo hagamos sospechoso. Todavía podemos ejecutar el plan.

—Cuando se entere de lo que ha pasado aquí, Mynx no dejará que nadie se acerque —dijo Mathieu—. El plan se ha ido al traste, Z.

—No —Zhan-Yo miró por las ventanas de la cápsula hacia el lejano centro de Los Ángeles—. He estado donde Mynx está ahora. No lo cancelará, no declarará una emergencia. Mynx está recibiendo a todos sus rivales, y no puede parecer débil. Vamos.

CAPÍTULO 44

EN EL PALCO

CON LOS ELEMENTALES APACIGUADOS, Mynx, Burov y Apinya llegaron al palco superior para un almuerzo tardío. Uno que Mynx, sintiendo ya que su resistencia social se desgastaba, esperaba que fuera pequeño, con solo un invitado sorpresa.

Pixie, sola en la habitación, picoteaba de un bufé central repleto de comida de Pacifica. Los tacos se mezclaban con pescado recién capturado y piña hawaiana. Almendras y anacardos permanecían en cuencos en los bordes de la sala, perfectos para picar. Reeves, a quien Mynx había encargado el catering, había cumplido su cometido.

—Nos has ganado —dijo Mynx, guiando a Apinya y Burov a la habitación y esbozando la sonrisa más cálida que pudo encontrar—. Los Elementales llegaron e hicieron una escena.

Pixie, con la paciencia curtida que solo se encuentra en las madres, asintió.

—Oí que podrían venir.

—Y ahora están aquí —dijo Mynx—. Pero acordaron comportarse, así que hagamos lo que nos propusimos. —Una pausa incómoda; las transiciones no eran el fuerte de Mynx

—. Pixie, este es Burov, y esta es Apinya. No sé si ya os conocíais.

—No nos conocíamos —Apinya extendió una mano que, después de dejar su pequeño plato en la mesa, Pixie estrechó—. Bienvenida a nuestro pequeño club.

—¡Sí! —exclamó Burov, tomando la mano de Pixie tan pronto como Apinya la soltó—. No envidio tener que seguir a Aegis, pero te deseo suerte. Semejante legado me haría salir corriendo por esa puerta y alejarme lo más posible.

—Burov —dijo Mynx—. Por favor.

Pixie, sin embargo, se rio. Una risa profunda, pero suave, con una calidez genuina.

—Aegis y yo éramos buenos amigos. Luchamos juntos durante mucho tiempo, y con Nueva York tan cerca de Boston, éramos más compañeros que otra cosa. No veo esto como si estuviera ocupando su lugar, sino más bien como si estuviera al lado de lo que él construyó, haciendo lo que pueda para mejorarlo.

Silencio. Mynx no pudo evitar sentirse impresionada. Especialmente después de Innis, el traidor inútil, los líderes regionales de los Paragons habían caído en la estima de Mynx. Aquí, sin embargo, llegaba Pixie, lista con gracia y humildad para caminar a la sombra de una leyenda.

Mynx se habría escondido. Se habría enterrado en el trabajo para distraerse del momento hasta que hubiera pasado por completo. Una versión más joven podría haberse sentido celosa, haber envidiado a Pixie y su confianza. La Mynx de hoy lo apreciaba, lo respetaba.

—Bueno, creo que hemos tomado la decisión correcta —dijo Mynx—. Pixie, estoy encantada de darte la bienvenida a nuestras filas. Los otros Campeones deberían ir llegando en las próximas horas, y espero que puedas conocerlos a todos antes de que te presentemos al mundo.

El almuerzo continuó, el cuarteto devorando la comida y manteniendo una conversación fluida sin que, de alguna manera, surgiera el drama que solía aparecer cuando los Campeones se reunían en un solo lugar durante más de un minuto. Incluso Burov, con su rostro ceroso ocultando cualquier emoción que hubiera robado para el día, parecía menos espeluznante de lo habitual. Mynx incluso podría haberse reído.

Dos veces.

Una hora se extendió a dos, y llegó Mila, seguida de Lukas y los demás, hasta que todo el grupo se paseaba, intercambiando historias. En general, Mynx estaba asombrada. Ni un solo arrebato, ni una amenaza o rencor antiguo salió a la luz.

—Mynx —dijo Pixie, apareciendo al lado de Mynx mientras la Campeona de Pacifica buscaba un respiro mientras rellenaba su vaso de agua—. Una pregunta.

—Dime.

—Sé que algunos de los otros Campeones tienen familias —dijo Pixie—. Pero, con lo que le pasó a Aegis, espero poder conseguir algunos de tus drones para que vigilen a mis hijos. Y a mi marido.

—Pixie, tú mandas sobre todos los drones que hay en Atlantis —dijo Mynx, retirando su vaso lleno, un plástico azul Paragon que, después de este evento, encontraría su camino a un reciclador alimentado por anomalías—. Puedes ordenar a cualquiera de ellos que vaya a donde sea.

—No, me refiero a que quiero algo mejor —dijo Pixie, y Mynx captó el tono—. No soy Aegis, no soy el mismo tipo de luchador, y no vivo en el Bastión. Mis hijos son vulnerables.

Una pregunta difícil de responder. Sí, Mynx podría diseñar un nuevo dron. Podría añadirle todo tipo de artilugios y dispositivos para convertirlo en la mejor máquina jamás construida. Pero eso no respondería a la pregunta fundamental de Pixie, su preocupación principal.

—Eres una Campeona, Pixie —dijo Mynx—. Ahora serás un objetivo. Tu familia también, tal vez. Pero no estás sola. Nos tienes a todos nosotros, tienes a los Paragons. Los drones.

Cualquiera que te ataque será encontrado y se le hará frente. Puedo prometerte eso.

—No me importa la venganza.

—Entonces haz lo mejor que puedas para protegerlos —dijo Mynx—. Múdate al Bastión. Haz lo que hizo Aegis. Contrata tutores. Mantenlos con Paragons de confianza.

—Hacer eso les impediría tener una vida normal. Perderían a sus amigos. —Pixie miró su Tama, que zumbaba con un mensaje de, Mynx supuso, uno de esos mismos niños—. No me importaba dirigir mi región, pero ¿esto?

—Esto es lo que eres ahora. Lo siento, Pixie, pero no hay vuelta atrás. Te elegimos. Atlantis, el mundo, te necesita. ¿Nos abandonarías?

—¿Por mi familia? Absolutamente.

Mynx respiró hondo. Esta no era la conversación que debería estar teniendo. Apinya sería mejor para esto. Pixie, sin embargo, parecía necesitar una respuesta ahora.

—Pixie, yo...

Las puertas de la habitación se abrieron de golpe, con fuerza suficiente para rebotar en sus bisagras. Celice, aún con el mismo equipo que llevaba en Chicago, lista para la pelea, entró a empujones, lanzando miradas fulminantes a todos a la vez. Después de un breve segundo escaneando la sala, durante el cual Apinya dio el primer paso fluido hacia ella, Celice se centró en Mynx y Pixie.

—Aquí viene —dijo Mynx—. Estás a punto de ver por qué te necesitamos.

Pixie no dijo una palabra. Inteligente.

—¿Qué habéis hecho con él? —Celice abrió la conversación—. ¿Dónde está?

—A salvo, seguro —respondió Mynx.

—¿De quién estamos hablando? —Apinya se unió a la conversación, dejando que Pixie se desvaneciera en la sombra de Mynx, lejos del calor de Celice—. ¡Celice, hace tanto que no te veíamos!

—Cierra la boca, Apinya. Estoy hablando del asesino de mi padre. Mynx lo tiene, y quiero saber dónde.

Apinya miró hacia Mynx, y ella le dio un leve asentimiento, manteniendo la boca cerrada por lo demás. Que el diplomático se encargue de esto.

—¿Porque quieres venganza? —dijo Apinya.

—Maldita sea, claro que quiero venganza —respondió Celice, apuntando con un dedo acusador hacia Mynx—. Casi la tenía en Chicago antes de que ella se lo llevara. Esperaba, tal vez, ver algo en el camino hacia aquí que indicara que estabas haciendo algo, Mynx. Cualquier cosa. Pero no. Todo el mundo sigue pensando que anda suelto por ahí, libre.

—No lo está —replicó Mynx—. Si le decimos al mundo que lo tenemos...

—Entonces demuestras que hay un precio que pagar si atacas a los Paragones —dijo Celice—. Demuestras que mi padre obtendrá justicia.

—¿Así es como funciona? —dijo Apinya—. ¿Justicia? Parece que recuerdo que anuncios como este provocan más peligro que lo que aplacan. Quizás impulsen a los seguidores de este hombre a salir a la luz. En cambio, lo hacemos desaparecer por un tiempo y el fervor se apaga. Luego, cuando mostremos a un hombre quebrado y perdido, la causa será olvidada.

Celice cerró los ojos. Apretó los puños. Mynx conocía las señales: Apinya usando su habilidad, masajeando su mente. Nunca había visto que se lo hiciera a otro Paragon antes, mucho menos a alguien como Celice, que sabía lo que Apinya podía hacer. Sin embargo, como si se aflojara la tensión de una cuerda, el rostro de Celice se relajó, sus hombros se hundieron y unas lágrimas perdidas reemplazaron la furia que había encendido a la hija de Aegis un momento antes.

Con un gesto de Apinya, Burov se acercó y puso una mano gentil sobre el hombro de Celice. Bajo esa máscara, Mynx no podía ver lo que sucedía, no podía ver esas manchas cambiantes, pero cuando Celice estalló en un llanto desconsolado, vio los efectos. Apinya había preparado a la mujer, y Burov la había empujado al límite.

Antes de que Celice abriera los ojos, el ruso se alejó, volviendo hacia Mila y Lukas, como si nunca hubiera estado cerca.

—Lo siento —dijo Celice—. Es que, simplemente no puedo seguir así. Él era todo lo que tenía, en realidad.

—Ven —Apinya la rodeó con un brazo gentil—. Vamos a buscarte algo de comida, mucho vino, y me puedes contar todas tus historias favoritas sobre tu padre.

Una frase así no habría funcionado con una Celice con la mente clara, ni con la propia Mynx, pero con Apinya guiándola, la hija de Aegis aceptó el consuelo y se dirigió hacia el bufé.

—Eso —dijo Pixie—, eso fue increíble.

—Horroroso, en realidad —respondió Mynx—. Aunque sí lo tenemos. A Zhan-Yo. Pronto tendremos a todos con los que alguna vez trabajó. Los atraparemos a todos. Incluso dejaré que ella apriete el gatillo, si quiere.

Su Tama vibró. Enojado, urgente. Una vibración reservada para emergencias. Mynx lo miró. Leyó el mensaje una vez, dos veces.

—¿Qué pasa? —preguntó Pixie.

—Todo.

CAPÍTULO 45
EL REY EN SU CASTILLO

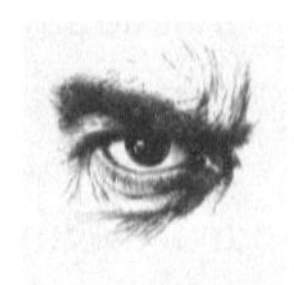

LA CASA DE ARTHUR —impresionante para la isla, una choza en cualquier otro lugar— bullía de actividad mientras la mañana avanzaba. Mientras Thane se acercaba al edificio, ubicado en el borde de la aldea, en lo alto de una pequeña colina que ofrecía una vista espectacular, las voces llegaban con la brisa. También las risas. La cadencia conversacional típica de cuando un orador se presenta ante una audiencia que lo adora.

Que Arthur intentara una traición, que tratara de quedarse con las anomalías más valiosas para sí mismo, no sorprendía demasiado a Thane. No se podía olvidar que todos en esta isla habían sido enviados aquí por alguna fechoría grave. ¿Por qué no cometerían otra?

Y sin embargo.

La esperanza no había sido la cualidad principal de Thane. Había sobrevivido con determinación, a través de tratamientos médicos forzados y la gradual comprensión de que nada en su vida sería jamás encantador. Trabajar, luchar, desgarrar, arrancar y quizás Thane llegaría a algún lado. Por primera vez en unos cuarenta años, Thane tenía la oportunidad real de forjar su propio camino.

La esperanza persistía en esa posibilidad, y Arthur quería arrebatársela.

¿Por qué?

Thane se acercó a la puerta, una pantalla de hojas que presentaba poco más obstáculo que el aire, pero hacía un leve gesto a la privacidad. Dentro, en el mismo suelo de tierra que había pisado la noche anterior, vio suficientes huellas nuevas para confirmar los sonidos. No era una pequeña reunión.

El monstruo tenía muchos amigos.

Tan pronto como Thane atravesó la puerta de plantas, la conversación se detuvo. No de la manera gradual común en las conversaciones que se acercan a su fin, ni en los repentinos silencios propios de los chismosos cuando aparecen los sujetos de sus habladurías. No, este silencio llegó con fuerza de vacío, como si Cassidy hubiera enviado un vacío y absorbido a toda la audiencia.

Sin embargo, cuando Thane dobló el pasillo y entró en la sala central de la casa, con su mesa de mapeo arenosa y sus sillas tejidas, vio bocas moviéndose, una docena de anomalías charlando entre sí sin que un solo sonido llegara a Thane. Arthur, ya de pie y dirigiéndose hacia Thane, puso su sonrisa de showman.

Cuando Arthur cruzó alguna línea invisible, sus pasos encontraron su susurro arenoso, como los del propio Thane. Los nudillos del hombre crujieron mientras flexionaba sus manos antes de extenderlas ampliamente.

—Un invitado inesperado —dijo Arthur—. ¿Qué te trae por aquí, Thane?

—¿No puedo oírlos? —Thane fue directo a la pregunta. Arthur sin duda sabía por qué Thane había venido, y Thane prefería entender las amenazas potenciales antes que intercambiar cortesías—. ¿Qué anomalía?

—Solo una pequeña burbuja —respondió Arthur—. Muy útil en un mundo sin paredes para tener una charla sin oídos curiosos. Como los tuyos.

—Como los míos. —Thane reprimió su ira. No era el momento de entrar en una pelea. Necesitaba su mente para esto, no sus músculos—. ¿Qué no querrías que yo escuchara?

Arthur se movió para poner su mano en el hombro de Thane, y Thane dio un paso atrás, obligando a Arthur a encogerse de hombros y luego a fruncir el ceño.

—¿Quieres dejar la isla hoy, verdad? —dijo Arthur—. ¿Por eso tienes a todas estas anomalías trabajando para preparar ese barco?

—Ese era el plan.

—No todos se mueven a tu ritmo. Algunos de nosotros, resulta, le hemos tomado cariño a esta isla. Nos gusta aquí.

—Ya me di cuenta. —Thane señaló detrás de Arthur, donde el grupo había detenido su conversación y, aún en silencio, observaba la confrontación—. ¿Es esta tu reunión para repartirse la isla después de que nos hayamos ido?

Arthur se rio.

—¡Me dijeron que eras listo! No te gustó mi plan, a mí no me gusta tu plan, así que algunos de nosotros elegimos quedarnos aquí.

—Escuchaste mi plan anoche. —El deseo de estrangular a Arthur comenzaba a superar el razonamiento de Thane—. Nos vamos de la isla hoy.

—Ah, pero Thane, eso es lo que pasa. Los planes cambian. Los míos, específicamente. Los tuyos, no tanto. Llévate el barco. Es tuyo. Ve con mi bendición.

—No quiero tu bendición.

—Entonces, ¿por qué sigues aquí? —Arthur logró parecer confundido—. Ninguno de nosotros quiere ir contigo.

—Estoy aquí porque este plan requiere algunas anomalías para tener éxito. Las que no necesitemos pueden quedarse, las que yo decida que necesitamos, irán.

—Oh, no lo creo. —Arthur negó con la cabeza—. No, no, eso no va a funcionar. Cada anomalía en esta isla puede tomar su propia decisión, mi amigo, y tú tienes que vivir con quienes puedas persuadir para que te acompañen en tu pequeño paseo en barco condenado.

Thane contó diez personas más en esta habitación. Casi un cuarto de las anomalías en el campamento. Ya una peligrosa disminución de habilidades, y quién sabe cuántos otros habían visto el barco, echado un vistazo a los drones esta mañana y encontrado que su fe flaqueaba.

¿Podría Thane luchar hasta la victoria aquí? ¿Golpear y derribar la casa de Arthur y su contingente, y luego tratar de forzar a todos a subir a un barco, donde tendrían que trabajar juntos para superar a los drones?

Una idea poco probable.

—¿Estás bien, Thane? —continuó Arthur—. Te has quedado mirando al vacío. Me estás asustando un poco.

—Estoy pensando si matarte o no.

—Ah. Continúa entonces. Solo debes saber que si lo intentas, te freiré y luego te tendré de cena. Apuesto a que sabrías un poco a caza con todo ese músculo. No es mi preferencia —Arthur volvió a reír, una carcajada molesta—. Prefiero lo grasoso. Un buen pescado. Algo de panceta. No he comido eso en mucho tiempo. Tal vez, si logras escapar, ¿podrías enviarnos algo? ¿Por lanzamiento aéreo?

—Por favor, por favor, cállate.

—No, no creo que lo haga —Arthur dirigió una sonrisa a su audiencia, que le fue devuelta—. Este es mi territorio, Thane. Estas son mis reglas. Te vas hoy, y con quién te vas depende completamente de ellos.

—Entonces reúnelos a todos. Quiero a todo el mundo en la costa. Haremos nuestra propuesta y veremos quién elige irse y quién elige quedarse.

—¿Un debate a plena luz del día? Suena encantador. Estaré allí.

Thane no esperó más palabras. El ruido regresó mientras salía de la casa de Arthur, bajaba la colina y volvía a la aldea. Encontró el desayuno y mordió el pescado ahumado con voracidad desenfrenada, la frustración alimentando la boca de Thane. Sook se mantuvo a una distancia segura, manteniendo alejados a los demás.

Cerca de la orilla, Thane vio a Cassidy aún hablando con Sienna. Otros anómalos se movían alrededor, mirando hacia el barco o demorándose junto a sus chozas, sobre sus pescados cocinándose o cocos rotos. Atrapados entre una vida estancada y estable y la esperanza de una mejor.

Thane presentaría su argumento, difundiría su visión de un nuevo mundo audaz encabezado por aquellos que habían perdido el actual. Los persuadiría para que subieran a ese barco, para que usaran sus poderes para proteger, destruir y huir de los drones. Un ejército de anómalos haciendo su primera incursión.

Luego Arthur haría lo propio, y cuando el hombrecillo hubiera terminado, Thane vería el impacto. Si Arthur lo había hecho bien, si veía almas vacilantes, demasiadas, entonces Thane simplemente le rompería el cuello allí mismo. Mataría el movimiento junto con el hombre.

Thane se iría de esta isla con los anómalos que necesitaba. Hoy. Sin importar el costo.

CAPÍTULO 46
EL HOMBRE DETRÁS DE LA MÁSCARA

ALGUIEN LE SUJETABA LA MANO. No de manera cariñosa, sino con un agarre firme, manteniéndola inmovilizada contra el suave cuero sintético que se encuentra en los podcoches de alta calidad. Esos por los que la gente paga reps extra para reservar.

Kat quería abrir los ojos, pero los párpados le pesaban, y ver lo que había más allá probablemente no mejoraría su estado de ánimo. Un dolor de cabeza se alternaba con su cuerpo adolorido —no dolía, era más bien como un shock médico— disminuyendo por el impacto del aturdidor. Afortunadamente, alguien le había quitado el dardo de la frente.

La otra razón por la que mantenía los ojos cerrados era porque la gente estaba hablando.

¿Pero esperabas el salto? —dijo Rhimes a alguien más, su voz lo suficientemente cerca para que Kat supiera que él le sujetaba la muñeca—. Creo que si yo intentara eso, haría el ridículo.

—Lo harías —respondió una voz de mujer, ¿la de la pistola?—. Te he visto intentar correr. No es bonito.

—Puede que no sea ágil en la acción, pero ¿quién la convenció de bajar allí?

—¿Y quién dejó que se escapara?

—¿Alguna vez has colocado un rastreador? Yo creo que no.

Kat sintió que el podcoche reducía la velocidad, tomaba un largo giro a la izquierda y apenas aceleraba. Una carretera pequeña, entonces. Quería mirar su Tama, averiguar adónde la llevaban, pero se contuvo. En su lugar, hizo otro inventario corporal, probó sus nervios y rastreó los dolores para confirmar que nada parecía roto o atado. Aparte de Rhimes sujetando su muñeca, no la habían atado.

Audaz y estúpido.

—Rhimes —la voz de la mujer cambió ahora, más suave, menos segura—. Has oído lo del edificio Paragon, ¿verdad?

—¿Qué pasa con eso?

—Creo que no hemos tenido noticias de Innis desde entonces.

—¿Y?

—No me apunté a esto para que me maten. —Un sonido, alguien moviéndose en el amplio asiento del podcoche—. Teníamos nuestro trato, pero sin Innis protegiéndonos, ¿cuánto tiempo más podremos seguir con esto?

—Mientras nos sigan pagando. —Rhimes, imperturbable.

—Te tiene atrapado, ¿verdad? —respondió la mujer—. ¿Qué tiene sobre ti?

—Reps.

—¿De qué van a servir si estamos muertos o, diablos, si ganamos?

—Entonces tal vez sea lealtad. O los contactos. ¿Por qué me estás haciendo todas estas preguntas?

El podcoche redujo la velocidad y se detuvo. Kat intentó mantener la respiración superficial y uniforme. Trató de analizar las palabras, llegar a alguna conclusión, y fracasó.

—No lo sé. Supongo que los viajes en podcoche me ponen reflexiva. Supongo que tal vez estoy preocupada. —La mujer abrió su puerta con un suave golpe seco.

—Hazme un favor —dijo Rhimes, sin moverse—. Guárdate tus preocupaciones para ti. No están ayudando ahora mismo.

Si la mujer respondió, Kat no lo captó. La puerta de la mujer se cerró, y unos segundos después la puerta detrás de Kat se abrió de golpe, haciéndola resbalar hasta que unas manos se extendieron y sujetaron la espalda de Kat.

El aire frío golpeó la cara de Kat, colándose por la grieta de la máscara y quedando atrapado en sus mejillas y cuello. Kat no pudo evitar un escalofrío y abrió los ojos de golpe, mirando directamente a la cara de la mujer, que se torció en una sonrisa desagradable que encajaba perfectamente con su piel seca y pecosa, con más arrugas de las que merecían los años de la mujer.

—Mira quién se ha despertado —dijo la mujer, y arrastró a Kat hacia fuera.

Kat tenía suficiente sensibilidad para poner las piernas debajo de ella al salir del asiento del podcoche, evitando una caída estúpida y vergonzosa al suelo. Con la mujer levantándola y Rhimes soltándola, Kat se puso de pie y echó un vistazo alrededor.

Y vio nada menos que tres pistolas apuntándole.

El hombre de la casa, más otros dos, todos con el mismo equipo negro, se mantuvieron alejados del podcoche, lo suficientemente espaciados para evitar que Kat los alcanzara a todos de una vez. Cada uno tenía sus armas apuntando hacia ella en una postura sólida que sugería la experiencia de toda una carrera.

Una carrera que los había llevado a todos a un parque, aparentemente, y uno lo suficientemente alejado como para que solo edificios distantes, asomando sobre las copas sin hojas de los árboles, dieran pistas de la proximidad de Chicago. Los gorriones volaban por encima, trinando, mientras la brisa fría mecía las puntas expuestas de la hierba de la pradera de un lado a otro. Una casa de calentamiento se encontraba al final del terreno, junto a una pista de patinaje.

Todo vacío. Extraño, para un lugar tan hermoso en un soleado día de invierno.

—Kat Collins —anunció una nueva voz, acercándose con Rhimes y la mujer a su lado—. La rastreadora mejor clasificada de Chicago, aquí en carne y hueso. Bienvenida.

Este tipo, a diferencia de los otros, llevaba un abrigo de hombre de negocios, guantes de cuero negro, gafas de sol delgadas y cabello rubio corto. Un aspecto tan perfecto de villano de película que Kat casi se ríe.

Casi, porque notó cómo caminaba, cómo el abrigo al moverse revelaba una funda de cadera con una pistola en ella, una que reconoció.

Con un espasmo, Kat hizo que su máscara se plegara de vuelta en su traje, la grieta se partió y esparció algo de vidrio en el proceso. Eso sería caro de arreglar, pero mejor un poco más de daño que entrar en una confrontación con la visión borrosa y rayada.

Y realmente quería ver a este tipo de frente.

—Tú eres el que me disparó —dijo Kat cuando el hombre se acercó a ella, cuidando de mantenerse fuera de las líneas de fuego de sus aliados—. En los tejados.

—Para ser justos —dijo el hombre, juntando las manos—, no eras mi objetivo, hasta que no me dejaste otra opción.

—Porque no quería que le dispararas a mi amigo.

—¿Cuál de ellos era? —preguntó el hombre, luego miró alrededor a los otros mercenarios—. ¿Alguno de ustedes le disparó a su amigo?

—Se llama Calvin. Uno de ustedes intentó matarlo.

—¿Es una anomalía?

—Es un Parangón.

El hombre cruzó las manos y negó con la cabeza. Suficiente falso arrepentimiento como para ganar un premio.

—Ah, entonces lo siento mucho —dijo el hombre—. Deberíamos haberlo matado en el primer intento, nos habríamos ahorrado esta difícil conversación.

Kat contó siete contra uno en el lote. Tenía los artilugios de su traje, aunque sus muslos se sentían lo suficientemente ligeros como para que Kat sospechara que sus pistolas aturdidoras habían desaparecido. Incluso con ellas, saltar a una pelea contra personas armadas así, eh, no terminaría bien. Así que se tragó su orgullo.

—¿Quién eres? —preguntó Kat—. ¿Y por qué me trajiste aquí?

—La segunda pregunta lleva a la primera. Para resumir, te traje aquí porque sé quién eres y qué no eres.

Kat esperó. Dejó que el hombre se delatara.

—La rastreadora con padres Parangones —continuó el hombre cuando Kat no habló—. Siempre guardando rencor contra las anomalías, incluso mientras te beneficiabas de ellas. ¿Cuántas veces capturaste a uno, lo entregaste y te preguntaste por qué el destino no te dio lo que ellos tenían?

—No importa —dijo Kat—. Ve al grano.

La vacilación colectiva a su alrededor ante la respuesta de Kat confirmó la relación jefe-lacayo entre el hombre y sus groupies armados.

—Eficiente. Me gusta. —El hombre volvió a mirar alrededor del lote, como si dijera que esto, aquí, era el punto—. Te están aplastando bajo la bota de las anomalías. Nosotros estamos trabajando para destruirla.

—¿Asesinándolos?

—Equilibrando el poder. Eso es todo. Haciéndolo justo para aquellos de nosotros a quienes el destino no bendijo. Tenemos que demostrarles que los normales merecemos ser tratados bien, como iguales.

—Tienes una forma curiosa de hacer diplomacia.

—Entonces, te lo pido, únete a nosotros. Ayúdanos a mejorar —dijo el hombre, y Kat se encontró creyendo las palabras, aunque ya lo había etiquetado como un psicópata—.

Si puedes encontrar un camino pacífico hacia lo que merecemos, lo tomaremos. Hasta entonces, nuestra única opción es el miedo.

—Tuve miedo durante mucho tiempo —respondió Kat. La oferta del hombre dejaba claro lo que sucedería aquí, especialmente si Kat decía que no. Lo que significaba que cada segundo que ganaba le daba otra oportunidad de resolver el rompecabezas, de encontrar una salida—. Evitaba a cada anomalía que veía, huía de los Parangones. Pero después de años, me di cuenta de que esa no es forma de vivir. Las anomalías no eligen lo que son. No es su culpa.

—Así que te uniste a ellos.

—Decidí vivir mi vida, en lugar de dejar que mi pasado la controlara.

El hombre suspiró, se subió la manga izquierda y miró su Tama.

—Había esperado, al venir aquí en persona, poder convencerte —dijo el hombre—. Pero tengo la sensación de que estás diciendo que no.

Kat, de hecho, no dijo nada.

—Lamentable, pero si no puedo convertir un problema en una ventaja, entonces lo eliminaré.

El hombre levantó una mano.

—Espera —dijo Kat, brusca y repentinamente—. Nunca me dijiste quién eras.

—Los muertos no necesitan saberlo —respondió el hombre, moviendo un solo dedo hacia Kat mientras cuatro rifles se alzaban, con los dedos presionando los gatillos.

CAPÍTULO 47
INFILTRACIÓN

HASTA DONDE ZHAN-YO SABÍA, no existía una guía para infiltrarse en las reuniones de los Paragon. Y aunque existiera, sin su Tama, Zhan-Yo no habría podido encontrarla. Sin embargo, esto no le impidió separarse de Mathieu y los otros mercenarios y dirigirse, junto con Marcus y Xander, a la cumbre.

Mathieu había protestado por el plan hasta que, tras una convincente argumentación, todo el grupo acordó una estrategia que pondría a Zhan-Yo en el centro de atención. Él tendría los reflectores, y entonces el mundo entero sería testigo de lo que su revolución representaba.

Con el estadio alzándose imponente fuera de la cápsula —esta una cápsula más pequeña y normal, notable solo por su insípido color verde sucio—, Zhan-Yo y sus compañeros Paragon salieron al sol de la tarde. Aunque Los Ángeles no era cálido para los estándares del verano, comparado con un febrero en Chicago, Zhan-Yo sentía que debería estar en pantalones cortos. Una camiseta. En la playa.

Cero de tres en ese frente.

Aunque habían encontrado tiempo para parar en una tienda decente en el camino para que Zhan-Yo se pusiera un traje razonable —había soportado miradas extrañas de los dueños de la tienda por sus brazos sin Tama, pero habían dejado que Mathieu comprara la ropa sin comentarios—. Ahora el líder de la revolución parecía más un ejecutivo de nivel medio que un guerrero del cambio, pero dado que Zhan-Yo se suponía que estaba pudriéndose en una celda, quejarse de la moda parecía un poco exagerado.

Marcus y Xander habían traído sus azules de Paragon, así que tenían el aspecto adecuado cuando el trío se acercó a la entrada principal de la cumbre, una cosa reluciente cubierta de purpurina azul y dorada, serpentinas y drones gladiadores pintados de cuatro metros de altura que se cernían sobre ellos. Detrás de los colores, Zhan-Yo captó evidencias de improvisación: la cumbre había sido organizada en pocos días, y detrás de la decoración apresurada, el hormigón crudo gris y el metal del estadio daban a todo un aspecto incompleto.

—Ziran organizaba eventos con mejor aspecto que este —dijo Zhan-Yo a Marcus mientras se acercaban a los drones.

—Ziran intenta vender Tamas —respondió Marcus—. Los Paragon no están vendiendo nada.

—Solo todo su gobierno.

—Mmmhmm —murmuró Xander mientras Marcus se encogía de hombros, mirando su Tama y tocando su perfil de Paragon, desinteresado en lo que Zhan-Yo intentaba decir.

Porque, por supuesto. ¿Por qué a Xander y Marcus les importaría el mundo, o quienes lo dirigían? Los chicos solo se preocupaban por sí mismos. Cortos de miras, pero Zhan-Yo podía aceptarlo.

Estos dos eran solo un medio para un fin.

Los dos drones se movieron al unísono cuando el trío se acercó, cerrando filas en la entrada y encendiendo las luces de sus cascos —facsímiles de ojos que brillaban con un blanco intenso—. Marcus y Xander levantaron sus Tamas y ambos drones, inclinándose cada uno para mirar a un Paragon, hicieron parpadear sus luces oculares en verde. Ambos, entonces, se volvieron hacia Zhan-Yo.

Un rostro que debería haber estado registrado en todas las listas de vigilancia que los Paragon tenían, que debería haber provocado una captura instantánea, en cambio, provocó dudas. Zhan-Yo no necesitaba mirar a su izquierda para ver a Xander realizando su magia, manipulando las ondas de luz entre los drones y Zhan-Yo. El chico había prometido que Zhan-Yo no sería reconocido, y el hecho de que aún no hubiera sido reducido a pedazos parecía verificar esa promesa.

—Estamos escoltando a este normal —dijo Marcus—. Tiene una reunión con los Campeones antes de que comience la cumbre.

Si los gladiadores procesarían las palabras de Marcus o no se volvió una cuestión irrelevante cuando las dos máquinas retrocedieron, haciéndose a un lado para mostrar a otro Paragon. No uno que Zhan-Yo reconociera, pero aparentemente sus colaboradores sí, porque ambos se pusieron tensos ante la vista.

Una mujer baja y robusta con el ceño fruncido, vestida con un atuendo vaporoso —aún azul, aún con la P de Paragon en el pecho— se interpuso entre los drones y le dio a Zhan-Yo una buena mirada.

—¿Cuál es el nombre? —preguntó, con una voz de megáfono que sobresaltó a Zhan-Yo haciéndolo responder.

—Wexley —dijo Zhan-Yo—. Solo estoy aquí para hablar sobre patrocinio.

Si había convencido a la Paragon, Zhan-Yo no pudo saberlo por su rostro. Todavía no podía saberlo cuando la mujer se desvaneció, se volvió translúcida y luego estalló en mil millones de pequeñas partículas. El polvo atravesó el traje de Zhan-Yo y salió por el otro lado, donde, cuando Zhan-Yo se dio la vuelta, la encontró observando de nuevo, con el ceño aún más fruncido.

—Sin Tama, sin identificadores —dijo la mujer—. Esta cumbre no fue exactamente bien planeada, así que no tenemos una lista, lo que significa que no estás en ella. No puedo dejarte entrar a menos que tengas un Campeón que responda por ti.

—Vamos, Settra —dijo Marcus—. Es local. Dijo que tiene una cadena de sándwiches en la zona y quiere ofrecer cupones.

¿Cadena de sándwiches? ¿Cupones?

Zhan-Yo se esforzó mucho, muchísimo, por mantener una sonrisa inocente en su rostro. Él había presionado por esto, había intentado aprovechar el momento, y cuando ibas rápido, a veces tenías que lidiar con aficionados. Tenía que recordar que había una razón por la que Marcus y Xander estaban haciendo tareas de mierda para los Paragon en Chicago.

—Cupones —replicó Settra, tan incrédula como Zhan-Yo ante la idea—. ¿Y cómo es que dos Paragon de Chicago conocen al dueño de una tienda de sándwiches local?

—Conozco a su padre —interrumpió Zhan-Yo—. De hace tiempo, de la universidad. Me puse en contacto cuando me enteré de que se celebraba la cumbre, ya que sabía que eran Paragones. Quería ver si podían conseguirme una reunión. ¿Para mis tiendas?

—Claro, sí —añadió Xander—. Solo, eh, echando una mano.

Settra tenía una mirada que decía que vendrían más preguntas, hasta que el dron a su derecha, montando guardia, echó chispas por su pata trasera. La cosa se arrodilló, sus ojos blancos parpadeando en amarillo. Settra lo miró con furia y maldijo.

—Ustedes dos —dijo Settra—. ¿Tienen el mapa de la cumbre en sus Tamas? —Marcus y Xander asintieron—. Entonces lleven a este tipo a la entrada principal. Ahí es donde están los medios. Alguien lo ayudará allí.

—Entendido —dijo Marcus, y los tres se giraron para entrar.

—Y no lo pierdan —dijo Settra a sus espaldas—. Si pasa algo estúpido, los haré responsables a ambos.

Ninguno de los Paragones respondió, pero Zhan-Yo captó el miedo en sus andares, en sus ojos. Estos dos eran chicos jugando un juego peligroso, y ahora habían hecho un movimiento que no podían deshacer.

—Buena jugada —logró decir Xander una vez que cruzaron el umbral del estadio, con las bandas de hormigón sobre ellos—. No iba a dejarnos ir.

—No es la primera vez que me cargo un dron —dijo Marcus, con esa falsa bravuconería que Zhan-Yo había visto tantas veces en personas tratando de probarse ante sus compañeros—. Un poco de jugo justo en las articulaciones, y revientan.

Zhan-Yo les hizo sacar el mapa de la cumbre mientras deambulaban hacia la entrada principal. Una vez que estuvieron fuera de la vista de Settra y bien dentro de las multitudes errantes de Paragones, que empezaban a aumentar para la apertura de la cumbre, Zhan-Yo los llevó a un lado.

—Ya conocen sus papeles —dijo Zhan-Yo, y los dos Paragones asintieron—. Entonces, a ello.

No hicieron preguntas, y a pesar de lo molesto que había estado con ellos antes, Zhan-Yo se quedó mirando a los dos Paragones mientras se mezclaban con la multitud y lo dejaban. Los dos chicos habían hecho su trabajo, se habían puesto a prueba y habían tenido éxito.

La revolución no se trataba de destruir a los Paragones. No se trataba de acabar con las anomalías o expulsarlas. Zhan-Yo quería elevar a los normales. Lograr la paridad. Había buenas personas en ambos bandos y, trabajando juntos, deberían poder crear un mundo mejor.

Los Campeones, sin embargo, nunca lo verían de esa manera.

Zhan-Yo confirmó esa visión mientras se unía a las multitudes, dirigiéndose lentamente hacia el centro del estadio. Mientras se mezclaba, manteniendo la boca cerrada y los oídos abiertos, Zhan-Yo escuchó fragmentos preguntándose por qué se celebraba la cumbre, comentarios estándar sobre los Campeones que habían sido avistados y, más importante, susurros tensos sobre Aegis y lo que vendría tras su estela.

Junto con esto último, vinieron los insultos que Zhan-Yo esperaba, pero que aún le entristecía oír. Los Paragones siempre habían menospreciado a los normales, pero en público tendían a disimular esos sentimientos con palabras alentadoras y alabanzas plásticas a algún Edén unificado. Aquí, en cambio, surgían promesas vengativas, calumnias airadas y mentiras, todas destinadas a convertir al ciudadano promedio en un monstruo sospechoso esperando la oportunidad de apuñalar a cualquier anomalía por la espalda.

Aegis a menudo hablaba en sus discursos sobre limpiar la enfermedad de la sociedad, eliminando el odio y la ira y reemplazándolos con cooperación y amor. Si Zhan-Yo respetaba una cosa del hombre, era la capacidad de la leyenda para mantenerse fiel a esos principios incluso si la organización que dirigía los ignoraba. Claro, Aegis lanzaría puñetazos, pero lo hacía con la genuina esperanza de que cada pelea haría del mundo un lugar mejor.

Zhan-Yo haría, hacía lo mismo. A diferencia de Aegis, él tendría éxito.

En el siguiente corte, Zhan-Yo giró a la derecha, deslizándose entre uniformes azules y el ocasional zumbido de un dron para meterse en un túnel que conducía hacia el césped verde en el centro del estadio.

El sol se inclinaba sobre sillas dispuestas en fila tras fila, mirando hacia adentro, como los asientos elevados, hacia un escenario circular central. Zhan-Yo caminó por un pasillo; aquí había menos Paragones, algunos aún ayudando con la instalación, otros tomando fotos con sus Tamas. Nadie prestó atención mientras Zhan-Yo rozaba con sus dedos las cálidas sillas metálicas, pisaba las descoloridas líneas blancas destinadas a juegos que no se jugarían hoy.

Una tela azul cubría el escenario mismo, por lo demás sin características. Sin duda, cualquier orador tendría micrófono, o sería amplificado por poder de anomalía. Zhan-Yo tocó el borde, sintió la tela. Había prometido a sus patrocinadores una señal. Le debía al mundo lo mismo.

Poniendo ambas palmas sobre el escenario, Zhan-Yo se impulsó. Se subió a plena vista. Cientos, tal vez miles que lo querían muerto ahora tenían un tiro claro, y nadie protestaría si lo tomaban.

Pero cuando Zhan-Yo se puso de pie, lo hizo erguido. Este era su momento, y ningún Paragón podía quitárselo.

CAPÍTULO 48

OBSERVANDO

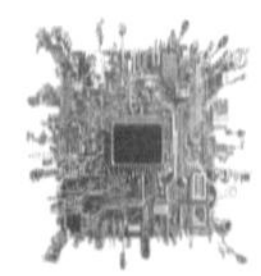

SI PUDIERA ELEGIR, Mynx siempre optaría por su Fábrica. La bulliciosa construcción llena de máquinas acomodaba sus sueños sin drama, permitía a Mynx jugar con sus ideas sin idiotas corriendo por ahí, arruinándolo todo.

Desafortunadamente, Mynx no tenía elección. Observó a Zhan-Yo subir al escenario desde el palco de los Campeones muy por encima y, lentamente, muy lentamente, mordió la zanahoria que había untado antes de que Reeves le alertara sobre el intruso indeseado.

La IA había mencionado la fuga de la prisión en el momento en que ocurrió, había enviado drones para evitarla, pero Zhan-Yo, el maldito escurridizo, había escapado. Mynx había pensado que el revolucionario correría a algún escondite, escapando a las profundidades de la tierra para pudrirse con sus planes. En cambio, y Mynx tuvo que darle a Zhan-Yo algo de crédito enojado por esto, el hombre fue a por el impacto.

No es que Zhan-Yo fuera a conseguir mucho para el mundo exterior desde allí mismo. La cumbre no se había abierto oficialmente, y los medios habían sido arrinconados en un área de entrada para tomar fotos llamativas mientras llegaban los Campeones. Lo que sea que Zhan-Yo dijera allí, cualquier protesta que hiciera en los momentos antes de que Mynx borrara su existencia, solo sería escuchado por aquellos Paragones que pasaran por allí.

Con suerte, las palabras del hombre caerían en oídos sordos, y Mynx no necesitaría agregar más limpieza a su lista ya completa.

—Apinya se va a encargar del hombre —dijo Burov, uniéndose a ella. La actitud bombástica del ruso se había suavizado desde que apareció Celice, ya que continuamente se escabullía junto a la hija de Aegis para robarle su ira e histeria—. Necesitamos mantenerla alejada.

Mila y Pixie, en este momento, estaban a cargo de Celice, manteniéndola lejos de las ventanas y cerca de los aperitivos. Si Mynx podía oír correctamente, Pixie persuadía a Celice para que tomara una posición más alta en Atlantis. Los Paragones podrían no hacerla Campeona, pero mantener a la hija de la leyenda, lo suficientemente hábil por derecho propio, en el equipo sería un buen movimiento mediático.

—Odio esto —dijo Mynx.

—¿Qué parte?

—Cada una de ellas.

—Podría encargarme de eso por ti —dijo Burov, y Mynx puso los ojos en blanco antes de notar su cara seria.

¿El hombre pensaba que podía succionar sus disgustos? ¿Transformar su personalidad en una Campeona amante de los reflectores y la vida social?

—Guárdate tus poderes —dijo Mynx, luego señaló hacia la ventana—. Voy a bajar para darle respaldo a Apinya. Si necesitamos aniquilar a Zhan-Yo, mejor tener a alguien listo para hacerlo.

—Iniciar la cumbre con un asesinato —meditó Burov—. Un movimiento audaz para ti, Mynx.

—Podría ser mi único movimiento.

Mynx tiró su plato y, con un último asentimiento hacia Pixie, en el que sus miradas intercambiaron sus respectivas misiones para Zhan-Yo y Celice, Mynx se dirigió de vuelta al pasillo.

Las ceremonias de apertura estaban a un par de horas de distancia, pero los Paragones de todo Pacífica y aquellos que habían hecho viajes desde todo el mundo ya estaban atestando los pasillos. Por mucho que Mynx hubiera organizado la cumbre para que los Campeones pudieran hablar, varios grupos de Paragones habían unido sus apresurados recursos y formado sesiones, clases y más.

La pura producción había eclipsado tanto los propios planes de Mynx para el evento que no pudo evitar impresionarse al ver carteles cubriendo cada intersección, detallando qué salas y qué escenarios albergarían qué conversaciones. A veces olvidaba que los Paragones eran mucho más que unos pocos Campeones; dirigían el mundo y se lo tomaban en serio.

No muy lejos del palco, ante un zumbido de su Tama, Mynx giró a la izquierda y fue al borde del pasillo. Podía mirar a través de las altas ventanas hacia la tarde de Los Ángeles desde aquí, la altura mostraba estaciones de cápsulas y tiendas y restaurantes de barrio. Mynx también encontró espacio, y un dron la encontró a ella.

Pequeñas máquinas, cada una del tamaño de una barra de caramelo o más pequeñas, flotaron a su alrededor y se alojaron en su uniforme como si fueran muchas decoraciones. Al final, parecía que Mynx había adornado su traje de Paragon con joyas. Brazaletes y tobilleras envolvían sus extremidades. Un poco ridículo, pero dado lo que algunos anómalos vestían aquí, nada que mereciera mucha atención.

—Te tomó bastante tiempo —reprendió Reeves, la voz de la IA ahora llegando directamente a su oído, cortesía de su nuevo arete mecanizado—. Las estadísticas indican que un ataque era probable desde hace una hora.

—No pude escaparme —respondió Mynx, aún permaneciendo en su espacio, mirando por las ventanas—. Dame el resumen.

Podría haber leído la información en su Tama, pero Mynx encontraba más fácil jugar con las ideas mientras escuchaba una narración verbal. Dejar que Reeves describiera los problemas mientras ella los resolvía.

—Parece que será un día difícil —dijo Reeves—. Primero, tienes la fuga de la prisión. Los informes preliminares dicen que los drones de guardia fueron desactivados con armas convencionales, luego volados con explosivos preparados. Otros prisioneros no se vieron afectados.

—Bueno, eso es algo. ¿Alguna idea de quién lo sacó?

—Un grupo normal. Ex-militares, a juzgar por los vídeos.

—Por supuesto. Activa las órdenes de arresto. Matar al ver.

Mynx tamborileó con el dedo en la barandilla.

—¿Sin captura?

—Sin captura. Tenemos el Tama de Zhan-Yo. Ningún mercenario tendrá mejor información. Y Zhan-Yo ya dejó clara su posición. Cualquiera que lo ayude es cómplice.

—Hecho —Reeves hizo una pausa—. Esta siguiente parte es inusual.

—Espera.

Mynx miró de vuelta hacia el pasillo, hacia los monitores de video que se habían encendido y estaban enfocados en el escenario central, donde Zhan-Yo se erguía y parecía estar gritando cosas. Sin un micrófono, gracias a Dios, no podía entender lo que decía, pero, dado cuántos Paragones se habían vuelto hacia el campo, esa barrera no duraría mucho más.

—Sigue hablando —dijo Mynx mientras dejaba atrás su

oasis y comenzaba a abrirse paso entre la multitud, dirigiéndose al centro—. Las cosas se están poniendo peor aquí.

—Y en todas partes —respondió Reeves—. Nuestra pequeña isla de anómalos está teniendo problemas. Parece que han construido un bote.

—Conocen las reglas. Haz que los drones lo destruyan.

—Lo haré. Sin embargo, este evento también señala una cooperación a un nivel que no anticipamos. Si las anomalías combinan sus habilidades, calculo que los drones podrían tener dificultades para tener éxito.

—Reeves. Tienes drones letales por docenas allá fuera. No me importa lo que tengas que hacer, pero encárgate de ello. No puedo concentrarme en unas pocas anomalías distantes ahora mismo.

—Por supuesto.

Mynx llegó al nivel del suelo, manteniéndose intencionadamente alejada de la entrada principal y de lo que seguramente serían cámaras inquisitivas. Reporteros. Vio a Rosamund y al equipo Elemental abriéndose paso, dividiendo a los Paragones mientras marchaban hacia el campo. Imaginó que estarían justo al frente, queriendo escuchar a cualquiera que castigara el orden mundial.

—Hay algo más —dijo Reeves—. Sobre Zhan-Yo.

—Dilo.

—Parece que puede haber entrado con otros dos Paragones. Los estamos buscando ahora.

—Así que más traidores. —Aparentemente los Paragones necesitaban otra purga formal. Apinya y Burov podrían tener que ir de persona en persona otra vez, sin importar cuánto tiempo llevara—. ¿Por qué es eso noticia?

—Porque estoy teniendo problemas para entender por qué Zhan-Yo vendría aquí tan rápido después de su fuga —respondió Reeves—. No hay una buena razón para ello. Venir aquí garantiza su captura, o su muerte, o ambas, y podemos controlar la narrativa.

—¿A menos que?

—A menos que esté planeando algo más grande.

Mynx salió del túnel y pisó la brillante hierba. El sol había caído, en parte, detrás del muro exterior del estadio, y su luz fracturada cubría el campo de un naranja resplandeciente. La voz de Zhan-Yo se escuchaba clara ahora. Algún discurso incendiario sobre cómo los Paragones no eran diferentes de los dictadores del pasado, que el mundo merecía igualdad y otras platitudes sin sentido.

—Mynx, ¿estás escuchando? —preguntó Reeves.

—Te oí. —Mynx se detuvo, vio que Apinya se había acercado a la plataforma. Miró alrededor del estadio, divisó el palco de los Campeones, con Mila en las ventanas, encogiéndose de hombros hacia ella—. ¿Qué puede ser más grande que matar a Aegis?

—¿Atrapar al resto de ustedes?

Mynx ya no sentía mucho el hielo en sus venas. Había visto casi todo lo que se podía ver en la vida, en el peligro, y había sobrevivido. Pero también había construido todo un mundo desde cero. Sus arquitectos estaban ahora en este mismo espacio con ella, y eso los hacía vulnerables, sin importar cuán poderosos fueran.

Reeves tenía tanta seguridad alrededor del estadio, sin embargo. Tantos drones y tantas anomalías presionadas en el detalle de protección. ¿Cómo podría Zhan-Yo, tan recientemente capturado, orquestar algo lo suficientemente complejo como para burlar sus medidas?

Mynx miró de nuevo hacia el escenario, hacia el monstruo que peroraba en él. Aegis había subestimado al hombre, asumiendo su propia invulnerabilidad hasta el final. Mynx no cometería, no podía cometer el mismo error.

—Reeves —dijo Mynx—. Ordena...

Sintió una mano en su hombro, una que la hizo girar, y Mynx se volvió para ver el rostro salvaje y enfurecido de Celice.

—Dijiste que lo tenías —gruñó Celice—. Mentiste.

Mynx no vio venir el puño, nunca pensó que la hija de su mejor amiga, una chica que había conocido y amado durante tanto tiempo, la golpearía, pero Celice la golpeó con fuerza, justo en la mandíbula, y Mynx quedó inconsciente antes de caer sobre la hierba.

CAPÍTULO 49
AL MAR

THANE NO JUGABA al juego político. No buscaba apoyo, no promocionaba su posición ni daba grandes discursos exhortando a la gente a seguirlo. Las amenazas, la reputación y la sed de poder solían ser los mecanismos preferidos de Thane. Cuando tenías razón, cuando todos veían cuánto tenían que ganar siguiéndote, cuánto podrían sufrir si no lo hacían, ¿para qué necesitabas democracia?

Esta estrategia fracasó estrepitosamente en la antesala del almuerzo. Thane había ordenado a Sook y a sus otros guardaespaldas que interrogaran a todas las anomalías que pudieran encontrar sobre su posición: irse o quedarse y, si era lo último, qué habilidades tenían.

Thane les dijo que fueran amables, sabiendo que él mismo carecía de esa capacidad. En su lugar, decidió servir a su propia causa haciendo algo que entendía. Thane regresó al paseo marítimo —Sienna y Cassidy habían abandonado el barco, desapareciendo en algún lugar— y subió a bordo de la embarcación. Recorrió la cubierta de popa a proa e inspeccionó su superficie reluciente.

La luz del sol resplandecía sobre las tablas, piezas toscamente fabricadas y moldeadas en su lugar por poderes de anomalía más que por artesanía. Muchas aún brillaban con agua del océano, con cristales de sal visibles donde el calor había hecho su trabajo. Sin embargo, el esmalte protector no proporcionaba invencibilidad; Thane notó puntos donde la madera se había podrido, donde las criaturas marinas habían hecho agujeros y hogares, y tablas que se sentían esponjosas. Este barco podría flotar por un tiempo, pero no sobreviviría a un viaje prolongado por mar.

Mientras Thane avanzaba, alimentaba esa pequeña y furiosa llama. Nutrió su hambre para crecer más alto y fuerte. Un gigante entre las anomalías trabajadoras. Los otros, insignificantes, verían a su líder, grande y terrible.

Los más débiles se alejaban de él, incluso mientras cargaban más comida. Trajeron madera de repuesto a bordo. Encajaron postes y remos improvisados en ranuras igualmente deficientes. Herramientas para cuerpos inferiores. Thane podría nadar todo el camino. Comer un pez con una mano, patear con las piernas.

El más grande, el más fuerte.

El hombre más pequeño anunció su llegada a la playa más tarde, interrumpiendo a Thane mientras observaba los peces en las aguas, preguntándose cómo sabrían si los agarrara y se los comiera en ese mismo instante.

Arthur.

El nombre del hombre ocupó un lugar borroso en la lengua de Thane. Uno para destruir si las cosas se ponían feas. Si el estómago de Thane rugía demasiado.

Las anomalías seguían a Arthur, incluyendo algunas que Thane reconocía, aunque sus nombres no le vinieran a la mente. Esos no eran comida, sino amigos. Unos a los que proteger. Que lo ayudarían más tarde. Una, una mujer de cabello castaño, hizo señas a Thane para que se alejara del barco. Debía dejarlo, acercarse al hombrecillo. Al bocadillo.

De acuerdo.

Dejando un gran chapoteo tras de sí, Thane se plantó junto a Arthur, hundiendo sus enormes pies en la arena mojada. Arthur pareció no darse cuenta. El hombre hablaba a la multitud, diciendo cosas que a Thane no le interesaba escuchar. Eran palabras aburridas, pronunciadas por un hombre débil.

Pero el hombre débil tenía la atención. Los ojos se centraban en Arthur, y Thane vio asentimientos. Algunas sonrisas. Incluso una risa. Thane gruñó. Ese no era el plan. Se suponía que debían querer a Thane, lo que él ofrecía. Seguirlo al barco y más allá.

Thane extendió la mano, puso una gran mano, su piel estirada sobre largos huesos, sobre el hombro de Arthur. Thane no pretendía empujar, no realmente, pero arrojó a Arthur a la arena. Arthur dejó de hablar, y Thane vio cómo desaparecían esas sonrisas. Los ojos se volvieron hacia él.

—Débil —dijo Thane, empujando a Arthur más hacia la arena. El hombre intentó apartar la mano de Thane, como un mosquito tratando de levantar una roca—. Fuerte.

Thane levantó su otra mano, los dedos curvados en un puño gigante. Dio un paso al lado, manteniendo su mano derecha sobre el hombro de Arthur, y señaló hacia el barco.

—¡Libres! —gritó Thane—. ¡Nosotros!

En lugar de aplausos o una estampida desenfrenada hacia el barco, llevándose a Thane con ella, la anomalía sintió un escozor. Olió el acre hedor de la carne quemada.

Su carne. Su brazo.

Arthur, rodeado de una sombra oscura mientras absorbía la luz ambiental y la retorcía en un abrigo ardiente alrededor de su mano, se parecía poco a la presa indefensa que había sido un momento antes. En cambio, cada parte de él carecía de luz: sus ojos eran de color gris pizarra, la piel bronceada se había vuelto ceniza, e incluso sus dientes parecían polvo hueco.

Así que Thane lo arrojó. Sacudió su brazo derecho, levantando a Arthur y la arena. Arthur voló y salpicó en una ola que se acercaba, agitándose negra y brillante mientras la naturaleza arrojaba su anatema de vuelta a la playa, donde otras anomalías fueron a ayudarlo a ponerse de pie, tosiendo, mientras el color normal volvía al cuerpo de Arthur.

El brazo de Thane permaneció de un rojo intenso y blanco donde el agarre de Arthur lo había quemado. El dolor debería haber enfurecido a Thane, debería haberlo llevado a la rabia, pero no. En cambio, Thane se frotó el brazo, arrugó el rostro e intentó comprender.

Esta parte, esta forma, no sentía dolor. No se lastimaba. Thane podía ser golpeado, podía quedar atrapado o aturdido, pero ¿dolor? ¿Daño a su cuerpo? Nunca. No así.

—Thane, cálmate —habló una mujer, acercándose a él—. Si pierdes el control, los perderemos a todos.

La mujer. Thane la conocía, y ella no parecía asustada como la mayoría de los que lo observaban. Podría luchar contra ellos, comérselos, destruirlos. Pero miró hacia Arthur, que ahora gritaba algo más a la asamblea, algo enojado.

Ese podía hacerle daño. Thane se frotó el brazo de nuevo. Tal vez incluso matarlo.

Y por primera vez, Thane sintió miedo.

Excepto, ¿de qué tenía que tener miedo? Thane sacudió la cabeza mientras su cuerpo se encogía, sus músculos se atrofiaban hasta que un hombre normal y mayor se quedó de pie en la playa. Sook y sus guardaespaldas tomaron la señal para formar una línea suave entre Thane y las otras anomalías.

Si Arthur intentaba hacer algún movimiento, Sook lo defendería. Cassidy abriría un vacío en la mente del hombre. Thane tenía aliados aquí, y si las cosas se ponían realmente terribles, bueno, Thane aún apostaría su ira aplastante contra el espectáculo de luces de Arthur. Sin embargo, hasta ese momento, otro método sería mejor. Había intentado la fuerza, ahora Thane tenía que usar su lengua de plata.

—¡Esa es tu elección! —Arthur empezó a gritar de nuevo—. ¡Ese maníaco, o yo! ¡El que os ha guiado hasta aquí!

—El que no os guiará más lejos —anunció Thane, luego apartó a Sook para que su audiencia pudiera verlo directamente—. Deberíais agradecer a Arthur por su servicio, pero él ha completado su viaje. Os pregunto, ¿habéis terminado el vuestro?

—Los Paragones que os pusieron aquí no han sido castigados. Vuestras familias viven sin vosotros, preguntándose dónde habéis ido. Cualesquiera que sean las ambiciones que pudierais haber tenido, ¿cómo pueden cumplirse aquí, desperdiciándose en esta prisión, permitiéndoos solo lo que los Paragones os dan?

Los rostros se volvieron de un lado a otro, hacia Arthur de pie en la cabeza de la playa, con su aldea detrás de él, y Thane, enmarcado por el bote.

—Los Paragones nos dieron nuestras vidas —contraatacó Arthur—. No les tengo amor, pero tampoco deseo morir. Thane os llevaría a ninguna parte excepto al fondo del mar.

—Elijo no vivir con miedo a esos drones —dijo Thane—. Elijo no vivir con miedo a aquellos que lo predican. Es hora de mostrarle al mundo que no hemos terminado con él. Venid con nosotros ahora, o nunca veréis otra oportunidad de dejar esta isla.

Si Thane pudiera declarar un solo argumento más efectivo que cualquier otro, este último parecía captar la mayor atención. Cada anomalía que Thane podía ver se replegó sobre sí misma, miró hacia el mar o el volcán de la isla y, sin duda, imaginó sus vidas hacia su inevitable final: días pasados pescando, tejiendo nueva ropa y viendo las nubes pasar volando hasta que alguna tormenta o simple enfermedad los reclamara décadas antes de lo debido.

Thane les dio tres largas respiraciones, luego se dio la vuelta y se adentró en el agua, dirigiéndose hacia el bote.

Cassidy, Sook, ellos entendieron y lo siguieron. Un poco antes de lo planeado, pero ahora era el momento.

El cerebro prevaleció donde la bestia falló, pero Thane tendría su escape. El sonido chapoteante y aplastante de pies entrando en las olas lo demostró.

CAPÍTULO 50
EJECUCIÓN CHAPUCERA

EL HOMBRE que ordenaba su muerte regresó a su cápsula, dejando a Kat en desventaja de cinco contra uno en el nevado estacionamiento. Rhimes, flanqueado a ambos lados por mercenarios armados con armas de asalto, mantuvo su mano levantada y la orden de disparar en suspenso mientras la cápsula de su líder se preparaba y se alejaba crujiendo. Tenían que alejar al rey de cualquier posible disparo accidental.

—Satisface la curiosidad de una chica muerta —dijo Kat—. ¿Cuánto os paga?

Mientras Kat hacía la pregunta, movió ligeramente su muñeca izquierda, haciendo que el traje rotara sus artilugios.

—¿Pagarnos? —dijo Rhimes—. No importa. Una vez que hayamos terminado, la reputación no valdrá ni un centavo.

—Así que estáis haciendo todo esto por, ¿qué? ¿Amor?

—¿Has oído hablar alguna vez de la lealtad, rastreadora? —Rhimes miró hacia otro lado, hacia la cápsula que se alejaba por la calle y ganaba velocidad—. ¿O estás demasiado sola para eso?

Kat apretó su mano izquierda. Dos pequeñas esferas plateadas salieron disparadas de su guantelete, golpeando con fuerza el asfalto cubierto de nieve y rebotando hacia arriba. Todos los ojos se dirigieron a los objetos mientras Rhimes bajaba la mano.

—Ups —dijo Kat, y se *movió*.

Moviendo el cuello hacia la derecha, Kat se ajustó la máscara dañada mientras cerraba los ojos y se lanzaba hacia el matón armado más cercano. Las esferas plateadas estallaron, con un destello brillante en el crepúsculo menguante. La máscara bloqueó lo suficiente como para que Kat solo sintiera un roce a través de sus párpados, un destello púrpura-azul contra el negro.

Kat los abrió de nuevo mientras alcanzaba al primer matón con su brazo derecho, pateando con su pierna derecha la rodilla del hombre y rompiéndola mientras este se llevaba las manos a sus ojos abrasados. El rifle del hombre, colgando de una correa, se balanceó en el aire mientras caía, y Kat lo atrapó, agachándose con el movimiento y recogiendo el arma.

La experiencia de Kat disparando armas de proyectiles, en lugar de los dardos aturdidores sin retroceso, se limitaba enteramente a los campos de tiro aprobados por Paragon. El retroceso hizo que su puntería saltara, pero a esta distancia eso apenas importaba. Las balas rociaron mientras los otros cuatro tropezaban, Kat apuntando primero al matón más cercano, luego girando el cañón hacia los dos más alejados, alcanzando a los tres con su fuego.

Rhimes, ese bastardo, logró mantener la suficiente compostura para caer y arrastrarse hacia el lado lejano de una cápsula, esquivando la embestida inicial de Kat abrazándose al suelo, y su segundo barrido gracias a la gruesa construcción de la cápsula premium. El cristal del vehículo se hizo añicos, sí, pero su estructura se mantuvo firme.

Kat soltó el gatillo, con el hombro adolorido después de que el arma se hubiera empujado contra ella mil veces en esos pocos segundos. Más allá de Rhimes, no vio a ningún otro enemigo moviéndose. Ni siquiera temblores.

¿Acababa de matar a cuatro personas normales?

Una repentina urgencia de vomitar surgió en su estómago, sofocada solo por Rhimes llamando desde su escondite.

—¡No está mal el truco para una rastreadora! —dijo Rhimes—. Supongo que no deberíamos haberte subestimado.

Rhimes siguió hablando, pero Kat dejó de prestar atención. Tenía que concentrarse. Permanecer en el momento. Los argumentos morales podían esperar, la autocompasión tenía que hacerlo. La supervivencia era lo más importante. Primero Rhimes, Kat después.

—¡Basta! —gritó Kat—. Solo... solo para.

Rhimes, afortunadamente, lo hizo.

—Se acabó, ¿de acuerdo? —dijo Kat, sentándose ahora junto al tipo al que le había destrozado la pierna. Ese, al menos, vivía, gimiendo a su lado y agarrándose la rodilla con ambas manos—. Se terminó.

O casi. Los disparos ya habían activado la alerta de su Tama, lo que significaba que vendrían drones, incluso desde tan lejos. Cualquier Paragon cercano también sería notificado. Si Rhimes y su equipo hubieran disparado y se hubieran ido, probablemente habrían escapado. ¿Ahora? Una prisión de Paragon era su mejor esperanza. La muerte, la peor.

—¿Terminado? —dijo Rhimes—. Kat, esto es solo el comienzo.

¿De dónde sacaba este tipo su bravuconería? Kat se inclinó, desenganchó el rifle del guardia que gemía, se puso de pie y vio a Rhimes correr hacia ella desde la esquina, con las manos bombeando. Kat levantó el rifle, la mano presionando el gatillo, pero Rhimes apartó el cañón de un golpe y la embistió con el hombro.

Sobre el asfalto resbaladizo, los pies de Kat se deslizaron y cayó hacia atrás, golpeándose la cabeza contra el duro suelo. Su capucha y máscara amortiguaron lo peor, pero la sacudida la hizo contener la respiración, incluso mientras alcanzaba y agarraba el pie de Rhimes cuando este intentaba pisarla, y lo hizo tropezar.

Rhimes cayó hacia atrás y Kat oyó gritar al guardia de la rodilla cuando su jefe aterrizó sobre él. No esperó a que Rhimes se levantara; encorvándose hacia adelante, Kat se puso de pie, giró su muñeca hacia el cable de acero y lo levantó.

Disparó.

Rhimes se retorció, enterrando el cable en su pecho cubierto de equipo en lugar del brazo al que Kat había apuntado. El hombre hizo una mueca, luego agarró el cable y tiró, arrastrando a Kat hacia él, dándole a Rhimes el impulso para ponerse de pie.

Estar atada a un hombre como Rhimes no era bueno. Kat intentó desconectar el cable, pero este solo se tensó contra la ropa de Rhimes, sin lograr atravesarla. Sus intentos ayudaron a Rhimes a cerrar la distancia, y el hombre de nuevo se abalanzó hacia ella, esquivando la patada que Kat intentó.

Ser aplastada por Rhimes no era una opción.

Kat mantuvo sus pies bailando hacia atrás, retrocediendo ante el empuje de Rhimes, incluso cuando se adentraron más allá de los límites del estacionamiento y en la nieve más espesa. Lanzó jabs con su mano izquierda mientras Rhimes atrapaba su derecha con la suya. Abandonando el intento de placaje, pero aún atado de cerca con ese maldito cable, Rhimes se lanzó hacia la cabeza de Kat y falló.

Un baile estúpido. Uno mortal. Dos luchadores desesperados atrapados juntos y entre los esquives y la adrenalina y los golpes, todo lo que Kat podía pensar era que podría morir aquí, junto a un estanque congelado, y cómo nunca había esperado irse de esta manera.

Sin disparos, ni peleas. Kat quería una salida como la de una anciana: dormida y a salvo.

—Elegí el trabajo equivocado —dijo Kat, esquivando otro golpe descontrolado.

—Yo también —respondió Rhimes, empujando a Kat más hacia atrás por la nieve, cuesta abajo.

El pie izquierdo de Kat aterrizó en algo que no era nieve. De hecho, era hielo. Resbaló, giró y arrastró a Rhimes, la fuerza del movimiento dio al cable suficiente impulso para rasgar el chaleco de Rhimes, dejando un corte en el medio pero, al menos, liberándolos.

Por un instante, los dos se quedaron de pie, frente a frente, envueltos en su propio aliento. La realidad tuvo su momento para calar hondo.

—Mataste a mis soldados —dijo Rhimes, sin rastro de su alegre sonrisa.

—Iban a matarme.

Había estrategias. Formas de ganar en una superficie como esta. Kat solo necesitaba provocar a Rhimes para que cargara de nuevo y probablemente caería. Entonces, un golpe rápido en la cabeza y Rhimes quedaría fuera de combate, y ella tendría un prisionero. Alguien a quien entregar a los Paragons, o a los Elementales, o a quien quisiera enfrentarse al resto de estos maníacos armados.

Mientras tanto, Kat iría a terapia. Y a echarse una larga siesta.

—¡Tuviste una elección! —exclamó Rhimes—. Él te hizo la oferta.

—Y vaya oferta que era. —Kat miró hacia la derecha, hacia el cielo. Buscó drones, no vio ninguno. ¿Cuán lejos habían ido?—. Si digo que sí, me uno a tu grupo de asesinos. Si digo que no, muero.

—No, esa no era la elección en absoluto. Te ofreció una oportunidad de escapar. Estás viviendo en una prisión que no puedes ver, comiendo de la cuchara con la que te alimentan los Paragons. Con nosotros, podrías haber tenido libertad. Podrías haber ayudado al mundo a ver lo que les ha estado cegando durante tanto tiempo.

Genial. ¿Qué es peor que asesinos a sueldo? Fanáticos. Primero los Elementales, ahora estos tipos. ¿Por qué siempre iban a por ella? ¿Qué tenía Kat que resultaba tan atractivo para esta gente?

—Tal vez me gusta mi prisión —dijo Kat—. Tiene un buen perro. Buen whisky. Una cama caliente. Ahora, si me permites irme, me gustaría volver a ella.

Rhimes negó con la cabeza.

—No, no puedo hacer eso. Únete o muere, Kat. Así es el juego.

—Qué juego más terrible. —Kat levantó su muñeca izquierda, lista para disparar el cable.

Rhimes vio el movimiento y cargó, sus pies resbalando en el hielo. Kat contuvo el disparo. Dejó que el arrebato de pánico de Rhimes lo descontrolara. El hombre se acercó tambaleándose hacia ella, con las manos extendidas hacia Kat, y ella lo esquivó, plantando sus propios pies firmemente para que se adhirieran. Cuando Rhimes pasó, le propinó un golpe en el riñón con la derecha, sacándolo de curso y enviándolo a estrellarse contra el hielo.

Aprovechó la oportunidad, acercándose rápidamente a Rhimes, deslizándose un poco, pero logrando mantener el equilibrio. Rhimes, con la cara arañada y ensangrentada por la caída, intentó levantarse, resbaló y golpeó el hielo de nuevo.

—Parece que pierdes esta ronda —dijo Kat, apuntó con el pie y cayó cuando las balas surgieron de la nada, explotando a su alrededor.

Rodando al golpear el hielo, miró hacia atrás en dirección al ataque, vio al guardia —debía ser el de la rodilla, por cómo se apoyaba en la cápsula— sosteniendo su rifle, apuntándolo hacia ella. Haciendo una pausa en su fuego.

—Déjame liberarme —dijo Rhimes, sus pies raspando el hielo alejándose de Kat—. ¡Luego mátala!

Con las manos en el hielo, las botas resbalando mientras Kat intentaba agarrarse, miró a través de la máscara al rifle, a la mano del matón mientras se deslizaba hacia el gatillo.

Realmente era un juego terrible.

CAPÍTULO 51
EL ALMA DEL ENEMIGO

A DECIR VERDAD, Zhan-Yo no esperaba comenzar su inspirador y revolucionario discurso gritándoles a los Paragones errantes que prestaran atención. De alguna manera, había pensado que subir al escenario en el centro del gigantesco estadio sería suficiente. Las cámaras aparecerían y Zhan-Yo sería proyectado en todo el mundo. Así solía ocurrir en las conferencias de Ziran, cuando subía al escenario con música trepidante, aplausos y un millar de miradas adoradoras esperando saber qué nuevos Tamas se lanzarían ese año.

Zhan-Yo contó tal vez una docena de trajes azules entre los asientos que lo observaban. Una lo miraba con suficiente intensidad como para sugerir que sabía quién era Zhan-Yo. A medida que su rostro se transformaba en un ceño cada vez más fruncido, Zhan-Yo se preguntó si ella podría simplemente aniquilarlo en el acto. Invocar algún láser desde el cielo, o quizás convertir sus entrañas en gelatina.

—¡Paragones! —gritó Zhan-Yo, de nuevo. Levantó las manos, como si intentara atrapar el sol poniente—. ¡Escuchadme!

No lo hicieron. Las ceremonias de apertura, según

entendía Zhan-Yo por los carteles distribuidos por todo el estadio, estaban a varias horas de distancia y los Paragones parecían más interesados en encontrarse con amigos que en escuchar al extraño humano en el escenario.

Excepto uno.

Caminando por el pasillo central directamente hacia Zhan-Yo, con una serena sonrisa en su rostro, se acercaba un Campeón al que Zhan-Yo nunca había visto en persona, pero conocía lo suficiente. Arrugado, con el cabello largo recogido hacia atrás, Apinya vestía un uniforme de Paragon rojo y negro, y aunque no caminaba con un bastón, Zhan-Yo no pudo evitar imaginar uno en las manos del Campeón. Un viejo mago que venía a lanzar un hechizo sobre el advenedizo.

Si los Paragones no prestaban atención a Zhan-Yo, ciertamente le daban todo su amor a Apinya. Los trajes azules seguían al Campeón hacia el centro, fluyendo detrás de él y de pie entre los asientos, observando para ver qué podría suceder, si el legendario maestro de la mente podría dispensar alguna sabiduría u otra.

—Aquí estás —dijo Apinya mientras se acercaba al escenario, y no con la voz atronadora que Zhan-Yo esperaba, sino con un tono suave. Una conversación entre dos personas, no una arenga pública—. En medio de todo.

—Al comienzo de todo —respondió Zhan-Yo, y abandonó el centro del escenario para dirigirse hacia el borde, situándose delante y por encima de Apinya—. Hoy comenzamos algo nuevo.

—¿Ah, sí? —Apinya inclinó ligeramente la cabeza, sin mostrar molestia porque Zhan-Yo hubiera reclamado la posición elevada y, aparentemente, pretendiera mantenerla—. ¿Y qué es ese algo?

—¡Un nuevo comienzo para nosotros! —Zhan-Yo miró hacia arriba al decir esto, abandonando el volumen conversacional de Apinya. Su audiencia aquí no era el Campeón. No eran, realmente, los Paragones en el estadio. Ellos eran espectadores de los verdaderos objetivos: el público. Sin duda alguien estaba grabando esto, posiblemente transmitiéndolo en vivo al mundo—. Los Paragones y los Normales. Hoy empezamos de nuevo. Juntos, como iguales.

—Una afirmación audaz —replicó Apinya—. Una que, creo, vive más en las palabras que en los hechos.

Mientras Aegis pasaba sus días de gloria plasmado en revistas y posando para las cámaras en cada oportunidad, abrazando el papel legendario y deleitándose en él, Apinya se colaba en segundos párrafos, fotos de fondo. Jugaba el papel de mediador, el solucionador de problemas, el negociador sutil. El Campeón intentaría jugar con las palabras de Zhan-Yo, desmontar su argumento en público y convertir la revolución en algo ridículo.

Zhan-Yo no lo permitiría, no podía permitirlo.

—Sé que crees que lo que estás haciendo es correcto —declaró Zhan-Yo, ignorando nuevamente a Apinya en favor de su posible audiencia mundial—. Que estás preservando un sistema pacífico. Pero os digo que miréis a vuestro alrededor, que veáis a todos aquellos a quienes vosotros, los Paragones, estáis aplastando cada día bajo vuestras botas. Os consideráis honorables, defensores de la justicia, y sin embargo, os negáis a permitir que aquellos a quienes defendéis tomen sus propios escudos, defiendan sus propias causas. Por azar, los miles de millones de la humanidad son relegados a sus estaciones, como los antiguos reyes divinos.

Tuvo que tomar aire. El aire entró en sus pulmones, refrescando sus palabras para nuevas líneas. Para cuando empezó a pronunciarlas, ya no estaba de pie en el escenario. Ya no predicaba a un mundo embelesado.

En su lugar, Zhan-Yo estaba sentado en un taburete de piedra en la cima de una montaña. Un tablero de ajedrez de granito, con el juego listo para comenzar, se encontraba frente a él, y al otro lado, en un taburete achaparrado similar, estaba sentado Apinya. El Campeón tenía la misma sonrisa, la sonrisa que uno podría dar a un niño que persiste en su extraño e inofensivo comportamiento.

Zhan-Yo no podía sentir ningún viento, y aunque podía ver nieve a sus pies y nubes moviéndose debajo de él, ningún frío tocaba su piel. Ninguna altitud enrarecía su respiración, ni siquiera respiraba.

—La mente de cada persona es diferente —dijo Apinya, luego extendió la mano y movió un peón blanco central un espacio hacia adelante—. Solía recibir a la gente en sus propios términos, intentar crear un hogar que se ajustara a su experiencia. Llegué a darme cuenta de que eso no ayudaba a mis esfuerzos. Así que ahora los traigo aquí.

Apinya asintió en dirección a Zhan-Yo.

El antiguo líder de Ziran sabía jugar al ajedrez, pero conocer las reglas y ser bueno en el juego eran dos cosas diferentes. Así que copió el movimiento de Apinya e intentó pensar en una respuesta.

—Sé que podrías estar confundido, incluso asustado —dijo Apinya, deslizando su reina hacia el espacio que había dejado libre el peón—. Pero ningún daño te ocurrirá aquí. Y poco tiempo pasará allá fuera. Nuestras palabras son ligeras, nuestros cuerpos están más allá de los límites físicos. Aquí, podemos razonar sin emoción, resolver sin ira.

Una vez más, Zhan-Yo copió a su oponente.

—No tengo nada que argumentar —dijo Zhan-Yo—. Sabes por qué estoy luchando, lo que quiero.

—Normales en igualdad de condiciones con los Paragones. —Apinya movió otro peón. Zhan-Yo dejó de preocuparse por el juego; copiaría cada movimiento de Apinya hasta que el Campeón ganara o se convirtiera en un desastre—. Un objetivo noble, aunque equivocado.

—Los que están en el poder a menudo quieren conservarlo.

—No eres joven. —Apinya añadió un toque de profesor a

su tono—. Fuiste testigo de nuestro ascenso, y conoces el mundo que había antes. El caos que reinaba mientras los líderes perseguían su codicia, sus venganzas y sus ideas egoístas. Floreciste en lo que vino después, ¿y aun así quieres acabar con ello?

—No acabar. Compartirlo. Mantened vuestros Campeones, mantened vuestros Paragones, pero dejadnos entrar. Dad a los normales la oportunidad de decidir nuestros propios destinos. Devolved el gobierno a todo el pueblo, en lugar de a unos pocos.

Apinya y Zhan-Yo jugaron varias jugadas en silencio antes de que el Campeón volviera a hablar.

—Afirmas que tal movimiento beneficiaría a la mayoría, pero ¿dónde están tus pruebas? Las sociedades democráticas existieron antes de los Paragones, pero no pudieron evitar nuestro ascenso. Fallaron bajo líderes defectuosos.

—Y así lo haréis vosotros. Ya lo estáis viendo, después de Aegis. No todos los Paragones son honorables. No todos los Campeones son como tú. ¿Qué pasa cuando uno se va por su cuenta? ¿Qué pasa cuando millones mueren porque a un Campeón ya no le importa?

—Entonces serán tratados.

Zhan-Yo quería reír, quería llorar. —¿Lo ves? Esto es a lo que me refiero. No hay controles, no hay palancas para que la gente común os mantenga a raya. La policía vigila a la policía, y los normales sufren por ello.

Apinya tomó la reina de Zhan-Yo. Una jugada torpe que habría sido obvia si Zhan-Yo hubiera estado prestando atención. Aunque ya no podía copiar los movimientos de Apinya, Zhan-Yo decidió jugar con un abandono errático, intercambiando una pieza por otra para llevar el juego a un rápido final.

—Mataste a Aegis —dijo Apinya—. No importa lo que digas, no podemos escuchar. Al hundir esa espada en su espalda, destruiste tu propia posición.

—Eso fue un error —respondió Zhan-Yo—. No quería matarlo. Solo quería que viera las cosas desde mi punto de vista.

—¿Y no lo vio? —Apinya tomó otra pieza, un caballo esta vez.

Zhan-Yo se vengó, aunque tomar el caballo de Apinya puso en peligro a su propio alfil.

—Yo... él no me creyó. Pensó que era arrogante. Que estaba cometiendo un error.

Apinya asintió lentamente mientras tomaba el alfil de Zhan-Yo y se protegía de cualquier contraataque real.

—¿No crees que, si una leyenda sugiere que podrías estar cometiendo un error, que quizás estás abordando el problema desde el ángulo equivocado, podría tener razón?

Zhan-Yo intentó considerar las palabras de Apinya, pero parecían menos un argumento y más un sentimiento que brotaba en su interior, la fría fatalidad que surge cuando se elige y se recorre el camino equivocado.

—Estoy haciendo lo que creo que es correcto —dijo Zhan-Yo—. Pero quizás lo esté haciendo mal.

Movió una pieza sin rumbo. Un peón avanzando a trompicones. Apinya tomó el último caballo de Zhan-Yo. Dejó que Zhan-Yo moviera de nuevo en silencio, y Apinya atrapó otra pieza. El juego se había convertido en una derrota total.

—Recuerda, todos estamos invertidos en la humanidad —dijo Apinya—. Juntos, normales y Paragones hacen avanzar la sociedad. Tú mismo has transformado el mundo con los esfuerzos de Ziran más que casi cualquiera de nosotros.

—Cierto.

Otro movimiento. A Zhan-Yo solo le quedaban un par de piezas, rodeadas por las hordas de Apinya.

—Entonces, ¿no estás de acuerdo en que tenemos nuestros roles que desempeñar, los normales y los Paragones? ¿Que esta revolución tuya está gastando vidas y energía que de otro modo podrían usarse para ayudar a los necesitados?

Zhan-Yo no podía articular un pensamiento coherente. Las palabras se le escapaban al intentar decirlas. En su lugar, como el inicio de una poderosa droga, Zhan-Yo solo sentía que el argumento de Apinya contenía una verdad inconmensurable. Esta revolución, esta causa, era un desperdicio. Una desviación que solo conduciría a la pena y poco más.

—Entiendo —susurró Zhan-Yo.

Apinya movió su reina, combinándola con una torre para enviar al rey de Zhan-Yo a una prisión de jaque mate.

—Entonces, ponte de acuerdo conmigo —dijo Apinya, sin que esa sonrisa abandonara su rostro—. Invítame a subir a tu escenario y dile al mundo que ves un camino mejor. Juntos, podemos unir a nuestra gente y forjar un camino hacia un mundo mejor.

Zhan-Yo extendió la mano, derribó a su rey, asintiendo todo el tiempo. Apinya tenía razón. Había demasiadas cosas importantes por hacer como para una tonta pelea entre Paragones y normales. Era mejor que cada lado se mantuviera en sus roles, ayudando a avanzar a la sociedad lo mejor que sus habilidades lo permitieran.

El tablero, las piezas y la cima de la montaña se desvanecieron y, por un momento, Zhan-Yo sintió como si cayera a través de esas nubes, hasta que se estrelló de vuelta en su propio cuerpo, en ese escenario, con los Paragones mirándolo, los drones flotando sobre él, y la muerte a segundos de distancia.

—Hemos llegado a un acuerdo —anunció Apinya. El hombre no era estruendoso, pero los drones captaron sus palabras y las amplificaron—. Juntos, lograremos la cooperación. Una asociación entre Paragones y normales.

Zhan-Yo asintió desde el escenario, haciendo señas a Apinya para que se uniera a él. El Campeón mayor comenzó a dirigirse hacia el lado, donde se había colocado una pequeña escalera para que subiera cualquiera que no tuviera una mente ágil. Mientras el Campeón caminaba, Zhan-Yo se volvió hacia la expectante multitud de Paragones, hacia los drones que se agolpaban alrededor.

Hacia el fondo, abriéndose paso hacia adelante, reconoció un rostro. La mujer que había intentado matarlo en Chicago. Zhan-Yo tenía que decirle que había cometido un error. Que se había equivocado. No deberían estar en guerra, sino ser aliados luchando por preservar este mundo perfecto.

Zhan-Yo levantó su mano derecha en alto, la agitó hacia ella, vio a Celice mirarlo, el odio en ese rostro. Tan fuerte, tan enojada. Zhan-Yo retrocedió un paso, dos, y bajó la mano, inseguro y desconcertado.

¿Cómo tender un puente hacia ella? Zhan-Yo no lo sabía, así que se volvió hacia Apinya, que apenas estaba subiendo la escalera, y buscó respuestas.

Pero la sonrisa del Campeón se desvaneció con el rugido desgarrador de la tierra. Explosiones estrepitosas, fuego escupiendo, y una repentina oscuridad arrastrando a Zhan-Yo hacia abajo, abajo, abajo.

CAPÍTULO 52

EVALUANDO LOS DAÑOS

MYNX.

MYNX.

El ruido que hizo que abriera los ojos de golpe no era una palabra, sino un sonido continuo enviado directamente a la mente de Mynx, diseñado y probado para garantizar una respuesta visceral cada vez. El pitido rebotó, resonó y rompió la barrera que mantenía a Mynx inconsciente, revelando el estadio debajo de ella.

¿Debajo?

Espera.

Mientras Mynx parpadeaba hacia la realidad, pequeños cuadrados aparecieron en su visión en azules, verdes y rojos. Se desplazaron y se centraron en varios puntos alrededor de... un desastre. El humo se elevaba, con fuegos parpadeantes debajo, mientras los cuerpos se movían o yacían inmóviles. Los gritos pidiendo ayuda y los alaridos de quienes carecían de ella resonaban mientras las sirenas de emergencia se acercaban. En medio de las gradas ahuecadas y el césped chamuscado y lleno de cráteres, el caparazón de hormigón del estadio aún se mantenía en pie, como un esqueleto vacío y fracturado. Uno que ella había dejado atrás, sobre el que flotaba.

Un traje. Ahí es donde estaba. Mynx se abrió paso a través del retraso mental mientras más y más cuadrados aparecían en su visor, chocando unos contra otros. Tantos, y tan pocos en movimiento.

—Te evacué antes de que los explosivos detonaran —dijo Reeves, la IA cubriendo sus palabras con la tristeza apropiada—. Después de que Celice te golpeara, ya tenía el traje de emergencia en marcha.

—¿Cómo lo supiste?

—¿Saber qué?

—Supongo que hubo bombas —dijo Mynx—. ¿Es por eso que el estadio se ve así? ¿O alguna anomalía perdió la cabeza?

—El análisis señala a Zhan-Yo como la fuente probable. Cuando subió al escenario, comencé un análisis de seguridad inmediato dado que...

—Él no tiene tendencias suicidas —interrumpió Mynx, dejando que la fría lógica adormeciera la enfermiza desesperación que crecía en sus entrañas—. Sáltate los detalles, dame la causa.

—No parece haber una única falla. Diferentes explosivos detonaron por todo el estadio.

Mynx tomó los controles del traje y comenzó un descenso controlado de vuelta hacia el estadio. El traje de emergencia, más una gran caja segura que un medio para el combate o el servicio, tenía dos brazos flexibles que Mynx podía usar para levantar algunos cuerpos. Ahora que la situación requería un héroe, Mynx bien podía ser uno.

—Pequeñas bombas no hicieron esto —dijo Mynx—. Nos preparamos para cosas así. Cualquier disturbio. Ataques con armas pequeñas por parte de la gente de Zhan-Yo.

—No tuvieron que hacerlo —dijo Reeves—. Quien planeó esto sabía lo que estaba haciendo, Mynx. Los ataques no vinieron de fuera. Ya estaban ocultos en el estadio.

—¿Ocultos dónde?

—En todas partes —respondió Reeves—. En la mercancía, la comida, las sillas y el escenario. Dentro de las rejillas de ventilación del estadio. Creo que la única razón por la que el estadio sigue en pie es que suficientes anomalías reaccionaron, suprimieron el daño con sus poderes. Todos ustedes deberían estar muertos.

Reeves estaba diciendo que toda su cumbre, cada parte de ella había sido comprometida. Mynx había establecido la seguridad, sí. Había colocado drones alrededor de la entrada y había investigado a las empresas que proporcionaban cada artículo. Todas habían pasado la verificación. Todas llevaban años y años haciendo negocios con los Paragones.

Así que, o alguien había logrado introducir explosivos a escondidas, o los Paragones habían sido comprometidos desde el principio. Los suministros habían empezado a llegar hace dos días, envíos a granel que coincidían con la prisa de la cumbre. Mynx pensó que habían hecho lo mejor posible, pero quizás se habían cometido errores. Suposiciones asumidas.

¿Quién se atrevería a atacar a los Campeones, después de todo?

Mientras descendía, Mynx vio banderas de los Paragones ondeando sus desgarrados restos en el viento polvoriento. Más gritos se filtraron a través de los altavoces del traje, y cuando Mynx tocó tierra en el centro destrozado del estadio, con el césped desgarrado, pedazos de sillas y cristales rotos por todas partes, luchó por contener un sollozo.

Los Paragones estaban haciendo lo que debían: aquellos héroes que no habían sido destruidos por la explosión saltaban de un lado a otro, moviendo escombros y abriendo paso a los drones médicos y, a estas alturas, a los normales para sacar a los heridos. Nadie prestaba atención a la mujer en su traje en el centro, observando cómo se desarrollaba su desastre.

Mynx realizó más comprobaciones con Reeves, confirmando insensiblemente la respuesta de emergencia, asegurándose de que todos los drones de Los Ángeles estuvieran ayudando con el desastre o escaneando en busca de los responsables. Cuando llegó al final, con Reeves diciéndole continuamente que ya había hecho todo esto y más, Mynx tomó una larga y temblorosa respiración.

—Déjame salir —dijo Mynx, y, a pesar de la protesta de Reeves, el traje obedeció.

Su escudo de cristal se abrió, y Mynx salió a la superficie en ruinas. Tambaleó un poco, con la cabeza dolorida, pero logró estabilizarse con un brazo extendido. Sin los filtros del traje, Mynx inhaló quién sabe cuánto polvo, cuántos químicos. Sintió el calor de los fuegos residuales, sus llamas chispeantes brillando a su alrededor mientras el sol se desvanecía. Y escuchó, oh, escuchó.

Los Campeones lo habían visto todo antes. Eso es lo que Mynx había pensado, lo que se había dicho a sí misma antes de innumerables misiones. Nada podía sorprenderla, y ningún horror podía ser demasiado para sus venas heladas. Mynx podía soportarlo todo, apartarlo y volver a sus máquinas. Hacerlas más despiadadas, más efectivas, para que los Paragones que no pudieran manejar a la humanidad en su peor momento no tuvieran que hacerlo.

Y sin embargo, aquí había algo que no había visto. Sus amigos, algunos entre sus confidentes más cercanos, podrían estar enterrados a su alrededor ahora mismo. Otros podrían estar muertos y desaparecidos. Vaporizados o llevados en ambulancias, para ser vistos de nuevo solo en un funeral o en la morgue.

Mynx se consideraba una criatura lógica. Construida sobre números y pruebas, hechos y cifras. Apinya, Burov, ellos manejaban las emociones. Estaban preparados para lidiar con esto al nivel que requería. Mynx solo podía enfrentarlo convirtiendo las emociones en números.

Si tan solo la mitad de los Campeones hubieran muerto

hoy, el mundo se sumiría en el caos. Estallarían luchas de poder como la de la Atlántida, y facciones como los Elementales —¿habría sobrevivido Rosamund?— podrían aprovecharse y formar sus propios pequeños territorios. Los Paragones quizás podrían recuperar el control, pero requeriría esfuerzos titánicos.

Mynx necesitaría drones por miles, por millones. Pero ¿quién confiaría en ella ahora? Estaría sola, habiendo arrastrado a los Campeones y a tantos Paragones a una trampa obvia. Mynx no recibiría ningún respeto, y tampoco lo merecería.

Caminaba, porque ¿qué más podía hacer?

No muy lejos de ella, un Paragon con un traje azul hecho jirones tocó un trozo de concreto y este se desintegró, convirtiéndose en polvo y revelando una forma arrugada debajo. Dos drones más pequeños se acercaron zumbando, se engancharon al cuerpo y lo levantaron mientras el Paragon se movía hacia el siguiente.

Mynx rodeó lentamente su traje aterrizado, como si estuviera en una pesadilla, manteniendo una mano en la máquina y a sí misma estable. Física y mentalmente, se deshilachaba.

El escenario se había hecho añicos. Debía haber habido una bomba debajo. No había cuerpos allí, ni pedazos alrededor. Ni rastro de Zhan-Yo, ni de Apinya tampoco, aunque los dos habían estado justo aquí. En el centro.

Apinya debería haber detenido a Zhan-Yo. El Campeón podía volver a cualquiera contra cualquier cosa, o convertirlo en nada en absoluto. Ahora se había desvanecido. Tal vez volado en pedazos. Mynx solo podía esperar que Zhan-Yo hubiera corrido la misma suerte.

—Mynx —dijo Reeves, hablando a través de su Tama ahora—. Por favor. Estoy recibiendo demasiadas peticiones para manejarlas. Los Paragones necesitan dirección, y la necesitan de ti.

—¿Después de lo que hice? ¿De lo que he hecho? —Mynx

extendió la mano y tocó la tela rasgada y colgante del escenario—. ¿Qué quieren de mí?

—¿Recuerdas cuando me dijiste, antes de todo esto, que ibas a ser una Campeona de nuevo?

Mynx no dijo nada. Parpadeó para quitarse el polvo de los ojos. Observó a los drones y Paragones volar alrededor.

—Dijiste que lo harías. Dijiste que serías lo que el mundo necesitaba ahora que Aegis no podía.

—Eso salió bien.

—Todavía está en curso. Deberíamos tener una lista de bajas pronto. Mynx, yo no puedo ser quien le diga al mundo lo que ha pasado. Una computadora no debería dar noticias como esta.

—Oh, qué suerte la mía. —Mynx se sentó en el escenario. Tomó una gran bocanada de aire y tosió el polvo.

Ser una Campeona significaba vivir mil vidas. Mynx había llenado sueños incontables en su Fábrica, aventurándose con Aegis y los demás, y ahora había llegado el momento del lado trágico. Llevaba el uniforme —Mynx se miró a sí misma— y aún lo llevaba. Aunque fuera la única.

—Dime, Reeves. ¿A quiénes perdimos?

CAPÍTULO 53
EL HORIZONTE NEGRO

EN LOS MOMENTOS empapados después de la estampida a través de las olas hacia el bote, Thane y los demás anómalos tuvieron que detener su prisa por escapar y enfrentar la realidad. Es decir, tenían un bote sin motor, algunos suministros y un par de docenas de personas con poderes que no sabían cómo trabajar juntas. Con el día cayendo en la tarde y nadie queriendo luchar contra drones en la oscuridad, Thane se estrujó el cerebro para organizar las cosas rápidamente.

Mientras Cassidy gritaba para pasar lista de los anómalos, Thane se apoyó en ella y colocó cada respuesta en su posición óptima en el bote. Sook, con sus habilidades para generar ráfagas de aire, era un motor natural. Estaría en la parte trasera, turnándose con Sienna, quien podía redirigir su energía cinética para dar un impulso al bote.

Otro anómalo, Avery, afirmó ser quien había sellado el bote en primer lugar. Capaz de convertir superficies en vidrio liso, su poder al principio parecía inútil, pero Thane tenía que pensar en más que las aguas tranquilas en la bahía de Arthur; más allá, donde las olas podrían elevarse y la pequeña embarcación podría ser sacudida por el oleaje, sellar la superficie en una línea recta y lisa podría ser esencial.

Otros anómalos podían torcer la energía, moldear su propia piel o tejer redes duras entre moléculas a distancia. Thane los reunió alrededor del punto medio del bote, donde podrían moverse para contrarrestar de donde viniera el potencial ataque de drones. Idealmente, los anómalos que escapaban tendrían tiempo antes de que los drones reaccionaran, ganarían suficiente velocidad para alejarse de la persecución.

Los drones podrían ser capaces de seguir el bote hasta Hawái, pero Thane se aferraba a la esperanza de que, con suficiente impulso y un poco de ofensiva, podrían atravesar la línea y dejar atrás a las máquinas más distantes, llegando a la civilización a tiempo para abandonar el bote y desaparecer.

—Esos son todos —dijo Cassidy, y Thane echó una débil mirada a los grupos que había organizado—. ¿Crees que es suficiente?

—Siempre podemos usar más —dijo Thane, mirando hacia la playa, donde Arthur y su grupo estaban parados, observando—. Llámalos otra vez. Ve si alguno ha cambiado de opinión.

—No estoy segura de que sea buena idea. No creo que te hayas ganado muchos amigos con tu empujón de hace un rato.

—No estoy tratando de hacer amigos.

Cassidy sacudió la cabeza, suspiró.

—Thane, si quieres ser un verdadero líder, vas a tener que aprender a actuar como si te importara.

—No es que no me importe. Es que me importan cosas más importantes que los sentimientos de la gente. Pregunta. Si Arthur intenta pelear, saltaré de este barco y lo haré pedazos.

Thane esperaba no mostrar el ligero temor que se filtraba ante esa idea. Su brazo aún le dolía donde Arthur lo había quemado en la playa, una sensación singularmente extraña después de décadas tratando el dolor como una novedad. Sin embargo, ahora no era el momento de perder la confianza en sus habilidades. Thane tenía que ser el faro invencible.

—Si nos matas, voy a estar muy molesta —dijo Cassidy, luego le entregó Thane a Sook para que lo apoyara y se dirigió fuera del barco, de vuelta al agua.

—Llévame a la parte trasera. Quiero ver qué pasa.

—Claro, jefe —dijo Sook—. Por cierto, bastante impresionante. Sabes, no pensé que esto realmente fuera a suceder cuando te encontré en esa cueva. Pensé que estaríamos muertos a estas alturas, en realidad.

Sook, el desaliñado y desgarbado guardaespaldas, ¿había pensado que Thane lo llevaría a su muerte, y aun así vino?

—Gracias, supongo —dijo Thane—. Te debo el haberme sacado de esa cueva. Cuando lleguemos a una ciudad real, me aseguraré de pagar mi deuda.

—No te preocupes por eso. Esto ya ha sido más que suficiente. Más de lo que pensé que obtendría, de todos modos.

Con Sienna a un lado y Sook al otro, Thane observó a Cassidy acercarse a la playa. Arthur se acercó para hablar con ella, y aunque Thane no podía escuchar bien lo que Cassidy decía por el ruido del océano, podía ver que hablaba alrededor de él, dirigiéndose al grupo de anómalos en la playa.

Arthur negaba con la cabeza incluso cuando Cassidy comenzó, luego hizo un gesto para que se detuviera, su rostro enrojeciéndose cada vez más con cada palabra. Los anómalos detrás de él tampoco parecían prestar atención a Cassidy, permaneciendo impasibles mientras el Vacío hacía su súplica.

O intentaba hacerlo.

Con un repentino oscurecimiento, Arthur levantó su mano al aire y atrajo la luz a su alrededor, alrededor de la playa, de modo que las sombras de todos se dirigieron hacia el anómalo. Cassidy retrocedió un paso, pero Arthur ya no parecía estar mirándola. En cambio, miraba más allá de ella, más allá del bote, y seguía absorbiendo la luz.

—¿Está a punto de hacerse explotar? —dijo Sook.

—Uno solo puede esperar —murmuró Thane.

Sin embargo, Arthur no explotó. Cassidy se dio la vuelta y corrió de regreso hacia el bote mientras Arthur seguía atrayendo la luz, chapoteando mientras avanzaba, mientras una tarde brillante se convertía en un sombrío atardecer, luego en una noche sin luz.

El anómalo brillaba como un faro, con luz amarillo-blanca arremolinándose a su alrededor, como si Arthur se hubiera convertido en su propia estrella. Thane creyó poder escuchar a Arthur gritando ahora, un grito sin palabras.

Tal vez Sook tenía razón. Quizás Arthur protestaría contra toda esta aventura explotando, lanzando a todos a la nada. Thane ni siquiera podía enojarse ante la idea; no había tiempo y, de alguna manera, este tipo de final grandioso sería demasiado impresionante como para luchar contra él. No había nada más que hacer sino observar y ver si Arthur los reduciría a todos a cenizas.

Entonces, como si lanzara una bola rápida, Arthur se encogió y disparó un brazo hacia adelante. Toda esa luz dentro de él, toda la luz que Arthur había absorbido del día, se canalizó en ese brazo y salió por su extremo, disparándose sobre el bote hacia el lejano horizonte.

En el instante en que la luz abandonó a Arthur, como una nube que se aleja o un eclipse que llega a su fin, la luz del día regresó en una ola mientras todos giraban para ver si Arthur había estado haciendo un espectáculo bonito o si tenía un propósito.

El rayo de Arthur se movió tan rápido que cuando Thane se dio la vuelta, solo vio las consecuencias. Una explosión ondulante y espasmódica en la línea oscura de drones, una que estalló y se expandió, trepando entre los drones como un virus y explotando uno tras otro hasta que cinco o seis directamente en el camino previsto del bote habían desaparecido en la nova.

—¿Nos está ayudando? —dijo Sienna—. ¿Qué?

Thane tampoco lo entendía. ¿Por qué a Arthur le importaría su escape, por qué se tomaría todas esas molestias para hacer explotar los drones en su camino? La amabilidad después de que Thane lo avergonzara en la playa no parecía un rasgo de Arthur.

—¡Thane! —la voz de Arthur apenas se escuchaba sobre las olas—. ¡Espero que te haya gustado mi espectáculo! ¡Será el último que verás!

Una amenaza estúpida. Thane quería mirar hacia atrás a Arthur, responder de la misma manera, pero los señalamientos y gritos a través del bote mantuvieron su atención en el horizonte, en todos esos otros puntos negros.

Los drones rodeaban la isla, y ahora se estaban moviendo, respondiendo al ataque de Arthur, un rayo que los conduciría directamente aquí. Directo a Thane y su escape.

Y las anomalías no se movían en absoluto.

—Vamos —dijo Thane—. Pongan el bote en marcha. ¡Tenemos que irnos ahora!

Cassidy se acercó, agarró a Thane mientras Sook y Sienna se giraban para poner el bote en marcha. Thane seguía gritando a las anomalías que tomaran sus posiciones, que se prepararan para el ataque, para que llegara el enjambre de drones.

Mientras Cassidy arrastraba a Thane hacia la cabina del bote, él se giró, echando un último vistazo hacia la playa donde había estado Arthur. Donde los drones deberían encontrarlo. Podría atraer la atención hacia el bote, pero Arthur también atraería la ira robótica de Mynx sobre sí mismo.

Excepto que cuando Thane se dio la vuelta, Arthur y su banda restante habían desaparecido, como si nunca hubieran estado allí.

—Ya no podemos preocuparnos por él —dijo Cassidy—. Ahora todo depende de nosotros, y te estamos siguiendo, así que lidera.

Thane podría haber dicho que liderar a los mercenarios contratados por el Elemental en una resistencia fútil contra los Paragons era muy diferente a... bueno, tal vez esto no estaba tan lejos. El objetivo en el noreste había sido durar lo suficiente para que los Paragons hicieran un trato. Aquí, necesitaban durar lo suficiente para vivir.

Podía trabajar con eso.

—¡Posiciones según sus poderes! —gritó Thane, alejándose de Cassidy hacia el centro del bote, girando mientras lo hacía para captar la mirada de todos—. Protectores al frente, luchadores en el medio. Esto no será rápido, así que hablen. Encuentren a sus amigos y trabajen juntos.

Ya fuera que la desesperación del momento cristalizara la respuesta o que algún poder de anomalía impulsara a todos a una acción coordinada, el bote se balanceó mientras las anomalías encontraban sus posiciones. Al ver la respuesta, Thane sintió un orgullo amargo: todos estos villanos e inadaptados dejando de lado sus pasados chamuscados para unirse en lo que probablemente sería un esfuerzo condenado.

Si lo era, entonces Thane estaría feliz de estar junto a ellos. Su primer y verdadero equipo.

A los drones no les importaba ni un poco el equipo de Thane, verdadero o no. Los pequeños puntos negros se convirtieron en monstruos del tamaño de autos mientras el bote ganaba velocidad alejándose de la isla. Las máquinas voladoras se acercaban a toda velocidad, una tras otra.

—¡Tan pronto como estén dentro de su alcance, disparen lo que tengan! —gritó Thane—. ¡Si tienen un escudo, trabajen con sus compañeros y levántenlos por turnos!

No era la defensa más unificada; con más tiempo, Thane podría haber elaborado secuencias de disparo para que las anomalías no desperdiciaran sus energías atacando o defendiéndose de los mismos objetivos. Thane no tenía ese lujo: tendrían que aprender sobre la marcha.

Tan pronto como terminó de hablar, Thane vio a dos anomalías en el centro del bote apuntar hacia el dron que se acercaba. Una pequeña tabla salió disparada de la superficie del bote, se alargó y se afiló antes de volverse resbaladiza (el trabajo de la segunda anomalía, imaginó Thane) convirtiéndose en una lanza brillante que se clavó en el caparazón del dron que se aproximaba, partiendo la máquina en mitades chispeantes y ardientes que desaparecieron en el agua.

Se alzó un vitoreo, uno que murió rápidamente cuando varios drones más se acercaron, y docenas más zumbaban detrás de esos.

¿Cuántos más podría destruir esta banda harapienta?

CAPÍTULO 54
CONEXIÓN

¿SABES cuál es la mejor manera de esquivar una bala? Hacer que un perro muerda al tirador primero.

Kat pensó que estaba a punto de hacer otro viaje al infierno de los disparos, pero el borrón blanco y negro de Seeker derribó al pistolero arrodillado antes de que pudiera disparar. El husky tumbó al atacante en el suelo, gruñendo y mordiendo su muñeca.

Kat no desaprovechó la oportunidad, poniéndose de pie con dificultad y haciendo una lenta carrera hacia la orilla del estanque. Rhimes también fue en esa dirección, llegando primero y abriéndose paso hacia la cima, gritando maldiciones al perro de Kat. Al menos hasta que Calvin llegó corriendo detrás del cachorro.

Y definitivamente cuando Calvin puso una mano en la nieve y otra en el cuerpo del hombre caído. Un carámbano humano tiende a hacerte reconsiderar tus acciones, y Rhimes convirtió su carga de rescate en una huida en línea recta a través de la nieve, pasando entre Kat y Calvin, dirigiéndose hacia las cápsulas.

—¡No dejes que escape! —gritó Kat. Intentó apuntar el

gancho, pero plantó mal el pie y se estampó de cara contra la orilla nevada del estanque.

Sacó la cabeza de la nieve para ver que Seeker aún no había soltado la mano de su víctima. Calvin había empezado a correr tras Rhimes, pero, a pesar de algunas ráfagas heladas que se estrellaron contra la espalda de Rhimes, no logró alcanzarlo.

—Después de esto —gruñó Kat para sí misma, escupiendo nieve mientras se ponía de pie—, me mudo al sur.

En lugar de seguir el camino de Rhimes a lo largo de la orilla nevada, Kat fue directamente hacia el estacionamiento. Irrumpió en el asfalto, se estremeció al ver los cuerpos que aún lo cubrían, y vio a Rhimes lanzándose hacia la cápsula que habían traído, cuando Kat estaba sedada.

Eso parecía haber ocurrido hace una eternidad. El tiempo realmente volaba cuando te disparaban, golpeaban, pateaban y te lanzaban por el hielo.

Calvin envió otra andanada de cristales congelados hacia la cápsula, inclinándose mientras corría para arrastrar su mano por la nieve. El hielo se agrietó y se hizo añicos contra el vehículo de Rhimes, sin hacer absolutamente nada mientras la cápsula retrocedía y giraba hacia la salida del parque.

Kat apuntó, pensó en disparar el gancho, pero luego dejó caer el brazo cuando Rhimes se alejó, abandonando a sus soldados. Incluso si el gancho hubiera podido aferrarse, y Kat dudaba que la cosa se hubiera adherido a la cápsula, todo lo que habría logrado sería arrastrar a Kat en un viaje realmente frío e incómodo.

—¿Estás viva? —dijo Calvin, acercándose pesadamente y dedicando una larga mirada a los cuerpos—. No creí que lo hubiéramos cronometrado bien cuando vi la carnicería.

—¿Cronometrado bien? —dijo Kat, asumiendo el hecho de que, efectivamente, seguía viva—. Llegaron demasiado tarde. Debería haber muerto como una docena de veces.

—¿Demasiado tarde? —dijo Calvin mientras ambos se

volvían hacia Seeker, que seguía firme con su bocado humano —. Pensé que no querías que llegáramos temprano. Cuando enviaste la señal, esperé tanto como dijiste.

—No pensé que me iban a noquear —dijo Kat.

Usar Tamas para notificaciones preprogramadas no era exactamente un secreto. Ya sea que quisieras enviarle una nota a alguien cuando llegaras al trabajo, o cuando dijeras su nombre seguido de una tarea, crear un haz sutil hacia un amigo no alcanzaba niveles de súper espía. Kat había ido a la casa de Rhimes, rastreando las armas, con Calvin siguiendo su progreso todo el tiempo.

La idea, por supuesto, era que Calvin pudiera llamar a la caballería de drones cuando las cosas se torcieran. En cambio, cuando Kat había enviado la señal durante la lucha en la casa —dos toques rápidos de Tama mientras subía las escaleras hicieron el truco—, no pasó nada. La casa, según Calvin, había sido una zona muerta. Kat había desaparecido cuando entró y apareció más tarde, dirigiéndose hacia el norte y el oeste, hacia el estanque.

—¿Por qué? —preguntó Kat, yendo alrededor de cada enemigo caído y confirmando que no volverían a levantarse, nunca—. ¿Por qué están tú y mi perro aquí, y no los drones?

—¡No lo sé! —dijo Calvin, y dado el gesto de exasperación con las manos, Kat se inclinó a creerle—. ¡Lo intenté! Literalmente, llamé al número de Paragon que todos tenemos y dije: oye, mi amiga, una rastreadora, está en problemas y necesita ayuda, ¿y adivina qué dijeron?

—¿Qué?

—Que estaban demasiado ocupados. Supongo que es algo relacionado con esa cumbre. Dijeron que me llamarían de vuelta.

—¿Qué cumbre? —dijo Kat, distraída mientras palpaba al cuarto y se daba cuenta de su tasa de mortalidad del cien por ciento.

Había duplicado su cuenta de muertes en una sola tarde.

Y a diferencia de algunos rastreadores, que parecían tomar cada recompensa por anomalía y agregar "Vivo o Muerto" a las condiciones, Kat quería vomitar. Quería estar sola. Quería estar con amigos. Quería olvidar que esto había sucedido.

—¿Esa grande, en Los Ángeles? —dijo Calvin—. No sé por qué está jodiendo las cosas para nosotros, pero una vez que dijeron que no iban a ayudar, pensé que Seeker y yo mejor nos poníamos en marcha.

—Mmhmm.

Kat cerró los ojos por un momento. Cuatro personas. Tal vez con familias. Vidas.

—Pero Kat, ¿sabes?, ¿los Paragones? ¿Tenemos los códigos de anulación para las cápsulas? Van super rápido. Pensé que íbamos a estrellarnos, pero esa cosa se movía. Habríamos llegado demasiado tarde sin ella.

—Calvin, por favor, cállate.

—Lo siento, es que estoy alterado.

—Sí —dijo Kat—. Yo también.

Seeker ladró. Atrajo su atención de vuelta al husky y a su víctima. Kat no se movió rápido; el hombre caído no se movía.

Resultó que la presa de Seeker se había unido al resto de la fuerza de seguridad de Rhimes en el más allá. Kat se arrodilló junto al soldado, le dijo a Seeker que dejara al hombre en paz y tomó rápidamente el pulso. Nada, lo cual tenía sentido, ya que el hielo llenaba cada cavidad que Kat podía ver. Orejas, ojos, boca.

—Cielos, Calvin —dijo Kat lentamente, poniéndose de pie y sacudiendo la cabeza—. No tenías que hacer eso.

Calvin no parecía muy arrepentido.

—El tipo estaba intentando dispararte, Kat. No pensé en ser amable con él.

—Siento que hay un término medio entre ser amable y convertir tus entrañas en una escultura de hielo. —Kat pareció agotar el resto de su adrenalina con esa frase. Como si hubiera resbalado en el hielo de nuevo, Kat se sentía pesada, cansada, y un dolor de cabeza punzante le confirmaba que había superado su resistencia.

—Sabes, para ser un rescate, me estás dando muchas críticas —dijo Calvin—. Creo que Seeker y yo merecemos un agradecimiento.

—Sé que lo merecen. Gracias. Pero ¿podemos salir de aquí? Alguien vendrá a buscar a estas personas eventualmente.

Kat no dijo que sin importar quién fuera ese alguien, ya fueran los Paragons siguiendo la llamada de Calvin o el segundo equipo de demolición del asesino, ella no quería lidiar con ellos. No podía.

Ya tenía suficientes pesadillas.

Kat pasó el viaje de regreso al centro, al hotel de Gordon —su apartamento, ahora que Rhimes y su jefe la tenían en la mira, estaba hilarantemente fuera de los límites— acariciando el pelaje de Seeker y mirando a la nada. Calvin intentó hablar un par de veces, pero, percibiendo su estado de ánimo, se volvió hacia su Tama.

Más allá de enviar un mensaje a Gordon para avisarle que iban en camino, Kat evitó el mundo. Las expresiones de Calvin, sus silbidos y maldiciones murmuradas dejaban claro que algo malo estaba sucediendo, pero durante la hora que pasaron en el pod, Kat solo pensó en los cuerpos.

Una vez le había preguntado a sus padres, cuando tenía unos trece años, si alguna vez habían matado a alguien. Si habían tenido que lastimar a personas como Aegis lo hacía de vez en cuando. Al principio, dijeron que no. Ambos dijeron que sus roles eran pacíficos. Amistosos. Kat había vivido con eso por otro año, hasta que su madre llegó tarde a casa con un largo rasguño en la cara y la muñeca en un ángulo extraño.

El padre de Kat había desaparecido con ella hacia el hospital, y con la atención de los Paragon, estaban de vuelta en una hora, la madre de Kat luciendo perfecta. La evidencia, sin embargo, había sido suficiente para un seguimiento, una pregunta insistente.

¿Por qué le habían dicho la verdad? ¿Fue porque, para entonces, todos sabían que Kat no iba a ser una anomalía? ¿Estaban tratando de hacer que Kat se sintiera mejor cuando le dijeron, con una taza de chocolate caliente en las manos, que el trabajo de los Paragon era complicado? ¿Que tenías que aprender a vivir con cosas terribles?

Cómo hacer eso, cómo vivir con esas cosas, había sido un tema dejado para otro día. Uno que nunca llegó.

Gordon los encontró en el vestíbulo del hotel, luciendo demasiado sombrío para alguien que finalmente parecía capaz de moverse como una persona normal. Al principio, Kat pensó que la expresión cenicienta del hombre se debía a ver a Calvin de nuevo, pero cuando Gordon asintió hacia el bar y Calvin estuvo de acuerdo, Kat descartó esa lógica.

Y cuando vio las noticias que se reproducían en las pantallas, cuando lo confirmó en su Tama, Kat se unió al bar abarrotado en su silencio conmocionado, roto solo por el chapoteo de las botellas vertiendo licor en los vasos.

¿Qué más se podía hacer al final del mundo?

CAPÍTULO 55
ZONA DE EXPLOSIÓN

DAÑOS COLATERALES. Ese había sido el riesgo, y Zhan-Yo lo había aceptado. Le había ordenado a Mathieu que le contara lo menos posible sobre el plan, la respuesta rápida que el mismo Zhan-Yo había ordenado días antes cuando descubrieron la ubicación de la cumbre. Apinya, otros Paragones, podrían extraer los planes de la mente de Zhan-Yo. La única pista que Mathieu le ofreció, la única vía de escape que le dio a Zhan-Yo, fueron las palabras susurradas antes de separarse después del rescate: *centro del escenario*.

Cuando las bombas explotaron, Zhan-Yo esperaba morir. Desaparecer en un géiser de llamas o ser lanzado lo suficientemente alto como para desmoronarse al chocar contra el suelo. En cambio, cayó. Simplemente... se desplomó mientras el escenario se resquebrajaba a su alrededor, hundiéndose en el centro y dejando que Zhan-Yo cayera hacia los laberintos inferiores del estadio.

Aterrizó en un montón de tierra falsa mientras el césped de plástico se esparcía a su alrededor. Los oídos de Zhan-Yo zumbaban, y el lavado mental de Apinya había dejado su cabeza entumecida. Dolorosos pinchazos florecieron.

Una luz blanca azulada, antes incrustada en el techo de la

cámara, ahora colgando de un cable, parpadeaba mientras los escombros seguían cayendo. Por los gritos de arriba, Zhan-Yo se dio cuenta de que o bien se había desmayado, o había estado tumbado en ese montón durante minutos. Quería quedarse allí unos minutos más, dejar que el shock pasara.

Pero eso no iba a funcionar.

Zhan-Yo había cometido su acto definitivo. Había desestabilizado el mundo. Morir ahora definitivamente no sería lo mejor para él. Desperdiciaría esta maravillosa oportunidad.

Se movió, se agarró y se arrastró hacia adelante a través de la tierra, bajando por el montón hacia el suelo de piedra. Cada movimiento dolía, y Zhan-Yo sentía el calor revelador de la sangre, húmeda en sus piernas, brazos, por su cara. Metralla, tal vez, o la fuerza concusiva de la explosión. Quién sabe.

Pero vivía, y Zhan-Yo no había esperado tanto.

El suelo de cemento proporcionaba un frío consuelo. Zhan-Yo tosió por el aire sucio. Sus ojos se nublaron por el polvo, ardían mientras quién sabe cuántas sustancias peligrosas flotaban ahora alrededor. Una vibración profunda se produjo cuando algo pesado aterrizó arriba, haciendo temblar más tierra y soltando cables chispeantes de sus contenedores dañados.

Poniéndose de pie con esfuerzo tembloroso, Zhan-Yo echó su primera mirada a través de la amplia habitación y se dio cuenta de que el espacio cubría la longitud del estadio. Todo el campo, con puertas en ambos extremos. Mantenimiento del césped, tal vez.

¿Qué haría ahora?

El pensamiento tentaba a Zhan-Yo. La planificación futura había sido una empresa arriesgada, abordada solo con palabras amplias y máximas, un tono inspirador vago que dejaba la puerta abierta a la escasa posibilidad de éxito. Se había centrado en el ahora, pero mientras cojeaba por el cemento, deambulando por las secciones derrumbadas, jugaba con un nuevo mundo.

Aunque no sabría cuántos Paragones, cuántos Campeones habían caído en el bombardeo, Zhan-Yo supuso que el caos sería absoluto. Y la participación normal sería demasiado difícil de ocultar aquí. El mundo sabría que la gente había decidido luchar contra sus amos, y esa gente necesitaría un líder. Lo exaltarían a Zhan-Yo como tal.

En su miedo estremecido, los Paragones, cualquier Campeón que quedara, tendrían que negociar. Con los normales, miles de millones y miles de millones, respaldándolo, Zhan-Yo tendría la ventaja. Los Paragones podrían llamarlo como quisieran, podrían declararlo un monstruo y un terrorista, y Zhan-Yo se aferraría a esa alternativa más limpia: luchador por la libertad.

En la mesa, frente a la agitación mundial, los Paragones tendrían que hacer concesiones. Tendrían que aceptar una posición y un trato igualitarios. Un regreso al gobierno democrático. El pueblo, ya no dividido entre normales y anomalías, tendría su día de nuevo.

Y si, después de todo eso, los Paragones insistían en que Zhan-Yo aún debía ser pasado por la espada, bueno, podría aceptarlo. Su vida no era el objetivo. La historia lo recordaría.

A su izquierda, un ruido de crujido-gemido-ruptura junto con tierra cayendo en oscuras oleadas hizo que Zhan-Yo tropezara hacia la derecha. Se había acercado a un extremo —en la oscuridad, bajo tierra, Zhan-Yo no tenía idea de qué extremo, simplemente se dirigió hacia una puerta— y ahora parecía que había elegido el equivocado. Zhan-Yo siguió moviéndose, observando cómo el techo se doblaba y se combaba y se rompía, los escombros de arriba se estrellaban contra el suelo y levantaban nubes de polvo, liberando rocas, y haciendo que Zhan-Yo se cubriera los ojos, cerrara la boca y esperara que nada fatal lo alcanzara.

Nada lo hizo, pero no se podía decir lo mismo del cuerpo que yacía entrelazado con las rocas y el césped azul de Paragon que sostenía una de las zonas de anotación. Un brazo, una pierna y, casi tragada por la tierra, una cabeza de pelo corto sobresalían, arañados y ensangrentados.

Zhan-Yo hizo una mueca, luego siguió adelante. Tenía que moverse, tenía que salir.

—Ayuda.

Zhan-Yo no podía estar seguro de si ella realmente había pronunciado las palabras, o si solo había gemido y su mente había hecho el resto. Aun así, se volvió, frunciendo el ceño.

—Ayuda.

Sus labios se movieron esta vez, y mira, tenía un ojo abierto. El otro parecía hinchado, en mal estado. La forma en que sus extremidades se extendían sugería huesos rotos, y no se supone que uno deba mover a alguien así. Podría causar daños permanentes.

Debería alejarse.

Excepto que el techo volvió a gemir. Más atrás, hacia donde Zhan-Yo había caído primero, se abrió otro agujero. El campo mismo parecía estar desmoronándose. No importaba qué daño pudiera sufrir el Paragon si Zhan-Yo la ayudaba, tenía que ser mejor que morir, ¿verdad?

—Por favor.

Pero esta, esta era el enemigo. Ayudar al Paragon sería prestar ayuda a las mismas personas que estaba tratando de detener. Bueno, no. Él no quería detener a los Paragones, realmente. Zhan-Yo quería igualdad. Eso significaba trabajar juntos.

Sí, él había causado este desastre para demostrar su punto. Pero esta Paragon, esta única víctima, no era su objetivo principal. Puede que ella no tuviera ningún poder, pero tal vez recordaría, más tarde, a la persona que la sacó.

Zhan-Yo también lo recordaría, y en los largos días y noches que estaban por venir, podría ser bueno tener algo con lo que aliviar su conciencia. Una buena acción para esparcir sobre sus terribles actos.

—Jefe, tenemos que irnos —las palabras vinieron desde

atrás, y Zhan-Yo se giró para ver la puerta abierta, donde Marcus estaba de pie, polvoriento pero ileso con su uniforme azul de Paragon—. Todavía están confundidos, pero se están organizando rápido.

—De acuerdo. —Zhan-Yo miró de nuevo a la Paragon herida, con ambos ojos cerrados ahora—. Ven aquí, ayúdame con ella.

Marcus corrió para unirse a Zhan-Yo cerca de la Paragon, pero sus ojos se abrieron de par en par y su rostro cuestionador coincidía con sus manos congeladas cuando llegó. Zhan-Yo ya había empezado a quitar algo de tierra, levantando una roca y arrojándola a un lado.

—¿Qué estás haciendo? —dijo Marcus—. ¿Estás loco? ¿Tienes una conmoción? Ella no está de nuestro lado.

—Aún no. No somos monstruos, Marcus. Ayúdame a sacarla.

Negando con la cabeza, Marcus comenzó a tirar de las rocas.

—Tío, acabas de dejar caer un estadio sobre un montón de cabezas de héroes. Si tú no eres un monstruo, no sé quién lo es.

—Y sin embargo, me estás ayudando.

—Mira, te estoy ayudando porque ya tomé mi decisión —respondió Marcus, levantando con Zhan-Yo un trozo de concreto y haciéndolo rodar, despejando el torso de la Paragon—. Eso no significa que me esté mintiendo a mí mismo al respecto.

¿Se estaba mintiendo Zhan-Yo a sí mismo? ¿Había cruzado esa línea de visionario a terrorista, como tantos reyes y dictadores autojustificados arrojados a las cenizas de la historia?

Con Zhan-Yo guiando los hombros de la Paragon, Marcus liberó sus piernas y la heroína se deslizó por la pila de escombros hasta el suelo. Zhan-Yo hizo lo posible por mantener su cuello recto y nivelado, y cuando ella descansó sobre el concreto, se sorprendió de su propio alivio al verla respirar.

—Vamos a arrastrarla cerca de la puerta, será más resistente —dijo Zhan-Yo—. Luego podemos dejarla.

—El pecador y el santo —murmuró Marcus, pero cumplió—. Eres un tipo extraño, Z.

Z. Wexley y Sylvie lo llamaban así. Nadie más, en realidad. Había pasado un tiempo. Tal vez debería mencionarlo más. ¿Acaso todos esos monstruos históricos no tenían nombres grandiosos? ¿Siniestros? Zhan-Yo podría ser solo Z, simple y ligero. Alguien con quien trabajar, alguien para quien trabajar, alguien que podría salvar el mundo.

Dejaron a la Paragon en la entrada, y, con Marcus a la cabeza, desaparecieron en el estadio y en el caótico tumulto mientras la gente y los drones trabajaban para salvar a los salvadores.

CAPÍTULO 56

RECUENTO DE MUERTES

MYNX PODÍA VER las luces del estadio en ruinas desde la torre Paragon de Los Ángeles. Se cernía fuera de los grandes ventanales, con el humo todavía flotando a su alrededor, incluso mientras los equipos de drones y humanos pasaban directamente del rescate a las reparaciones. Los bloques circundantes también necesitaban ayuda; ventanas destrozadas, personas atrapadas, cápsulas que habían seguido su programación de evasión de desastres y se habían estrellado entre sí.

—No lo encontraste, ¿verdad? —dijo Celice.

De alguna manera, en medio de esa catástrofe, la hija de Aegis había sobrevivido. Un milagro de ubicación, atrapada en la burbuja protectora de un Paragon que el héroe anónimo de a pie había desplegado cuando ocurrieron las primeras explosiones. Mientras Mynx flotaba por encima, Celice había visto cómo el estadio se derrumbaba a su alrededor, con sus grandes trozos golpeando contra el escudo y deslizándose, con media docena de Paragons apiñándose dentro con ella.

—Reeves no ha informado de su captura, ni de su cuerpo —dijo Mynx—. Existe la posibilidad, por pequeña que sea, de que Zhan-Yo no se haya inmolado en el estadio.

Una posibilidad mayor que pequeña. Mynx había encontrado el agujero en el centro del escenario. Había enviado un dron a través de él y había visto las huellas sucias que se alejaban. Luego, todo el maldito campo se había derrumbado, enterrando cualquier evidencia —y su dron— bajo toneladas de césped y tierra. Si Zhan-Yo había sido atrapado en ese colapso no se sabría en días, posiblemente semanas.

—Conociendo nuestra suerte, probablemente escapó sano y salvo —dijo Celice. Estaba sentada a la mesa, mientras Mynx permanecía de pie, aunque ambas bebían té y miraban principalmente por las ventanas hacia el cielo nocturno de Los Ángeles—. Seguramente grabando algún gran anuncio. Declarando que todo debe ser derrocado, ahora. Deberías haberme dejado dispararle.

—Debería haberlo hecho.

Celice, sin embargo, no sonaba acalorada. No sonaba enojada. Sonaba perdida, derrotada. Como Mynx.

—Lo siento por golpearte —dijo Celice, por tercera vez desde que se habían refugiado en la habitación—. Simplemente lo vi y perdí el control.

—Lo entiendo. —Mynx miró su Tama, tecleó algunas órdenes rápidas a Reeves y a otros Paragons—. No puedo decir que yo hubiera hecho lo mismo, pero lo entiendo.

—Iba a acercarme directamente a él. Acabar con él allí mismo, frente a todos. Ese era mi plan. Todo mi plan. —Celice suspiró—. Es como si mi vida tuviera una caja negra a su alrededor. No podía ver más allá de él. Más allá de lo que hizo.

Oh, Mynx conocía esa caja negra. Podía verla, o eso imaginaba, hacia el norte. Su Fábrica, esperando para atraerla de vuelta a sus confines mecánicos y zumbantes. Proyectos con los que jugar, algunos en espera desde hace demasiado tiempo. Que tendrían que esperar un poco más.

—Ya no puedes permitirte eso —dijo Mynx—. Ya no podemos permitirnos eso.

—Sí, creo que lo entiendo.

—Los Paragons te van a necesitar. No sé con certeza cuántos Campeones van a salir de esto, pero necesitaremos líderes.

—No quieres que yo lidere nada en este momento.

—No es que quiera, te *necesitamos* liderando. Lo creas o no, los Paragons te ven como la hija de Aegis. Necesitamos tu apoyo. —Mynx se alejó de las ventanas, se sentó frente a Celice y bebió un largo trago de su taza caliente—. Reeves siguió trabajando en el Tama de Zhan-Yo.

—¿Mientras el estadio explotaba?

—Es una computadora. Puede hacer varias cosas a la vez.

Celice asintió lentamente. Mynx se preguntó si se veía tan cansada y destrozada como Celice. Probablemente. Tal vez peor, ya que Celice era fácilmente treinta años más joven.

—Todo el plan de Zhan-Yo gira en torno a lograr que los normales se vuelvan contra nosotros —dijo Mynx.

—Eso es estúpido. Todo el mundo ama a los Paragons. El mundo está mejor que nunca.

—Necesitas salir más si eso es lo que crees.

—Lo dice la Campeona que nunca sale de su Fábrica.

Mynx reconoció esa verdad levantando su taza. Dejó que la discusión se estancara.

—Mi punto —continuó Mynx— es que va a intentar volver al público en nuestra contra. Necesitaremos contrarrestar eso. Normalmente, diría que los Campeones podrían simplemente reírse en su cara.

—Pero están débiles.

—*Estamos* débiles, Celice. Después de esto, estamos muy débiles. Necesitamos mostrar que no estamos rotos y que estamos dispuestos a cambiar.

Celice se reclinó, sus ojos se estrecharon hasta convertirse en rendijas, su agarre en la taza se hizo más fuerte.

—Quieres un accesorio. Para eso me quieres. Una normal famosa, a la que se le da un lugar cerca de la cima.

—No un accesorio —contradijo Mynx. Sorprendida,

también, de que lo decía en serio—. No es fácil para mí decirlo, Celice, pero puede que me haya equivocado. Tal vez sí necesitemos normales en los Paragons, tal vez incluso necesitemos un Campeón normal.

—Y estás diciendo que soy yo. Qué conveniente.

Mynx frunció los labios, luego los estiró, trató de encontrar la línea diplomática y nah, simplemente no podía hacerlo. No en un día como hoy. No ahora, con su Tama zumbando cada segundo con otro informe de bajas. Otro titular declarando a los Campeones muertos y al mundo en crisis.

Golpeó la mesa. Con fuerza. Se puso de pie y miró fijamente a la niña que se había convertido en un problema constante desde que su padre se había ido.

—Vas a parar esto, y lo vas a parar ahora. Esto es más grande que tú, más grande que tu orgullo. No podemos permitirnos jugar estos juegos estúpidos ahora. Súbete al barco o lárgate.

Por un segundo, un segundo demasiado breve, pareció que Celice podría realmente escuchar. Como si la hija de Aegis pudiera ceder ante ese argumento y aceptar la oferta.

Celice se apartó de la mesa, se puso de pie frente a Mynx.

—Te pedí una vez que me dejaras entrar, y dijiste que no —respondió Celice—. Me dijiste que los Paragones eran solo para anomalías. Que yo no pertenecía allí. No puedes cambiar eso cuando te conviene. La vida no funciona así. No soy tu boleto de salida, y no quiero jugar a tu juego. —Dejando su taza en la mesa, Celice se dirigió a la puerta—. Voy a ir tras Zhan-Yo. Voy a terminar lo que empecé. Y cuando haya terminado, ya veremos, Mynx. Ya veremos qué clase de mundo nos queda.

—Estaré esperando —dijo Mynx las palabras, pero para cuando salieron de sus labios, Celice ya había cerrado la puerta de un golpe.

Se había ido de nuevo.

—Mynx —Reeves interrumpió el silencio—. He estado intentando contactarte.

—Lo he notado.

—Encontramos a Apinya. Está vivo.

CAPÍTULO 57

LA SALIDA

COMPLETAR un inventario de anomalías mientras se está en combate activo no era, de hecho, fácil. Thane, intentando mantener bajo control su ira y desesperación y no estallar como una bestia enloquecida, corrió por la embarcación bamboleante, preguntando a las anomalías acurrucadas quién podía hacer qué y dirigiéndolas a donde podían ser útiles.

Aquellos sin poderes ofensivos o defensivos fueron a los polos, ayudando a guiar el barco a través de los arrecifes y bancos de arena a lo largo de las afueras de la isla. Otros desaparecieron bajo cubierta, en la bodega poco profunda repleta de cocos y pescado seco, donde no estorbarían.

Sin embargo, más de dos docenas de anomalías en el barco encontraron lugares para usar sus poderes. Dado que Mynx había utilizado la isla para anomalías peligrosas, a Thane no le sorprendió demasiado que el aire alrededor de la embarcación pronto se llenara de rayos fulgurantes, trombas de agua lanzadas desde el mar, los vacíos de gravedad alterada de Cassidy y otras manifestaciones que desafiaban la física.

Al principio, los drones recibían los impactos sin pensarlo, realizando sus letales pasadas, rociando fuego que Cassidy absorbía en su vacío. O, si Cassidy necesitaba un respiro, otro paquete combinado de anomalías proporcionaba el escudo en su lugar: las dos anomalías que habían estado con Arthur trabajaban en tándem. Una lanzaba una gigantesca tromba de agua desde el océano, balanceando sus brazos hacia arriba al hacerlo, como un showman, y la otra convertía el rocío en sal pura, creando una columna blanca y espesa que se hinchaba cuando el fuego de los drones la golpeaba.

Las anomalías más ofensivas aprovechaban para atacar, derribando o dañando drones con ácido, llamas o pura concentración que doblaba y rompía los marcos metálicos de las máquinas.

El barco seguía avanzando, con Sook y Sienna alternando sus ráfagas y embestidas cinéticas, y estaban ganando velocidad. Despejaron el arrecife, y olas más grandes sacudían la embarcación, haciéndola volar cada pocos segundos al coronar una tras otra. El sello anómalo que mantenía unido el barco aguantaba, y la nave se deslizaba sobre la superficie del agua como si perteneciera allí.

Thane se permitió tener esperanza, aunque fuera un poco.

Pero las anomalías no eran incansables, y a medida que avanzaba el día, el número de drones y sus interminables oleadas comenzaron a hacer mella. Las anomalías recibían impactos. Quemaduras de láser o balas las derribaban sobre la cubierta o por la borda. No es que alguien tuviera tiempo de llorar o hacer otra cosa que no fuera ocupar el lugar de los caídos.

Esta fuga no sería una victoria rápida, sino una prueba de resistencia. Un desafío para aguantar hasta que llegaran a lugares habitados, y allí, tal vez podrían desaparecer entre la multitud.

O, un pensamiento verdaderamente sombrío, estos drones podrían no detenerse nunca. La persecución podría seguirlos hasta el final, hasta que todas las anomalías yacieran muertas, ya fuera en el fondo del mar o en una calle abarrotada.

—¡Cassidy! —llamó Thane mientras otra pasada de drones

dejaba a las anomalías jadeando. Los que estaban en la línea se turnaban, retrocediendo al centro del barco mientras los reemplazos iban a sus posiciones, observando y preparándose para la siguiente embestida—. ¡Necesitamos cambiar nuestro plan!

El Vacío, con aspecto de estar tanto agotada como frustrada al mismo tiempo, se apoyó en Thane mientras se alejaba de su posición.

—De acuerdo. No creo que podamos mantener esto por mucho más tiempo —dijo Cassidy, y Thane, sintiendo el calor que emanaba de ella, no pudo discutir—. ¿Cuál es tu plan? ¿Nos sacará de aquí?

—Estamos a la defensiva, y eso tiene que cambiar —dijo Thane—. Creo que nunca los superaremos en velocidad.

—¿Atacarlos cómo? —replicó Cassidy—. Apenas nos mantenemos con vida, por si no te habías dado cuenta.

—Tú, Cassidy. Tú eres la clave.

—Eso no es lo que quiero oír.

Thane agachó a Cassidy cuando pilares de sal se elevaron y la siguiente oleada de drones pasó. Una anomalía de pie en el punto más alto del barco pareció recibir varios impactos de energía de los drones y, girándose mientras pasaban, liberó los ataques de vuelta a sus creadores, enviando dos máquinas tambaleándose hacia el mar. Se elevó un vítore irregular, incluso mientras la anomalía se desplomaba de rodillas, con sangre brotando de su nariz.

—¿Qué tan grande puedes hacer uno? —preguntó Thane—. ¿Podrías capturar una oleada entera?

Cassidy negó con la cabeza contra su hombro.

—No lo sé, Thane. Ya estoy tan cansada. Incluso si pudiera, podría consumirme. Incendiar el barco.

—No quiero pedírtelo, pero no veo otra salida. —La siguiente oleada de drones giró, dos docenas barriendo en una pasada desde la popa del barco—. Vamos a quebrarnos, y pronto.

—Pensé que dijiste, allá en la isla, que podíamos hacer esto juntos —murmuró Cassidy—. Te creí.

—Y no te fallaré. —Thane ayudó a Cassidy a ponerse de pie, haciendo una mueca cuando su piel le quemó las manos —. Solo necesitamos esto. Ahora.

Las órdenes llegaron rápido una vez que tuvo a Cassidy moviéndose hacia la parte trasera del barco. El Vacío miró hacia los drones que se acercaban y se concentró, su piel calentándose hasta el rojo vivo. Sienna sacó agua cuando Thane lo pidió, rociando a Cassidy con el océano helado, una ducha continua que hizo que Cassidy gritara, que desapareciera en la niebla cuando el líquido la golpeaba y se vaporizaba.

Vaporizado. Thane miró sus propias manos, hombros. Estaban rojos, sí, pero no negros ni pelándose como si hubieran sido hervidos. Podía soportar esto.

Sin embargo, los gritos llamaron la atención de Thane hacia el cielo, y entonces vio por qué.

Los drones que se acercaban parecían titilar y estirarse, algunos desvaneciéndose por completo mientras un óvalo negro aparecía y crecía, sus bordes no eran una línea gruesa sino una neblina borrosa. La luz incapaz de escapar. Si Cassidy había creado antes un pequeño espacio negativo, aquí había un verdadero vacío, absorbiendo todo lo que estaba cerca.

Y los drones se precipitaron directamente hacia él.

Lo que podría haber sido, debería haber sido espectacular, fue en cambio un triunfo silencioso. Sin luz, la efectividad de Cassidy provenía de los drones en los bordes de la formación, los que pasaban rozando justo fuera de la atracción más fuerte del vacío. Incluso allí, el trabajo de Cassidy retorcía su vuelo, tiraba de las máquinas con más fuerza de la que podían compensar, las atraía y las hacía chocar entre sí, sus ardientes restos siendo succionados de vuelta al vacío de

Cassidy como si fueran aspirados, estirándose hasta que desaparecían.

Ni un solo dron logró pasar, aunque Thane apenas podía darse cuenta, ya que la niebla había envuelto todo el bote.

—¡Detente! —gritó Thane—. ¡Cassidy, se acabó!

No era del todo cierto. Venían más drones, más oleadas, pero al menos por unos minutos, tenían tiempo. Thane le ordenó a Sienna que siguiera rociando, hasta que, por fin, la niebla dejó de renovarse y el bote a toda velocidad dejó atrás sus restos. Thane recostó a Cassidy en la cubierta, con los ojos cerrados, para que aprovechara los pocos segundos de descanso que pudiera antes de que golpeara la siguiente oleada.

El plan había funcionado. Una flota entera de drones había sido eliminada. Si hacían eso unas cuantas veces más, podrían despejar los cielos. Conseguirían la libertad que necesitaban, y el espacio para que Thane desarrollara una nueva idea.

—¿Ganamos? —preguntó Cassidy cuando Thane la despertó con más salpicaduras de agua fría minutos después, mientras la siguiente oleada de drones se agrupaba para su ataque—. ¿Supongo que estoy viva?

—Estuviste brillante —respondió Thane, aún sosteniéndola—. Fuiste todo lo que necesitábamos. Los atrapaste a todos. A cada uno de ellos.

Cassidy soltó una risa seca, deslizó su mirada por el bote.

—De ese grupo. Tendré que hacerlo de nuevo, ¿verdad?

Thane ya no podía mentirle. Ni ahora, ni nunca.

—¿Puedes?

—Moriremos si no lo hago, ¿cierto?

Thane no tenía respuesta. Solo un triste asentimiento.

—Tendrás que sostenerme de nuevo —dijo Cassidy—. Más fuerte esta vez. Casi me deslicé, y solo va a empeorar.

¿Estar de pie junto a un infierno ardiente mientras ella salvaba sus vidas? Thane podía hacer eso. Podía alcanzar la profunda injusticia, el mundo siniestro que los había llevado a este momento y mantener a Cassidy de pie, mantenerse vivo a sí mismo.

—Estaré ahí —dijo Thane, ayudándola a ponerse de pie—. A tu lado hasta el final.

CAPÍTULO 58

LA MAÑANA SIGUIENTE

KAT NO ENCONTRABA la diversión en el fin del mundo. No quería unirse a alguna celebración, tirar todas las preocupaciones por la borda y aceptar la aniquilación en una gran juerga que agotara el reloj hasta que lo inevitable los redujera a cenizas. No. En su lugar, lo que Kat, Calvin y Gordon hicieron, después de esa primera copa, fue mirarse entre sí y a los demás en el bar, todos haciendo lo mismo, y luego dirigirse a la habitación de Gordon.

No hablaron realmente, no intercambiaron historias ni siquiera describieron cómo Kat apenas había sobrevivido al encuentro con Wexley, Rhimes y sus matones. Todo ese asunto no parecía importar en el contexto más amplio; cuando el orden mundial desapareciera en una explosión candente, los propios problemas de Kat parecían patéticos.

Solo Seeker, resoplando alrededor y lamiendo las botas blancas de Kat, parecía imperturbable.

Calvin no los siguió hasta el final. Su Tama se había iluminado con requisitos de Paragon, solicitudes y luego órdenes de presentarse en el cuartel general para recibir asignaciones e información. Kat intentó interrogarlo antes de que la anomalía se fuera, obtener algunos detalles, pero Calvin no tenía nada que decir excepto que se mantendría en contacto. El hombre desapareció en una noche silenciosa y llena de pánico.

Retirarse a la habitación del hotel de Gordon se sentía incorrecto, o demasiado confinado, o demasiado poco frente a... ¿la existencia? ¿Qué se hacía con un desastre como este? Los Campeones no eran amigos, no eran parientes, no venían a las fiestas de cumpleaños de Kat —como si ella tuviera fiestas de cumpleaños—, pero los terribles informes provenientes de Los Ángeles se sentían como puñaladas en el estómago de todos modos.

—Voy a sacar a Seeker a pasear —había dicho Kat después de que hubieran presionado el botón del ascensor pero antes de que las puertas se abrieran.

—Buena idea —había respondido Gordon, sin considerar ninguno de los dos lo absurdo que sería un paseo a medianoche en una ciudad agitada después de las repetidas calamidades de Paragon.

Ninguno de los dos habló mientras daban vueltas a la manzana con Seeker. Los pods pasaban rodando, aunque Kat habría dicho que las calles estaban más vacías de lo esperado: todos adentro reflexionando sobre sus destinos. Pasaron frente a bares aún llenos, con los clientes mirando más a los televisores o a los Tamas que bebiendo. Todas esas luces de neón que los llamaban se desvanecían en la espesa sombra de la preocupación.

Kat no sabía cuándo llegó el sueño. Se desplomaron en el colchón, con Seeker entre ellos, y se despertaron casi igual, en un estado surrealista que solo impulsaba una agenda: ¿averiguar qué había sucedido con su realidad?

—Hay gente intentando matarte —dijo Gordon mientras se cepillaban los dientes, se lavaban las caras y se ponían algo de normalidad—. Lo sé, lo sé, está todo el asunto de Paragon. Pero eso se resolverá. No puedes distraerte. No ahora.

—Ajá.

—Quiero decir, somos rastreadores. Tenemos habilidades. Si los Paragons no funcionan, entonces vendrá algo después de ellos que nos necesitará. Estaremos bien.

—Claro que sí. —Kat se miró en el espejo. No estaba tan mal. Un pequeño rasguño en el brazo por el salto en la casa de las armas, una costra roja en la frente por el dardo, pero por lo demás su abrigo y sus vaqueros ocultaban los moretones del mortífero baile sobre hielo—. Todo será como antes, Gordon.

Con su uniforme empacado en la simple bolsa de viaje, llenándola por completo, Kat tenía que decidir adónde ir. No estaba más cerca de encontrar al asesino, y aparte de volver a la casa y ver si Rhimes quería una segunda ronda, no había opciones claras.

Sin mencionar que Kat había eliminado a un montón de lacayos. Si el hombre la quería muerta antes, probablemente no le caería mejor hoy. Estaría en desventaja numérica y de armamento. A menos que...

Kat miró su Tama en su muñeca izquierda. Como hacían los Tamas, y como Kat se aseguraba de que el suyo hiciera muy bien, había grabado cada conversación que tuvo ayer. Con los Paragons de su lado, Kat podría darle las grabaciones a Calvin y observar, con palomitas en mano, cómo las anomalías y los drones hacían la venganza de Kat por ella. Irían a la casa y quemarían a Rhimes. Tal vez identificarían al líder por su voz y se encargarían de todo de una vez.

Claro, los Paragons probablemente tenían problemas, pero una red de asesinatos en Chicago tenía que merecer alguna acción. La ciudad no podía quedar en la anarquía por un desastre en Los Ángeles.

—¿Puedo ir contigo? —preguntó Gordon cuando salían de la habitación—. Los tableros de rastreadores no tienen ninguna información. Mynx, si es que sigue viva, no está diciendo nada.

—Claro —respondió Kat—. Solo recuerda que aparentemente soy un objetivo. Si caminas conmigo, podrían dispararte.

—Estoy acostumbrado.

—¿Lo estás?

Gordon se encogió de hombros y Kat no tenía suficiente energía para forzar la discusión. Necesitaba café y comida. Y, preferiblemente, volver a su apartamento sin el temor de ser volada en pedazos.

Chicago, aparentemente, sentía lo mismo. Después de una larga noche contemplando el desastre, las filas se derramaban fuera de las cafeterías del centro mientras la gente se daba cuenta de que el trabajo normal continuaría incluso si su normalidad parecía ahora ridícula. Kat hizo fila, sin embargo. Hizo el pedido en su Tama y lo recogió cuando la taza humeante cayó en el mostrador.

Los reps funcionaban. Pagaron la compra. Todo el intercambio fue suficiente para que una chica sintiera que las cosas podrían no estar tan mal después de todo.

Esa sensación duró treinta minutos, hasta que Kat, Gordon y Seeker llegaron a la torre Paragon. Había intentado enviar un mensaje a Calvin, pero él no había respondido. Las noticias de la mañana seguían hablando de Los Ángeles. Aparentemente algunos Campeones habían sobrevivido, incluida Mynx, aunque no se había emitido nada más que alguna declaración superficial sobre perseverancia, encontrar a los culpables y bla, bla, bla, lugares comunes.

Aegis habría estado al frente de todo esto. Habría estado de pie en esas ruinas predicando fuego y azufre, coraje y convicción. Inspiración y determinación tras la estela de la tragedia.

En cambio, Kat y Gordon encontraron una multitud frente a la torre Paragon, desbordándose desde las puertas del edificio hacia las amplias calles. Drones y algunos policías de Paragon habían establecido barreras en la fría mañana, desviando los pods, pero parecían agobiados y simplemente hicieron un gesto a Kat para que pasara.

—¿Quieres entrar en eso? —preguntó Gordon mientras permanecían en las afueras.

La multitud oscilaba entre gritos preocupados y manifestaciones más airadas, extrañas palabras y cánticos que pedían más libertad, más opciones y justicia para los normales. Carteles, algunos con un aspecto demasiado profesional como para haber surgido en el medio día transcurrido entre la crisis de Los Ángeles y esta mañana, exigían lo mismo.

—¿Qué está pasando? —preguntó Kat al aire sin recibir respuesta. Incluso Seeker se aferraba a sus piernas, sin querer acercarse a la energía negativa—. ¿Justicia para los normales?

—Suena como el tipo que mató a Aegis —dijo Gordon, abriéndose paso con ella entre la multitud—. ¿No era eso de lo que se trataba todo?

—No he tenido exactamente tiempo de leer las noticias últimamente —replicó Kat, pero el comentario de Gordon le sonaba familiar.

En cualquier caso, parecía que los Paragones tendrían las manos llenas. Kat no podía imaginar que alguien escuchara su petición, incluso si lograba entrar. Una supuesta asesina no se comparaba con la caída del gobierno.

—Entonces, ¿a dónde vamos ahora? —dijo Gordon mientras reanudaban su caminata sin rumbo por las calles de la ciudad—. ¿De vuelta al hotel? ¿Esperamos a ver qué pasa?

—Quiero mi apartamento —dijo Kat—. Y no quiero estar mirando por encima del hombro nunca más.

—Yo también quiero cosas, Kat.

—La diferencia es que yo sé cómo conseguir las mías. —A veces las ideas vienen de los lugares más extraños, y la simple respuesta de Gordon activó la memoria de Kat—. Gordon, necesito que tomes una decisión ahora mismo.

—Uh oh.

—Exacto, uh oh. No sé qué va a pasar después, pero no

creo que pueda enfrentarme a estos tipos yo sola. Los Paragones no van a ayudar, no pronto, tal vez nunca —dijo Kat, girando hacia la estación de tren. Gordon la siguió—. Necesito aliados, unos que actúen.

—¿No soy suficiente?

—Tú ayudas. —Kat esbozó una sonrisa—. Pero tú y yo no somos rival para este tipo.

—Entonces, ¿quién lo es?

—El asesino se ha ganado algunos enemigos. Ahora que tengo una idea de cómo encontrarlo, podrían ayudarnos a derribarlo. Pero Gordon, no son los buenos. Si acudimos a ellos, estaremos haciendo un pacto con gente que no le gusta a los Paragones. Podría no salir bien para nosotros.

—Pero si no hacemos esto, este tipo te va a matar.

—Probablemente.

—Entonces eso es todo lo que necesito saber.

CAPÍTULO 59
INICIAR LA GUERRA

¿QUÉ HACES cuando todo ha salido bien y aun así te encuentras sentado en un remolque oscuro viendo noticias sobre otras personas, otros lugares, otros proyectos?

Zhan-Yo no tenía un Tama, pero el escondite de Mathieu tenía un ordenador y lo había conectado a sus viejas cuentas a través de una red que ofuscaba la señal para hacer los rastreos prácticamente imposibles. Había esperado una avalancha, innumerables preguntas y solicitudes de entrevistas de organizaciones de noticias de todo el mundo.

¿Cómo lo había logrado?

¿Por qué lo había hecho?

¿Qué significaba todo esto?

Nada. Y no era como si esta información fuera secreta. La información de contacto personal de Zhan-Yo había sido revelada antes, incluso por él mismo. Una rápida búsqueda en Internet te daría los datos. Sin embargo, nada.

Los Paragons, comprensiblemente, recibían miles de preguntas. Cada cadena de noticias, diablos, cada ciudadano particular lanzaba a sus representantes propuestas de pánico que auguraban la perdición. Como si esta explosión, una sola en un estadio mayormente vacío, significara el fin.

Aunque, escuchando a los Paragons, uno podría pensar que así era.

—¿Cómo pueden decir esto? —Zhan-Yo señaló la pantalla, donde el líder regional de los Paragons de Los Ángeles acababa de terminar de advertir a todos que tuvieran cuidado, que evitaran los espacios públicos hasta que los Paragons llevaran a los criminales ante la justicia—. Esto no fue un ataque aleatorio.

—Es mejor que parezca así —dijo Xander, y luego el joven volvió a su cena, masticando un pescado criado en las cercanías—. Los Paragons no quieren...

—Dividir a la gente, sí, lo entiendo —Zhan-Yo se inclinó hacia adelante. Su muñeca izquierda le picaba donde solía estar su Tama—. Todas estas tonterías sobre la unidad. ¿Dónde estaba esto ayer?

—No lo necesitaban ayer.

Zhan-Yo lanzó una mirada irritada hacia Xander, pero el chico no estaba mirando. Estaba viendo la pantalla. Al menos el televisor tenía tamaño a su favor; Zhan-Yo podría no tener la información instantánea de un Tama al alcance de sus dedos, pero poder ver la gran cara de Mynx mientras aparecía en la pantalla no era poca cosa.

La preocupación iluminaba las arrugas de la Campeona. El cabello gris parecía más pronunciado ahora, y sus ojos se veían terriblemente rojos. Falta de sueño, ¿y todavía llevaba su uniforme de Paragon del estadio?

Eso sí que se sentía como un cumplido. ¿Darle a una Campeona tanta distracción y desastre que ni siquiera podía ponerse ropa limpia?

Si no podía tener su revolución, entonces Zhan-Yo se conformaría con esto.

Se pasó una mano por el pelo, hizo una mueca cuando rozó un corte. Zhan-Yo tenía muchos de esos. Moretones también. Y su oído derecho parecía perderse la mitad de las cosas que le llegaban. Mathieu no tenía un médico a mano, pero uno de los mercenarios había sido médico de campo, y su revisión rápida había declarado a Zhan-Yo magullado pero vivo.

—Eh, capitán —dijo Xander, y Zhan-Yo miró para ver a Mathieu entrar en la habitación, llevando dos platos y dos sándwiches más. El hombre todavía llevaba su equipo táctico, como si tuviera que estar listo para un ataque en cualquier momento.

—¿Cómo va la cosa? —dijo Mathieu, entregándole un plato a Zhan-Yo—. ¿Estamos obteniendo la cobertura que queríamos?

—Cobertura sí —dijo Zhan-Yo—. Pero todo es sobre los Paragons. Todo es sobre cómo lidiarán con el bombardeo. Están teniendo la oportunidad de hacer todos estos discursos emotivos sobre un mañana mejor.

—¿Y eso no te gusta?

—No cuando no nos incluye —respondió Zhan-Yo—. Wexley dijo que hizo su parte. Los manifestantes están por todas partes, en cada torre importante de los Paragons en cada ciudad importante. Solo que nunca aparecen en pantalla. Nos están amordazando.

—¿Te sorprende?

—Parece que a ti no.

Mathieu dio un gran mordisco, se limpió algo de mostaza que quedaba con la mano mientras la televisión seguía hablando sobre toques de queda y mayor presencia de drones. El hermano de Sylvie masticó el sándwich y, al igual que con la hermana de Mathieu, Zhan-Yo deseó poder leer la mente del hombre.

—Hay dos formas en que esto puede ir para ti —respondió Mathieu—. O aceptas esto como tu mejor movimiento, dejas que los resultados se desarrollen y esperas que algo suceda. Te alejas de esto, cambias tu nombre y te enviamos a algún lugar para que disfrutes tu vida en paz.

Dudó. Observó el rostro de Zhan-Yo y sin duda vio su ceño frunciéndose más.

—No estoy haciendo esto por la paz —respondió Zhan-Yo—. Lo estoy haciendo precisamente porque la paz nos ha robado nuestro lugar en nuestro propio mundo.

—Entonces miramos la segunda forma. Lo que significa que seguimos caminando por este camino, llevándolo a donde sea que nos lleve, sin importar el costo.

Zhan-Yo puso los ojos en blanco. No era un hábito que le gustara, ni uno que empleara, pero la frustración del momento eclipsó su contención.

—Mathieu, ¿qué de lo que acabamos de hacer te parece *civilizado*? Pusimos bombas en un estadio. Herimos o matamos a Paragons, inocentes, y lesionamos a normales fuera y alrededor del lugar. Si hay un camino oscuro que recorrer, ya estoy en él.

»Sin embargo, me niego a caminar por este camino a ciegas. No consentiré el asesinato sin un propósito. Todavía es temprano. Si esto no logra encaminar nuestra revolución, entonces tal vez nos alejemos de la violencia. Tal vez dejemos de destruir y empecemos a construir.

—No es una mala idea —dijo Xander. Zhan-Yo había olvidado que el traidor Paragon todavía estaba allí—. Cuando nos entrenaban, la cuestión era siempre encontrar ese terreno común. No todos, ni siquiera otros Paragons, iban a ser como tú. Había que conseguir que estuvieran en tu equipo, especialmente cuando estaban asustados o enojados.

Xander se quedó callado, observando a los dos hombres mayores. Zhan-Yo pensó que el Parangón se veía tan joven en ese momento, aventurándose a dar una opinión a personas muy por encima de su posición y esperando, con la esperanza de que fuera bien recibida.

Zhan-Yo se compró un momento con un bocado. Mathieu hizo lo mismo, volviendo su atención a la televisión. Xander tenía razón. Zhan-Yo había creado el miedo, pero tal vez ese miedo no era suficiente. Tenía que mostrar lo que la gente *podría* tener si abrazaban su oportunidad, apartaban a los Paragones y recuperaban sus propios destinos.

—Algunos Campeones murieron —dijo Zhan-Yo—. ¿Dónde?

—Rusia, Europa —Mathieu pensó por un largo segundo—. Creo que esos son los confirmados. Otros podrían estar heridos, pero no lo sabemos.

—Tengo amigos en Europa —dijo Zhan-Yo—. Hay oportunidades allí. Xander, me gusta tu idea. Aquí, el liderazgo aún está intacto. Los Paragones son demasiado fuertes. Sin embargo, al otro lado del océano, podría haber una oportunidad.

Zhan-Yo se puso de pie, hizo una mueca al crujir sus rodillas. —Le diré a Wexley que me voy al extranjero. Él organizará las reuniones. Mathieu, prepara a tu equipo. Necesitamos movernos rápido.

—¿Movernos rápido? —dijo Mathieu, y luego terminó su sándwich de un bocado gigantesco—. ¿Qué vamos a hacer?

—Llevar orden al caos.

Y si se necesitaba más caos, Zhan-Yo también podría proporcionarlo.

CAPÍTULO 60
SALA DE
RECUPERACIÓN

LAS HABITACIONES de hospital rara vez inspiraban euforia, pero esta lo hacía, porque Apinya estaba en ella, y estaba vivo. El Campeón, con un aspecto extraño en su bata de hospital azul y blanca, mantenía a una enfermera absorta cuando Mynx entró. Por lo que Mynx podía deducir, Apinya estaba dándole a la enfermera consejos sobre su matrimonio, y a juzgar por las notas que ella tecleaba en su Tama mientras Apinya hablaba, no eran del todo malos.

—Nunca paras, ¿verdad? —dijo Mynx después de que la enfermera saliera apresuradamente de la habitación.

—¿Por qué? —Apinya acompañó las palabras con una suave sonrisa—. Disfruto de mi don, así que lo comparto.

—Me alegro de que aún puedas hacerlo.

—Sí, bueno —Apinya levantó los brazos, mostrando la ausencia de tubos y ataduras—. Parece que no estoy en muy mal estado. De hecho, las máquinas me dijeron que podría irme esta tarde.

—Menos de un día —Mynx sacudió la cabeza—. Realmente nos estamos volviendo buenos en esto.

—No —dijo otra voz, pasando junto a Mynx con dos

bebidas energéticas en la mano—. Simplemente resulta que estoy aquí.

Mila, recién llegada de Sudamérica, tal vez esperaba un agradecimiento, pero Mynx dudaba que esperara el abrazo. Profundo, largo y para nada rígido, una mezcla poco natural para Mynx que, sin embargo, se sentía necesaria aquí y ahora.

—¿A cuántos salvaste? —preguntó Apinya a Mila.

—Ya te lo he dicho.

—Dilo otra vez —Apinya asintió hacia Mynx—. Para que ella lo sepa.

—Treinta y siete —respondió Mila, cruzando los brazos y mirando al suelo—. Deberían haber sido más, pero tardé demasiado en salir del palco del estadio. Las escaleras se derrumbaron, así que tuve que dar un rodeo antes de poder llegar a los cuerpos.

—Aun así, un trabajo digno de un Campeón —Apinya juntó las manos y se recostó en la cama—. Y luego me encontraste aquí y me convertiste de una ruina arrugada a un hombre saludable.

—Aunque sigues arrugado —Mynx cerró la puerta de la habitación. No le daría a este lugar un estatus confidencial, pero mantener a raya el espionaje casual sería agradable—. Perdimos a Lukas y Burov. La mayoría de los otros ya se han ido. Volaron de regreso para recibir tratamiento en sus propias regiones.

La cumbre había sido un fracaso horrible y seguía empeorando. Mynx se había forzado, con las constantes súplicas de Reeves, a dar algunas entrevistas y emitir más declaraciones unificadoras. Todo sonaba algo hueco, pero aparentemente estaban teniendo buena acogida.

Habían surgido algunas protestas, pero estaban controladas, y los Paragones regionales, hasta ahora, habían mantenido la calma. Qué pasaría cuando llegara el momento de clasificar las bajas y llenar los vacíos, Mynx no podía decirlo.

—Me uniré a ellos —dijo Apinya—. Esta tarde, creo. Salvo

que haya contratiempos. Tu pequeña magia no causa ninguno de esos, ¿verdad?

—Solo si me haces enojar —respondió Mila.

—Ah, entonces definitivamente debo irme lo antes posible.

—Apinya —dijo Mynx—. Esperaba que pudieras quedarte uno o dos días más. Solo para mostrar algo de unidad por un tiempo. Mantener la impresión de que las cosas no están tan mal.

—Pero están muy mal —murmuró Mila.

—Lo haría, Mynx. Ni siquiera hemos tenido tiempo de ponernos al día —Apinya extendió una mano hacia Mila, quien la tomó y se quedó callada—. Desafortunadamente, como los demás, ahora tengo un público urgente y exigente que no descansará mientras esté ausente. Querrán respuestas, y tendré que dárselas. En persona y con confianza.

Apinya no terminó con una disculpa. Mynx no debería haber esperado una. Así eran las cosas. Ni más, ni menos.

—Entonces, ¿tienes algún consejo? —preguntó Mynx—. Con Pixie siendo tan nueva en esto, tendré que tomar la delantera. Ser la imagen del orgullo Paragon y todo eso.

—¿Mi consejo? Encontraría a los que hicieron esto, y los encontraría pronto. Los arruinaría para que el mundo los vea, y luego los abandonaría donde nadie pueda encontrar sus cuerpos.

—Celice ya está en esa misión.

—¿Está sola en eso?

Mynx miró a Mila, quien le dio un ligero encogimiento de hombros. La venganza y la ira no eran realmente el juego de Apinya, pero aquí venían las palabras más fervientes que Mynx le había escuchado en décadas.

—¿No lo sé? —respondió Mynx—. Se fue con prisa.

—Entonces ve tras ella. Los Campeones han sido atacados, Mynx. Los Paragones han sido agredidos. La razón y el discurso son inútiles cuando el enemigo se niega a escuchar. Una amenaza como esta debe ser eliminada, no acomodada.

Ahora Mynx cruzó los brazos, enfrentando a Apinya directamente.

—Hablaste con Zhan-Yo. Cuando estaba en ese escenario. ¿Aprendiste algo que te hace hablar así?

—Aprendí que él cree en su causa con todo su corazón —dijo Apinya—. No se detendrá, Mynx. No se detendrá hasta que consiga lo que quiere.

—Bueno, yo tampoco lo haré.

Mynx dejó la habitación un poco más tarde, después de convencer a Mila de que se quedara y cumpliera el papel de unidad de Apinya para las cámaras. Mientras Mynx salía del hospital, tomó la cápsula que la llevaría a su Fábrica, emitió órdenes.

Todos los drones, en todo el mundo, seguirían buscando a Zhan-Yo. Si lo encontraban, no habría captura. Ni aturdimiento ni interrogatorio.

¿Y si Zhan-Yo se mantenía en silencio? ¿Si se mantenía oculto?

Mynx había infiltrado los lugares más seguros del planeta antes del reinado de los Campeones. Había asesinado a villanos desde lejos con un pequeño y bien colocado disparo. Los drones que habían entregado resultados silenciosos y sangrientos para la revolución Paragon habían permanecido dormidos durante años y años.

Era hora de despertarlos.

CAPÍTULO 61
LA INMERSIÓN

¿CUÁNTAS FUGAS de prisión involucraban a un par de docenas de anomalías atravesando el océano en un bote improvisado, unido con saliva y superpoderes? Thane apostaba fuertemente a que ninguna, pero empezaba a pensar que esta podría tener éxito en el primer intento. Con Cassidy entrando y saliendo, relevada por las otras anomalías que usaban sus habilidades para crear cobertura, los drones habían sufrido graves pérdidas. Las olas detrás del bote brillaban con motas negras, algunas aún humeantes, como evidencia del trabajo de Cassidy.

No es que Cassidy no estuviera agotada. Thane tenía que sostenerla cada vez, alimentando su propio miedo y desesperación para mantenerse a salvo del intenso calor de Cassidy, incluso mientras el agua helada del mar los salpicaba. El Vacío hacía su trabajo, sin embargo, succionando un dron tras otro en ese agujero dimensional, desgarrándolos y manteniendo a los fugitivos con vida.

La isla se empequeñecía en el horizonte, su volcán una lanza oscura atravesando el cielo lejano. Arthur y su banda de traidores seguían allí, a salvo en una tierra que sería, en su mayor parte, indiscutida. Podían quedarse con su paraíso atrapado. Vivir sus vidas tranquilas sin nada que mostrar por los grandes dones que la naturaleza les había otorgado.

—¿Qué están haciendo? —murmuró Cassidy, recostándose en los brazos de Thane mientras él, a su vez, se apoyaba contra el costado de babor del bote.

—¿Quiénes? —Thane miró a través del bote, hacia las anomalías en sus posiciones asignadas.

Era asombroso, realmente, lo rápido que todos se habían alineado. Thane solo tuvo que ladrar algunas órdenes y estos duros villanos saltaron de inmediato a hacer lo que era necesario. Que el fracaso significara la muerte podría haber tenido algo que ver, pero Thane había encontrado antes anomalías temerarias, que usaban su propio ego para protegerse de la razón. Aquí, sin embargo, tenían una tripulación.

A popa, Sook impulsaba el bote hacia adelante mientras que en la proa, otro, Avery, quien había sellado el bote en primer lugar, usaba su habilidad para acristalar un camino a través de las olas, creando una superficie brillante como hielo plástico sobre la que el bote se deslizaba. Otras anomalías creaban distracciones para los drones, mantenían el agua fuera de las cubiertas o ayudaban a navegar por medios que Thane no podía comprender.

—Los drones —dijo Cassidy—. No vienen para otro ataque.

Era cierto. En lugar de agruparse para otra ráfaga de disparos —suficientes anomalías tenían brazos y piernas vendados, o yacían postrados en la cubierta siendo atendidos para demostrar que los ataques de los drones habían funcionado—, los drones parecían fluir hacia afuera y alrededor del bote, extendiendo sus números en un amplio círculo. De cerca, Thane podría considerar la maniobra como una amenaza envolvente. Los drones, sin embargo, se cernían más allá del alcance de las anomalías y, también, del suyo propio.

—Es como si nos estuvieran observando —dijo Thane—. Lo cual es un problema.

Eventualmente, el bote se acercaría a la civilización. El plan había sido escapar de la persecución, desaparecer en mar abierto y llegar a tierra sin ser vistos. Si los drones los seguían todo el camino, las fuerzas de Paragon podrían rodear y recapturar, o matar, al pequeño grupo de Thane.

—No puedo alcanzarlos a esa distancia —dijo Cassidy.

—Lo sé.

Thane movió a Cassidy a un lado, ayudándola a apoyarse contra la barandilla.

En el centro del bote, no se presentaba ninguna estrategia obvia. Thane hizo un inventario de sus anomalías restantes y sus habilidades, buscando una clave para desbloquear su escape y sin encontrar ninguna. El mar abierto no ofrecía muchas opciones, incluso a los superpoderosos. Podían seguir avanzando y esperar que los drones agotaran su energía antes de que las anomalías llegaran a la civilización.

O.

—Nos sumergimos —dijo Thane a Cassidy—. Tú creas una apertura, un vacío delante de nosotros y lo empujas hacia adelante, despejando el agua. Avery sella el agua de nuevo a medida que pasamos, y los otros nos siguen impulsando hacia adelante.

—Aún podrán rastrearnos.

—No si nos sumergimos lo suficiente. ¿Por qué Mynx equiparía drones aéreos para eso? Si llegamos lo suficientemente profundo, podremos dejarlos atrás.

—Eso crees.

—Eso espero, porque de lo contrario la única forma en que esto termina es con nuestra muerte.

Cassidy no tuvo respuesta para eso. En su lugar, con un suspiro tembloroso y agarrando el brazo de Thane, se puso de pie. Thane compartió los planes, y aunque no encontró mucho entusiasmo entre las anomalías, la resignación funcionó igual de bien.

Thane, Cassidy, Avery y Sienna se dirigieron a la proa. En

la parte trasera, las otras anomalías vigilaban a los drones, manteniendo el bote en movimiento empujando el aire detrás de ellos.

—¿Listos? —preguntó Thane, y vio cómo Cassidy echaba una última mirada al cielo soleado de mediodía, paradisíaco.

Disfrutando una última vista hermosa.

—Lista —dijo Cassidy—. Una vez que empecemos, tenemos que seguir hasta que no podamos más. Si salimos a la superficie demasiado pronto, no habrá servido de nada.

Mientras Cassidy terminaba de hablar, gritos se elevaron por todo el bote. Los drones, aparentemente viendo algo que no les gustaba, habían roto su formación. Las máquinas voladoras se lanzaron hacia el bote desde todos los lados, un ataque disperso que, con las anomalías fuera de posición, podría ser desastroso.

—¡Ahora! —gritó Thane.

Adelante, la siguiente ola no se derrumbó, no se separó, simplemente desapareció. El bote se inclinó hacia adelante hacia un repentino vacío negro y Thane se dio cuenta de que la ola en sí no se había desvanecido, sino que la luz que venía hacia ellos había sido absorbida. El vacío de Cassidy creció y empujó, inclinando el bote hacia abajo.

Avery extendió su habilidad a su alrededor mientras el agua se curvaba alrededor del vacío de Cassidy, el bote disparándose detrás del agujero negro en miniatura. El agua que debería haberlos barrido desde atrás y arriba se congeló en vidrio, rompiéndose en gotas momentos después mientras el bote pasaba. El propio Avery, un hombre bronceado que parecía tener entre veinticinco y cincuenta años, empezó a sudar profusamente.

Sin embargo, Sienna no falló. Extrajo agua de debajo de la proa del bote, acelerando su descenso, y la lanzó sobre el grupo. El hielo se convirtió en vapor sobre la piel de Cassidy, suavizó la de Avery y provocó que Thane temblara tanto que tuvo que sumergirse en su persistente miedo, esperanza y desesperación para fortalecerse.

Pero se sumergieron. Descendieron bajo la superficie y más abajo, hasta que en todas partes donde Thane miraba, el azul, primero claro y luego más oscuro, envolvía el bote.

El agua bloquearía cualquier disparo de los drones. Les daría algo de tiempo. Ningún rayo podría atravesar tanta agua, ninguna bala tampoco, y estos drones no tendrían torpedos. Al menos, Thane esperaba que Mynx no hubiera sido tan clarividente, tan paranoica.

—¡Todavía hay uno detrás! —Un grito desde atrás, y Thane logró entender las palabras lo suficiente como para mirar hacia atrás, hacia ese largo túnel que se derrumbaba.

Un solo dron, de un negro ominoso, había entrado en el túnel de la cola del bote. Liberado de su formación, el dron se deslizaba dentro del agua-cristal que se derrumbaba, esquivando los rayos y las explosiones enviadas en su dirección por las anomalías con demasiada facilidad. Como si pudiera ver de dónde vendría cada ataque, antes de que la anomalía lo enviara.

Imposible, a menos que la programación del dron leyera el lenguaje corporal de las anomalías. Leyera el calor, los ojos, la respiración y cualquier otra señal que un ser vivo emitiera antes de moverse. El robot bailaba mientras la realidad explotaba a su alrededor, y el dron respondía de la misma manera.

Los propios rayos y balas del dron golpeaban el bote, y sin los vacíos de Cassidy o las barreras de agua-cristal de Sienna y Avery para bloquear los ataques, las anomalías comenzaron a caer. El dron disparaba con precisión, cada impacto marcando un final fatal. Sook se desplomó cuando un rayo le alcanzó el pecho, el bote se estremeció al fallar su aceleración.

En otro minuto, el bote sería una tumba.

—¡Cassidy! —gritó Thane—. ¡Necesitamos otro vacío! ¡Detrás de nosotros!

Al frente, necesitaban un agujero negro de varios metros

succionando un camino a través de las profundidades. Cassidy, ya envuelta en humo por el esfuerzo, sostenida por Thane, su piel ardiendo contra la de él, se estremeció ante sus palabras. Él vio su cabeza girar, esos ojos llenos de lágrimas apenas abiertos contra el dolor.

—Por favor —dijo Thane—. Creo en ti.

Un rugido rápido, seguido por el chirrido del metal retorciéndose, vino desde atrás. Thane se giró, vio al dron desarmándose, sus motores aún encendidos, lanzando los restos hacia ellos. Thane sintió fragmentos rebotar en su espalda, los vio atravesar a Sienna, a Avery. A los demás.

Vio a Sienna tropezar y caer por un lado.

Sintió la concentración de Avery romperse cuando sus manos fueron a su hombro, donde se había alojado una delgada espiga de metal. El túnel de cristal se fracturó, se detuvo, y el mar comenzó a plegarse a su alrededor.

Thane se entregó a su miedo, su desesperación, su perdición. Con sus brazos apretados alrededor de Cassidy, aún una nova, el océano se apresuró a reclamarlos.

La bomba hizo más que destrozar un estadio: sacudió al mundo. Mientras el humo se disipa, Celice se dirige a Europa tras la pista del bombardero, con la venganza ardiendo en su mente. Tiene las herramientas y el alma torturada para asegurarse de que su objetivo sufra. Es una cacería sin restricciones, una que podría tener un precio más alto del que Celice está dispuesta a pagar.

Continúa la aventura de Celice con *Revolution's Rise*:

AGRADECIMIENTOS Y NOTA DEL AUTOR

El Llamado del Campeón es, a pesar de llevar mi nombre, una obra que se ha materializado gracias a muchas personas. Nicole, mi esposa, ha sido una incansable partidaria de mi escritura, concediéndome incontables mañanas, tardes y noches para hilar las historias que lees en estas páginas. Mis padres también, al leer todas mis obras y brindarme su aliento.

Lectores como tú juegan un papel fundamental, porque escribo estas historias para ser leídas, para ser disfrutadas y, quizás, para despertar una que otra pregunta interesante.

El Credo del Campeón es una serie que, para mí, trata sobre enfrentar el poder en sus múltiples formas, y cómo muchas de esas formas son tanto buenas como malas. El conflicto entre ese poder y los ideales de quienes viven con él constituye el núcleo de esta serie, y estoy emocionado de mostrarte hacia dónde nos lleva.

Además, los superhéroes son simplemente divertidos de tener cerca, y en realidad, cuando escribes estas novelas, tienes la oportunidad de pasar tiempo con personas y lugares que nunca verías de otra manera. Aegis, Mynx, Kat... tengo la fortuna de pasar tiempo con estas personas maravillosas, y me siento muy afortunado de poder hacerlo.

Gracias por leer, y estate atento al próximo libro, ¡porque estará aquí antes de que te des cuenta!

SOBRE EL AUTOR

A.R. Knight teje historias en una casa helada en Madison, Wisconsin, principalmente gobernada por un par de gatos. Después de verse atrapado en la rutina laboral durante la crisis económica de 2008, se encontró volando por el espacio y viviendo grandes aventuras durante aburridas reuniones.

Con el tiempo, tras dedicarse a los podcasts, guiones, relatos cortos y otras novelas, encontró una historia en la que podía sumergirse y un elenco de personajes tanto entretenidos como llenos de corazón.

A.R. Knight planea saltar a otros mundos y encontrar nuevas historias que contar en los límites infinitos de nuestra imaginación.

¡Gracias, como siempre, por leer!

Para más información:

www.blackkeybooks.com

Para Ashe